訓詁類目録

小學文獻序跋彙編（整理本）

下

李國英　魯一帆　劉麗群　孟躍龍　點校

中華書局

一切經音義

續一切經音義

新譯大方廣佛華嚴經音義

新集藏經音義隨函錄

經史動静字音箋證

助字辨略

字詁義府合按

字詁義府合按後序

黃承吉

　　學必主善爲師，惟家學之仰止尤極切近。承吉恭讀《欽定四庫全書總目·小學類·字詁一卷提要》云："國朝黃生撰。字扶孟，歙縣人，前明諸生。"又雜家類《義府》二卷，又別集類存目《杜詩說》十二卷，皆蒙著録。是爲承吉族祖，世居潭渡。先高祖景巡，公之從兄也。平生著述繁富，《徽州府志》載《黃生文稿》十八卷，今罕傳本。所著又有《三禮會篇》《三傳會篇》等書，亦不傳。惟《杜詩說》甫刊行，康熙間即已爲仇太史兆鼇《詳註》所采録。仇書呈進時，諒荷聖祖乙覽及之。至《字詁》《義府》二書，學者皆未之見。然白山先生之名，至今膾炙徽郡六邑之口，蓋雖未誦其詩、讀其書，而乃不啻羣奉其書以家絃户誦者。白山，公別號也。憶承吉幼時，側聞先大夫晨夕企溯公學業之贍、品誼之醇，磧乎堅貞，爲古逸民通人之儔輩，每嘆書多失傳，勗令承吉異日必當訪求遺帙，計垂久遠，以爲吾家之光。維時謹識之，不敢忘。《三禮》《三傳》二著，即先大夫所嘗言者，詎謂彼二書湮没，而此二帙乃顯然出自宸編，不待別求而得。惜先大夫昔不逮見，今惟承吉讀之。承吉生長於揚，歙里懸隔，然乃習知公之深者，先大夫教之也。比有族人來至，述及是二書采進時，乃戴東原太史耳，公名未見公書，迫屬當事訪求而後得者。蓋當時此二書存亦甚僅，微太史力莫能出也，不出則二書亦湮没久矣。以承吉觀之，此其中有人焉，有天焉。何以言乎人也？徽郡名儒，戴氏之前有江氏，江氏之前有公。公書罕傳，故他方不知公之人；而公名甚籍，則近郡無不知公之有書。戴氏當奉詔徵書之時，習知鄉先輩之學之書，爲尋訪而獻之，戴之美，書之幸也。此繫乎人者也。何以言乎天也？自漢晉以來，經學集成於本朝，而邃學者尤以徽、蘇兩郡爲衆盛，即吾揚諸儒亦皆後出。徽自婺源江氏首倡，戴氏出於休邑繼之，歙金氏、程氏等又繼之。蘇則惠氏研溪猶出顧氏之後，而顧更遠出於徽衆氏之前，然則論實學者，莫或顧之先矣。此人之所共見者也。即他郡如德清胡氏、山陽閻氏亦皆學成於昭代①，而人則生自前朝。説者莫不以此數公爲本朝實學之誕登先導，其靈秀之故，天實鍾之啟之，一挽前代束書不觀之習，以爲我國家耀此人文，後之繼起者，切切焉尸祝事之。絶不料我公尤出於胡、閻、惠數氏之前，不假師承，無煩友質，冥然獨處於山村溪舍之中，上下古今，鉤深致遠，其足跡非若諸人之多所涉歷，其卷籍非若諸人之易於購求，其境地非若諸人之有所切磋，且其口音又非若諸人之習親官語，而其學識之卓犖超越，乃至聲音回轉，訓詁周流，則反勝於諸人之猶有所沾滯也，意者權輿靈秀，實肇於公。後人之釃析江河，惟公其岷山積石。然後學實非私淑自公，而公學抑已兼包乎衆，時會所置，疇能廢之。宜乎公書雖多遺失，而此二帙固儼然存而不没也。此則其繫乎天者也。公生於天啟壬戌，差少於顧氏同時。顧著書公所未見，公書顧亦弗知。顧撰《音學五書》，厥功甚偉，惟尚

————————

① 闔，當作閻。"閻氏"指閻若璩。後同，不另注。

未能得所會通。議之者，錢氏謂其"泥於一字祇有一音，遂以爲《詩》有無韻之句"。江氏謂"按以《三百篇》，確知各部之字有所分屬，爲顧氏所未知"。其說各有所見，而皆不足正顧之非。蓋凡字所主者聲，聲有定而讀音無定。音岐於各方參差進退之口舌，故無定；然聞之者雖異，而言之者原是此音，則無定而仍實有定。其所以有定者，音系於聲，聲統乎音也。聲出於天地萬物自然之道，成文爲音，比音爲樂，文字之故，莫不由之。此承吉所窺見，竊以曲、直、通之三聲就明於所著《經說》《文說》中者，而其精蘊，要不出乎諸經及先儒所傳傳註音義之中，初非別有鑿造。惟其如是，是以論聲韻者，不得合所不當合，亦不得分所不當分。若徒《三百篇》已用之字之陳迹，正非可拘爲界畫。假如存《詩》更有多篇，則其所通之韻字，必不止如今《詩》所傳。從來治聲均，踰越者亦失，謹嚴者亦失，見同聲而不知臆爲之彌縫解說者亦失，逢口讀之相近槩謂之假借通轉者亦失。若顧氏固失在守有餘而通不足，而不知此學乃通守之兩難，一間未周，差池立見。戴氏有云："誦《周南》《召南》，自《關雎》而往，不知古音，徒強以協韻，則已齟齬失讀。"斯言也，於諸失庶幾遠之。然若非明乎曲、直、通之所以然，則雖如戴言，而古音先無憑而得，更何由證信逐字聲韻之當然與否。故必深躋其奧，實握其樞，然後可以舉《三百篇》之韻字乃無不聲相胳合，不待辨而了然。然則古音正未易言。要之，非胸次先持乎聲，本反以後，印契乎古書之必合於是者，不能明矣。夫凡字同聲者，即同綱義。綱之統同者云何？曲、直、通之聲、義、象是也。綱之分別者云何？逐事逐物，由曲而直、而通之聲、義、象是也。而義、象一皆繫屬於聲。大抵曲聲之字不能與直象之聲通轉，尤必不能與通聲之字通轉，而曲聲之部分爲最廣。凡《詩》之見爲協韻者，皆同聲也。凡古書之用爲通假者，皆同聲也。惟聲同，故義、象同。惟聲、義、象皆同，故可通假。承吉觀公二書，其汲汲致力於文字之聲義者，乃實有見於聲與義之相因而起，爲從來先儒之所未明，由是遂瀋及於義通則聲通，爲古今小學家之所抈獲。公書中，如以"尒"爲即"汝、乃、若"之聲義，"不"即"丕"之聲義，"黃、胙"即"胰"之聲義，"蒜、算"即"宣"之聲義，"弗"即"弨、弸、閉、彆"之聲義，"婀娜"即"哀裊、猗儺、旖旎、婑媠、娓妮"之聲義，"鱔"即"鱓、鱣、魠"之聲義，"撥刺"即"丿乀、拂戾"之聲義，"唯"即"俞"之聲義，"噫嘻"即"嗚呼"之聲義，"誰、疇"即"孰"之聲義，"在"即"察"之聲義，"洚"即"洪"之聲義，"鞮鞻"即"兜離、侏離"之聲義，"咻"即"煦"之聲義，"謂"即"欥、曰"之聲義，"亹亹"即"勉勉"之聲義，"區區"即"叩叩"之聲義，凡此之類，前乎公，雖漢之鉅儒未觀其深，後乎公，即本朝諸儒尤者之一二雖復見及，亦尚未能由此探究古人制字之本。原公書，雖卷册無多，其於聲音之道，爲漢晉以來諸家所無通貫之造境，不獨當明代束書不觀時，公獨爲其錚錚佼佼者而已也。王氏《經義述聞》有云："古字通用，存乎聲音。今之學者不求諸聲，而但求形跡，宜乎其説之多謬也。"此勿求形跡之論，發前人所未發，而公先合之。惟是"求聲"二字，更未易言。蓋從來所謂同聲者，大都所見不離乎人言一方口讀之音，及韻書部分相近之音而已，烏知有人言絶遠，韻部懸殊，而古之同聲者實在於是。蓋聲起於義，義根於聲，其源出於天地之至簡極紛，其究發爲口舌之萬殊一本。要之，非聲音不足以爲訓詁，即執習俗所認之聲轉，亦尚不足以見聲音。聲音文字之精微，其際如是。是豈顧氏泥於一字一音之所能了？且顧氏雖泥於一讀，乃見其字有兩音者，則又强分之爲"今某某切、古某某反"，而其所謂古者往往反今,所謂今者抑又反古。不知音無所謂古今,其異音者,殊方口舌之所致也。其今古者,人不知音之異乃原古者由方土之口舌而致然;見有異者,乃輒目之爲今古也。且聲與韻不同,並非今與古不同,古者循聲而非用韻,後世以韻求之,鮮不失者。夫顧於明明孚聲之"浮"字,乃反謂其不得讀"孚",而以魏晉人爲誤。於明明古讀通於夷聲之"寅"字,乃反謂古爲翼真反,而今切爲以脂。其書名爲是正《唐韻》,而轉有誤執《唐韻》以刺謬古聲者。隨舉二端,其失立見。故顧氏於音學雖致爲有功,而不得謂之善喻。然人但見顧氏一字一音之失,而不知漫以爲一字衆音者亦非。蓋衆音由口舌而成,而一讀則聲源所握,音雖衆而讀則一,正前所云"聞者異而聽者同"也。然則原一音也,特顧氏之所見非此謂耳。此學喻之者惟秦郵王氏,引伸觸類,爲從古之所無,即先後乎王氏及與王同時者,亦皆不得而與。蓋他儒皆以韻求聲,王乃言聲而不言韻,可謂窮本知歸。公生於王氏百數十載之前,非有來者相謀,而所造若是。其書至通穿支、齊、魚、模、真、文、尤、侯、屋、沃之字爲一音,若以其全書論說之諸條觀之,則通穿者更爲不止此數部。此豈獨不拘衆所執泥字體之形跡,且並不拘乎聲音之形跡。而承吉據古書就桀以曲之聲義,則在在無不迎刃而解,按之不以爲異,而反以爲常。然則曲聲之蘊,乃實已自公合之。蓋必合之,而後知非聲無以爲文,非文無以見道。夫文之載道,淺見者以爲屬於文辭,較進者以爲屬於文字,又進者則知以聲音求文字,而乃終於難徹明文字者,則由其所見者雖聲非聲。是以其所解者,究不合於經、於文字。然此亦非承吉之私言,王伯申氏序阮公《經籍籑詁》云:"後之覽是書者,取古人之傳註而得其聲音之理,以知其所以然。又能博參前訓以正之,庶可傳古聖賢著書本

旨。"可見王氏已先我言之。夫聖賢之本旨者,道也。王氏以
爲從此得聲音之理,而後本旨庶幾可傳,可見其意謂前此諸
儒,猶未嘗得聲音而知聖賢之所以然也。乃其指稱所以然者,
則取之由傳註,而出之自聲音。斯言也,豈非王氏見及於文
以載道之説,在文字而不僅在文辭,古人傳註之中,即聲音而
原即爲訓詁。精至之論,千古未呈。夫聲與道相因而成,音
與聲散殊而合。從來言自性生,字從言制。苟非道何自有聲,
苟非聲何由制字。然則聲即文,文即道矣。道不外乎曲、直、
通,故聲亦原不外乎曲、直、通。聲統而音分,五方水土各成
其音,而其根道則一。故《記》曰:"凡音之起,由人心生。"聲
音之道,與政通矣。其聲即文字之聲音,而即文字之訓詁,非
有他也。戴氏云:"訓詁聲音,未始相離,聲與音又經緯衡從,
宜辨所見。"是矣。而按之公書,多已不啻隱然脉絡,然則非
聲音何由而通徹訓詁乎?承吉亦非謂聲音之道,公遂洞燭靡
遺,而公書鍵鑰所開,實已轉圜有自。若不解公書之通轉,即
無由階進而知聲。且如前所舉某字即某聲義諸條,猶不過就
一二字而達其通轉。至其挈綱統論之語,如於"尒"字條云:
"方土不同,各取其聲之相近。""不"字條云:"噫,苟明古字,
則六經註脚,直可無煩耳。""亏、丂"條云:"凡引氣出聲之詞,
有引之而上者,有引之而下者。""婀娜"條云:"《詩》中又有
單用者,'猗彼女桑''佩玉之儺'是也。""寫"字條云:"孰知
古人本義奇妙如此。""無字之音"條云:"方言有有音無字者,
經典多借字以寄其音。""璿璣"條云:"古四聲未定。""囝"字
條云:"方言不同,故音因之而轉,此可爲解人言也。""仡"字
條云:"可因聲以知意。""傴僂"條云:"語有倒易,字有通借,
諸書昧其義,遂異其音。通人閲此,自當了然。"凡此之類,乃
更層見乎一切聲義之淵微,是以其措語多藉如起例發凡,恍

謂衆隅可反。此則公書雖操咫尺，已示喻以無涯萬里之觀。指點形容，教思何限。至其書中，亦尚有泥於可不辨之形跡，以別同異是非，窒於四聲、音讀、反切，以論古音聲者，則通波之留芥，可不問也。以上敘述之所以煩言如此者，一則以公於聲音文字之故，固非可拘墟方物，必極明之，然後足以見公書之大；一則以公書中各條等字，乃承吉多半已明於《經説》《文説》中者。其時承吉固未見公書，及見公書而宛然適發其端，則以公書證所説，而藉恃爲可信，即以所説釋公書，而更覺其易明。此所以不得不徹言之故，並非承吉別爲己見反闌入公書也。若夫公書中所辨正者，如其論古文《尚書》非原書，則在閻百詩徵君之前；解《孟子》"氣次焉"爲次舍，在毛西河檢討之前；解"呭呭、沓沓"爲多言，在朱竹君學士之前；以"追蠡"之"追"即《考工記·鳧氏》之"隧"，在江慎修明經之前；以"畢郢"爲"畢程"，在劉端臨廣文之前；以《爾雅》"豹文䑕鼮"謂《説文》二字屬上，在邵二雲學士之前；以《書》"塗炭"爲"染汙"，在王西莊閣學之前；以《鳧氏》之"衡"爲即甬上平處，在程易疇廣文之前；以《易·艮》之"夤"當从肉而通"胂"，在段若膺大令之前；以"坤"字作"巛"爲借用，在王伯申尚書之前。夫此等，猶不過辨形跡於一文，而非會神明之全體。若聲音明，則字義無乎不達。然即隨舉十端，公之先登，愈益可見。然則公之學，洵可謂敻絕矣。而或者以當公之時，桐城方密之太史稍長於公，其學詎視公爲絀，何乃獨張公學？曰方氏之學，於明人中爲淹通，於漢學中爲膚外，從來不明漢學者，其書雖至博而不能精，其途乃極紛而卒不知要歸於一。蓋博學有時亦可以佐治經，而每多可以淆治經。畛域須明，學術乃判。公之《義府》，博學也，所以四庫以與《通雅》同入於雜家，謂"可取者不在方以智下"。惟《提要》此語，乃專指《義府》一書而言，若《字詁》則入於小學類而在經部，《提要》並未嘗以此書亦與以智相較，則以經部中之小學爲生所獨擅，非如徒爲博學者之訓詁終疎。故《提要》云"生致力漢學"，是明明衡定以漢學分際予生，而謂其異於明人。在兩書原相互相成，而《提要》則各還各類。按"漢學"二字，至國朝而始見，爲公之前、唐宋以後之所原無，以其別目乃與宋學相形而後出也。蓋自唐中葉以後，治經者多置漢儒傳註不事，即其間超卓之士之兼爲涉及者，亦卒狃於岐見，而非必求之正鵠以反躬。良以學界未明，故識趨無定。明人中若楊用修、焦弱侯之軼羣，而於漢學則亦終於無見。方氏之論小學，往往原始先儒，而又反以用修、弱侯爲歸宿，則猶不離明人之習。觀其《疑始》內一條，謂"韓嬰、鄭玄、賈逵、劉向、班固、劉熙、杜預諸人以韻訓字，率以己意牽合，此弱侯之所以痛恨"。所見如此，乃正與古者以聲音爲訓詁之精旨背馳。然其自出己意之處，有時乃又視楊、焦而過之。此則方氏之學之分際，故即公書中各條亦或有爲方氏所已言者，惟公則主於通穿以歸經義，終始定於一成，方則要於騈驪以入雜家。今古淆於兩立，取徑殊而奏功各別，故《提要》以"漢學"二字予生而無從予方。其以生爲"不在方下"者，衹是雜家，非可槩爲漢學，故其語著於《義府》而不著於《字詁》。按《四庫·經部總敘》云："漢學具有根柢。"而謂"生致力漢學"，是予生以"學有根柢"也，乃自生以前，並未以漢學之目予人。惟顧氏《左傳杜解補正》，《提要》云"國初稱學有根柢者，以炎武爲最"，是顯然亦正以漢學予顧。然則可見從來漢學之目，實始於顧氏與公，亦正可見自顧氏與公始解專精漢學也。夫漢學與他學有何門户之可分，其所以不得不別者，漢學即是經學，經尊所以學尊。經學載於文字，字明然後經明。文字主乎聲音，聲明然後字明。文字所以立象，象明然後意明。立象見意，所以致用，意象明然後凡一切之由體達用者乃無不明，不則鑿空非實，是故文字之聲音不可不講。要之，無非所以明道，道明，則即漢學、宋學皆爲一致，而無可區分。若公之主漢學以究明文字，而使聲音觸處可通者，其所得乃實猶愈於顧之沾滯。蓋欲明古聲，守僅藝，而通則近道。惟通乃爲善學、爲善守，即由是馴致漸進乎古者分形跡而統聲音之故，如王氏所云“就可得聖賢著書本旨”者，胥不外是。以是表公，非爲過矣。至如方氏書中，乃又有“許氏未盡漢學”一語，致爲難解。夫許氏身爲漢人，有何謂之漢學，更何所謂“未盡漢學”。若如方説，則必許學更出漢上而周秦矣，斯言豈反足以議許。蓋必如許氏然後乃實爲漢學，方不能喻，故即公書中亦云“桐山不取《説文》”。而方書中乃實以《説文》爲應駁，謂漢人爲太多事。蓋方意不過目《説文》爲諸家字書中之一種，而公則以許氏創爲《説文解字》，與聖人制文字成萬世之用相提並論。此則公學與方氏區別之分際。要之，方書在明季，實爲轉移風氣之先，故《通雅》《提要》謂其“在明代考證書中，可謂卓然獨立”。公學則爲本朝經術昌明之始，故《字詁》《提要》謂其“致力漢學，於六書訓詁尤所專長，不同明人之勦説”。且於《杜詩説》下，亦兼謂其“《字詁》《義府》深於小學”。是雖入《義府》於雜家，而其爲漢學無異。夫公如是之推服許書，爲前此之所無，而所通之聲，乃更不爲《説文》所囿，要亦原神明於《説文》及諸經傳之中。是故方學雖宏，非知體要；公書雖約，具見精微。辭氣異同，毫釐千里。此則公書之分際也。至承吉於方書非不傾服，契合之處，亦往往勝常。如承吉《經説》中所極明之“包、孚”，其《疑始》中已言及二字之聲通，證之多語，雖彼終不過歸宿於《中原音韻》

與沈韻之別，正所謂辭氣異同，然其語中固亦以二字爲胞胎、
孚卵之實象。苟能充之，則即大《易》之精義可明。此《提要》
所以謂方學爲開國朝諸儒之先，非復空談懸揣爲可貴矣。公
與方、顧同時近郡，皆未相識。《記》云："獨學而無友，則孤陋
而寡聞。"公乃轉以獨學而成獨至之詣，後進非所啟迪而若所
啟迪，先儒待所發明而適所發明，莫爲之前，來者不見，此豈
非鈞陶之廣，運會之隆，有以致斯遭就。承吉嘗聞先大夫述
公所以就己姓而號白山者，正自以爲鍾靈秀於黄山白嶽。適
值四方初定，潛處僻壤，不爲人知，而其幸際昌期之懷抱，亦
時露於言表。即觀其《字詁》中"麏暴"一條，舉洪武、嘉靖時
試士之兩失，末云："此皆字學蕪廢之過。聖人在上，考文之
興[①]，安可緩乎？"按公當崇禎癸未年，甫二十二，《字詁》乃
入國朝後所著，則其所謂"聖人在上"，顯然就考文以隱寓乎
議禮制度之一切，而以身逢盛代，仰見聖天子文物典章，夫固
實有以振興炳蔚，焕乎與唐虞三代同風者。然則公之生也，
實我國家培成文教之首基。宜乎生其後者，萃起多儒，於以
著明古聖人六經載道之文，具在聲音字畫之中，非可恃夫空
論者之立義立言，並不徒關乎實學者之一長一是。菁英所洩，
夫豈偶然，而吾新安山水醖毓之奇，我先世德澤留貽之厚，亦
已久矣。大美弗著，何以昭兹？承吉於己亥春，就文宗閣鈔
出二書，荏苒三載。近以重爲讐校，遂於各條下間綴按語，申
明公竟[②]，藉稱《合按》，免使二書相離。又因公書，於承吉曩
著《經説》中，撮析爲"某字説"數篇，就名《經詁》，亦藉作公
書之證。有當未當，要於公書無加損焉。伏念公身後，以遺
帙荷邀采録與謄僅止二書，乃蒙《提要》更旁及於《杜詩説》

---

① 興，當據《字詁》正文改作"典"。
② 竟，據文意當作"意"。

存目,及道家之《冥通記》下亦且謂其"《字詁》《義府》深於小學,考證賅洽"。褒語凡經四見,品第逾於衆儒。且二書篇帙無多,又不逐條皆言經義,乃不獨深被以專長小學之名,而直許以漢學通經之目,良以經訓必衷諸文字,而形跡莫外於神明。是以佔畢儒生,儼然不啻受聖主特達之知,輝光鄉族,洵屬遭逢厚幸。承吉用是謹録本書《四庫提要》二則,揭諸卷首,授之梓人,以體先大夫葛藟本根之志,以副同學者先睹爲快之心。不辭覼縷,既垂家乘,且以證諸國史之傳儒林者,或亦有取乎此也。道光壬寅春正月,族從孫承吉謹撰。

字詁義府合按跋

劉文淇

己亥春間,觀察黃春谷先生出《字詁》《義府》各一帙見示,曰:"此余族祖白山先生所撰,新從文宗閣録出者。"屬爲校字,將以刊行。文淇受而讀之,其有原書可檢及灼然知爲筆誤者,謹爲改正,不知則闕。其間有兩書俱見者,如《毛詩》之"信信",《漢官儀》之"僕射",及《考工記》"兩欒謂之銑",《國語》"執而紡於庭之槐",彼此俱見,當是編纂時偶未及檢。又《義府》"逋峻"條引《三國志·趙達傳》注而無所申釋,亦是寫者脱誤。既無別本可校,謹仍其舊,不敢妄有改易。是書博大精深,所解釋者皆實事求是,不爲鑿空之談。夫聲音訓詁之學,於今日稱極盛,而先生實先發之。《字詁》"欥"字條下云:"許慎注'詮詞也',引《詩》'欥求厥寧'。按'詮詞'謂自解説其上文語意之詞。《詩》'遹駿有聲'以下四句,皆發明‘文王有聲’之意。注但以‘遹’爲發語詞，是不知《説文》‘詮詞’之訓。”此與戴東原先生説同。“石”字條下云：“《説文》：‘百二十斤爲秬。’後人省作石。”此與錢竹汀先生説同。又如“以”與“而”通用，引《樂記》“治世之音，安以樂”；“也”與“兮”通用，據《淮南子》引《詩》“其儀一也，心如結也”，均與王伯申先生説同。《義府》“僂傴”條下云：“僂傴，上力主切，下於主切，俯身向前也。此背曲之病，《莊子》作‘痀僂’，字書‘僂佝’當即一義。《左傳》‘臧會竊其寶龜僂句’，此亦以其形名之。《史記》‘甌窶滿篝’，甌窶，高地，亦以其形名之。據《莊子》‘痀僂’，則‘僂傴、僂佝、僂句、甌窶’皆當作此音。”“女陽物而晦時”條下云：“《左傳》：‘是謂近女，室疾如蠱，非鬼非食，惑以喪志。’此本四字成句，二句成韻。”均與王懷祖先生説同。二書無別刻本，諸公固所未見。然如上所舉數端，皆治經之士所奉爲圭臬者，而具見於先生書中，亦足見先生小學之精矣。他如正月之“正”，謂：“本作平聲。正之爲字，本訓射的。古者因斗柄所指之方，以其月爲歲首，蓋準此以爲標的，故曰正。世傳秦始皇諱‘政’，故民間呼正月之‘正’作‘征’音，非也。”子姪之“姪”，謂：“古兄弟之子猶子，故不爲之別立名號，姪乃兄女之名。又姪呼伯叔，古人必連‘父’字，蓋伯叔但如今稱人之行第。其變兄子之名爲姪，去父之名單稱伯叔，稱謂之間便是骨肉淺薄之一證。”又《史記·魏其武安列傳》：“程、李俱東西宮衛尉，今衆辱程將軍，仲孺獨不爲李將軍地乎？”謂：“此語隱隱帶刺。時李廣爲未央衛尉，程不識爲長樂衛尉。未央宮乃衛天子，長樂宮乃衛太后，意言投鼠忌器，以挑在坐諸人之怒。”《隸釋·都鄉正衛彈碑》據《漢官儀》“民年二十三爲正，一歲爲衛士”，正謂正卒，衛謂衛士，駁方桐山引《周禮注》“街彈室”之誤。均足以信

今而傳後。其餘有關於經史者不可枚舉,讀者當自得之。觀
察嘗謂,古者文字之源主聲音而不主形跡,故古書中凡聲近
之字多可通假,多相訓詁,爲《經説》《文説》,發明以聲爲綱
之義。文淇摳衣之際,幸得飫聞其説。觀察初亦未見先生之
書,而先生書中論字有初義之音,有次義之音,或字本無義以
聲取之,或借音專而本音遂廢,幼妙之論,已見萌芽,得觀察
昌明之,洵儒林之盛事也。校字既竣,敬題卷末,以誌嚮往之
私云。道光庚子春三月,儀徵後學劉文淇譔。

以上清道光二十二年(1842)刻本

經籍籑詁

進經籍籑詁奏表

阮　元

　　漕運總督臣阮元跪奏爲恭進《經籍籑詁》，仰祈聖鑒事。臣於七月初十日面奉諭旨，命臣將所撰《經籍籑詁》呈進。臣謹裝潢成册，恭呈御覽。欽維我皇上道蘊符珍，光垂圖册，辰居念典，論繹羣經，乙夜觀書，詠成全史。兼聖作與明述，焕乎文章；維稽古曰同天，式於詁訓。精一執中之學，誠協言詮；經天緯地爲文，允符德業。固已甄陶神海，并括典謨；猶復詢及芻蕘，不遺葑菲。式仰聖衷之沖穆，巍蕩難名；益徵帝學之高深，涓埃莫贊。臣見同窺管，識等扣槃，曾簪朵殿之毫，夙被洪鈞之鑄。前以督學之日，撰兹《籑詁》之編。育才首在通經，奉聖人之至教；博古務求載籍，誦前哲之雅言。依韻類文，統長言、短言而並録；即字審義，合本訓、轉訓而俱收。爰集多士以分程，乃勒十函爲一部。屢經校勘，尚有舛譌，亦事補苴，不無罣漏。是以梨鐫甫就，僅留爲家塾之藏。雖復葵嚮維殷，未敢作帝庭之獻。迺蒙召對，猥荷垂詢，諭令進呈，幾餘賜覽。臣跪聆之下，感悚交并，謹奉綈函，敬呈黼座。五經之文爲道本，秉睿裁而期惠於藝林；六籍之義以詁通，舉下學而幸歸於天鑒。臣謹繕摺并書十套進呈，伏祈皇上睿鑒。謹奏。嘉慶十七年九月日。

經籍籑詁後序

臧鏞堂

少宗伯儀徵阮公視學浙江，以經術倡迪士子，思治經必先通詁訓，庶免鑿空逃虛之病，而倚古以來，未有彙輯成書者。因遴拔經生若干人，分籍籑訓，依韻歸字，授之凡例，示以指南。昔年分籑成，更選其尤者十人，每二人彙編一聲。知鏞堂留心經詁，精力差勝，嘉慶三年春，移書來常州，屬以總編之役。鏞堂不辭譾陋，謹遵宗伯原例，申明而整齊之，以告諸君子。復延舍弟禮堂相佐，請諸宗伯檄仁和廩生宋咸熙來司收掌對讀。乃鍵户謝人事，暑夜汗流蚊積，猶校閱不置。書吏十數輩執筆候寫，雖極繁劇匆猝，不敢以草率了事，與同籑諸君往復辨難。國子監生嚴杰、仁和附生趙坦頗不以鏞堂爲悠謬，其所編書亦精審不苟，皆學行交篤士也。自孟夏始，至仲秋告竣，凡五閱月，共成書一百一十六卷，可謂經典之統宗，詁訓之淵藪，取之不竭，用之無窮者矣。蓋非宗伯精心卓識，雄才大力，不足以興刱造之功，而非諸君子分籑之勤，亦不能彙其成也。卷袟繁重，限於時日，未盡覆檢原書，而《易》《書》《詩》《三禮》《蒼頡》《字林》《釋文》《楚辭》等籑稿，每科爲之審正，經子有失載正文，並補録之。校閱之下，更隨筆改訂，删煩鉤要，分并歸合，而條次其先後，俾秩然有章。論其大端，實足爲有功經學之書。倘不知者指其小舛，支支節節而議之，是欲摘泰山之片石，問河海於斷潢矣，又烏足與語學問之事哉！書既成，宗伯將授之剞劂，以嘉惠來學。鏞堂因識其顛末，以告海内治經之士。時嘉慶戊午秋九月三日，武進臧鏞堂識於浙學使院之課詁齋。

經籍籑詁序

錢大昕

有文字而後有詁訓，有詁訓而後有義理，詁訓者，義理之所由出，非别有義理出乎詁訓之外者也。《詩·烝民》之篇曰："天生烝民，有物有則。民之秉彝，好是懿德。"宣尼贊爲知道之言，而其詩述仲山甫之德，本於古訓是式。古訓者，詁訓也。詁訓之不忘，乃能全乎民秉之彝，詁訓之於人大矣哉！昔唐虞典謨，首稱稽古；姬公《爾雅》，詁訓具備；孔子大聖，自謂"好古敏以求之"，又云"信而好古"，而深惡夫"不知而作"者。由是删定六經，歸于雅言。文也，而道即存焉。漢儒説經，遵守家法，詁訓傳箋，不失先民之旨。自晉代尚空虚，宋賢喜頓悟，笑問學爲支離，棄注疏爲糟粕。談經之家，師心自用，乃以俚俗之言詮説經典，若歐陽永叔解"吉士誘之"爲"挑誘"，後儒遂有詆《召南》爲淫奔而删之者。古訓之不講，其貽害于聖經甚矣！我國家崇尚實學，儒教振興，一洗明季空疏之陋。今少司農儀徵阮公以懿文碩學，受知九重，敭歷八座，累主文衡，首以經術爲多士倡，謂治經必通訓詁，而載籍極博，未有會最成一編者。往歲休寧戴東原在書局，實剏此議。大興朱竹君督學安徽，有志未果。公在館閣日與陽湖孫淵如、大興朱少白、桐城馬魯陳相約分籑，鈔撮羣經，未及半而中輟。乃於視學兩浙之暇，手定凡例，即字而審其義，依韻而類

其字，有本訓，有轉訓，次敘布列，若網在綱。擇浙士之秀者
若干人，分門編録，以教授歸安丁小雅董其事，又延武進臧在
東專司校勘。書成，凡百有十六卷。公既任滿赴闕，將刊梨棗，
嘉惠來學。以予粗習雅故，貽書令序其緣起。夫六經定于至
聖，舍經則無以爲學；學道要於好古，蔑古則無以見道。此書
出，而窮經之彦，焯然有所遵循，鄉壁虛造之輩，不得騰其説
以衒世，學術正而士習端，其必由是矣，小學云乎哉！嘉慶四
年夏六月，嘉定錢大昕序。

經籍籑詁序

王引之

　　訓詁之學，發端於《爾雅》，旁通於《方言》。六經奧義，
五方殊語，既略備於此矣。嗣則叔重《説文》、稚讓《廣雅》，
探賾索隱，厥誼可傳。下及《玉篇》《廣韻》《集韻》，亦頗蒐羅
遺訓。而所據之書或不可考，且舊書雅記、經史傳注未録者
猶多。至於網羅前訓，徵引羣書，考之著録家，罕見有此。惟
《舊唐志》載天聖太后《字海》一百卷、諸葛穎《桂苑珠叢》一
百卷，《新唐志》載顔真卿《韻海鏡源》三百六十卷。自古字
書韻書未有若此之多者，意其詳載先儒訓釋，是以卷帙浩繁，
而惜乎其書之已逸也。曩者戴東原庶常、朱笥河學士皆欲籑
集傳注，以示學者，未及成編。吾師雲臺先生欲與孫淵如編
脩、朱少河孝廉共成之，亦未果。及先生督學浙江，乃手定體
例，逐韻增收，總彙名流，分書類輯。凡歷二年之久，編成一
百十六卷。展一韻而衆字畢備，檢一字而諸訓皆存，尋一訓

而原書可識，所謂握六藝之鈐鍵，廓九流之潭奧者矣。夫訓詁之旨，本於聲音，揆厥所由，實同條貫。如《周南・關雎》篇"左右芼之"傳訓"芼"爲"擇"，後人不從，而不知"芼、苗"聲近義同，"左右芼之"之"芼"，傳以爲"擇"，猶"田苗蒐狩"之"苗"，《白虎通》以爲"擇取"，《爾雅》"芼，搴也"亦與擇取之義相近也。《召南・甘棠》篇"勿翦勿拜"，箋訓"拜"爲"拔"，後人不從，而不知"拜"與"拔"聲近而義同也。《邶風・柏舟》篇"不可選也"，傳訓"選"爲"數"，後人不從，而不知"選、算"古字通。朱穆《絕交論》作"不可算也"，鄭注《論語》"何足算也"，以"算"爲"數"，正與此同義也。《新臺》篇"籧篨不鮮"，箋訓"鮮"爲"善"，後人不從，而不知《爾雅》"鮮、省"二字皆訓爲"善"，正是一聲之轉。且下云"籧篨不殄"，"殄"讀曰"腆"，其義亦爲"善"也。《小雅・采綠》篇"六日不詹"，傳訓"詹"爲"至"，後人不從，而不知"詹"之爲"至"，載於《爾雅》，乃古之方言，是以《方言》亦云楚語，謂"至"爲"詹"也。《曲禮》"急繕其怒"，鄭讀"繕"爲"勁"，後人不從，而不知"繕"之爲"勁"，乃耕、仙二部之相轉，猶"辨秩東作"通作"平秩"、"平平左右"亦作"便蕃左右"也。《學記》"術有序"，鄭注云"術當爲遂，聲之誤也"，後人不從，而妄改爲"州"，而不知"術、遂"古同聲，故《月令》"審端徑術"注云"術，《周禮》作遂"也。若乃先儒訓釋偶疏，而後人不知改正者亦多有之。如《易・屯》六二"女子貞不字"，陸績訓"字"爲"愛"，已覺未安，至宋耿南仲誤讀"女子許嫁笄而字"之文，遂以"字"爲"許嫁"，更不可通，不如虞翻訓爲"妊娠"之善也。《堯典》"克諧以孝，烝烝乂，不格姦"，傳訓"烝烝乂"爲"進進以善自治"，頗爲不辭，不如蔡邕《九疑山碑》讀以"孝烝烝"爲句，且依《廣雅》"烝烝，孝也"之訓爲善也。《皋陶謨》"萬邦作乂"、《禹貢》"萊夷作牧”“雲夢土作乂”，《史記·夏本紀》皆以“爲”字代“作”字，文義未安，不如用《詩·駉》篇傳訓“作”爲“始”之善也。《禹貢》“嵎夷既略”，傳謂“用功少曰略”，乃望文生義，不如訓“略”爲“治”之善也。《康誥》“遠乃猷，裕乃以民寧”，傳讀“猷”字爲句，而訓“猷”爲“謀”，不如斷“猷裕”爲句，而用《方言》“猷、裕，道也”之訓爲善也。《詩·鄘風·定之方中》篇“匪直也人”，《檜風·匪風》篇“匪風發兮，匪車偈兮”，《小雅·小旻》篇“如匪行邁謀”，箋並訓“匪”爲“非”，不如用《左傳》杜注訓“匪”爲“彼”之善也。《王風·中谷有蓷》篇“暵其濕矣”，傳、箋並解爲“水濕”，與“暵”字之義相反，不如讀“濕”爲“㬉”，用《通俗文》“欲燥曰㬉”之善也。《魏風·陟岵》篇“行役夙夜無寐”，傳以爲寤寐之“寐”，不如讀“寐”爲“沫”，而用《楚辭》注“沫，已也”之訓爲善也。《小雅·南有嘉魚》篇“烝然罩罩”“烝然汕汕”，傳依《爾雅》云“罩罩，篧也”“汕汕，樔也”，不如《説文》訓爲“魚游水貌”之善也。《菁菁者莪》篇“我心則休”，《釋文》《正義》並以“休”爲“美”，不如用《國語》注“休，喜也”之訓爲善也。《北山》篇“我從事獨賢”，箋以爲賢才之“賢”，不如《毛傳》訓“賢”爲“勞”之善也。《菀柳》篇“無自暱焉”，傳訓“暱”爲“近”，與“無自瘵焉”之文不類，不如《廣雅》“暱，病也”之訓爲善也。《都人士篇》序“衣服不貳，從容有常”，鄭訓“從容”爲“休燕”，不如《緇衣》正義訓爲“舉動”之善也。《大雅·緜》篇“曰止曰時”，箋訓“時”爲“是”，與“曰止”異義，不如訓“時”爲“止”之善也。《卷阿》篇“有馮有翼”，傳云“道可馮依以爲輔翼”，不如訓爲“馮馮翼翼，滿盛之貌”爲善也。《民勞》篇“無縱詭隨”，傳云“詭人之善，隨人之惡”，以叠韻之字而上下異訓，不如讀“隨”爲“譖”而訓“詭譖”之善也。《雲漢》篇“昊天上帝，則不我虞”，箋訓“虞”

爲“度”,文義未允,不如訓爲“有”與“助”之善也。《月令》“養壯佼”,正義以“佼”爲“形容佼好”,與“壯”異義,不如訓“佼”爲“健”之善也。《桓十一年左傳》“且四虞四邑之至也”[1]《昭六年傳》“始吾有虞於子”,杜注並訓爲“度”,不如訓爲“望”之善也。《宣十二年傳》“董澤之蒲,可勝既乎”,杜訓“既”爲“盡”,不如讀“既”爲“墍”,用《摽有梅》詩傳“墍,取也”之訓爲善也。《襄二十五年傳》“馮陵我敝邑,不可億逞”,杜訓“億”爲“度”、“逞”爲“盡”,不如訓爲“盈滿”之善也。後之覽是書者,去鑿空妄談之病而稽於古,取古人之傳注而得其聲音之理,以知其所以然。而傳注之未安者,又能博考前訓以正之,庶可傳古聖賢著書本旨,且不失吾師纂是書之意與? 歲在屠維協洽相月之朔,弟子高郵王引之謹序。

　　　　以上清嘉慶四年（1799）揚州阮氏琅嬛仙館本,

　　　　　　　　　　　　　光緒六年淮南書局補刻

---

① “四虞”之“四”,當作“曰”。《左傳》作“曰”。

爾　雅

爾雅序

郭　璞

夫《爾雅》者,所以通詁訓之指歸,敘詩人之興詠,總絕代之離詞,辯同實而殊號者也。誠九流之津涉,六藝之鈐鍵,學覽者之潭奥,摛翰者之華苑也。若乃可以博物不惑,多識於鳥獸草木之名者,莫近於《爾雅》。《爾雅》者,蓋興於中古,隆於漢氏,豹鼠既辨,其業亦顯。英儒贍聞之士,洪筆麗藻之客,靡不欽玩耽味,爲之義訓。璞不揆檮昧,少而習焉,沈研鑽極,二九載矣。雖註者十餘,然猶未詳備,並多紛謬,有所漏略。是以復綴集異聞,會稡舊說,考方國之語,采謠俗之志,錯綜樊、孫,博關羣言,剟其瑕礫,搴其蕭稂,事有隱滯,援據徵之。其所易了,闕而不論。別爲《音》《圖》,用祛未寤。輒復擁篲清道,企望塵躅者,以將來君子爲亦有涉乎此也。

爾雅序

郭璞撰,陸德明音義,邢昺疏

【疏】《爾雅》者,《釋文》云:"所以訓釋五經,辯章同異,實九經之通路,百氏之指南,多識鳥獸草木之名,博覽而不惑者也。爾,近也;雅,正也。言可近而取正也。《釋詁》一篇,蓋周公所作,《釋言》以下,或言仲尼所增,子夏所足,叔孫通所益,梁文所補。”張揖云:“昔在周公,纘述唐虞,宗翼文武,克定四海。勤相成王,踐阼理政,日昃不食,坐而待旦。德化宣流,越裳來貢,嘉禾貫桑。六年制禮,以導天下。著《爾雅》一篇,以釋其義,傳乎後覺,歷載五百,墳典散落,唯《爾雅》常存。《禮·三朝記》:‘哀公曰:寡人欲學《小辯》以觀於政,其可乎? 孔子曰:《爾雅》以觀於古,足以辯言矣。’《春秋元命包》言:‘子夏問:夫子作《春秋》,不以初、哉、首、基爲始,何? ’ 是以知周公所造也。率斯以降,超絶六國,越踰秦楚,爰暨帝劉。魯人叔孫通撰置《禮記》,文不違古。今俗所傳三篇《爾雅》,或言仲尼所增,或言子夏所益,或言叔孫通所補,或言是沛郡梁文所著,皆解家所説,先師口傳。既無正驗,聖人所言,是故疑不能明也。夫《爾雅》之爲書也,文約而義固;其陳道也,精研而無誤。真七經之檢度,學問之階路,儒林之楷素也。”序與緒音義同。《釋詁》云:“敘,緒也。”言己注述之由,敘陳此經之旨,若繭之抽緒耳。孔子作《書序》,子夏作《詩序》,故郭氏亦謂之序。序之大指,凡有五焉:初、自“夫《爾雅》者”至“辯同實而殊號者也”,明此書之用也。二、自“誠九流之津涉”至“摛翰者之華苑也”,言爲羣經之樞要也。三、自“若乃”至“莫近於《爾雅》”,言其博物,他書不之過也。四、自“《爾雅》者”至“其業亦顯”,明其興隆之時也。五、自“英儒贍聞之士”至末,總序己所以作注之意也。今各依文解之。夫《爾雅》者,所以通詁訓之指歸,敘詩人之興詠,總絶代之離詞,辯同實而殊號者也。【音義】夫,音符。爾,字又作邇。雅,字亦作疋。詁,音古,又音故。興,許應反。總,子孔反。【疏】此明其用也。夫者,發語辭,亦指示語,指此《爾雅》者,所以通詁訓之指歸也。詁,古也,通古今之言使人知也。訓,道也,道物之貌以告人也。指歸,謂指意歸鄉也。言此書所以通暢古今之言,訓道百物之貌,使人知其指意歸鄉也。若言“初、哉、首、基”者,其指歸在“始”

也；若言“番番、矯矯”者，其指歸在“勇”也。略舉一隅，他皆放此。云“敘詩人之興詠”者，敘，次敘也。鄭玄注《周禮·大司樂》云：“興者，以善物喻善事。”又注《大師》云：“興者，見今之美，嫌於媚諛，取善事以喻勸之。”鄭司農云：“興者，托於事物。”詠者，永言也。故《舜典》云：“歌永言。”孔注云：“歌詠其義以長其言。”又《詩序》云：“言之不足，故嗟歎之；嗟歎之不足，故詠歌之。”斯皆詩人所爲，此書能次序之，故言“敘詩人之興詠”也。若言“雍雍喈喈”，以興民協服也；“其虛其徐”，以詠威儀容止也，如此之類皆是。案《爾雅》所釋，徧解六經，而獨云“敘詩人之興詠”者，以《爾雅》之作多爲釋《詩》，故毛公傳《詩》皆據《爾雅》，謂之《詁訓傳》，蓋亦此意也。云“總絕代之離詞”者，總，聚也；絕代，謂遠代也；離詞，猶異詞也。郭璞序《方言》云：“標六代之絕語，類離詞之指韻。”亦猶此也。以其六代絕遠，四方乖越，故今古語異，夷夏詞殊。此書能總聚而釋之，使人知也。若其“繹，又祭也。周曰繹，商曰肜，夏曰復胙”，及注引《方言》之類是也。云“辯同實而殊號者也”者，辯謂辯別，事物雖殊其號而同一實者，此書辯之。若“繴謂之罿，罿，罬也。罬謂之罘，罘，覆車也”。又《釋草》云：“唐蒙，女蘿。女蘿，菟絲。”注云：“別四名。”如此之類是也。**誠九流之津涉，六藝之鈐鍵，學覽者之潭奧，摛翰者之華苑也。**【音義】鈐，其廉反。鍵，字又作楗，其展反。《字林》：“巨偃反，鋭也。一曰鐕也。”《廣雅》云：“鍵，牡也。”《小爾雅》云：“鍵謂之鑰。”《方言》云：“鑰也，自關而東，陳楚之間謂鑰爲鍵。”或一音巨言反。潭，徒南反。奧，烏報反。摛，勅知反。《説文》云：“舒也。”翰，寒半反。華，胡瓜反。苑，於阮反。【疏】此明其樞要也。云“誠九流之津涉”者，誠，實也。九流者，序六藝爲九種，言於六經若水之下流也。津涉者，濟渡之處名，言九流之多，非此書無以通，喻九河之廣，非津涉無以渡。案《漢書·藝文志》云：儒家者流，五十三家，八百三十五篇，“蓋出於司徒之官，助人君順陰陽、明教化者也。游文於六經之中，留意於仁義之際，祖述堯舜，憲章文武，宗師仲尼，以重其言，於道最爲高。孔子曰：'如有所譽，其有所試。'唐虞之隆，殷周之盛，仲尼之業，已試之效者也。然惑者既失精微，而僻者又隨時抑揚，違離道本，苟以譁衆取寵。後進循之，是以五經乖析，儒學寖衰，此僻儒之患也"。道家者流，三十七家，九百九十三篇，"蓋出於史官，歷記成敗、存亡、禍福、古今之道，然後知秉要執本，清虚以自守，卑弱以自持，此人君南面之術也。合於堯、舜之克讓，《易》之謙謙，一謙而四益，此其所長也"。陰陽家者流，二十一家，三百六十九篇，"蓋出於羲和之官，敬順昊天，歷象日月星辰，敬授民時，此其所長也"。法家者流，十二家，二百一十七篇，"蓋出於理官，信賞必罰，以輔禮制。《易》曰：'先王以明罰勑法。'此其所長也"。名家者流，七家，三十六篇，"蓋出於禮官，古者名位不同，禮亦異數。孔子曰：'必也正名乎！名不正則言不順，言不順則事不成。'此其所長也"。墨家者流，六家，八十六篇，"蓋出於清廟之守，茅屋采椽，是以貴儉；養三老五更，是以兼愛；選士大射，是以上賢；宗祀嚴父，是以右鬼；順四時而行，是以非命；以孝視天下，是以上同，此其所長也"。從橫家者流，十二家，百七篇，"蓋出於行人之官。孔子曰：'誦《詩》三百，使於四方，不能專對，雖多，亦奚以爲？'又曰：'使乎，使乎！'言其當權事制宜，受命而不受辭，此其所長也"。雜家者流，二十家，四百三篇，"蓋出於議官，兼儒墨，合名法，知國體之有此，見王治之無不貫，此其所長也"。農家者流，九家，百一四篇，"蓋出於農稷之官，播百穀，勸耕桑，以足衣食，故八政一曰食，二曰貨。孔子曰：'所重民食。'此其所長也"。此九流之大旨也。云"六藝之鈐鍵"者，案《漢書・藝文志》，六藝謂《易》《書》《詩》《禮》《樂》《春秋》六經也。凡六藝，一百三家，三千一百二十三篇。《説文》："鈐，鏺也。"《方言》云："户鐍，自關之東，陳楚之間謂之鍵。"《小爾雅》云："鍵謂之鑰。"言此書爲六藝之鏺鑰，必開導之，然後得其微旨也，故云"六藝之鈐鍵"也。云"學覽者之潭奥"者，潭，淵也。室中西南隅謂之奥，言隱奥也。此書釋二儀之形象，載八表之昏荒，雖博學廣覽之士，莫能究淵深隱奧，故云“學覽者之潭奧”也。云“摛翰者之華苑也”者，言此書森羅萬有，純粹六經，摛文染翰之士凡以掇其英華^①，若園苑然，故云“華苑”也。若乃可以博物不惑，多識於鳥獸草木之名者，莫近於《爾雅》。【音義】近，如字，又音附近之近。【疏】此言其博物也。云“若乃”者，因上起下語，上既言其功用，此復美其博物，故云“若乃”。既可以博釋庶物，又能多識辯於鳥獸草木之名者，“莫近於《爾雅》”，言《爾雅》最近之也。案《公羊傳》説《春秋》功德云：“撥亂世，反諸正，莫近於《春秋》。”何休云：“莫近，猶莫過之也。”然則博物多識，他書亦莫過於《爾雅》也。《爾雅》者，蓋興於中古，隆於漢氏。豹鼠既辯，其業亦顯。【音義】中，丁仲反，又如字。中古，謂周公也。豹，百教反。【疏】此言興隆之時也。云“蓋興於中古”者，《爾雅》之作，經傳莫言其人及時世，但相傳云周公作之，以教成王，無正文，故云“蓋”以疑之。經典通以伏羲爲上古，文王爲中古，孔子爲下古。周公，文王子，父統子業，周公亦可爲中古，故云“蓋興於中古”。云“隆於漢氏”者，以夫子没後，書紀散亡，戰國陵遲，嬴秦燔滅，則此書亦從而墜矣。洎乎漢氏御宇，旁求典籍，除挾書之律，開獻書之路，此書亦從而隆矣，故云“隆於漢氏”也。云“豹鼠既辯，其業亦顯”者，謂漢武帝時，孝廉郎終軍既辯豹文之鼠，人服其博物，故争相傳授，《爾雅》之業，於是遂顯。言不但興行，兼亦廣顯，故云“亦”也。英儒贍聞之士，洪筆麗藻之客，靡不欽玩耽味，爲之義訓。璞不揆檮昧，少而習焉，沈研鑽極，二九載矣。雖注者十餘，然猶未詳備，竝多紛謬，有所漏略。是以復綴集異聞，會稡舊説，考方國之語，采謡俗之志，錯綜樊、孫，博關羣言，剟其瑕礫，搴其蕭稂。事有隱滯，援據徵之。其所易了，闕而不論。别爲《音》《圖》，用祛未寤。輒復擁篲清道，企望塵躅者，以將來君子爲亦有涉乎此也。【音

_____

① 凡，清嘉慶《十三經注疏》本作“足”，當是。

義】瞻，時豔反。玩，五貫反。耽，丁南反。璞，普剥反。揆，巨癸反。檮，徒刀反，檮杌也。少，詩照反。沈，直金反。研，五堅反。鑽，子官反。注，之戍反。紛，芳云反。謬，靡幼反。鄭注《禮記》云“誤也”，《方言》云“詐也”，本或作“繆”，音同。復，扶又反。綴，丁衛反，又丁劣反。會，古外反，《周禮注》云“計也”，本又作“檜”，音同。《廣雅》云：“檜，收也。”粹，子外反，又子骨反，聚也。謡，音遥。綜，子宋反。剟，丁悦反，《説文》云“利也”，《廣雅》云“削也”，又都活反。瑕，户加反，玉翳也。礫，力的反，《説文》云“小礓石”。搴，字又作“攓”，居展反，又去虔反，拔也。蕭，先遼反。稂，音郎。稂，童粱，穢禾草也。《詩》云“不稂不莠”。隱，於謹反。滯，直例反。援，音袁，引也。易，以豉反。了，本亦作“憭”，音同，照察也。祛，去魚反。痼，五故反。篲，字又作“彗”，似税反，又囚醉反，一音息遂反，《説文》云“掃竹也”。企，邱豉反。躅，本又作“躢”，直録反，《漢書音義》：“躅，迹也。”韋昭音擢，云：“三輔謂牛蹄迹爲躅。”鄭氏音拘攫。案《字林》攫音竹足反。【疏】此言己所以作注之意也。云“英儒瞻聞之士”者，案《禮·辭名記》：“德過千人曰英。”儒者，柔也，能以德柔服人也。瞻，多也。士者，有德之稱，言英俊通儒多聞之士也。云“洪筆麗藻之客”者，洪，大也；麗，美也；藻，水藻也①。有文，以喻人之文章。言大有詞筆、美於文章之客也。云“靡不欽玩耽味，爲之義訓”者，靡，無也；欽玩，猶敬愛也；耽味，猶樂嗜也。言英儒等無不敬愛此書，如耽廣樂嗜嘉肴然，故曰“耽味”，而爲之義理訓解，謂作注也。云“璞不揆檮昧，少而習焉”者，此自謙也。揆，度也。檮，謂檮杌，無知之貌。昧，闇也。郭氏言己不度其無知闇昧，自少小而習此書焉。云“沈研鑽極，二九載矣”者，此言用力深，不敢苟爲注解也。謂深沈研覈，鑽求窮極，凡十八載，故云“二九載矣”。云“雖注者十餘，然猶未詳備”者，言作注者雖十有餘家，猶尚未能精詳具備。十餘家者，陸德明《叙録》：犍爲文學注二卷、劉歆注

---

① 水藻，《十三經注疏》本作“水草”，當是。

三卷、樊光注六卷、李巡注三卷、孫炎注三卷，惟此五家而已。又《五經正義》援引有某氏、謝氏、顧氏。今郭氏言十餘者，典籍散亡，未知誰氏。或云沈旋、施乾、謝嶠、顧野王者，非也。此四家在郭氏之後，故知非也。云“竝多紛繆，有所漏略”者，言十家所注，竝多紛紜錯繆。若孫叔然“覭髳[①]，茀離”，字别爲義，是紛繆也。其所難解，則全不入根節，是漏略也。云“是以復綴集異聞，會稡舊説”者，“是以”者，因前起後語。因前十家所注紛繆漏略，起己作注之意，故言“是以”。對前已有注，故云“復”。“綴集”，謂聯綴聚集。“異聞”者，注所引六經子史之類是也。“會稡”者，《廣雅》云：“會，收也。”“稡，聚也。”“舊説”，謂十家所説也。雖不能盡善，亦時有可觀，其所善者，則收聚用之也。云“考方國之語”者，考，成也，四方之國言語不同，有可通釋者，則援引考成之，注引《方言》是也。云“采謡俗之志”者，采，取也。徒歌謂之謡。案《漢書·地理志》云：“好惡取舍，動静亡常，隨君上之情欲，故謂之俗。”但童謡嬉戲之言，及俗聞有所記志可以通此書者，亦采用之。若“樸樕”注引齊人諺曰“上山斫檀，樸樕先殫”、“蠨蛸”注云“俗爲喜子”[②]之類是也。云“錯綜樊、孫”者，謂交錯綜聚樊光、孫炎二家之注，取其理長者用之。云“博關羣言”者，關，通也；羣言，謂子史及小説也。言非但援引六經，亦博通此子史等以爲注説也。云“剟其瑕礫，搴其蕭稂”者，此喻己作注，去惡取善也。“剟其瑕礫”，以玉石喻也，剟削去其疵瑕瓦礫，以取瑾瑜也。“搴其蕭稂”，以禾莠喻也。搴，拔也。蕭，蒿也。稂，童粱，莠類也。拔去其蕭蒿稂莠，以存其嘉禾也。云“事有隱滯，援據徵之”者，援，引也；徵，成也。若事有隱奥滯泥者，則援引經據以證成之也。云“其所易了，闕而不論”者，謂通見《詩》《書》，不難曉了者，則不須援引，故闕而不論也。云“别爲《音》《圖》，用袪未寤”者，謂注解之外，别爲《音》一卷，《圖贊》二卷。字形難識者，則審音以知之；物狀難辯者，則披圖以别之。用

①髳，《爾雅·釋詁》作“髳”。

②“俗”後《爾雅·釋蟲》有“呼”字。

此《音》《圖》以袪除未曉寤者，故云“用袪未寤”也。云“輒復擁篲清道，企望塵躅”者，此郭氏自問也。擁，手持也。篲，帚也。清道，謂清潔道塗也。企望者，企踵而瞻望也。塵躅者，塵路躅跡也。言己注此書，若人持帚以清道，企踵而望其芳塵美跡。所以然者何，謂，是自問也。云“以將來君子爲亦有涉乎此也”者，此亦答也[①]，言己注此書非他，以爲將來有德君子之爲，必欲研覈百氏，探討九流，非《爾雅》不可，必涉歷此途。若其注釋未備，則恐迷誤後人，作注之由，良爲此也。

書爾雅注後

馬　諒

　　蓋聞儒者之學，必欲周知夫事物者，以其盈天地之間，無弌物弌事之理而不在吾性之内也。人惟於理有未窮，故其知有未盡。《大學》所謂“致知在格物”，《孟子》所謂“盡其心者知其性也”，其以此歟？然而經書子史充棟汗牛，積歲經年，未易徧攷，故博物好古之君子往往病焉。惟《爾雅》弌書，始於中古，盛於西漢，迨至東晉，復得郭景純爲之註，故凡天地古今、綱常倫理萬事之義，鳥獸艸木宮廬服食百物之名，罔不提挈其綱領，訓釋其字義，誠博物之捷徑，讀書之指南，吾儒之不可不知也。予自蚤歲嘗嗜是書，然歷年滋久，其傳録之弊，未免有魯魚亥豕之舛，因抄而訂正之，捐俸鋟梓，以廣其傳。俾初學之士於事理名物，巨細精粗，開卷可以盡識，亦庶幾無媿於儒者之學矣。因僭書此乎末簡，以識歲月云。時景

---

① 亦，當據《十三經注疏》本改作“自”。

泰七年歲次丙子八月癸丑日，賜進士出身通議大夫應天府府
尹和陽馬諒識。

爾雅鄭注序

鄭　樵

　　大道失而後有六經，六經失而後有《爾雅》，《爾雅》失而
後有箋注。《爾雅》與箋注，俱犇走六經者也，但《爾雅》逸，
箋注勞。《爾雅》者，約六經而歸《爾雅》，故逸；箋注者，散《爾
雅》以投六經，故勞。有《詩》《書》而後有《爾雅》，《爾雅》馮
《詩》《書》以作，往往出自漢代箋注未行之前，其孰以爲周公
哉？《爾雅》釋六經者也，《爾雅》明，百家箋注皆可廢。《爾
雅》，應釋者也；箋注，不應釋者也。人所不識者，當釋而釋之
曰應釋；人所不識者當釋而不釋，所識者不當釋而釋之，曰不
應釋。古人語言，於今有變，生今之世，何由識古人語？此《釋
詁》所由作。五方言語不同，生於夷，何由識華語？此《釋言》
所由作。物有可以理言者，以理言之；有不可以理言，但喻其
形容而已。形容不可明，故借言之訓以爲證，此《釋訓》所由
作。宗族、婚姻，稱謂不同，宮室、器樂，命名亦異，此《釋親》
《釋宮》《釋器》《釋樂》所由作。人之所用者，人之事爾，何由
知天之物？此《釋天》所由作。生於此土，識此土而已，九州
之遠，山川丘陵之異何由歷？此《釋地》《釋丘》《釋山》《釋
水》所由作。動物、植物，五方所產各有名，古今所名亦異謂，
此《釋草》《釋木》《釋蟲》《釋魚》《釋鳥》《釋獸》《釋畜》所
由作。何物爲六經？集言語、稱謂、宮室、器服、禮樂、天地、

山川、草木、蟲魚、鳥獸而爲經，以義理行乎其間而爲緯，一經
一緯，錯綜而成文，故曰六經之文。《爾雅》謂言語、稱謂、宫
室、器服、禮樂、天地、山川、草木、蟲魚、鳥獸之所命不同，人
生不應識者也，故爲之訓釋。義理者，人之本有，人生應識者
也，故嬰兒知好①，瞽者聾者知信義，不馮文字而後顯，不藉訓
釋而後知。六經所言，早爲長物，何況言下復有言哉？故《爾
雅》則不釋焉。後之箋注家反是，於人不應識者則略，應識者
則詳，舍經而從緯，背實以應虚，致後學昧其所不識而妄其所
識也。蓋人所不應識者，經也，實也，不得釋則惑，得釋則明。
若曰"關關雎鳩，在河之洲"，不得釋，則人知雎鳩爲何禽，河
洲爲何地哉？人所應識者，緯也，虚也，釋則不顯，不釋則顯。
董遇有言"讀百徧，理自見"者，爲此也。若雎鳩、河洲，不得
旨言，雖千誦何益哉？何謂釋則不顯？且如《論語》所謂"學
而時習之，不亦説乎"，無箋注，人豈不識？《孟子》所謂"亦
有仁義而已矣，何必曰利"，無箋注，人豈不識？《中庸》所謂
"天命之謂性，率性之謂道"，無箋注，人豈不識？此皆義理之
言，可詳而知，無待注釋，有注釋則人必生疑，疑則曰此語不
徒然也，迺舍經之言而泥注解之言，或者復舍注解之意，而泥
己之意以爲經意，故去經愈遠。正猶人夜必寢，旦必食，不須
告人也。忽而告人曰吾夜已寢矣，旦已食矣，聞之者豈信其
直如此耳？必曰是言不徒發也，若夜寢旦食，又何須告人？
先儒箋解虚言，致後人疑惑，正類此。因疑而求，因求而迷，
因迷而妄，指南爲北，俾日作月，欣欣然以爲自得之學，其實
沉淪轉徙，可哀也哉！此患無他，生於疑爾。其疑無他，生於
本來識者而作不識者解尔。《爾雅》訓釋六經，極有條理，然

---

① 顧頡剛校本"好"後有"惡"字。

只是一家之見，又多徇於理而不達乎情狀，故其所釋六經者，六經本意未必皆然。樵酷愛其書得法度，今之所注，只得據《爾雅》意旨所在，因採經以爲證，不可叛之也。其於物之名，大有拘礙處，亦略爲之摭正云爾。謹序。

爾雅鄭注後序

鄭　樵

一字本一言，一言本一義，饘自饘，餰自餰，不得謂餰爲饘；訊自訊，言自言，不得謂訊爲言；襧自襧，袍自袍，不得謂袍爲襧；袞自袞，黻自黻，不得謂袞爲黻。不獨此也，大抵動以十數言而總一義。今舉此四條，亦可知其昧於言理。《詩》云"奉璋峨峨"，謂助祭之士執圭璋峨峨然。《釋言》："峨峨，祭也。""伐木丁丁"，丁丁者，伐木聲。"鳥鳴嚶嚶"，嚶嚶者，鳥聲也。奈何曰："丁丁、嚶嚶，相切直也。"舉此三條，亦可知其不達物之情狀。《爾雅》所釋，盡本《詩》《書》，見《爾雅》自可見，不待言也。《離騷》云："今飄風兮先驅，使涷雨兮灑塵。"故《釋風雨》云："暴雨謂之涷。"此句專爲《離騷》釋，知《爾雅》在《離騷》後，不在《離騷》前。謂華爲荂，謂草木初生爲芛，謂蘆笋爲虇，音勸。謂藕紹緒爲茭，皆江南人語，又知作《爾雅》者江南人。謹後序。

爾雅陸序

嚴元照

註《爾雅》者，《經典·序録》有犍爲文學註，諸書多引作
“犍爲舍人”，或作“舍人”，《文選註》間稱爲“郭舍人”，疑即
一人也。有劉歆註，陸氏謂與李巡正同。今散見諸書者，不
盡同于李巡。有樊光註，陸氏引沈旋之説，疑非光註。案《詩
疏》所引有某氏註，《左傳疏》引樊光之註與某氏註同，則某
氏疑即樊光。然《詩疏》亦間引樊光註，與某氏互見，其爲一
人與否，疑未能定也。有李巡註、孫炎註，皆在郭氏以前也。
梁有沈旋《集註》，則在郭氏以後也。其爲《序録》所未及引
者，有鄭康成註，見《周禮疏》。然《康成傳》不言其註《爾雅》，
其即鄭志引《爾雅》而釋之，後人遂以爲康成《爾雅》之註與？
郭註引謝氏之説，考《序録》有陳國子祭酒謝嶠撰《爾雅音》，
在郭氏之後，是郭註所引謝氏究莫明其爲何人。今所傳郭註，
字句多脱落，或後人取謝嶠之説溷入郭注與？諸家之註散見
諸書者，俱無完本，唯郭註尚存，今依郭註爲正。

爾雅疏敘

邢　昺

夫《爾雅》者，先儒授教之術，後進索隱之方，誠傳注之
濫觴，爲經籍之樞要者也。夫混元闢而三才肇位，聖人作而

六藝斯興。本乎發德於衷,將以納民於善。洎夫醇醨既異,步驟不同。一物多名,繫方俗之語;片言殊訓,滯今古之情。將使後生若爲鑽仰？繇是聖賢間出,詁訓遞陳,周公倡之於前,子夏和之於後。蟲魚草木,爰自爾以昭彰;《禮》《樂》《詩》《書》,盡由斯而紛郁。然又時經戰國,運歷挾書,傳授之徒寖微,發揮之道斯寡,諸篇所釋,世罕得聞。惟漢終軍獨深其道,豹鼠既辨,斯文遂隆。其後相傳,乃可詳悉。其爲注者,則有犍爲文學、劉歆、樊光、李巡、孫炎,雖各名家,猶未詳備。惟東晉郭景純用心幾二十年,注解方畢,甚得六經之旨,頗詳百物之形。學者祖焉,最爲稱首。其爲義疏者,則俗間有孫炎、高璉,皆淺近俗儒,不經師匠。今既奉勑校定,考案其事,必以經籍爲宗;理義所詮,則以景純爲主。雖復研精覃思,尚慮學淺意疏。謹與尚書駕部員外郎直祕閣臣杜鎬、尚書都官員外郎祕閣校理臣舒雅、太常博士直集賢院臣李維、諸王府侍講太常博士兼國子監直講臣孫奭、殿中丞臣李慕清、大理寺丞國子監直講臣王焕、大理評事國子監直講臣崔偓佺、前知洺州永年縣事臣劉士玄等共相討論,爲之疏釋,凡一十卷。雖上遵睿旨,共竭於顓蒙,而下示將來,尚慙於疏略。謹序。

重刊北宋本爾雅疏序

陸心源

　　羣經之疏,北宋時本與注別行,至南宋麻沙刊本始合爲一,閩刻及明監本仍之。自合刻本行而單行本遂微,今存者《儀禮》《穀梁》《爾雅》而已,《儀禮》《穀梁》皆殘缺,惟《爾

雅》獨完。承平時，吳中有二本：一爲士禮居黃氏所藏，一爲
五硯樓袁氏所藏。余於亂後得之吳中故家，書中有何氏藏書
印，其即黃、袁二家所藏，或別爲一本，無可攷也。其紙乃至
順中公牘，紙背有蒙古文官印。金入汴京，盡輦國子監、秘書
監書籍而北，事見《北盟會編》。其板至元時尚存，故有元時
印本。攷《玉海》，咸平三年二月，命國子祭酒邢昺等重定《爾
雅義疏》，四年九月表上，十月命摹板印行，書中凡遇宋太祖、
太宗、真宗廟諱，皆缺末筆，其爲咸平初刻無疑。間有不避宋
諱者，當是入元以後所修補耳。經注或載全文，或標起止，皆
空一格，下偁釋曰，與單行本《儀禮疏》同例。經文多與唐石
經合，疏文完全，遠勝合刻本之删削。叔明訓詁攷訂，雖不及
邵氏《正義》、郝氏《義疏》之精，而疏《爾雅》者於今爲最古，
邢疏刊本又以此本爲最古也。叔明自序云：“爲之疏釋，凡一
十卷。”合刻本皆作十一卷，若非此本僅存，何從見邢氏真面
目乎？粵逆之亂，爲古今圖書一大劫，念世間未必有二，校正
付梓，以餉學者。行欵悉仍宋刊舊式，別爲校勘記附於後。
光緒四年歲在著雍攝提格且月，歸安陸心源譔，安吉吳俊書。

爾雅注疏考證跋語

張　照

　　尚書臣張照謹言：《爾雅》一書，《凡將》《倉》《林》之流，
其厠於聖經列於學官者，以所訓詁皆先聖先賢之語也。韓愈
云：“凡爲文，須略識字。”字既今古不同，文亦後先迥異，苟非
述古以開今，曷由發蒙而契聖，此《爾雅》所以爲重，而不徒

以辨豹鼠、注蟲魚,遂足當識字之目也。聖上稽古右文,稱先
啟後,重刊經史,被于辟廱,以逮四海。臣忝禁直,校讐亥豕,
土風鄉語,今古攸殊,典冊無徵,難以臆斷,惟就前賢辨論之
語,與郭、邢岐趨者,有可採備,即著于篇間,或出其螢爝,塵
點汗青,既沐聖俞,並列簡末。臣謹識。

校刊爾雅序

吳元恭

　　夫龍馬出河,三極之文斯顯;神龜呈洛,五行之質以彰。
書契之來,良有自矣。天地之心見乎時,聖人之情見乎辭,六
經其濫觴哉? 竊聞不可俄而曉者,經之常也,是故睎聖之徒,
不忘于詁訓;窮經之士,每費于討論。童習白紛,殊可慨者,
匪有先覺,孰啟後生?《爾雅》之作,姬、孔信我師也。《爾雅》
者,訓釋也,實均名別,或雜萃于古今,旨合稱垂;或因緣于方
俗,遠搜近狩,曲舉旁羅,文協大同,事靡偏晦,君子謂類族辯
物,莫是過焉。誠六經之羽翼,品彙之金鑒,言談者之奧區,
注疏者之宗匠也。熟《爾雅》而誦六經,始知聖人之辭,果達
而已矣。劉彦和稱爲孔徒之所慕,《詩》《書》之襟帶,豈虛語
哉? 是故欲獵藝林,必兹發軔,求濟詞津,奚容徒涉,何者?
字罔究竟而篇能了悟,未之有也。東晉郭氏頗耽玩之,參伍
六經,錯綜羣説,歲閱二九,注甫庶幾,是其庸心可謂勤矣,後
世亦共宗焉。然披覽全書,不無疑闕。於乎! 博如景純,尚
未遍曉,矧彼寡陋,豈克周知?《爾雅》其可易言邪? 學者果
能敬孫景純之業,尋繹姬、孔之書,引伸觸長,倣類求餘,則青

青藍而冰寒水矣。景純之助，不既多乎？元恭忘裁膚淺，輕
肆校刊，非敢遂用愚之好，亦惟切稽古之志爾。且世方弘文，
家無殊學，廣傳寰内，當獲景純，必非若《太玄》之俟子雲於
異代者矣。嘉靖十七年秋七月二十四日。

重刻吴元恭本爾雅序

顧廣圻

　　經典舊本，類就湮没，良由樸學，故艱於傳刻耳。此明嘉
靖時《爾雅》，世已不多見，蒙實病焉，乃重刊之。其本審知原
出宋槧，足訂正俗本譌脱，今不具論，以讀者當自得之矣。嘉
慶十一年十月，顧廣圻書。

爾雅序

孔繼汾

　　《爾雅》一書，音注之家夥矣，漢有犍爲文學、劉歆、樊光、
李巡、孫炎，晉有郭璞，梁有沈璇，陳有施乾、謝嶠、顧野王，唐
有陸德明，宋有邢昺、鄭樵，莫不研精殫思，考音析理，裨益我
後學。要之諸家之中，注以郭氏爲精，音以陸氏爲備，今二家
竝肆學官，固其宜也，顧傳世既久，輾轉滋譌，讐校匪易。今
監本雖於每卷之末，各附“臣照考證”一篇，逐加是正，然本
書中句讀之參差，魚豕之舛錯，時或仍不免焉。頃者余季男

廣懋將入小學授《爾雅》，俾爲他日受經之基，爰不揣荒陋，更
點勘字句，別録一册授之。竊以陸義本與郭相輔，無取於複。
又感於夾漈鄭氏説注《爾雅》者，於人不應識者則略，應識者
則詳；舍經而從緯，背實而應虚；每致後學昧其所不識，而忘其
所識，故惟備載陸音，不竝引其義。案陸氏所音之字，較見行
郭注頗多，兼有云本今無此字者，蓋郭本在陸時已自全略不
同，今更閲千餘年，文字之脱漏，又何待言。就中有尋求上下，
可以附入者，有難於附入者。可附入者存之，以仍其舊；其難
附入者，不比字畫疑誤形似之間，可以據書考證也，是以竝闕
而不論。至郭氏之注，先儒不無異説，監本考證中亦多臚列，
均可采集，以資博覽。秖以學愧淵通，且全經未授，徒斤斤於
單文隻義之間，既非初學急務，脱徵引稍有不當，更生枝節，
又未免蹈鄭氏所譏，故惟校音而不校注。即注中間有殘脱，
仍悉從舊文，不敢多附卮論也。書成，出以示錢塘張子蓉田，
張子云鈔寫難廣，莫梓之宜，爰相與重校而授梓人。乾隆甲
申孟秋，闕里孔繼汾序。

重刻吳元恭本爾雅跋

戈宙襄

　　鈕君非石以《爾雅》郭注三卷見借，曰："此明吳元恭本
出於宋槧者也。"予讀之洵然。經文較開成石本有數處不合，
如《釋宫》"屋上薄"，石作"簿"；《釋天》"何鼓"，石作"河"；《釋
水》"縣出"，石作"懸"。石本未必是，板本未必非。又如接慮
李之"梭"從木，姑䖮之"蛄"從虫，蓋相承有如此者，仍足資

考訂也。其注文完善,尤他本所鮮及,爰識其後而還之。袁壽皆二丈藏北宋單行本邢疏,黃堯翁亦有一部,養痾多暇,或盡假而細讀,唯非石更教其不逮焉。乙丑九月,真止居士戈宙襄。

宋刻本爾雅跋

顧廣圻

道光甲申春仲,從藝芸書舍借來,細勘一過,知其佳處,洵非以後諸刻所能及也。思適居士顧千里記。

異日當并單本邢疏再勘。三月朔又記。

以上宋刻本等

重刻爾雅序

張青選

嘉慶丙寅重刊福禮堂《周禮》既成,以坊間《爾雅》亦無善本,因集郭璞注、陸德明音義,仿所刻《周禮》,屬海寧朱半塘茂才録成一書,藏之篋笥久矣。今檢出,屬許登三茂才重加校勘,以付剞劂,爲家塾讀本,至疏解之精、辨正之詳,自有邵二雲學士《正義》書在,此取其便於初學誦習云爾。嘉慶丁丑嘉平望後一日,順德張青選識於海昌之聽潮吟館。

清嘉慶二十二年(1817)順德張青選清芬閣本

元雪牎書院刻本爾雅跋

陳 焯

　　嘉慶辛酉，阮大中丞延拜經先生校經於節署西偏之紫陽書院，建校經亭，以高異之，冬十一月，得見所裝宋槧《爾雅》，不勝欣幸。時學侶散歸，空山寂静，焚海南香，啜顧渚茶，致足樂也。陳焯識。

元雪牎書院刻本爾雅跋

翁同書

　　《尔疋》舊刻，惟宋槧單疏本最爲古雅。其經注本削宋本無傳者，廑有明吳元恭仿宋刻。此雪牎書院校刊經注本，乃元槧之佳者，舊藏武進臧鏞堂家。鏞堂曾爲儀徵阮文達公箸《爾雅校勘記》六卷，册内朱校即出鏞堂手，末有陳焯跋語，誤仞爲宋刻，蓋未審也。鏞堂字在東，後改名庸，所居爲拜經堂，故亦稱臧拜經。陳焯，字映之，烏程人，官鎮海訓導。又有"何夢華、嚴杰"二印。夢華名元錫，與杰竝錢塘人，皆好古博雅君子也。咸豐八年重三日，翁同書志。

以上元雪牎書院刻本

爾雅注疏校勘記

爾雅注疏校勘記序

阮　元

《爾雅》一書，舊時學者苦其難讀，今則三家村書塾尟不讀者，文教之盛，可云至矣。《爾雅注》郭氏後出，不必精審，而從前古注之散見者，通儒多愛惜攟拾之。若近日寶應劉玉麐、武進臧庸，皆采輯成書可讀。邢昺作疏，在唐以後，不得不繂唐人語爲之。近者翰林學士邵晉涵改弦更張，別爲一疏，與邢並行，時出其上。顧邢書列學官已久，士所共習，而經、注、疏三者皆譌舛日多，俗間多用汲古閣本，近年蘇州翻版尤劣。臣元搜訪舊本，於唐石經外，得明吳元恭仿宋刻《爾雅經注》三卷、元槧雪牕書院《爾雅經注》三卷、宋槧《爾雅邢疏》未附合經注者十卷，皆極可貴。授武進監生臧庸，取以正俗本之失，條其異同，纖悉畢備。臣復定其是非，爲《爾雅注疏校勘記》六卷，上中下三卷各分上下卷。後之讀是經者，於此不無津梁之益。陸德明《經典釋文》此經爲最詳，仍別爲校訂譌字，不依注疏本，與經注相淆。若夫《爾雅》經文之字，有不與經典合者，轉寫多岐之故也。有不與《説文解字》合者，《説文》於形得義，皆本字本義，《爾雅》釋經，則假借特多，其用本字本義少也。

此必治經者深思而得其意,固非校勘之餘所能盡載矣。臣
阮元恭記。

清光緒二十四年（1898）蘇州官書坊刻本

五　雅

五雅自序

郎奎金

　　經有五,雅亦五者何? 存雅以準經也。何稱乎《五雅》?《爾雅》昉于周公,沿踵滋繁,舊有《全雅》一書。今汰《爾雅翼》,入以孔鮒《小爾雅》,合劉熙《逸雅》、張揖《廣雅》,併《埤雅》,得五焉,是曰《五雅》。何取乎準經爾也? 楊子曰:大哉! 天地爲萬物郛,五經爲衆説郛。郛者其藏焉,不可既也。發天地之藏者,萬物也;發五經之藏者,衆説也。聖言幽遠閎深,儲與扈冶,浩浩瀚瀚,而條流雜分,卮言曼衍,如劉子《七略》、班史《藝文志》所紀,固多紕繆於大道,然其玄黄混沌,鼓吹休明,不可謂蹄涔窪勺,非溟渤之助爾。乃鼓篋綴文之士,喃喃性命知行,口實先正,此猶醯鷄之未發覆也。迨今而風習一大變矣,人游睢涣,家陟宛委,然拾唾竄句,爲邊竟之竊或,贅聞痩見,爲崑崙之智蟲。濫觴所底,不至操戈,孔孟沉鼎,伊誰不已也。則莫若捄之以雅。雅言常言正,正而常,百氏其疇能敔之? 按《爾雅》西河氏傳以説《詩》,豹鼠既辨,其書遂顯,郭景純所謂“九流之津涉,六藝之鈐鍵”也。《埤雅》者,《爾雅》之輔也;子魚《小爾雅》,猶《詩》有大小《雅》也;成國《逸雅》,義取《釋名》;張氏《廣雅》,倍資檢鏡,皆權輿雅爾,而演溢其事辭者也。可以詮《詩》,非秖《詩》詮也。其間極命庶物,博采謠俗,或恢恑憰怪,不盡雅馴,其爲正而常均焉矣。檿槍挈貳以爲天之常,火井湯谷以爲地之常,夔罔象方皇委蛇以爲物之常。夫聖人之經,豈與瞽師腐儒空譚勦説者倫哉?上圜象,下方輿,中禮樂、兵刑、食貨、冠服、喪紀,乃至人鬼、鳥獸、僊釋、方技,一切嵬瑣龐襍,罔不貫穿該洽,以匯于易簡之宗。故通乎雅者,夫然後能疏經滯,解經縛,駁經訛僞,是故取五以準經也。余先子淵靖嗜古,經學不減王、鄭。晚一官拓落,益復肆力研討。嘗彙輯五書,命不肖曰:“雅之亡也久矣,雅存則經存,小子識之。”不肖苫凷伏讀,手澤未湮,爲讐校殺青以傳。役甫竣,夢先子呼不肖曰:“若知五雅準五經也,亦知無色爲五色君,無聲爲五聲主,無味爲五味始乎。若而讘詊多誦,資博辯已爾。《易》之失鬼,《詩》之失愚,《書》之失拘,《禮》之失忮,《春秋》之失訾,經亡益也,安取雅爲?”余覺而劃然心開,涔涔汗浹踵也。泚筆書之,以諗夫博雅君子。天啟丙寅歲孟冬,武林棘人郎奎金公在父譔。

明天啟六年(1626)武林郎奎金堂策檻刻本

爾雅郭注補正

爾雅郭注補正自序

戴　鎣

《漢志》:"《爾雅》三卷,二十篇。"今篇惟十九。《志》不著撰人名氏,郭璞言興于中古,隆于漢代。鄭樵言出自箋註未行之先,《爾雅》明,則百家箋註可廢。魏張楫乃謂周公作《釋詁》,揚雄以爲皆孔門游、夏之儔所記以解釋六經。然則此書爲考據之鴻寶久矣。臣竭思搜紹,積有寒暑,欣逢聖朝右文,開設四庫,琳瑯炳蔚,有如列星,爰於校勘之餘,卒業是編。按漢劉歆、樊光、李巡、孫炎咸有註,今則晉郭璞註存,所謂究心十八載者也。宋邢昺與杜鎬八人奉詔疏之,爲十卷。又鄭樵註亦存。顧漢註佚矣,猶散見於陸氏《釋文》、邢疏《尚書》《毛詩》《三禮》《春秋左氏》《公羊》義疏、《太平御覽》《龍龕手鏡》《文選》等書,又有陸氏《音義》、陸佃《埤雅》、羅願《爾雅翼》,并資覈證。用是録郭註之全,辨其亥豕,綴陸、邢之説,觀厥引伸,復摭羣編,兼增蠡見,爲《爾雅郭註補正》三卷,卷分爲三,共九卷。敬謹繕寫,冒瀆宸衷鑒定,仰邀睿誨,不勝悚慄之至。謹序。乾隆五十二年春二月二十五日,欽賜舉人充三分四庫書校對,臣戴鎣恭擬進呈本。

爾雅郭注補正跋

韓光鼐

　　《爾雅郭註補正》一書,爲戴孝廉瑩進呈本[①],成於乾隆之五十二年,海内士林奉爲圭臬,由來久矣。咸豐年間,遭粤氛之亂,板已無存。光鼐家向藏是書,卒未付楚人一炬。兹將原本校對付梓,俾共珍賞。爰於竣工之日,聊識數言。光緒十一年仲春月,海陽韓光鼐識于經香閣。

以上清乾隆五十二年(1787)刻本

---

① 瑩,當據戴鋆自序改作"鋆"。

爾雅正郭

爾雅正郭自敘

潘衍桐

　　昔阮相國有言："《爾雅注》郭氏後出，不必精審，而從前古注，近日寶應劉氏、武進臧氏采輯成書。"又言："《爾雅》注義，亦嘗有志，宦轍匆暇，力所未逮。"衍桐持此數語，尋繹郭注，每見注中引用有王子雍《詩注》及所作《古文尚書孔安國傳》《孔子家語》《孔叢子》《小爾雅》篇，大恉與皇甫士安作《世紀》、杜元凱注《左傳》、何平叔注《論語》體製相似。揆兩晉作者之意，自謂獨得漢儒未見本，則凡音讀通叚無所施用。蘭陵家法，後來居上，南學宗派，由斯以成。苟非上求舍人、劉、樊、李、孫古注，合校《毛詩傳》、揚子《方言》、許氏《說文》、鄭氏《詩箋》《禮注》等書，不足抉其幽隱，以復舊觀。爰擬殫述前聞，捊輯成帙，勉竟阮志，久而未果。往歲戊子，簡命視學兩浙，校閱暇日，整理舊業。庚寅孟秋，分課詁經精舍諸生，即以《爾雅正郭說》爲題，訪諸博雅通人，參攷舊說，坿以私見，諸生所引，間亦搴采，通得二百四十二條，仍舊爲上中下三卷，題曰《爾雅正郭》，以別翟教授《補郭》之名，蓋補者補其略，正者正其失也。竊惟景純淹博，箸書滿家，此經之注，盛行唐代，以余瞀陋，何能匡正？ 茲之命名，蓋取相國之意,希文公儒師從而糾之。於時歲次辛卯,大清光緒十七年也。

清光緒十七年(1891)南海潘氏浙江書局刊本

爾雅郭注佚存補訂

爾雅郭注佚存補訂弁言

王樹枏

《釋文·敘錄》：“《爾雅》郭璞注三卷。”與《舊唐志》合，《隋志》作五卷，《新唐志》作一卷，當爲字誤。唐石經本、明吳元恭仿宋刻本、元槧雪牕書院本皆分上、中、下三卷，蓋郭注分篇之舊也。

郭景純集晉以前諸家之注，沿同別異，最爲詳洽，故郭注出而諸家之注俱廢不行。然傳鈔既繁，脱訛滋甚。陸氏《釋文》依郭本爲正，此爲近古之本。今所訂經注，悉從陸氏，陸所偶誤者，間亦以他本正之。

陸氏《釋文》多爲俗書所淆，苦無善本。盧氏文弨所校之本，間有訂正，未能一律精審。如郭注“狹”本作“陜”，而又出“狹”字；“廕”本作“廦”，而又出“廕”字；“啗”本作“啖”，而又出“啗”字；“呼”本作“評”，而又出“呼”字。他如“涂、途；箭、箭；暴、暴；葅、菹”等字，雅俗並著，前後不一，盧氏皆未及一一訂正。余別有《爾雅釋文校正》，今悉據前後文悉心改訂，以復陸氏之舊。

今世所行郭注，證以他書所引，多從删節，非足本也。據《禮記·禮器》疏及《周禮·春官》疏所引《釋魚》“神龜、靈龜”諸條，知唐時已有二本行世，故孔、賈所據各有不同。《太平御覽》兩引《釋魚》"蜃小者珧之"注,一與今本同,一與今本異。《本草》唐本注引《釋草》"苕,陵苕"注云:"一名陵時,又名陵霄。"蘇頌《圖經》謂今《爾雅注》無"又名陵霄"句,蓋當時讀者刪繁就簡,以便省覽,如今時五經刪節之本。其後學者喜便畏難,節本盛行於世,人遂無復知郭注復有足本者。今就諸書所引,參互補訂,猶可得其一二焉。惜乎行篋之書不備,不足盡其採掇耳。

　《爾雅注》中有音,與《方言》體例畧同。自注疏本別坿音切,遂將注中之音概從刪削。明吳元恭仿宋刻本,尚有一二存者。今諸書中凡引音切,悉爲補入。其不明言郭璞者,雖明知爲郭音,亦從闕如之例,蓋言慎也。

　郭氏別有《爾雅音義》一書,諸書所引與今注不同者,亦或爲《音義》之文,然無從辨別,則概爲補入注中。緣係一人之言,故採掇不嫌於濫耳。

　唐以後郭注盛行於世,諸書所引《爾雅注》,凡不明言者,皆謂郭注。今所採掇,以有郭璞字爲據,其不明引者,存於説中,蓋亦慎之之意也。

　王懷祖先生著《廣雅疏證》,凡有採補,皆以小字旁記於正文之內。今爲是書,亦畧倣其例,蓋不敢以散見之文驟亂古注,記於旁者,亦疑而未定之意也。

　是書成於署任資陽之二年,邑孝廉伍西垣鋆助余蒐拾者頗勤,鎮南劉越夫樾一任校刊之事。書凡分爲二十卷,見聞寡陋,攗摭不周,特以此爲博學方聞之士導其先路云爾。光緒十八年歲次壬辰七月望後,新城王樹枏自識於資陽署內流芬峙秀之軒。

清光緒十八年(1892)新城王樹枏文莫室資陽刻本

郭氏爾雅訂經

郭氏爾雅訂經自序

王樹枏

余治《爾雅》四十餘年矣。孔子曰："必也正名乎。"正名者，正其字也。又曰："多識於鳥獸草木之名。"《爾雅》一書爲名物之淵藪，故治經者必先讀《爾雅》，《爾雅》之名正，而後羣經之故訓可一貫以會其通。《爾雅》爲古文之學，故孔子之告魯哀公也，《爾雅》以觀於古，可以辨言矣。古者以一言爲一字，《爾雅》爲孔門弟子相傳之作，歷年遼久，往往爲俗儒所竄易，沿譌襲謬，半失其真。自毛、鄭以還，以逮孫炎、李巡、樊光、舍人之説，皆各持一義，互有異同。即郭景純注本，家絃户誦，陸氏所見，當時亦多歧異。甚哉辨言之難也！夫宋元以降，《爾雅》之學其不絕者，蓋如縷耳。清儒崛起，治《爾雅》者都十數家，然詁誼者多，辨言者少，名不正則言不順，俗體相沿，既失形聲之真，復不明假借之誼，此古文之所以愈傳愈晦也。余不自揣，特取許書以訂《爾雅》經文之失，而經文假借之字，凡不悖於《説文》者，則悉仍其舊，不復改從《説文》。其所不知，謹守闕如之例。自丁卯孟春以訖戊辰初夏，成《訂經》二十五卷。譾陋之處，實所不免，尚冀知言君子繩其紕謬，則一字之師，勝於百朋之錫矣。戊辰閏二月，陶廬老人。

1931年陶廬王樹枏刻本

爾雅新義

爾雅新義序

陸　佃

　　萬物汝故有之，是書能爲爾正，非能與爾以其所無也，名之曰《爾雅》，以此。《莊子》曰："中無主而不止，外無正而不行。"舊説此書始於周公，以教成王，子夏因而廣之。雖不可攷，然非若周公、子夏不能爲也，故予每盡心焉。雖其微言奧旨有不能盡，然不得爲不知者也。豈天之將興是書，以予贊其始。譬如繪畫，我爲發其精神，後之涉此者致曲焉，雖使璞擁彗清道，跂望塵躅可也。元符二年五月，山陰陸佃農師序。

爾雅新義敘

王宗炎

　　宋山陰陸氏《爾雅新義》，爲世所罕覯，吾邑陸君芝榮、陳君培得、仁和宋助教大樽手校本，審定鏤版，既畢，謂宗炎宜序其端。宗炎讀之卒業，歎其學富思沈，深造自得，獨惜其有意求新，而未協於《爾雅》之義也。夫《爾雅》者，周公修軒轅之正名，紹陶唐之稽古，以當名辨物，正言斷詞者也。爾之言

近,邇言簡質,察而識之;雅之言正,羣言淆亂,理而董之。或
旅述衆文而解以總義,或標舉正義而廣其異名,或綱陳而義
條其目,或枚數而義最其凡。初、哉、首、基以下,蓋相傳之故
言,始也諸訓,則周公所考定也。書名既諭,天下同文,厥後
《詩》《書》咸符雅訓,宣聖憲章,昭代述而不作。七十子之徒,
守其微言,坿以經説,篇籍滋多,其義一致,何者? 故言爲經
所從出,因據以正經,訓詁爲義之主名,非可以義起,掃除更
張,有違古訓,不惟不暇,亦不敢也。漢晉以還,犍爲舍人、劉
歆、樊光、李巡、孫炎、郭璞各爲之注,雖深淺不同,皆能多識
畜德,辨惑闕疑,溫故知新,由此其選。原夫訓詁之興,依於
音聲,因聲象形,覩形生義,明乎音有通轉、義有假借,考經師
之異讀,證別國之方言,袪偏傍坿益之疑,究聲均遞變之漸,
使比文屬字者各從其類,旁通互受者雜而不越,治《爾雅》者,
如是可矣。且如初之爲義,衣之始也;基之爲義,墙之始也。
引申以爲凡事之始。古人釋之,後人從而釋之云爾。若夫凡
事之始之所以必謂之始,雖古人復起,不能解其義也。古人
所不能解,而吾以意解之,則逆而多違矣。嬰孩之生,嘔啞然,
嫛倪然,此未始有始時也。徐而能語,謂父父,謂母母,猶夫
人之言也。以能語之始,即不能不言人之所已言,而欲一旦
取古人相沿相習之言,以爲至今日而始得其所以言,則危而
不安矣。且夫日月之變易以成歲也,萬古而躔運如故也;禮
樂之損益以救弊也,三代而文質如故也。是故言新者,則故
而已矣。《孟子》曰:"故者以利爲本。"利者,順也,宜也。順
以數往,宜以適時,故無惡於智者之鑿也。陸氏之爲人,彊毅
自遂,學於王安石,而不苟同其害政。集中所載元豐大裘、清
廟諸議,學者多稱焉。是書承詔所作,覃思畢精,蘄綴《三經
新義》之次,立於學官。然而當代已不滿其書,後世卒未有述

之者,則有意於新而失之也。夫以陸氏之才之學,尚不能以一人之智易天下,況不逮陸氏者乎? 方今經術道備,儒者咸知發墨守而尚心得矣。宗炎懼夫喜新之習,進取而忘其初,故於是書詳序而極論之,以諗後之達者,非敢訾議前喆也。嘉慶十有三年九月朔旦,蕭山王宗炎序。

爾雅新義跋

陸芝榮

　　陸宰《埤雅》序曰:嘉祐前,經義之未作也,先公獨以説《詩》得名,其於鳥獸草木蟲魚尤所多識。熙寧後,始以經術革詞賦,先公《詩講義》遂盛傳於時,學校爭相筆受,如恐不及。元豐閒,預修《説文》,因進書獲對神考,縱言至於物性,先公敷奏稱旨,德音稱善,且恨古未有著爲書者。先公又奏:"臣嘗試爲之,未成,未敢進也。"天意欣然,便欲見之,因進《説魚》《説木》二篇。自是益加筆削,號《物性門類》。編纂將終,而永裕上賓矣。先公旋亦補外,所至以平易臨民,故其事簡政清,因得專意論譔。既注《爾雅》,乃賡此書,就《埤雅》①,言爲《爾雅》之輔也。《埤雅》比之《物性門類》,蓋愈精詳,文亦簡要。先公作此書,自初迨終,僅四十年,不獨博極羣書,而嚴父牧夫②、百工技藝,下至輿臺皁隸③,莫不諏詢。苟有所聞,必加試驗,然後紀録,則其深微淵懿,宜窮天

---

① 就,當據明初刻本改作"號"。
② 嚴,當據明初刻本改作"農"。
③ 下,當據明初刻本改作"一"。

下之理矣。後有博雅君子覽之，當自識其美焉。宣和七年六月囗旦[①]，謹序。

按此序農師子宰所作，結銜稱“男朝請郎直秘閣權發遣淮南路計度轉運副使公事借紫金魚袋宰撰”，序云：“先公補外，事簡政清，因得專意論譔。既注《爾雅》，乃廣此書就《埤雅》。”按“就”當作“名”。言既注《爾雅》訖，乃更名此書爲《埤雅》也。則《爾雅》係農師出知亳州時所注，晚年成書，故文簡理明，較之《埤雅》，在朝編纂，爲君上敷陳者，體自不同。序又言：“嘉祐前，經義未作，先公獨以説《詩》得名。熙寧後，以經術革詞賦，《詩講義》遂盛傳於時，學校爭相筆受。元豐間，進書獲對，因著《埤雅》。”考農師自序《爾雅》在元符二年，越元豐進對時二十年矣。又上溯嘉祐元年以前，越四十四年矣。然則農師少即通經，老乃注《雅》，可想見其功力之深。自言“予每盡心，不得爲不知者”，良非虛語。而陳直齋乃擬之以戲笑之語爲玩物喪志，不亦冤哉？今《詩講義》等皆失傳，而此書與《埤雅》獨存，益當貴重。且宰序言“《埤雅》爲《爾雅》之輔”，則《爾雅》乃主也。今人知重《埤雅》而不知重《爾雅》，未免輕重失倫。倘善讀者能不蹈陳氏所見，而心領神會，於尋常訓釋之外，獲益必多。若拘泥視之，是同於高叟之爲詩矣。

王應麟《玉海·藝文》曰：宋朝元豐中，陸佃修《説文》，因進書獲對，神宗論物性，恨未有著書者，佃進《説魚》《説木》二篇，自是益加論撰，爲《埤雅》二十卷。

按王厚齋所言，大致本之《埤雅序》。序不言卷數，頗爲闕事，可以《玉海》補之。元天運庚午，張性中存重刊，序稱“書

---

① 囗，當據明初刻本補“良”字。

經殘毀之餘,所存僅若是。其中缺簡甚多,欲求別本補成全書,而卒無得者",但亦不言卷數目録,《釋天》末注"後闕"二字。然則今本卷數雖與《玉海》合,然恐非王氏所見之二十卷矣。因同爲農師所著,附考及之。

《欽定四庫全書總目·小學類》:《埤雅》二十卷,宋陸佃撰。佃字農師,越州山陰人,少從學於王安石。熙寧三年,擢進士甲科,授蔡州推官,選爲鄆州教授,召補國子監直講,歷轉至左丞。未幾,罷爲中大夫,出知亳州,卒於官。事蹟具《宋史》本傳。史稱其精於禮家名數之學,所著《埤雅》《禮象》《春秋後傳》之類,凡二百四十二卷。今諸書並佚,其《爾雅新義》僅散見《永樂大典》中,文句譌闕,亦不能排纂成帙,傳於世者惟此書而已。其説諸物,大抵畧於形狀,而詳於名義,尋究偏旁,比附形聲,務求其得名之所以然。又推而通貫諸經,曲證旁稽,假物理以明其義,中多引王安石《字説》。蓋佃以不附安石行新法,故後入元祐黨籍,其學問淵源,則實出陶山,在荆公門下,講經稍純。然如《埤雅》卷首即謂"荆公得龍睛,曾魯公得龍脊",則大是妄語,不知陶山何以有此也。

按據此及《經義考》,則朱竹垞未見《爾雅新義》,全謝山雖一見之,後欲鈔旁求而不可得。《永樂大典》所載,亦殘闕不全,難以排纂。今獲一完册,不啻奇珍,亟當登之棗梨,以紹絕學者。北宋人著作,今日所存得有幾種,而況説經者乎?故余深不喜人之輕議此書也。

陳振孫《直齋書録解題·小學》:《爾雅新義》二十卷,陸佃撰。其於是書用力勤矣,自序以爲"雖使郭璞擁篲清道,跂望塵躅可也"。以愚觀,大率不出王氏之學,與劉貢父所謂"不徹薑食,三牛三鹿"戲笑之語,殆無以大相過也。《書》曰:"玩物喪志。"斯其爲喪志也弘矣。頃在南城傳寫,凡十八卷。其曾孫子遹刻於嚴州,爲二十卷。

按此書當依陳氏寫本爲十八卷,蓋係農師手定。其曾孫所刻二十卷,當是後來分析,欲湊成數故也。何以見之?《漢志》,《爾雅》本三卷,邢疏雖分十卷,俗本十一卷,亦非原次。嘗見宋槧板十卷。而不改并其上中下原次。乃《新義》卷第六以《釋宮》卷中。前半篇,并合《釋親》卷上。之後,《釋宮》後半篇又分爲卷七,此分析之迹未泯者也。餘亦牽上搭下,散碎無一完篇。今據陳寫卷數,重爲編定,而著論於此,以明所本云。

王應麟《玉海·藝文·小學》載《中興書目》:陸佃《爾雅新義》二十卷。

馬端臨《文獻通考·經籍考·小學》:《爾雅新義》二十卷,陸佃撰。

《宋史·藝文志·小學類》:陸佃《爾雅新義》二十卷。

焦竑《國史經籍志·經類·小學》:《爾雅新義》二十卷,陸佃。

葉盛《菉竹堂書目·諸經總錄》:陸佃《爾雅新義》五册。

家農師《爾雅新義》,世尟傳本,往得之吳山書肆,謄寫譌脱,幾不可讀。今春假仁和宋助教大樽校本,是正文字差爲完善,亟思鏤板,以廣其傳。同邑陳君茈邨培與有同志,伙以刊直之半,命工開雕,三月藏事。案《直齋書録解題》是書原本十八卷,今本二十卷,乃農師曾孫子遹所編。宋君據直齋説,重定卷目,冀合故書次第。竊意原本既不可得見,此編猶宋本之舊,當仍從之。農師解經,每合上下文助成其説。如"祔,祐祖也",注云:"尼祖爲祔。"即用下句"即尼也"之義。"饎,酒食也",注云:"饎喜爾舞,有雩有號。"舞有雩有號,即釋下句"舞號雩也"。宋君皆以爲傳寫之誤,蒙有猜焉。又宋君於經文援據衆本,疏證精審,而注文尚多可議。聞歙鮑先生廷博嘗見影宋寫本,後有太原閻徵君跋語,他日庶幾見之,得以覆加校定,抑有厚幸焉。嘉慶戊辰八月既望,蕭山陸芝榮識。

爾雅新義跋

孫志祖

陸農師《爾雅新義》二十卷,全謝山先生嘗見之,而惜其未鈔,後旁求不可得,著其說於《經史問答》中。吾友丁君小山乃於京師購得影宋鈔本,誠希世之祕册也。農師之學,源於荆公,說經閒有傅會,然其博洽多識,視鄭漁仲注實遠過之。且其所述經文,猶是北宋舊本,可以正今監本之譌謬。如《釋詁》之"厎厎",不作"厎廢";《釋訓》之"怚怚",不作"怟怟";《釋天》之"四氣和謂之玉燭",與李善《選注》相符,監本作"四時",非也;《釋邱》之"當途梧邱",監本譌作"堂途"。《釋草》之"蒙,王女",監本作"玉女",雖字畫小差,然農師於"箭,王彗"注云"凡大偁王",引此文爲證,則非傳寫之誤也。"蕭萩","萩"字不作"荻",亦與石經釋文本合。《釋木》之"杭,魚毒","杭"不作"杭"。"蔽者翳",釋文明出"蔽"字,今本皆譌作"虉"。《釋鳥》之"鷽,白鷢",監本誤分"楊、鳥"爲二字。《釋畜》之"驪白,駁;黃白,皇",監本"白"譌作"曰"。皆可據以訂正。曩余哀集衆說,作《爾雅攷異》,惜猶未睹此書,今何幸而得補其闕憾也。乾隆乙卯,仁和孫志祖跋。

爾雅新義跋

伍崇曜

　　右《爾雅新義》二十卷,宋陸佃撰。案佃字農師,山陰人,少從學於王介甫。熙甯二年,擢進士甲科,授蔡州推官,選爲郢州教授,召補國子監直講,歷轉至左丞。未幾,罷爲中大夫,出知亳州,卒於官。事蹟具《宋史》本傳。是書《四庫全書》亦未著録,阮文達《揅經室外集》有《提要》一首,紀其原委綦詳。蓋農師雖出介甫之門,而以不附介甫新法,故後入元祐黨籍,而其學問淵源,實本於介甫。攷江鄭堂《漢學師承記》,稱余古農撰《注雅別鈔》,專攻是書及《埤雅》及蔡卞《毛詩名物解》等書,就正於惠松厓。松厓曰:"陸佃、蔡卞乃安石新學,人知其非,不足辨。"古農瞿然。則我朝治漢學諸鉅儒,亦多不滿意於是書矣。然阮文達則稱其所據經文,皆當時最善之本。如《釋言》"揩,拄也",則作"楷,柱也";"皇,華也",則作"華,皇也"。《釋天》"四時和謂之玉燭",則作"四氣和";"河鼓謂之牽牛",則作"何鼓"。《釋邱》"堂途梧邱",則作"當途"。《釋水》"河水清且瀾漪",則作"瀾漪"。《釋草》"萍莘",則作"苹莘";"荂,麻母",則作"荂,麻母";"蕭,荻",則作"蕭,萩";"卷施草",則作"卷施草";"樕,樸含",則作"樕,樸含"。《釋木》"座,棯慮李",則作"痤,棯慮李"。《釋鳥》"楊鳥,白鷢",則作"鸉,白鷢";"鳥,鵲醜",則作"烏,鵲醜"。均足以資考證,則是書又何可廢耶? 咸豐乙卯端陽後四日夏至,南海伍崇曜跋。

以上清嘉慶十三年（1808）三間草堂刻本

爾雅補注

爾雅補注序

王鳴盛

小學之失其傳也久矣,《爾雅》一經多可恨者,其正文往往爲後儒所亂。如"台、朕、陽"爲予我之予,"賚、畀、卜"爲賜予之予,而云:"台、朕、賚、畀、卜、陽,予也。""孔、魄、延、虛、無"爲間,"哉"爲言之間,而云:"孔、魄、哉、延、虛、無、之、言,間也。""豫"爲厭足之厭,"射"爲厭倦之厭,而云:"豫、射,厭也。"此類皆正文爲後儒所亂者,而郭氏皆不能辨。且郭注傳而犍爲文學、劉歆、樊光、李巡、孫炎並亡,郭之《音》《圖》亦亡,即郭注亦多有爲妄人刪去者,非全本也。如《釋山》:"霍山爲南嶽。"郭注云:"霍山今在廬江灊縣西南,潛水出焉,別名天柱山。"漢武帝以衡山遼曠,因讖緯皆以霍山爲南嶽,故移其神於此。今其彼土俗人皆呼之爲南嶽。南嶽本自以兩山爲名,非從近來也。而學者多以霍山不得爲南嶽,又云:"漢武帝來始乃名之。"即如此言,謂武帝在《爾雅》前乎? 斯不然矣。凡一百有七字,《書》《詩》《周官》正義竝引之,詳略不同耳。而今本但云"即天柱山,潛水所出也",餘悉刪去。且郭意本爲辨衡山亦名霍山,而廬江之霍山不得爲南嶽。今一經刊削,與郭本意轉大違反,如此者甚夥。又唐人正義每博採羣言以釋經注,至邢氏疏則但勦取他經正義爲之。如《釋天》一段全襲《禮記·月令》疏，五嶽一段全襲《大雅·崧高》疏，此類不可枚舉。陸氏《釋文》于他經每引衆家之讀，并及其異義，而於《爾雅》惟存音切，諸儒之説，略不及之。羊豹一韡，殊無足觀。《爾雅》之失其傳如此，而俗師專己，仍陋踵譌，古義日就瞀昧，余嘗病焉。同榜進士海昌周子苕兮成學治古文，貪博嗜奇，而一歸平正，與余有孁，間取莆田鄭氏説，又旁及他書預是有益者，悉鈔内焉。其援引也富，其詮敘也確，信乎小學中必不可少之作也。昔者羅鄂州書雖名爲《爾雅》學，實非解經，若苕兮此編，補經注而行正義疏之體，且其于注不但補其缺，又能正其誤，而于邢疏漏略處裨益尤多，則其所補，又不特注而已也。余謂此書之美，"補注"二字未足以盡之，以是名書，是爲實浮于名。夫自有《十三經注疏》，而後之用力于經者，言疏足以見注，言注不足以包疏，爲寄語苕兮，鄙意竊思以"廣疏"易此名可乎？同年弟嘉定王鳴盛西莊氏拜題于京邸青棠軒。

爾雅補注序

齊召南

治經必先識字，識字必先訓詁。於今可見古人小學之傳，僅存《爾雅》一書。其源實出於六書中之有轉注，在初造字者，因有轉注而字形不窮，故欲識字者，因可轉注而字義不昧也。字書總彙古文，無有重復，自《三蒼》下逮《續訓纂》，共得一百三章，章六十字，計祇六千一百八十字，班《志》明謂六藝羣書所載略備。然則漢初太史試學童，必能諷書九千字以上者,乃得爲史,字數尚多,其又有時俗所增出於羣書之外者邪? 後人釋字,咸爲一書,有從體製類聚者,始於象形;有從音韻條分者,始於諧聲。其分散於經傳之下,爲音爲釋,某字讀如某字,有反有切,是諧聲之轉注也。字有相似,辨其疑誤,訂其舛訛,是象形之轉注也。至字取指事、會意、假借者,亦必釋之,而總以轉注爲綱。其形聲不必同,而其義本同,彼此相資,觀者自解。其源始於至聖贊《易》,乾健、坤順、震動、巽入、坎陷、離明、艮止、兌悦,直以一字解一卦,爲千古經學之宗。《爾雅》雖多爲解《詩》,詞非全備,間有錯謬,然關係訓詁,指陳名物,實爲諸儒治經沿流溯源者導之先路,宜乎班《志》列《孝經》後,視他字書有異也。自郭氏爲註,陸氏爲釋文,邢氏爲疏,已列爲十三經。後人精於六書,發前人所未發,則有夾漈鄭氏。嗚乎! 俗儒專務詞章,每恥言訓詁,其於《爾雅》不久已束之高閣歟! 博物之難也,近在經籍猶未遍識,菉竹是一是二,莧陸是合是分,秬秠是異是同,鎛鐘是大是小,毛公不用《釋山》,酈元讀有破句,田敏誤改日及,王劭刊落明粲,謝尚誚蔡謨而先不熟,楊氏疏《穀梁》而疑本文,辨論所存,難以枚舉。然則以蚅爲蠓蠓,以蠡爲螻蛄,以反舌爲蝦蟆,以乾鵲爲蟋蟀,以鳴鳩爲巧婦,以鵙鳩爲百勞,一物偶疏,尚虧該洽,又何怪乎主司不能答天雞,致千載下猶羨終軍之能識鼮鼠也哉? 周君松靄爲《補注》四卷,旁搜廣採,疏通證明,又多出於夾漈之外。即羣書釋經有當者,以轉注是書,其有功於郭注也。蓋亦若《爾雅》後有張揖能廣之,陸佃能埤之,羅願能翼之,可以愧夫名爲治經,實則束書不觀,游談無根者。松靄,張樊川太史高弟也。以余言質之樊川,謂何如? 乾隆庚辰夏,天台齊召南。

爾雅補注序

葉德輝

　　《爾雅補註》四卷,海甯周松靄先生未刊遺書之一也。先生名春,字芑兮,松靄其號,晚稱黍谷居士。乾隆甲戌進士,官廣西岑溪知縣。嘉慶庚午重宴鳴鹿,卒,年八十六。事蹟載朱緒曾《讀書志》《海昌勝覽》下。而吳振棫《續杭郡詩輯小傳》中列先生是書,謂爲已刻,又云未刻者有《爾雅廣疏》,不知《廣疏》即《補註》異名,見本書王序,則考之不實矣。此爲歸安姚氏咫進齋藏抄本,板心記有字數若干,殆擬刻入叢書而未果者。書中二三四卷,過錄盧抱經朱筆校閱字一行,又有朱筆眉批,疑亦抱經校語。又黑筆引吳葵里云云。葵里爲吳兔牀先生騫別號①,與先生至交,亦當時往來商榷,隨手校註者。姚書散出,展轉爲余得之。余喜其援據精詳,雖不如邵、郝二《義疏》之整齊,要勝于翟、戴二家《補註》之淺略,是亦可以傳矣。《爾雅》漢立博士,唐入試科,至宋有鄭夾漈《爾雅註》、羅鄂州《爾雅翼》,專門之書,補郭註之未詳,正邢疏之已誤,與陸農師《埤雅》實可鼎足一時。乃近世註疏諸家多未稱引,毋亦門户不同歟? 先生是書,折衷一是,不以晚近而廢之,是其集思廣益之心,異於專己守殘之見。昔臧在東先生庸錄漢人郭舍人、李巡以下佚註,爲《爾雅漢註》一書,先生則取之於宋學後有治《爾雅》之學者,得通其郵,則誠可

――――――――
① 兔,當作“兔”。吳騫爲清代藏書家,葵里、兔牀皆其號,著有《吳兔牀日記》。

以觀於古矣。光緒戊申九月朔,長沙葉德輝撰。

以上清光緒三十四年(1908)長沙葉德輝刻本

爾雅蒙求

爾雅蒙求自序

李拔式

　　昔鄭夾漈謂《爾雅》出自箋注未行之先,蓋憑《詩》《書》而作,《爾雅》明則百家箋注可廢。是故童子入小學,未讀諸經,宜先讀此書。然讀者往往艱於成誦,久或並字之形聲而俱忘之,斯與不讀何以異? 今年長夏無事,爰集宋本洎各善本,以及《釋文》、諸韻書,正其譌音譌字,録以徑寸楷書,俾誦讀之餘,即可摹寫。書法日進,則此書亦浸淫而爛熟,所謂事半功倍,於童子實有裨焉。書成,用質同人,咸以爲善,因梓而廣之。槩省注釋及音之反切,爲便初學,故均從簡易也。嘉慶三年十月既望,竹岑李拔式識。

清嘉慶三年（1798）蟠根書屋刻本

爾雅補注殘本

爾雅補注殘本跋

劉嶽雲

　　吾鄉劉氏有東西之分,東劉明初自蘇州遷寶應,西劉則土著也。又徐先生爲西劉裔,博通經籍,與族叔祖丹徒公爲問學交,金壇段若膺先生嘗貽書丹徒公,言其箸述有《爾雅補注》,世無傳本。道光辛丑,族兄叔俛於家佩卿伯處得先生《爾雅邵疏》校本,僅存《釋詁》《釋言》,擇其引證有所發明者録之。嶽雲少時從家大人讀書,叔俛兄所授以此紙,因藏篋笥。甲申,又於湯丈印卿處得先生校《爾雅邵疏》下一本,朱墨甚多,亦有鈔自他書者,不可識別,擇有"玉案"二字者録之,遂成此帙。蓋先生攷據之精,大略可睹矣。視翟灝《爾雅補郭》、戴鑾《郭注補正》,有過之無不及。先生後嗣稍微,原書不知存否,他日容當訪之。丙戌正月,邑後學劉嶽雲識。

清光緒十四年(1888)廣雅書局刻本

爾雅正義

爾雅正義自序

邵晉涵

　　上古結繩爲治，後世聖人易之以書契，百工以乂，萬品以察，由是成命百物，序三辰以固民。至於成周，文章大備，訓詁日滋。元聖周公始作《爾雅》，以觀政辨言。周室既衰，羣言淆亂，折衷至聖，六藝以彰。七十子之徒發明章句，增成其義，傳《爾雅》三篇。其爲書也，重辭累言而意恉同受，依聲得義而假借相成。宫室器用之度，歲時星辰之行，州野山川之列，艸木蟲魚鳥獸之散殊，或因事以爲名，或比類以合誼。其事則覩指而可識，其形則隨象而可見。通貫六書，發揮六藝，聚類同條，雜而不越。敷繹聖訓，則天地萬物之情著矣；揚於王廷，則宣教明化之用遠矣。漢初經始萌芽，《爾雅》嘗立博士。厥後五經竝立，其業益顯。通才達儒，依於《爾雅》，傳釋典藝，沈潛乎訓詁，洞徹其指歸，故用日少而畜德多，三十而五經立矣。魏晉以降，崇尚虛無，説經者務爲鑿空憑臆，違離道本，《爾雅》之學殆將廢墜。唯郭景純明於古文，研覈小學，擇撢羣藝，博綜舊聞，爲《爾雅》作註。援據經傳以明故訓之隱滯，旁采謠諺以通古今之異言。制度則準諸《禮經》，藪澤則測其地望。詮度物類，多得之目驗。故能詳其形聲，辯其名實，詞約而義博，事覈而旨遠。蓋舊時諸家之註，未能或先之也。爲之疏者，舊有孫炎、高璉二家，今皆不傳。邢氏疏成於宋初，多掇拾《毛詩正義》，掩爲己説，間采《尚書》《禮記》正義，復多闕略，南宋人已不滿其書，後取列諸經之疏，聊取備數而已。晉涵少蒙義方，獲受雅訓，長涉諸經，益知《爾雅》爲五經之錧鎋。而世所傳本，文字異同，不免訛舛，郭註復多脱落，俗説流行，古義寖晦。爰據唐石經暨宋槧本及諸書所徵引者，審定經文，增校郭註，仿唐人正義，繹其義蕴，彰其隱賾。竊以釋經之體，事必擇善而從，義非一端可盡。漢人治《爾雅》，若舍人、劉歆、樊光、李巡、孫炎之註，遺文佚句，散見羣籍。梁有沈旋《集註》，陳有顧野王《音義》，唐有裴瑜《註》，徵引所及，僅存數語。或與郭訓符合，或與郭義乖違，同者宜得其會通，異者可博其旨趣。今以郭氏爲主，無妨兼采諸家，分疏於下，用俟辯章，譬川流而匯其支瀆，非木落而離其本根也。郭註體崇矜慎，義有幽隱，或云未詳。今考齊、魯、韓《詩》，馬融、鄭康成之《易》註、《書》註，以及諸經舊説，會稡羣書，尚存梗槩，取證雅訓，辭意瞭然。其跡涉疑似仍闕而不論，確有據者補所未備，附尺壤於崇丘，勉千慮之一得，所以存古義也。郭氏多引《詩》文爲證，陋儒不察，遂謂《爾雅》專用釋《詩》。今據《易》《書》《周官》《儀禮》《春秋三傳》、大小《戴記》，與夫周秦諸子、漢人撰著之書，遐稽約取，用與郭註相證明。俾知訓詞近正，原於制字之初，成於明備之世，久而不墜，遠有端緒，六蓺之文曾無隔閡，所以廣古訓也。聲音遞轉，文字日孳，聲近之字，義存乎聲。自隸體變更，韻書割裂，古音漸失，因致古義漸湮。今取聲近之字，旁推交通，申明其説，因是以闡揚古訓，辨識古文，遠可依類以推，近可舉隅而反，所以存古音也。艸木蟲魚鳥獸之名，古今異稱，後人輯爲專書，語多皮傅。今就灼知副實者，詳其形狀之殊,辨其沿襲之誤。其未得實驗者,擇從舊説,以近古爲徵,不敢爲億必之説,猶郭氏志也。惟是受性顓愚,識限方域,叢事編輯,因陋是虞。維時盛治右文,翊經惇學,秘簡鴻章,彙昭壁府。幸得以管闚錐指之學,觀書石室,聞見所資,時有增益,歲在旃蒙協洽,始具簡編。舟車南北,恒用自隨,意有省會,復多點竄,十載於兹,未敢自信。而中年意思零落,性多遺忘,耳目所接,時或失焉。抱殘守獨,凛凛乎以不克聞過爲懼,勉出所業,就正當世俊哲洪秀偉彦之倫,叩其兩端,匡厥紛繆,企而望之。

清乾隆五十三年（1788）餘姚邵晉涵家塾面水層軒刻本

爾雅義疏

爾雅義疏序

宋翔鳳

學者有志治經，必先明古字古言。古字者，倉頡古文及籀文也；古言者，三代秦漢所讀之音與今不同也。自隸書行而古字漸亡，六朝以後之韻書出而古言漸亡。就晚近之心思耳目，求往古之制度文教，以致微茫沈晦，殆逾千載。恭逢盛世，經學昌明，則有傑出之士，綜《易》《詩》《離騷》凡漢以前有韻之文，皆得本音而別其部居，明其通叚，日積月久，相與引申。復有通儒就許書所存之古籀，又博采自古鐘鼎遺文，以始一終亥之義，依類而編之，分合而辯之，俗儒以爲模黏影響而能一皆就理，悉合六書。有是二者，斯能訓故通而五經立。《爾雅》二十篇本《漢志》，今《爾雅》十九篇。愚意以爲《釋詁》文多，舊分二篇。又《詩》正義引《爾雅》序篇云："《釋詁》《釋言》通古今之字，古與今異言也。《釋訓》，言形貌也。"《詩》正義但疏詁訓二字之義，所引不全，則《爾雅》尚有序篇，今亡之矣。則訓故之淵海，五經之梯航也。然至唐代，但用郭景純之注，而漢學不傳。至宋邢氏作疏，但取唐人《五經正義》綴緝而成，遂滋闕漏。乾隆間，邵二雲學士作《爾雅正義》，翟晴江進士作《爾雅補郭》，然後郭注未詳未聞之説，皆可疏通證明。而猶未至於旁皇周浹、窮深極遠也。迨嘉慶間，棲霞郝户部蘭皋先生之《爾雅義疏》最後成書，其時南北學者知求於古字古言，於是通貫融會諧聲、轉注、叚藉，引端竟委，觸類旁通，豁然盡見。且薈萃古今，一字之異，一義之偏，罔不搜羅，分別是非，必及根原，鮮逞胸肊。蓋此書之大成，陵唐躒宋，追秦漢而明周、孔者也。翔鳳昔在嘉慶辛未，滯迹京邸，始識先生，時接言論，每致商榷，輒付掌録，不以前脩而輕後生。時所纂《山海經箋疏》，不涉荒怪而惟求實是，已行於世。《爾雅》則未卒業，一官不達，九原難起。後於湘中得太傅阮公所輯《經解》，一再瀏覽，得其大端。後制府陸公單行其書，與阮本無異。嘉興高君又得足本，以校阮、陸兩本，多四之一。或云删去之文出高郵王石渠先生手，或云他人所删而嫁名於王。夫説一經之文，必合衆家之議，前此者未必是，後此者未必非，惟在學者求其本根，不立門户，同歸康莊。是以河帥楊公得高君之本而爲流播，於時剞劂僅半而河帥即世。兹胡君心耘始續成之，而後郝氏一家之言，遂有完書，誠盛事也。咸豐六年八月，後學長洲宋翔鳳謹記。

校刊爾雅義疏序

陸建瀛

《漢·蓺文志》載古人釋經之書，多曰解故，故即詁也。故《爾雅》訓詁之學，爲治經者之津梁。晉郭景純表章此書，始有專注，而書體矜慎，閒有缺疑，又注所引者，多在《毛詩》，淺學者或昧舉一反三之義。邢氏雖有疏，亦少所發明。嘉慶中，棲霞郝蘭皋先生爲作《爾雅義疏》，疏通證明，有經可旁通者以假借通之，有注所未徵引者以羣籍佐之。儀徵阮文達公亟重此書，刊入學海堂《皇清經解》，津逮後學者至矣。惟卷帙繁重，不能家有其書，因延陳君奐校勘專行，以便學者。至於是書之精博詳奧，治經者宜自得之，亦不復贅論也。道光三十年十月朔，沔陽陸建瀛序。

爾雅義疏跋

陳　奐

郝蘭皋先生己未中進士，僻處京之東偏，杜門不與外政，雖僮僕不具，弗顧也。道光壬午歲，奐館汪戶部孟慈喜筍家，先生挾所箸《爾雅疏》稾徑來館中，以自道其治經之難，漏下四鼓者四十年，常與老妻焚香對坐，參徵異同得失，論不合輒反目不止，艸木蟲魚多出親驗。訓詁必通聲音，余則疎於聲音，子盍爲我訂之？奐時將南歸，不敢諾。丙戌，猶子兆熊歿于官，再入都，而先生古矣。高郵王先生爲先生通訂全書，删削之甚，至數十字、數十句，不更增易其字句，越今廿有餘載矣。戊申，在杭州汪守備鐵樵士驤家，重見王先生所手定之本。歲暮歸吳門，適應陸立夫制軍召，委任校讎之役，遂與公子東漁影寫原稾，細意對治，全書大旨，悉依王先生定本。制軍好尚治經，道揚先喆，嘉惠來賢，迺亟亟首以先生《爾雅疏》重脩專刊，爲家塾課讀，斯足慰先生四十餘年之攻苦。奐亦得藉手以報先生昔日諄訂之情，懽欣舞蹈，遂奮筆而志其顛末也。己酉冬月，長洲陳奐碩甫氏後跋。

爾雅義疏跋

胡　珽

　　郝蘭皋先生《爾雅義疏》，儀徵阮文達刊入《皇清經解》。沔陽陸制府慮學者之未能家有是書也，復單刻之。惜其板旋遭兵燹，書未盛行。然兩刻者，或謂皆據高郵王懷祖念孫觀察節本，或又謂阮刻《經解》錢唐嚴厚民杰明經實總其成，是書蓋厚民所節。傳聞異辭，無由審也。歲乙卯，嘉興高伯平均儒文學得嚴鶴山厚民之子所鈔郝疏足本，以奉河帥楊至堂以增先生，讀而善之，郵書寄資，命爲校刻。功方過半，至堂先生遽歸道山，珽因益資以蔵事焉。預讐校者，元和徐稼甫立方徵君、吳縣葉調生廷琯、海鹽陳容齋德大兩明經，而用力尤多則金匱江彤甫文煒茂才也。光陰彈指，倏已經年，手民蕆功，坿識緣緒。世之欲覩郝氏全本者，其諸亦有樂於是與？時咸豐六年丙辰七月，仁和胡珽識於蘇城鰈谿定慧里。

爾雅義疏跋

郝聯蓀、郝聯薇

　　先大父蘭皋公《爾雅義疏》，儀徵阮文達刊入《皇清經解》，沔陽陸制府又單刻於金陵，聯蓀等僻處山陬，俱未之見。或謂兩刻本皆據高郵王念孫觀察所節本，未爲全書。迨河帥楊至堂先生得足本於錢唐嚴厚民杰明經嗣君鶴山許，始屬仁和胡君心耘斑鳩合同志，校刊於吳門。乃未幾，又爲粵賊所毀。先大父生平著述十餘種，心力尤萃於此書。先大母臨終，猶諄諄以亟覓原本爲誡，聯菘等謹志之勿敢忘。歲乙丑二月，聯菘有事濟南，晤陽湖汪叔明司馬，欣然以所藏楊氏足本相授，且任校讐之役。聯薇既刺涿州，謹節廉俸所入爲剞劂之資，閱月九而工始竣。原書訛誤尚多，又經德清鍾舍人麟、陽湖周司馬懋祺、鍾醴尹履祥及汪司馬互相讐勘，是皆有功於是書者，不可以不記。同治五年二月既望，孫男聯菘、聯薇謹識。

以上清同治四年（1865）沛上重刻本

爾雅直音

爾雅直音跋

顏時普

　　讀經而未通其旨，猶未讀也；讀一經而未通諸經之旨，雖讀仍隘也。《爾雅》爲五經錧鐼，簡而括，奧而博，有志者莫不沉潛訓詁，洞澈指歸，寢炙於兹矣。第義疏浩繁，未便初學。近歲授徒羊城，正擬繕寫經文，詳訂字音，勒成一書，適潘子平遠以高郵孫步陶先生所輯《直音》二卷就商于余，欲付剞劂。其書考校精核，純備無訛，因贊成之，庶足資初學通經之始，亦以廣步陶先生勸學之心云爾。嘉慶五年歲次庚申孟秋，南海顏時普雨亭跋并書。

清嘉慶五年（1800）致和堂刻本

爾雅匡名

爾雅匡名自序

嚴元照

　　僅時在塾讀書,《周易》《書》《詩》《論》《孟》而外,《三禮》《三傳》皆不能卒業,於《爾雅》則僅知有此書名而已。生年過二十,始得注疏合刻之本讀之,苦其文字多誤,思有以是正之,乃據《釋文》石經,盡袪俗本之陋,以爲得之矣。反復久之,知《釋文》所載諸家之異同尚多漏略,而瑕瑜竝陳,漫無折衷,學者既無以定一是之歸,聞有是非,又往往不能合乎古。予於是博稽載籍,自漢訖宋,凡有徵引此經,録而存之,以備甄別,復進而求之許祭酒《説文解字》之書,以究其離合。前輩之緒言,同學之講説,有可以裨益此經者,單詞片言,戢舂掌録,罔有遺佚。歲在辛酉,讀《禮》之暇,整比校語,寫成槀本,命之曰《爾雅匡名》。名,文字也。匡之爲言正也。吾於《爾雅》,爲之正其文字而已矣。《爾雅》之文字正,而後可以治經。《爾雅》者,經之匯也。治經而不治《爾雅》,如躲之無的也,未有能通者也,是以孔子之告魯哀公曰:"《爾雅》以觀於古,可以辨言矣。"辨言者,治經之要道也。嘗攷漢儒之詁訓,大半出於《爾雅》,而《毛詩》之傳箋用《雅》訓者尤多。然而毛、鄭所讀之《爾雅》,視晉唐人之所讀者,蓋大不同矣。吾讀《毛詩》傳箋,往往有不見於《爾雅》,而循其形聲以求其義，焯然知即今本之某字者。然而唐人之爲義疏者，忽然而弗省，則其叚借貫通之故，久已失其傳矣。自宋以降，小學日散，《爾雅》一經，久爲學者所不道。是以説經之儒，新義肛説，日煩月滋，脱略詁訓，成書甚易。書益多而經義益汩，則不讀《爾雅》之弊也。晦冥既深，久而當復。本朝儒者，務申古義，國初諸老開其端，至乾隆中而特盛。餘姚邵氏乃爲此經作《正義》，義例精，識解當，較邢叔明之書過之不翅倍蓰，惜其於文字之異同，亦未能詳也，吾是以作此書以備之。初予寫定是書之時，安居尚無恙，越二年而蕭牆之釁起，有同姓之親覬覦吾者，利予有敬通、孝標之累，乘閒生變，以訟相尋，訟不直則怨愈甚，欲甘心焉，而門内之鬨，亦日以甚。值歲又大祲，寢食不得安，所生子既長大，其趣尚出人意。丙寅孟娵，予一病幾不蘇，則吾所生之長者爲之也。吾以輕脆之軀，爲無父之人，無舅弟姊妹之助，轉側於内外交虹之地，不惜以身殉者，忘其力之所不及，而重去其鄉也。隸於丙寅一蹶，所望始絶，精力消亡，不能復振。念徒死非先人之意，而幼子遷生已半歲，又不能無所屬望，乃託諸德清蔡外兄，買屋以居之。遂於是冬安葬先考妣，事既畢，乃毀吾家以弛吾擔。自兹以往，偷息人世，知復幾時，修短不足計，自甲子以後，盡餘生也。昔者蘇文忠注《易》《書》《論語》，攜之渡海，元符三年六月之晦，宿大海中，幾不免，公撫書而歎：“天苟未欲喪是也，吾儕必濟。”已而果然。古之人自信其學如此。予書無益於世，不敢援此例以自詡，然處顛危之際，已度付灰燼久矣。今日者猶得從事於斯，不可謂非小人之幸也。繕寫既定，乃自爲之序，其詳別有例言與金壇段先生之序在，可勿贅也。皇清嘉慶十三年歲在祝犛執徐夏六月，歸安嚴元照書於餘不谿館，時析居德清之弟三年也。

爾雅匡名序

段玉裁

　　凡言訓詁之學，必求之《爾雅》矣。雖然，求之《爾雅》而不得其所以然之故，但見其氾濫無厓涘。吾未見孰於《爾雅》之必能通經也，則又求之《説文解字》矣。以《説文解字》言形與聲與義無不憭然，讀之者於訓詁當無不憭然。然吾見讀《説文解字》而於經傳、《爾雅》愈不能通，鉏鋙不合，觸處皆是。淺人遂謂小學與治經爲二事，然則從事小學將以何爲也？夫訓詁者，《周官》所謂轉注是也。《説文解字》與經傳、《爾雅》訓詁有不能同者，由六書之有叚借也。經傳字多叚借，而《爾雅》仍之，《説文解字》字無叚借。蓋六書有義有音有形，有義而後有音，有音而後有形。《周官》屬瞽史，諭書名，聽聲音，固有音韻之書矣。《爾雅》者，言義之書也。當漢時，無不知三代之音者，亦無不讀《爾雅》者。學士大夫又有《蒼頡》《凡將》《訓纂》諸篇，爲字形之書，童而習之，三者備矣。三者既備，而《説文解字》何以作也？許氏以爲沿流不若討原，乃取《周官》指事、象形、形聲、會意，列部五百四十，㧑爲説形之書。形在是，而聲與義均在是，讀者見其形，可以得其聲與義。蓋自古小學之書，義例未有善於此者。顧以形爲主，則義必依形；字有叚借之用，則義不必依形。此《説文解字》於經傳、《爾雅》鉏鋙不合，觸處皆是之故。雖然，捨《説文解字》則未有能知叚借者。經傳、《爾雅》所叚借，有不知本字爲何字者，求之許書而往往在焉。是非經無以知權，其觸處鉏鋙者，其毫未有鉏鋙者也。許書專言本字本義，而其義之可以引申轉徙，似異而同，似遠而近者，抑同音而即可相代者，無不可以書中求之。然則謂《説文》爲綱，謂《爾雅》《方言》《釋名》《廣雅》諸書爲目可也。然則其讀之也宜何如？一曰以《説文》校《説文》。何謂以《説文》校《説文》也？《説文解字》中字多非許舊，則自爲鉏鋙，即以《説文》正之，而後指事、象形、形聲、會意之説可明也。二曰以《説文》釋《爾雅》。何謂以《説文》釋《爾雅》也？以《説文》之本字本義定《爾雅》之氾濫無厓涘者，而後叚借之説可明也。五者明而轉注舉矣。蓋《爾雅》不可改從《説文》，猶《説文》之不可改從《爾雅》也。顧《爾雅》字體文理之譌，有當取古本及《説文》及它書相正者。歸安嚴子九能述《爾雅匡名》廿卷，博觀約取，一一精畫，蓋唯能窺見其大者，故於細者較易易耳。近日阮芸臺中丞爲《爾雅校勘記》，不識見九能是書否也。九能《娛親雅言》既爲同學推許，而是書復將出，予故先以鄙説序之云。嘉慶八年正月，金壇段玉裁書於姑蘇下津橋朝山墪之枝園。

爾雅匡名序

徐養原

《爾雅》乃總釋羣經之書，非小學家言也。前漢諸儒無兼治五經者，故班氏志蓺文，以《石渠五經襍議》附《孝經》後而《爾雅》次之，此深得《爾雅》之恉者也。凡《爾雅》所釋之文皆經典所有，其不見經典者，蓋後世逸之。自張揖著《廣雅》，多汎濫於經外，而《爾雅》始列小學，失作書之恉矣。然則漢儒説經，有古文，有今文，《爾雅》古文邪？今文邪？

張揖謂《爾雅》周公所造，仲尼所增，子夏所益，叔孫通所補，梁文所攷。子夏以前尚矣，梁文不知何人。若通之委蛇從時，必不違見行之小篆，而從前代之古文，是《爾雅》固今文之學。然班固曰古文讀應《爾雅》，賈逵亦言《古文尚書》與經傳、《爾雅》詁訓相應，則《爾雅》雖主今文，亦不謬於古文，此所以爲經義之總匯，而漢學之權輿也。然而《爾雅》之難讀，即在於此。夫文字者，六執之本，以偏旁爲之體，以詁訓爲之用，《爾雅》主於詁訓，若偏旁則非所及焉。善乎顏介之言曰：今之經典皆非，《説文》所明皆是。許慎檢以六文，貫以部分，使不得誤，誤則覺之。孔子存其義而不論其文，先儒尚得改文從意，何況書寫流傳邪？竊謂《爾雅》亦然，凭書寫流傳之本以定字體，其不可也必矣。字體不定，則字義亦不易明。而後之儒者，乃欲穿鑿而爲之説，愼孰甚焉？吾友歸安嚴九能氏於此書治之有年，近箸一書，名曰《爾雅匡名》，其言曰："名，文字也。匡之爲言正也。吾於《爾雅》，爲之正其文字而已矣。"旨哉言乎！是讀《爾雅》而得其要領者歟？其正文字之道，大要有三：一曰證偏旁之離合，二曰存古本之異同，三曰糾俗刻之舛誤。證偏旁之離合，則以《説文》爲主。《説文》，字書之祖也。字有形、事、聲、意，捨《説文》其奚從？存古本之異同，則以釋言語爲主。《釋文》於異字異義，載之甚詳，其偁"樊光作某、孫炎作某"者，它家之異於郭者也；其偁"本亦作某"者，即郭本而傳寫互異者也；其偁"字亦作某"者，則專就字論，雖書無此本，而字有此體，亦竝載之。於六義之恉，多資攷證。糾俗刻之舛誤，則以石經爲主，監本、毛本承譌襲繆，幸開成石刻尚存，可以参校是正。崑山顧氏反以石經爲非，弟弗深攷耳。九能合此三者以讀《爾雅》，而《爾雅》之文字正矣。而其要尤在明通借之

例，蓋《説文》職在解字，分別部屄，一字祇有一義；《爾雅》
意在説經，古時字少，一字或有數讀，明乎通借之例，則孰爲
同類相從，孰爲同音相叚，可得而審也。自李陽冰已來，治
《説文》者意爲增竄，多失其舊，經傳所有而《説文》無者，不
皆俗體，明乎通借之例，則孰爲流俗增加，孰爲《説文》遺脱，
可得而究也。至若古本之與俗刻，更非一致。俗刻由於校
勘之疏，古本異同，則字有古今，音有楚夏，師讀相承，遂致
錯互，明乎通借之例，則似異實同者，可得而稽也。是故明
通借之例，以正《爾雅》之文，而六經之文皆正，是不唯有功
《爾雅》，并有功六經也。其它采摭羣言，搆會甄擇，經疏史
注有涉於此者，悉舉而臚陳之，俾互相證發，不煩言而自解，
簡而當，博而不支，無肬説，無虚詞。《爾雅》得此，洵爲善本，
景純、元朗，不得專美於前矣。嘉慶辛未春二月，德清徐養
原序。

爾雅匡名跋

勞經原

　　亡友悔盦先生工詩古文，精六書故訓之學，早年著《娛
親雅言》，見稱於耆宿，既乃成《爾雅匡名》二十卷。丙子冬，
手藁本示余，曰：“《爾雅》，近邵氏撰《正義》，注解精當，而於
俗本之誤及載籍所引文字異同，闕焉不録。因著此書以補其
未逮，是亦讀《爾雅》者之所資也。”丁丑夏，先生歿，乃校理
授梓。宿草既列，汗青斯竟，校讐之頃，略得數端。案《釋言》：
“祺，祥也。”邵氏據《詩·維清》傳以爲“祺”當作“禎”，先生

據山井鼎《攷文》謂作"禎"者係崔靈恩本,陸、孔皆不遵用,石經始依崔本。然《説文》:"禎,祥也。"同於《爾雅》,則崔亦有所本矣。"華,皇也",引盧學士説,郭氏《釋草》注作"皇,華也",考今本《爾雅》實作"華,皇也",蓋盧氏誤引耳。《釋天》:"扶摇謂之猋。"《文選·放歌行》:"素帶曳長飈。"注云:"《爾雅》或爲此猋,兩字古通也。""風與火爲庉",《釋文》:"庉,本或作炖。"《説文》無"炖"字,《法苑珠林·日月篇·地動部》引作"忳"。"迴風爲飄",《珠林》"迴"作"回",與《説文》合。《釋水》:"汝有潰。"陸氏《新義》"潰"作"墳",所云《新義》,俱據舊鈔本,今本已多改易。與雪㓜本同。今本《詩·汝墳》正義引作"墳"。案正義又云:"彼潰从水,此墳从土。"所云彼者,即指《爾雅》,知今本从土,係是傳寫舛誤。案《詩》正義引李巡注曰:"江、河、汝旁有肥美之地名。"則从"土"非誤,特與郭注重見之説不合耳。《釋蟲》:"姑蟗,强蚚。""蚚",《新義》作"蜉",云:"楚姓也。"《説文》有"蚚"無"蜉",視注,意似原本作"芏",不从虫也。"蠨蛸,長踦",《釋文》云:"《詩》作蠨。"考《廣韻·一屋》引《詩》"蠨蛸在户",息逐切,又音蠨。是《詩》本亦作"蠨"也。"蠔,桑繭",《説文》無"蠔"字,《新義》作"象"。《釋魚》:"鱀,是鱁。"《新義》作"暨",與《集韻》《類篇》合。《釋鳥》:"鷃,白鷢。"《説文》《五經文字》無"鷃"字。《廣韻·十月》:"白鷢,一名揚鳥。""揚"从手旁,與《新義》合。《中華古今注》亦云:"楊鳥,白鷢也,似鷹而尾上白。"則雪㓜本及通行本亦有所本也。"其糧,嗉",《説文》無"嗉"字,《新義》作"素",與《史記·天官書》合。《釋獸》:"貍子,貇。"《新義》作"貄","貄"見《集韻》,然非正文。凡此數科,皆所未及,故附識之。仁和勞經原識。

爾雅匡名校語

李宗蓮

　　《釋詁》“辜、辟、戾，辠也”下引《釋文》案語全脱，又“愖、神、溢，慎也”下引《詩》作“祕宫”者，乃《文選·魯靈光殿賦》注，非《玉篇》。《釋艸》“菥蓂，大薺”下引《説文》語意未竟，“不榮而實謂之秀”下“一切經音義”五字下似當有脱，取嚴先生手槀檢之已然，姑誌其疑於簡末。光緒乙酉端陽後一日，潛園先生屬校謹記，烏程李宗蓮。

以上清光緒十六年（1890）廣雅書局刻本

爾雅經注集證

爾雅經注集證自序

龍啟瑞

　　《爾雅》一書,學者多苦其難讀,蓋其書止立篇目,不分科段,至於句讀,因以混淆,而傳習者復以近鄙別字亂之。雖郭景純、陸元朗之儔,尚不能有所諟正。唐宋以降,其學漸微。國朝諸儒潛心經學,始復表章此書。其中箋疏文義,以邵、郝之學爲尤精;訂正文字,以盧、阮之書爲最備。暇輒折衷數子,博采羣言,於發疑正讀之間,務求講明。至是諸說不同者,則擇取其至善,間復參以鄙見,求析所疑。凡所易知及無關小學者,皆不復録。以學者探抉閎深,自有諸家之全書在,此特爲家塾便讀之本,故無取其繁焉。書成,姑名之曰《爾雅經注集證》,用附本經之末云爾。道光二十八年十二月,臨桂龍啟瑞序。

　　是書成於楚北官署,就正於興國刺史山左澤農潘君克溥,承君析疑正誤,資益頗多,今俱采其言入《集證》中。君所箸有《經廚餘芳》,惜未之見。

清光緒七年(1881)刻本

爾雅古注斠

爾雅古注斠序

劉壽曾

《爾雅》箋注之學,隆於漢代。武帝初曾置博士,而《漢志》不詳其事。其著於《七録》者,有犍爲文學、劉歆、樊光、孫炎五家。然郭景純《爾雅注·自序》謂“注者十餘”,則魏晉之間,又有專門之學爲《七録》所未收者矣。景純作注,綴集異聞,會粹舊説,而不顯姓氏。邢昺作正義時,五家之注度仍有存者。昺學術至淺陋,又罕徵古誼,故五家之注宋以後不復行於世,漸微漸湮,無有珍護而收集之者。至王雱、陸佃輩之書行,俚儒俗師,嚮壁虚造,即經文已多淆亂,況舊注乎？外舅江都李賓嵎先生治《説文》《文選》之學,爲江淮耆宿。外姑葉太君亦研覃訓詁,閨幃之中,以問奇析疑爲娱説。太君病《爾雅》舊注自宋以來無裒輯善本,余氏鉤沈,未臻詳備,舛誤尤多;邵氏、郝氏正義爲疏證景純之書,其采舊注,因文附著,誼非專家;甘泉黄氏、句容陳氏並有輯本,而未傳於世。因刺取羣經正義、釋文,逮唐宋類書,凡五家之注及舊注失姓名者,悉與甄録,以溯景純注所從出。其景純以後,沈旋、施乾、謝嶠、顧野王、裴瑜之音注,孫炎、高璉之義疏,此别一孫炎,爲郭注作疏者。師法不遠,曲説未淆,亦附存之。旁及異字、逸文、舊讀,以畧見古本面目。景純之注,疊經刊改,已非完書,别有《音義》《圖贊》，今亦不傳。其見稱引，咸著於篇。偶有發明，即詮釋注文之下，多説通轉、叚借之例，而箋邵、郝正義之失，尤多精確，整齊別白，部居秩然，誠爲治《爾雅》者不可不讀之書也。太君爲前明刑部左侍郎葉公相之裔，繼可先生之女孫，幹初先生之女，家世文學，門閥方雅。弟蘭卿先生孝友樂善，爲名諸生。太君承母杜夫人之教，工詩善琴，而博聞耆古，篤志著述又如此。昔伏女之書，韋母之禮，皆關於經學絶續之際，太君之斠録雅注，乃乾嘉諸儒所欲爲，或爲之而未成者，以視伏、韋傳書之功，雖時有難易，而有裨經術，則無不同焉。壽曾承命校勘，因備書撰述之義例，以告讀者。光緒二年春正月，甥儀徵劉壽曾識。

爾雅古注斠跋

李祖望

　　內子二十一歲歸余，奩篋中有《爾雅》全册，都能背誦，謂幼時祖父繼可公所口授，而未通其義，因檢毛刻注疏本示焉，讀之頗有所得，並指毛本誤字十餘處，更進以邵氏《正義》，郝氏《義疏》，因悟聲音、訓詁、通叚之旨。病邢疏之簡，郭注多用舊注又不名所自出，亟欲裒古注爲一書，時年已三十餘，然事翁姑，勤操作，未能卒業也。迨咸豐三年，避居東臺之三里澤，晨夕稍暇，繙閱書籍，采擇以考訂者幾二十年，成書三卷，條理畧備，猶不自信，時年已六十有二矣。親屬亟慫恿付梓。刻既成，爰爲識其顛末。光緒二年清和月，李祖望書於半畝園。

爾雅古注斠序

芮曾麟

　　幼從外舅賓嵎李先生游，執經之下，時聞外姑以經義質
函丈，析疑辨難，娓娓不倦。今刻《爾雅古注斠》三卷，皆其
平時所釐訂者也。外舅向輯有《小學類編》《爾雅古注》之
刻，當爲績學家所並珍守。刻既竣，復出詩一卷以授曾麟，曰：
“余自在室時，習承母訓，鍼黹有餘暇，即喜以音韻訓詁爲研
究，間有吟詠，顧不多作。他若操縵之學，亦得之太夫人指示。
要以勤習内職，未得專息心於是。洎揚城遭兵燹，母氏闔門
殉城内，傷心罔極，幾於讀《詩》廢《蓼莪》。是卷特近今十
餘年來心有所得，筆之於篇。至癸丑以前所作，胥付刦火，不
復存矣。”曾麟敬受讀之，竊見至性愷惻，形爲詠歌，感鞠育之
恩，篤孔懷之誼。卷中傷亂諸詠，可以想見其大概，餘者多詠
物之作。夫一草一木，詳記其名，《爾雅》之體也，《詩》之多
識，本與《爾雅》相發明，是集固宜附所刻《古注斠》之後，讀
竟，爰亟以爲請，並誌其緣起於簡末云。光緒二年夏月，甥芮
曾麟謹識。

以上清光緒二年（1876）李氏半畝園刻本

爾雅啟蒙

爾雅啟蒙序

陳慶鏞

　　漢經生多説陰陽,故《璇璣鈐》《稽命徵》《汛秌樞》推談天時人事,往往輒驗,其術皆本之經。而《洪範·五行》,劉向即借以陳政;《齊詩》四始,郎顗因據以上書。蓋離經無以言緯,因緯即以見經。吾友歸安姚君正父通堪輿,并精奇門六壬,斷人時事,無不奇中。近箸《擇吉會要》《陽宅正宗》,摘河洛,鑿乾坤,迥異人世蹈空之談,雅與漢人之説陰陽近。然人知正父之學爲術學,而不知正父之學乃經學也。余近造訪,見几上簡册鱗萃,有《爾雅啟蒙》一書,略觀大概,如《釋詁》"哉"下引《書》"哉生明",即云:通作"才",《説文》:"才,草木之始也。"又通作"載",《詩》曰:"載見辟王。"案《尚書大傳》"茂哉茂哉",《釋文》:"或作茂才";《書》"往哉汝諧",《張平子碑》作"往才汝諧";"哉生魄",《晉書·夏侯湛傳》作"才生魄";《詩》"陳錫哉周",《左·宣十五年傳》作"陳錫哉周",是"才、哉、載"古通用也。"肇"下引《詩》"肇基王迹",即云:通作"兆",《孟子》曰:"爲之兆也。"案"肇"乃"肁"之假音。《説文》:"肁,始開也。"《詩》"后稷肇祀",《禮記·表記》作"兆祀"。是"兆、肇"古通用也。"駿"下引《詩》"駿命不易",即云:通作"浚",《書》曰:"夙夜浚明有家。"又通作"俊",《夏小正》:"時

有俊風。"案"駿",《玉篇》:"馬之美稱也。"馬大爲駿,故駿有
大義。《詩》"駿極",《中庸》引作"峻極";"駿發",《釋文》:"駿,
本或作浚。"《書》"俊德",《大學》作"峻德"。然則"駿、浚、峻、
俊"皆通用。專言則駿,馬之大者;俊,人之大者;峻,山之大者;
浚,水之大者,而統言則同聲通假也。從形聲以知假借,從假
借以知轉注,故曰《爾雅》《說文》相爲表裏。至於蟲魚獸草,
則又與許書言天地鬼神、山川草木、鳥獸蚰蟲,褋物奇怪,王
制禮儀互相發明。以是知正父之善於術,乃其善於經而即其
善於小學也。其所言地輿風角,特餘事耳。余向固喜聲音、
訓詁、文字之學,鑽掔討論,莫得崖略,今見是書,不啻先得我
心也。爰喜而爲之序。咸豐紀元歲在重光大淵獻皋月,晉江
陳慶鏞識於都門之籀經堂。

清咸豐二年（1852）刻本

爾雅詁

爾雅詁自敘

徐孚吉

《爾雅》,古訓也。治《爾雅》,所以訓古訓也。《爾雅》晦則古訓晦,古訓晦則羣經不可得而明,故不治羣經,無以通《爾雅》,而不通《爾雅》,亦無以治羣經。欲治經,則《爾雅》不可晦也;欲治《爾雅》,則古訓不可晦也。孔子曰:"《爾雅》以觀於古。" 然則足以致古者,莫近於《爾雅》也。孚吉不才,不能通知古訓,思舞勺時,家君授以小學之書,凡文字之通借,音訓之轉注,方國謠俗,古今語言之異同,必爲之究其根源乃止。今越五載,沈潛反覆,稍有覺悟,思欲取《爾雅》一書疏通證明,以求當於古訓。適大宗師王益吾先生以治《爾雅》課士,不揣檮昧,遂取各家舊注,訂誤補遺,爲《爾雅詁》二卷。昔班《志》稱《書》有大、小夏侯《解故》,《詩》有《魯故》《齊后氏故》《齊孫氏故》《韓故》《毛詩故訓傳》,皆在於明古今之異言而通其指義者也,爰附其義而襲其名。惟其中紕繆尚多,宏達君子,幸糾正之。海門徐孚吉。

清光緒十四年(1888)江蘇南菁書院刻本

爾雅舊注考證

尔雅舊注考證序

李曾白、李滋然

《尔疋》爲故訓淵海、五經梯航，故儒者治經，必先自《尔疋》始。然羣經皆多古注，《尔疋》自唐代而後但用郭璞注，而漢學不傳。郭氏自敘云："錯綜樊、孫，博關羣言。"又曰："雖注者十餘，然猶未詳備。"戴東原《尔疋文字攷敘》曰："是書舊注之散見者六家，犍爲文學、劉歆、樊光、李巡、鄭康成、鄭氏實有《尔疋》注，詳《釋天》"北極謂之北辰"句下。孫炎，皆闕佚，難以輯綴。而今所行郭注，復删節不全，邢疏但取唐人《五經正義》綴緝而成，尤多闕漏。近世歷城馬氏國翰攷輯佚經、佚注至三百餘種，其於《尔疋》古注，若犍爲文學、劉歆、樊光、李巡、孫炎五家，皆按照《隋書·經籍志》、唐《經典釋文·敘録》分卷攷列，頗爲詳備。惟於鄭氏一家，以其僅見《周禮》疏一事，又篤信阮氏元《周禮校勘記》、謝氏啟琨《小學攷》之説，竟闕而不論。其羣書徵引，明稱《尔疋》舊注者，亦隻字未采，邢疏據《五經正義》，以在景純後之沈旋、施乾、謝嶠、顧野王四家，取備注者十餘之數，尤爲武斷。今特博徵羣籍，據《説文繫傳》，《詩》《春秋》正義，《齊民要術》，《帝範·審官篇》，《後漢書》注，《文選》注，《白孔六帖》，釋玄應《一切經音義》，《開元占經》，《北堂書鈔》，《元和郡縣志》，《初學記》，《藝文類聚》，

《蜀本圖經》,《龍龕手鑑》,戴侗《六書故》及近儒邵晉涵《尔疋正義》、郝懿行《尔疋義疏》等書,殫心鉤攷,抉出《尔疋》舊注得六十二科,皆與郭注不同,而爲馬本漏輯。埭爲漢儒舊注,謹疏通而證明之,以課兒讀,非敢問世也。其有岐文脱字無關師説異同者,例從蓋闕,概免臚陳。咸豐十一年歲次辛酉夏六月,長壽李曾白序于丹興學署。

　　先君子省三公潛心典籍,道光乙酉登賢書,五戰春闈不捷,閉户著書,不求進取。甲辰選授黔江縣教諭,山城避净,著書凡十有餘種,皆以年幼,未能敬讀。惟《尔疋舊注攷證》一書係晚年編輯,逐條指授,以課滋然,讀者是以略知體例。乃成書未久,髮逆陷城,先君子從容殉難,賊去後,匍匐奔殮,舊有書籍,隻字無存。癸酉鄉試,得晤趙云帆廣文于成都,先君之高足也,面稱當年拾得先君子著作數種。場後馳赴丹興,館於趙氏,得《封圻阨塞》《沿邊要害》《七省海防》三書,皆霉涊殘缺,字迹不明,惟《尔疋舊注攷證》一書係雲帆借閱原本,隻字無譌,荷蒙反璧,珍藏待梓。光緒丁未,供差駐日本使署,公餘之暇,訪求遺書,得隋著作郎杜臺卿《玉燭寶典》十一卷、顧黃門《原本玉篇》三卷半、唐釋慧琳《一切經音義》一百卷及日本源順所撰《和名類聚抄》十卷,皆中土久佚而刊之於東洋者,佚文古注,燦若列星,詳爲鉤攷所引《尔疋》舊注,得四十六科,内明標鄭注者,都十有四事,略加疏證,附於正文之後。光緒三十四年十月,男滋然謹識於日下江户。

清光緒三十四年（1908）刻本

爾雅補釋

爾雅補釋自序

汪柏年

　　六經之道，誼各攸歸，獨《爾雅》爲之鍵鐍。詁訓明而後《爾雅》通，《爾雅》通而後六經可釋，非是而諉曰籀繹大義，是甕言也。《爾雅》漢注，舊傳有犍爲文學、劉歆、樊光、孫炎五家，久佚不傳，單文間見，殊鮮精義，以云閎洽，猶若未逮。景純作注，自謂綴集異聞，薈粹舊説，而穿鑿屢見，未詳者得百四十二事。宋邢昺作疏，一依郭氏律令，不能斷以己意，故窳陋無可觀。農師、漁仲，間有可采，終未能越景純藩籬。罩至于明，肈治者寡。清世詁訓之學粲然復張，邵、郝諸家，匡韋補缺，疏通證明，庶幾雅訓可通者十得七八，討論修飾之功，雖景純未可與絜短長，邢氏之徒不足當牧圉矣。顧二氏之書尚多缺失，擳摭不具，未爲純美。余以顓固，牏涉是書，聊慮固護，亦既有年，獨欲補前修之未宏，正後師之橫議，通古今之異言，辨雅俗之殊號，明其本籍，釐其句讀。屬草甫畢，就正先師餘杭先生，師曰是足補邵、郝所未備。好爲之罔，或自弛墜，將爲序而刊行，以勗進修。時日崔隤，忽忽浹旬，而師遽際微疾，以捐館舍。心喪鬱陶，我傷如何？懼終違遺命，而無以成誘掖之意。爰重加釐汰，得如干條，名曰《爾雅補釋》。雖未達神恉，多所缺遺，而釋“邕、擁”爲一義；以“茅、霖”

爲同字。"坎銓"字誤，當作"欵詮"；"洵龕"聲轉，即爲"恂諶"。"繼英"重出，辨之于蟲、鳥；"麙、羬"字别，分論于虎、羊。庶幾杜絶華離異于偏觭之議。同條共貫，而符比物醜類之則者矣。若謂通羣言于靡遺，析名物于至纖，精意入神，則余豈敢？丙子季秋，桐鄉汪柏年。

爾雅補釋序

錢基博

　　汪生青在從余受詩古文辭，而經學則得法於吳縣曹叔彦太史、餘杭章太炎先生，《周易》《尚書》《爾雅》三書，尤殫心焉。《易》《書》導揚師説，而《爾雅》則神解自超，稽古攷會，斠補前修，得如干事，以正餘杭先生。先生亟賞，謂邵氏正義不免龎舛，郝疏後出，覈而未精，得生研慮，足相匡捄，將爲序行而歸道山。余於雅訓苦未致力，獨謂《爾雅》一書誼匪一端，詁訓名物，囊括兼該。詁訓以總絶代之離詞，可讀書以明，故名物當辨同實而殊號，貴博物以通方。孔子論《詩》，謂多識鳥獸草木之名，動植之學，新知日苗。而生好學深思，稽古有餘，所貴通方，如考《爾雅》以徵新籍，參之圖説，實以目驗，蟲魚草木，審定古之何物爲今之何物，瞻彼東鄰，知新温古，蓋有先我而爲之者，非但取明經義，抑亦有裨實用，君子博物，未可以鑿空而漫不加訾省也。民國二十五年秋，無錫錢基博。

以上1936年蘇州文新印書館鉛印本

爾雅音圖

重刊爾雅音圖敘

曾　燠

　　書贈自曹大農文埴，弆藏已久，適孫觀察星衍、張太守敦仁見而譽之，屬廣其傳。復得姚處士之麟摹繪付刊，特識顛末，以質來者。古人云：“《爾雅》以觀於政，可以辨言。”又云：“多識於鳥獸草木之名，一物不知，儒者之恥，遇物能名，可爲大夫。”則此書之成，不獨好古者所宜服膺，爲政者盍流覽於斯。嘉慶六年太歲辛酉十月望日，兩淮都轉鹽運使南城曾燠撰。

清嘉慶六年（1801）南城曾氏藝學軒據影宋繪圖鈔本重摹刊

爾雅釋地四篇注

爾雅釋地四篇注敘

孫星衍

　　星衍既與錢君同客陝西撫院,時又同爲地理之學,其讀一書,有所知必相告,亦多如其意所欲出。一日錢君讀張守節所稱《晉地道記》"飛狐岌"之説,告星衍曰:"予始知《爾雅·釋山》之皆山名,'小山岌,大山峘'之即飛狐岌與恒山也。"于是注《釋地》以下四篇,閲三月成,屬星衍爲之敘。敘曰:《釋地》以下四篇,皆禹所名,周公之所述也。張揖《上〈廣雅〉表》,言周公著《爾雅》一篇,今俗所傳三篇,《爾雅》或言仲尼所增云云,揖意蓋言古本《爾雅》合《釋詁》以下爲一篇,後儒附以傳注,廣爲三篇。云三篇者,即《蓺文志》之三卷,是今十九篇皆有周公之説也。《釋詁》等十九篇之名,蓋後儒所分。陸德明乃以《釋詁》篇爲周公所作,《釋言》以下爲仲尼等所增,疑其誤會張揖一篇之義。古者聖人下虛作①,黃帝正名百物,禹與伯益主命山川,《尚書》亦言"奠高山大川"。孔、鄭訓"奠"爲"定",定言定名,其名存諸《尚書》《山海經》,其義存諸《釋地》諸篇也。古人之書特多,經傳相亂,今自《釋地》以下四篇,考其文義,《釋地》"九州"當是經,"十藪"當

---

① 下,當據文意改作"不"。

是傳；錢君以《周禮》九藪，此云十藪，又陽華屬秦，疑是後人所益。星衍亦案：文云鄭有圃田，圃田在今開封府中牟縣，此新鄭也。宗周之滅，鄭遷于溱洧，圃田屬鄭，亦春秋時語矣。“八陵、九府、五方、野、四極”當是經，《釋丘》“三成爲敦丘”以下當是經，“陳有宛丘”以下當是傳。《釋山》“河南華”以下當是經，“泰山爲東嶽”以下當是傳。《釋水》有云：“正出，涌出也；縣出，下出也；穴出，仄出也。”“河水清且瀾漪”以下十八字、“濟有深涉”以下三十九字、“汎汎楊舟”以下三十三字，云“四瀆者，發原注海者也”，云“從《釋地》已下至九河，皆禹所名也”，皆當是傳。且案《釋詁》之文，亦有“黄髮、齯齒”“謔、浪、笑、敖”之類，直釋《詩》辭，何得盡云周公所作也？是知《釋詁》一篇非無孔卜所增①，《釋言》以下皆有周公之説矣。《釋地》諸篇之義既古，其所釋皆是《夏書》《山海經》之山，而郭、李、舍人僅隨義解釋，不箸所在。郭璞注“山大而高崧”，云“今中嶽嵩高山”，蓋依此爲名，亦未知其即釋嵩山也，可不惑與？錢君既知岊之爲飛狐岊，岠之爲恒山，旁通其類，以説河南華以下諸山，信非古人之所及已。又諸經之文，惟《爾雅》最多俗字，陸德明言“豈必飛禽即須安鳥，水族便應著魚，蟲屬要作虫旁，草類皆從兩中”，若此之類，實繁有徒，是以不合于篆文，不登于許氏。星衍嘗校其謬誤，去其十五。今以錢君之例證之，“山大而高崧”即“嵩山”，知“崧”當爲“崇”也。《國語》“崇山”即“嵩山”。“鋭而高嶠”即“橋山”，知“嶠”當爲“橋”也。“小而衆歸”即“歸山”，知“歸”當爲“歸”也。又以“加陵”爲即“柯陵”、“祝栗”爲即“涿鹿”，深通古人假音之義。星衍嘗病“山左右有岸

_____

① 卜，當作“子”。

屉”，“屉”字不合六書，而《唐石經》《五經文字》皆有其形。據《廣韻·二十七合》有“庢”字，云“山左右有岸”，乃知是“庢”之寫爲“庢”，又譌爲“屉”也。又疑“磯礐”即《春秋傳》“敖鄗”之類，君皆有取焉。君注解質核，有賈逵、高誘之風，漢以下無以擬也。今世注《爾雅》者，有君家詹事君、邵編修二雲、江布衣叔澐。星衍亦嘗爲《爾雅正俗字考》，又注《釋詁》以下諸篇，依叔言及舍人之例，字以本義爲釋，然君所獨到，不能掩也。孫星衍撰。

爾雅釋地四篇注後敘

孫星衍

　　星衍序《釋地》四篇以爲《釋詁》以下皆有周公之説，獻之讎之，然自唐以來，無有信是論者矣，無有舍陸德明之言而深求張揖之説者矣。星衍有所見，當以告讀全書者，亦附獻之書以著焉。《爾雅》所紀，則皆《周官》之事也。《釋詁》《釋言》《釋訓》，則誦訓掌道方志以詔觀事，及訓方氏掌誦四方之傳道也。《釋親》則小宗伯掌三族之别，以辨親疏。《釋宮》亦小宗伯掌辨宮室之禁也。《釋器》“其綫罟謂之九罭”云云，則獸人掌罟田獸，辨其名物；“肉曰脱之”云云，則内饔辨體名肉物；“黄金謂之璗”云云，則職金掌凡金玉錫石之戒令，辨其名物之媺惡；“金鏃翦羽謂之鍭”云云，則司弓矢掌六弓、四弩、八矢之灋，辨其名物也；“珪大尺二寸謂之玠”云云，則典瑞掌王瑞玉器之藏，辨其名物；“一染謂之縓”云云，則典絲掌絲入而辨其物也。《釋樂》則典同掌六律六同之和，以辨天地四方陰陽之聲也。《釋天》則眂祲掌十煇之灋，以觀妖祥，辨吉凶。
又保章氏掌天星，以志星辰日月之變動，以辨其吉凶，又甸
祝、詛祝之所掌也。其旌旗，則司常掌九旗之物名。巾車掌
公車之政，辨其旗物而等敘之也。《釋地》《釋丘》《釋山》《釋
水》，則大司徒以天下土地之圖，周知九州之地域廣輪之數，
辨其山林、川澤、丘陵、墳衍、原隰之名物。職方氏掌天下之
圖，以掌天下之地，辨其邦國、都鄙、四夷、八蠻、七閩、九貉、
五戎、六狄之人民與其財用，又山師、川師、邍師之所掌也。
《釋草》以下六篇，亦大司徒以土宜之灋辨十有二土之名物，
山師、川師辨其物與其利害，而頒之于邦國，使致其珍異之
物。又土訓道地慝，以辨地物。而原其生，以詔地求也。又
倉人掌辨九穀之物，龜人掌六龜之屬，各有名物，皆在也。《釋
畜》則庖人掌其六畜六獸六牲，辨其名物。其馬屬，則校人掌
王馬之政，辨六馬之屬。雞屬則雞人掌其雞牲，辨其名物也。
昔魯哀公欲學《小辨》以觀于政，孔子告之《爾雅》，其意在是。
是周公之著《爾雅》，爲在《周禮》前，《周禮》之名物，必以《爾
雅》辨之也。其諸儒所廣，亦自可考。按《釋詁》文有“舒、業、
順，敘也”，下云“舒、業、順、敘，緒也”，明是解上四字。又“粵、
于、爰，曰也”，下云“爰、粵，于也”，郭璞說轉相訓。又“治、肆、
古，故也”，下云“肆、故，今也”，璞說此義相反而兼通者。星
衍謂郭說非也，此類即後儒所增矣。其《釋訓》有“如切如磋，
道學也”云云，按《禮記》云是孔子之言，其直引《詩》辭，當
是子夏之言，子夏實治《詩》也。又《釋親》一篇，亦有所增。
考《史記》田文問其父嬰曰：“子之子爲何？”曰：“爲孫。”“孫
之孫爲何？”曰：“爲玄孫。”“玄孫之孫爲何？”曰：“不能知
也。”今《釋親》則有“玄孫之子爲來孫”云云，當是戰國後叔
通等所增矣。不然，嬰何得不見《爾雅》也？自餘諸篇，可以

類證。星衍不敏,其有所失,尚望正告無隱也。獻之書副刊已畢,故附于其末。

以上清光緒十四年（1888）南菁書院刻本

爾雅釋例

爾雅釋例自敘

陳玉澍

《爾雅》者,孔子之所作也。古者天子立太學,樂正崇四術,立四教,順先王《詩》《書》《禮》《樂》以造士。孔子生春秋之季,既不得行先王之道,退而老于洙泗之上,以《詩》《書》《禮》《樂》教弟子,蓋三千焉。故《論語》曰:"子所雅言,《詩》《書》、執禮,皆雅言也。"不言《樂》者,方氏《論語偶記》所謂《樂》在《詩》《禮》中也。今觀《爾雅》一書,所釋《詩》爲多,而《書》次之。豆籩瓦登之器,冠于《釋器》之先;祭祀講武之禮,系于《釋天》之後,而《釋樂》有專篇。《詩》《書》《禮》《樂》,此夫子之文章可得而聞者,故以雅言明之,而《爾雅》亦釋之。若《易象》《春秋》,則夫子之言性與天道不可得而聞者,夫子雅言不之及,《爾雅》亦不之釋焉。《爾雅》所釋,即夫子所雅言;夫子所雅言者,即夫子所以爲教;夫子所以爲教者,即樂正之所以爲教也。揚子雲云:"典莫正于《爾雅》。"張晏注《漢書》曰:"爾,近也;雅,正也。"《釋名·釋典藝》亦曰:"爾,昵也①;昵②,近也;雅,義也;義,正也。"《論語》之"雅言",孔安國、鄭康成皆訓雅爲正,故劉台拱《論語駢枝》、焦循

---

①②呢,當據《釋名》改作"昵"。

《論語補疏》、宋翔鳳《論語發微》皆謂雅言爲即《爾雅》。而《大戴禮·孔子三朝記》載孔子告哀公曰:"《爾雅》以觀于古,可以辨言。"古即《釋詁》之詁,言即雅言之言,而爾之爲義曰近,此又朱子所謂"《詩》以理性情,《書》以道政事,《禮》以謹節文",皆切于日用之實者也。雅之爲義曰正,即《學記》所謂"大學之教,時教必有正業",朱子所謂"《易》掌于大卜,《春秋》掌于史官",學者兼通之非正業,唯習《詩》《書》《禮》《樂》爲正業也。然則雅言者,以爲正業而言之。《爾雅》者,于學人最爲切近之正業也。魏張揖《上廣雅表》稱"周公著《爾雅》一篇,今俗所傳三篇,或言仲尼所增,或言子夏所益"。揚雄《方言》、《鄭志》答張逸謂成于孔子之門人。郭璞言"《爾雅》興于中古",其意亦主周公。陸德明《經典釋文·敘錄》以《釋詁》一篇屬之周公。今考"謔、浪、笑、敖"爲衛莊之詩,"黄髮、兒齒"爲魯僖之頌,而《釋詁》並稱之,未見其成于周公。《春秋元命包》言:"子夏問:'夫子作《春秋》,不以初、哉、首、基爲始,何?'"正以《爾雅》爲夫子所作,故卜氏以爲疑。此與《論語》"雅言",皆孔子作《爾雅》之塙證也。《漢書·藝文志》六藝居首,以《易》《書》《詩》《禮》《樂》《春秋》《論語》《孝經》爲次,而《爾雅》三篇二十卷,與《五經》雜議十八篇,並列于《孝經》十一家五十九篇之中,不與《史籀》《蒼頡》《凡將》《急就》列于小學十家四十五篇之內。其次于《五經》雜議之後者,《爾雅》所釋匪一經,與雜議同也。其列于《孝經》者,孔子曰:"弟子入則孝,出則弟,行有餘力,則以學文。"文即樂正所教之《詩》《書》《禮》《樂》,而《爾雅》爲《詩》《書》《禮》《樂》之鈐鍵,與《孝經》皆入學之初所宜誦肄。《爾雅》之列于《孝經》也,猶之《弟子職》之列于《孝經》也。漢人已躋《爾雅》于經,而千百載後,猶有謂《爾雅》自爲一書,不附經義者,何其妄也?近儒于諸經多有釋其例者,而于《爾雅》獨未之及。近儒注《爾雅》者,有邵晉涵、郝懿行、嚴元照、翟灝、臧庸、錢坫、錢繹、王引之、俞樾諸家,于其例皆未之及。夫不明于經文在上之例,則不知"蠘汽、萑蓷、鮅鱒、鶨鶅"之爲誤倒矣;不明於經文在下之例,不知"幬謂之帳""閉謂之門"之爲誤倒矣;不明于文同訓異之例,則不知"諲"之訓"敬"當作"禋"、"琛"之訓"寶"當作"探"矣;不明于文異訓同之例,則不知"宜"之訓"事"當作"官"、"禧"之訓"告"當作"祰"矣;不明于相反爲訓之例,則"康"之爲"苛"不可通,因有執抗荷爲説者矣;不明于同字爲訓之例,則"嗟"之訓"嗟"不可通,《釋詁》"嗟、咨,嗟也",當作"嗟、咨,嗟也"。《書·堯典》正義、《文選·嘆逝賦》注兩引"咨,嗟也"可證。因有讀"咨嗟"爲句者矣;不明于名同文異之例,則不知"其莖茄"之"茄"即"其葉蕸"之"蕸"、"唐棣栘"之"唐"即"常棣棣"之"常"矣;不明于文同義異之例,則不知"竊脂"之"竊"非"竊玄竊藍"之"竊"、"未成毫"之"成"非"未成羊""未成雞"之"成"矣;不明于名同義異之例,則不知"宛中"之"宛丘"非"丘上有丘"之"宛丘"矣;不明于名異義同之例,則不知"如陼"之"陼丘"即"澤中有北"之"都北"矣;不明于一字重讀之例,則"鴗欺老鳸鷃"之"老"、"騉蹏趼善升甗"之"蹏"爲不可通矣;不明于因此及彼之例,則《釋天》之釋祭名、講武、旌旗,《釋魚》之釋龜貝、蠑螈、虺蛇爲不可通矣;不明于郭氏改經之例,則不知"汝爲濆"之"濆",衆家作"涓",郭改作"濆",轉謂"濆"爲"涓"之誤矣;不明於《釋文》改郭之例,則不知"陽,予也"之"陽"郭本作"陽",《釋文》改作"錫",妄謂"陽"有"賜"音矣。玉澍測知釋《爾雅》之不可無例,猶之釋諸經之不可無例也,於《毛詩異文箋》既就之後,即黽没從事斯經,不憚倫勩,干流其義例之所存,或爲他書所同,或由後人致誤,捨之則無以迄於明備,亦兼釋焉。權輿於箸雝困敦之陽月,求茜於上章攝提格之玄月,艾歷二載,續《爾雅釋例》五卷,于犍爲文學、孫、李、樊、郭之注,陸氏之音,邢氏之疏,暨邵氏《正義》、郝氏《義疏》、嚴氏《匡名》、翟氏《補郭》、臧氏《漢注》、錢氏《古注釋地四篇注》、王氏《述聞》、俞氏《平議》之説,皆有所律通,亦皆有所皇匡。錢氏《疏證》未之覯,其有敊邰與否,未可知也。自維腹笥濂虛,識解倓倓,紛繆漏略,膚亦不免。海内梗較之士,有攻台之短者乎? 此則錫畀甚竺,而爲予所愷康而愉懌者也。愙庵陳玉澍自敍。

爾雅釋例敍

黄以周

古之方言,有通語,有別語。通語近字之本義,別語爲音之轉,其字多出於叚借,叚借爲六書之一法,在昔自有其例,方音迭變,厥例不明。周公憂之,爰作《爾雅》。《爾雅》者,訓詁之近正者也。特勒一書以示之範,在此者爲近正,不在此者爲方言之奇衺俶詭,而不可施諸文字,此周公同文之治也。《爾雅》之文,有本義,有引申,有叚借,學者必先明字之本義,而後引申、叚借之音讀可正。沿至春秋,叚借既久,學者習見其字,而音讀乃淆。孔子憂之,爲之雅言。雅言者,正其音讀也。漢儒讀若、讀爲之例,所自昉也。讀若者,義之引申者也,字從其讀;讀爲者,字之叚借者也,讀改其音。如《詩》古文“貊其德音”,“貊”爲“莫”借,《爾雅》並收其義,以存故訓。孔子雅言，讀"貉"爲"莫"，以定正言。一時承學之士皆雅言，故子夏對魏文侯，左丘明作《春秋傳》，字並作"莫"，此夫子正名之訓也。漢師注經，恪守周、孔遺言，不敢違越。魏晉而降，觀古之術微，辨言之道衰，迄至國朝，其學丕振。然恟詟之儒，一見音近之字，不考經義從違、典制異同，概爲通叚，幾若洪水氾濫，茫無涯涘。其敢專輒恣肆者，由昧於《爾雅》之例。《釋詁》《釋言》，義可互訓，《釋親》以下，義在別異。通師祭之"禓"爲"伯"，通馬祭之"伯"爲"貉"，于《爾雅》訓顯爲別異者，誤仞爲互訓，經義由此泯亂，大紊周公《爾雅》之教矣。《爾雅》所釋之字有通借，釋之之字必用本義，即非本義，亦必經典恒用易曉之字，無煩改讀。通林、烝之"君"爲"羣"，通嘀、幾之"危"爲"詭"，分一字爲兩訓兩音，破壞形體，鉤鈲析亂，大違孔子正言之道矣。陳生惕庵潛研經術，尤精小學，所爲古文，見賞於長沙王祭酒，所箸《毛詩異文箋》，業與李蓴沚書分道揚鑣。近治《爾雅》，作《釋例》五卷，郵寄示予，讀之忻然。雖以《爾雅》非權輿於周公，與愚見相左，而《釋詁》諸篇立有叚借、無叚借、文同訓異、文異訓同、訓同義異、訓異義同、同字爲訓、同聲爲訓、相反爲訓、輾轉爲訓諸例，《釋地》諸篇立名同文異、文同義異、文異義同、名同義異、名異義同、物異名同、名異物同諸例，標明網格，統括大歸，疇昔《爾雅》有例之言，得此大暢。《爾雅》明，羣經亦可治，庶乎訓詁聲音各得分理，不至氾濫無歸，漫如洪水也乎？定海黃以周敘。

爾雅釋例後序

陳鐘凡

《爾雅釋例》五卷,先叔父惕庵公遺箸也。叔父弱歲趨庭,沃聞《詩》訓,嘗箋注《毛詩》異文,成書十卷,區別雅俗,攷正古今,視王氏述曾《異字攷》,疏密純駁殊矣。長沙王祭酒先謙亟見偁許,爲之刊入《南菁書院叢書》。其後更游定海黄先生以周門,鑽研經訓,檃栝斯宏,彊立不返。恒以遺典舊文,讀應《爾雅》,辨言觀古,惟存故訓。雅言者,六籍之檢度,百家之筦鑰也。徒以誼例晦蒙,詁籀爲病,向、歆父子且猶太息。於是醜類解紛,正名覈實,或同文異訓,或同訓異文,其傳鈔衍脱,亟待删增,文句錯易,尤宜諟正。遂著之科條,立爲凡例,務期會通,洞得體要。於舍人、樊、李、孫、郭之注,元朗釋文,叔明誼疏,並能料簡奇侅,敻求正譣,摭撢兩祀,以就斯篇。黄君歎其精核,輒爲製序。自古論《爾雅》撰人者,説多韋午,漢魏儒先並謂《釋詁》一篇出於周公,增益潤飾,由於孔氏,書非成於一手,文豈先後洽通?邢氏且謂諸篇次第舊無明解,或以有親必須宫室,宫室既備,事資器用,今謂不然,造物之始,莫先兩儀,而樂器居《釋天》之先,豈天地乃樂器資始?公謂太初乃天地之本,才爲艸木之初,人類之生兆於元首,尋此建首諸文,已包舉三才,統括羣品。至篇末言終言死,猶《釋言》之始以"中"而終以"終"、《釋訓》之始以"明明"而終以"鬼之爲言歸"矣。中亦天地所由造端,見《太玄》。明爲神,鬼爲幽,洞幽明之誼,則原始要終,知生知死,即此三篇大誼昭著。知《爾雅》出於一人,非由遞相增益,此其卓爾

立誼,慮深通敏,足使郭氏擁篲清塵者也。鐘凡幼侍函丈,曷
聞微恉,廿年持此,徧謁通人,僉謂不朽之作,羽翼聖言,豈宜
久秘塵封,没於羽蠹? 爰寄武進顧君實惕森求爲刊布。嗟乎!
方今淺漓羣桀,寖汩聖模,瞀醜雅音,弁髦同棄。誠使剥極復
生,明融晦盡,則典言未替,故説具存,後之君子,其或有取於
斯書歟? 庚申秋,姪鐘凡謹識。

校印爾雅釋例序

顧　實

昔張南皮有言:"由小學入經學者,其經學可信;由經學
入史學者,其史學可信。" 斯言也,稽古之圭臬所不能外。蓋
小學猶幾何之有點線也,經學猶幾何之有平方、立方諸體也。
史學則窮高測深,幾何之所致用者遠矣。舊分小學三類:一
文字,二音韻,三訓詁。則舊有《説文》《廣韻》《爾雅》三書,
其最要也。《爾雅》自清郝懿行、邵晉涵諸前輩多所疏通證
明,而猶有未盡。陳惕庵玉澍先生者,二十年前知名儒也,頃
於《國故雜誌》中讀其遺箸《爾雅釋例》,詫爲傑作,洵初學者
研治雅詁之入門。都中訪其猶子斟玄鐘凡先生,乃畀予全稿,
而付諸排印。凡前輩考訂之作,皆忨日懱歲而成,非可叱嗟
辦也,故讀其書,輒可省日力無算,則讀者之樂爲何如也? 然
惕庵先生暨黄玄侗以周先生兩序,釋《爾雅》名義,余猶未敢
苟同。《大戴禮·小辨篇》:"《爾雅》以觀於古,足以辨言矣。"
盧注:"爾,近也。謂依於雅頌。" 則以依訓爾也。是爾者,依
也。《學記》:"不學博依,不能安詩。" 依或作衣,衣者隱也。《白

虎通》。司馬遷曰："《詩》《書》隱約者，欲遂其志也。"《太史公自序》。蓋《詩》《書》主文，率多隱依，不欲直言，譬猶有隱書《漢書·藝文志·詩賦家》："《隱書》十八篇。"隱語，《史記·楚世家》："伍舉進隱。"《吕氏春秋·重言篇》："荆莊王好讔。"讔，俗字。《韓非子·難篇》："人有設桓公隱者。"此"爾"之解也。《詩·韓奕》："侯氏燕胥。"《大玄》樂首："不晏不雅。""燕胥"作"晏雅"。《説文》"疋"下云："古文以爲《詩》大疋字，或曰胥字。"《詩·大疋》即《詩·大雅》，故《詩》有《大雅》《小雅》，即《大胥》《小胥》也。胥者，謂也。材，知也。古者登高能賦，可以爲大夫。言材知深美，材知曷爲而深美？則胥者，疏也；疏，記也，得自故書雅記而深美也。推之《爾雅》所記歲陽十幹名、歲陰十二枝名，係古代西方撒馬利亞 Samaria。語，故舌人亦曰象胥矣。此"雅"之解也。是故《爾雅》者，依託雅詁，其雅詁本自故書雅記，乃至絶國方言，無所不包，而決非日常行用之辭也。雅訓正者，正乃"疋"形近之訛也。朱駿聲《説文通訓定聲》詳之。中國去於草昧遠矣，虞史伯夷曰："明，孟也。幽，幼也。"《大戴禮·誥志篇》。此《爾雅》之嚆矢也。及周而樂正，崇四術，立四教，庠序徧乎國中，《詩》《書》《禮》《樂》之化沛乎宇内，故古訓是式，威儀是則，出言有章，雍雍乎士君子之風也。雖今之爲詩詞駢散文，猶且取材類書，襞積爲工。乃至外國博士當路騰口，好文惡質，言民治必曰德謨克拉西，Democracy。語靈魂必曰烟士批里純，Inspiration。而惡知皆古《爾雅》之類哉？此書嘗經劉申叔師培、陳伯陶漢章兩先生，均畧有校訂。余以課餘匆匆，再三校之，猶有誤字，良爲遺憾。民國十年辛酉孟秋，識於南京高等師範學校之六朝松下，武進顧實。

以上1921年南京高等師範學校鉛印本

爾雅草木蟲魚鳥獸釋例

爾雅草木蟲魚鳥獸釋例自序

王國維

　　甲寅歲莫，國維僑居日本，爲上虞羅叔言參事作《殷虚書契考釋·後序》，略述三百年來小學盛衰。嘉興沈子培方伯見之，以爲可與言古音韻之學也。然國維實未嘗從事於此，惟往讀昔賢書，頗怪自來講古音者詳於疊韻而忽於雙聲。夫三十六字母乃唐宋間之字母，不足以律古音。猶二百六部乃隋唐間之韻，不可以律古韻。乃近世言古韻者十數家，而言古字母者，除嘉定錢氏論古無輕脣、舌上二音，及番禺陳氏考定《廣韻》四十字母，此外無聞焉。因思由陸氏《釋文》上溯諸徐邈、李軌、呂忱、孫炎，以求魏晉間之字母；更溯諸漢人讀爲、讀若之字，與經典異文，以求兩漢之字母；更溯諸經傳之轉注、假借與篆文、古文之形聲，以爲如此則三代之字母雖不可確知，庶可得而擬議也。然後類古字之同聲、同義者以爲一書，古音之學至此乃始完具。乙卯春，歸國展墓，謁方伯於上海，以此願質之。方伯莞然曰："君爲學乃善自命題，何不多命數題，爲我輩遣日之資乎？"因相與大笑。維又請業曰："近儒皆言古韻明而後詁訓明，然古人假借、轉注多取雙聲。段、王諸君自定古韻部目，然其言詁訓也，亦往往舍其所謂韻而用雙聲，其以疊韻説詁訓者，往往扞格不得通。然則與其謂古韻明而後詁訓明,毋寧謂古雙聲明而後詁訓明歟?"方伯曰:"豈直如君言,古人轉注、假借,雖謂之全用雙聲可也,君不讀劉成國《釋名》乎? 每字必以其雙聲詁之,其非雙聲者,大抵譌字也。"國維因舉"天,顯也"三字以質之,方伯曰:"顯與濕濟濕之"濕"。俱從㬎聲,濕讀他合反,則顯亦當讀舌音,故成國云:'以舌腹言之。'"維大驚,且自喜億之偶中也。是夏,仍赴日本,稍就陸氏《釋文》,以反切之弟一字、部分諸字及五六卷而中輟。丙辰春,復來上海,所居距方伯寓所頗近,暇輒詣方伯談。一日,方伯語維曰:"棲霞郝氏《爾雅義疏》於《詁》《言》《訓》三篇,皆以聲音通之,善矣。然《草》《木》《蟲》《魚》《鳥》《獸》諸篇,以聲爲義者甚多,昔人於此似未能觀其會通,君盍爲部居條理之乎?"又曰:"文字有字原,有音原。字原之學,由許氏《説文》以上溯諸殷周古文止矣,自是以上,我輩不獲見也。音原之學,自漢魏以溯諸羣經《爾雅》止矣,自是以上,我輩尤不能知也。明乎此,則知文字之孰爲本義,孰爲引申、假借之義,蓋難言之。即以《爾雅》'權輿'二字言,《釋詁》之'權輿,始也'、《釋草》之'其萌,虇蕍'、《釋蟲》之'蠸輿父,守瓜',三實一名。又《釋草》之'權,黃華'《釋木》之'權,黃英',亦與此相關,故謂'權輿'爲'虇蕍'之引申可也,謂'虇蕍、蠸輿'用'權輿'之義以名之可也,謂此五者同出於一不可知之音原而皆非其本義亦無不可也。要之,欲得其本義,非綜合後起諸義不可,而亦有可得有不可得,此事之無可如何者也。"國維感是言,乃思爲《爾雅》聲類,以觀其義之通。然部分之法,輒不得其衷,蓋但以喉、舌、牙、齒、脣五音分之,則合於《爾雅》之義例;而同義之字,聲音之關係苦不甚顯,若以字母分之,則聲音之關係顯矣。然古之字母與某字之屬何母,非由魏晉六朝之反切以上溯漢人讀爲、讀若之字，及諸經傳異文與篆文、古文之形聲，無由得之。即令假定古音爲若干母，或即用休寧戴氏古二十字母之説以部居《爾雅》，則又破《爾雅》之義例。蓋古字之假借、轉注，恒出入於同音諸母中。又疑、泥、來、日、明諸母，字亦互相出入，若此者《爾雅》既類而釋之，今欲類之而反分之，愼倒孰甚。因悟此事之不易，乃略推方伯之説，爲《爾雅草木蟲魚鳥獸釋例》一篇。既名釋例，遂併其例之無關聲音者亦並釋之，雖未必得方伯之意，然方伯老且多疾，未可强以著書，雖以國維犬馬之齒弱於方伯者且三十寒暑，然曩者研求古字母之志任重道遠，間以人事，亦未敢期以必償。而方伯音學上之絶識，與國維一得之見之偶合於方伯者，乃三百年來小學極盛之結果，後此音韻學之進步，必由此道。此戔戔小册者，其論誠無足觀，然其指不可以不記也，故書以弁其首。丙辰仲冬，海寧王國維。

　　　　　　　　　　　　　1927年海寧王氏石印本

爾雅穀名考

爾雅穀名考自敘

高潤生

　　余輯古農書,首編《爾雅穀名考》,或問曰:"是考也,農説邪? 抑經説邪? "畬曰:"以經誼説農事,即以農事證經誼也。"或又問曰:"經誼賾矣,胡爲斤斤于《爾雅》? 農事縣矣,胡爲瑣瑣于穀名也? "畬曰:"雅與俗故相通,名與實不容紊。"是考也,蓋將因名以求實,亦即因俗而見雅也。秜、稑不辨,何論芝英? 蕭稂未搴,皇言藻麗? 名者實之幟,雅者俗之砭;穀名者農事之權輿,《爾雅》者經誼之鈐鍵。莫年學稼,時還讀書,炳燭歊明,奇觚急就,例以景純之作,雖未必得其寰中,願爲思勰之徒,或不忍撝諸門外云尒。時乙卯啟蟄後三日,笠園畊夫高潤生。

1915年笠園刻本

爾雅本字考

爾雅本字考自敘

馬宗霍

《爾雅》之興也，諒不於《詩》《書》《禮》《樂》未有之前。元聖周公制禮作樂，始制《爾雅》，孔子删述六經，有所增益，七十子以還，傳授經傳，附益亦多。戰國兵争，經籍道息，雅學如何，無聞焉耳。漢興，叔孫通譔置《禮記》，亦通《爾雅》，孝文求書，始立博士，孝武表章六經，詔書律令下者，明天人分際，通古今之誼。文章爾雅，訓辭深厚，小吏淺聞，弗能究宣，遂以通經者爲吏，著功令。自此以來，公卿、大夫、士吏彬彬多文學之士矣。是必有《爾雅》之學以通其塗路，爲之鈴鍵可知。用是漢人注《雅》，有舍人、樊光、劉歆、李巡、鄭玄、孫炎之倫，舊訓古義，流傳不沫。東晉郭璞深通小學，稱引經傳，旁采方言，詮釋動植，多由目諗，博關羣言，流風斯遠，歷載千百，獨行至今。惟經傳古文多用叚借，不明本字，疑誤何極？郭氏於此含而不言；邢昺爲疏，證發亦尟；邵晉涵疏旨在徵經，言之蓋寡；郝懿行疏義取博大，甄明本字，又言通叚，譬諸射者，百發或一不中，於義有疑，宜更深詳，此後學之責也。文字有考始於戴震，其書不傳，錢坫《古義》、江藩《小箋》、嚴元照之《匡名》、王引之之《述聞》、俞樾之《平議》、王樹枏之《訂經》、黃侃之《正名評》，各有善言，而黃《評》尤美。先師儀徵劉先生有《爾雅本字考》，嘗聞其義，未見其書。唯先師餘杭章先生無説《雅》之專籍，而所箸書説古義、言小學者最爲多，推尋本字，疏解故言，豁然塙斯，高矣卓爾，自許君以來二千年所未有也，此天下之公言也，非余一人之私言也。宗薌昔以顓蒙獲事大師，撰杖之所聽聞，同門之所疏記，諸祖耿兄所記尤速且詳盡。恭載迻録，盈册纍卷，此之厚幸可謂弘矣。不敢自宗，隱此良道，爰及暇日，散之當處。更博采昔賢説《雅》之書，約以許君《説文》之義，明其本字以見指歸，徵其通叚以明流衍。不旆表本字，無以見語言文字之本原；不究尋通叚，無以免望文生義之謬見。古人之述造多矣，隨文曲解，少所裁量，調和之效終未可覩。是故本字通叚更相扶胥，是猶影響之與形聲，相與而立，不能闕也。爰遵斯義以爲辯究，凡所稱引皆著所由，亦述音理以明變轉。昔在辛壬癸甲，曾以此教於東北大學、河北女子師範學院、民國學院，祇取簡要，人易聽授，講疏短促，不具大體。邇者息肩齊魯，研究國學，遂乃博觀羣書，思就此業。惟書尚未集，而程限已臻，倉黃執筆，急付寫官，無復修改之暇、商兑之慶，自可待諸他日隨宜增益修補而已。草刱於四月癸未，訖事於六月己未，凡閲時三十有七日。識慚明哲，才謝經通，而造次宣究，夙夜劬勞，章則急就，實曾不如，事徒自苦，又兼妄作，覆瓿爲薪，行自有在。詮次舊聞，裁成義類，皆有證據，不苟矯異，是宿昔之所味詠，慷慨之本誠也。唯兹事體大，固非凡才所能立，而自有述造以來，倉卒如斯，非希企所及，此古人之炯戒，而末學所大恐也。所懷不敘，於事可得爾乎？詒笑通方，致譏來葉，是其宜耳。默爾而息，乃爲得之，而仍自奮筆無怍者，人事之牽率，欲罷而不能。於是謹述師説，誦説經傳，撮其大要著於篇，世之大雅宏達以覽觀焉，匡其紕繆，斯爲幸矣。述《釋

詁》卷上既竟,遂記其緣起云爾。時民國二十八年夏六月,馬
宗薌自記。

1939年齊魯大學國學研究所鉛印本

雅學考

重印雅學考跋

周祖謨

　　《爾雅》一書，蓋漢初經生所纂，所以疏通故訓，系類繁稱，辨別名物，取資多識者也。古今言異，方國語殊，釋以雅言，義歸乎正，故名《爾雅》。言近正也。

　　其書始顯於孝平之世。光武時竇攸以能辨鼮鼠而受賞，見《文選》三十八任昉《爲蕭揚州薦士表》李注引摰虞《三輔決錄》，及《太平御覽》九百十一引《竇氏家傳》。或以爲終軍事，非也。厥後治者寖衆。經師據之以明古訓，辭人資之以獵文華，於是樊光以下，注家興焉。是爲雅學之始。至晉郭璞乃始錯綜舊注，徵引群書，以圖輔説，成《爾雅注》三卷，自是言《爾雅》注者宗之。又自魏孫炎著《爾雅音義》，其後郭璞、施乾、謝嶠、顧野王、江灌相繼有作。至唐初陸德明會萃諸家音爲《爾雅音義》二卷，言《爾雅》音義者宗之，《雅》學於是始備。

　　自韻書興起，甫乃以音繫字，即字綴義，名物訓詁靡不兼羅。學者利其豐盈，漸疏《雅》故。中唐以降，韻書大行，《雅》學退爲從屬。迨宋真宗時邢昺等奉敕校定《爾雅》，別作《爾雅疏》十卷，與諸經疏並列，一以景純爲主，於是諸家舊注漸湮。慶曆以還，漢學日荒，異説間作；或廢書不觀，別創字説；如王安石、陸佃。或尋繹陳編，自標新解；如程頤、朱熹。隨文附義，不覈名實；望形生解，騁其玄想。《雅》學至此，幾於廢墜！其能不溺於俗，不違於古，而别有發明者，惟鄭樵《爾雅注》一書而已。

元、明兩代經訓榛蕪，《雅》學之傳不絶如縷。清世漢學復盛，通經者必資詁訓，於是《爾雅》一書見重學人。顧其書傳本不一，文字踳駮；古義秘奥，舊注凋殘。郭注雖傳刊不絶，亦多脱落。於是有盧文弨、彭元瑞、阮元、張宗泰、劉光蕡等之校勘經文、注疏、釋文，余蕭客、臧庸、嚴可均、黄奭、馬國翰、葉蕙心等之輯佚注、舊音，翟灝、戴鎣、潘衍桐等之補正郭注，錢坫、嚴元照等之正文字，邵晉涵、郝懿行等之義疏，程瑶田、宋翔鳳等之考釋。一時作者輩出，六百年之絶學復興于世。言訓詁者能本於聲音，考名物者能證之目驗，故《爾雅》至此大明。

然清儒承《雅》注殘敝之餘，於漢魏注家多所迷誤。或以臣舍人爲漢武帝時之郭舍人，或謂《詩》疏所引某氏之《爾雅》注即樊光注，或譌江漼之書爲江灌所作。如此之類，乖舛殊甚！光緒間湘潭胡元玉子瑞欲廣輯前人《雅》注，兼匡傳訛之繆，乃有《雅學攷》之作，敘列宋代以前《雅》學諸書，次爲五種，注十二家，序篇一家，音十五家，圖讚二家，義疏二家。博稽衆説，訂正紕繆，成書一卷。並作《祛惑》一篇，駁正肴亂。使有書者，不因書亡而名没不稱；無書者，不以誤紀而濫尸作者。其所考按多確切不移，《雅》學源流始得統紀。

然胡氏《雅學攷》之作意在辨稽舊説，不以備目爲主，《天》《水》以下概付闕如。雖云"著《雅》學所由衰歇"，治《雅》學史者終憾其未備。謝藴山《小學攷》首列訓詁，又不録當代之書。竊謂宜撮録宋元以來諸家所作，爲《續雅學攷》一書，以著《雅》學之流變，庶研古訓者得以窮源竟委，考鏡異同。

胡氏《雅學考》曾與所著《駁春秋名字解詁》《漢音鉤沈》《鄭許字義異同評》三書合刻於長沙，名曰《胡氏雜著》。惜印本不多，流傳未廣。今北京大學假羅膺中先生所藏原本，依式重刊，而屬祖謨當校勘之任，因述《雅》學廢興之跡，綴之簡末。別撰《續雅學考擬目》一通，附之卷尾。當世君子，或有取焉。中華民國二十五年三月一日，周祖謨記於北京大學松公府新齋。

1936年北京大學據長沙益智書局本排印

小爾雅疏

小爾雅疏自序

王　煦

若昔周公治定制禮，無文咸秩，勤教弗迷，爰作《爾雅》三篇。辩言觀政，故訓用昭。周道既衰，哲人瘻蕻，百家殽亂，人自爲師。于是七十子之徒，折衷雅訓，表章聖經，以爲章句，尋復增成雅誼，推演聖涯，類附條分，雜而不越。孔鮒之作《小爾雅》，猶七十子志也。遭秦威學，古籍就湮。孔氏側足于愍儒之世，投命于讁戍之閒，守匱裒殘，詮言補綴，用意勤矣！觀其擇撢隱奥，抉摘菁華，誼粹以純，字典以則，誠所以衍九流之津涉，庰六埶之鈐鍵也。漢初《爾雅》嘗立博士，學已大行，而碩師鉅儒訓釋經典，則取資《小爾雅》，與《爾雅》同功，可知當日名雖分列，實則兼行。向、歆《録》《略》，班氏《埶文》，于二書比附無閒，亦其徵也。魏晉而下，傳《爾雅》者代不乏人，獨《小爾雅》無聞焉。東晉李宏範孯精載籍，音《七經》，注《三蒼》，復于是書爲之略解，檃括已存其大體，發揮有待于旁通。而千百載來，疏誼闕如，舛盭紛起，一卷之書，不可卒讀。煦弱冠入都，從事雅訓，采掇聞見，廿載于兹。猥以俗本流傳脱譌滋甚，爰據善本及羣書所徵引者，讎校經文，訂正漏略，敷暘李氏之意，作爲誼疏。竊以訓詁之體，當先識古文以正其字，次審古音以定其聲，而後訓詁繼之。秦漢以前，

史書簡質,一字或數用,而正假粲然。後世文字日孳,變本加
厲,"原"旁益"水","景"右沾"彡","衺、褭"廢"衣","壺、壹"
從"气",若斯之類,不可殫論。今一準鄦氏《説文解字》,參以
《玉篇》《廣韻》諸書,辨其子母與其雅俗,所以存古文也。聲
音之道,終始相生,轉展流通,厥誼斯備。自齊梁四聲競倡,
蕩析離凥,殷郼幾作兩朝,祝鑄竟成二國。甚至炎、鐕之徒广、
牀弗省,旭好滋疑。今並旁徵漢讀,按定正聲,力除愍懟,所
以存古音也。二《雅》多引《詩》詞,或疑專爲釋《詩》而作,
豈知《雅》訓灌溉《六經》,浸潤百氏,雖作者代興,而恉歸一
揆。今自秦漢汔于晉唐,凡傳注之書有關《雅》訓者,並從蒐
輯,至于齊、魯、韓《詩》,賈、馬、鄭、王諸經逸註,苟誼堪取證,
亦所不遺,所以存古訓也。躬逢盛朝,文教覃敷,祕府之書,
欻布膠序。癸丑、甲寅之年,幸得襄事宗覿,克資搜討,用廣舊
聞。惟是末學膚受,得少遺多,眉目之前,弗獲自睹。甚懼什
襲櫝中,逾增寡陋,勉出所業,竢大雅宏達正焉。歲在上章涒
灘月在圉陽三日。

清嘉慶五年(1800)刻本

小爾雅義證

洪穉存太史論小爾雅書

洪亮吉

　　洪亮吉頓首啟玉鐎先生足下：前月得手書并尊箸《小爾雅誼證》十三卷。披讀之下，多嚮來服誼所不到者。書中以古音求古誼，以古誼證古經傳，旁推交通，無不極其精審，此必傳之作也。佩服！佩服！亮吉既注《弟子職》，擬復注此書，今可不作矣。惟舊於此書偶得管見若干條，今并附録呈教。如《廣詁》："燡，明也。"《説文》無"燡"字，疑當作"睪"，或作"圛"。《説文》："睪，司視也。"亦與"明"字誼訓相合。又："孖，餘也。""孖"當作"子"。"子"爲餘者，子者身之餘也。高誘《吕覽》注："大夫庶子爲餘。"《周禮·小司徒》："大故致餘子。"《書大傳》："餘子，衆子。"并其證也。又："督，拾也。""督"亦與"篤"通。《釋名》："篤，築也。"馬融《尚書》注："築，拾也。"此可以聲輾轉得誼者也。《廣言》："隸、從，遂也。""遂"本又作"逐"。今考王逸《楚詞章句》雖有"逐，從也"之訓，然此則當作"遂"，有《尚書》《周禮》《左傳》《大戴禮》諸注可證。《廣器》："船頭謂之軸[1]。"《説文》《方言》又皆以船後爲舳，尾謂之艫，《説文》與李斐《漢書》注又皆以船頭爲艫。《廣獸》：

────────────

[1] 軸，當據《小爾雅·廣器》改作"舳"。

“魚之所息謂之楷。楷，槮也。”“楷”當作“罧”，或作“涔”。《説文》：“罧，積柴水中以聚魚也。”孫炎《爾雅》注：“積柴養魚曰涔。”是矣。以上諸誼，已備見於拙箸《六書轉注略》，足下或遴其可存而一二存之，幸甚。又《戴東原先生集》中所疑《小爾雅》諸誼，在足下必當有説，便中幸更明以見示。前許作《北江詩話》駢體序，望即爲之，亦因便見寄也。憂中知不復作詩，故拙詩亦不復録正。專達一函，以答來教。惟珍重眠食爲望。亮吉又頓首。

復洪稺存太史論小爾雅書

胡世琦

　　世琦頓首啟稺存先生閣下：得來書，獎譽過分，且媿且懼。以拙箸爲必傳之作，固不敢知。至稱戴東原先生所疑《小爾雅》諸誼，則琦又有説焉。東原先生以《小爾雅·廣器》篇“鵠中者謂之正”，於“正、鵠”之分，未之考也。琦竊以爲《小爾雅》所云“侯中者謂之鵠，鵠中者謂之正。正方二尺，正中者謂之槷，槷方六寸”，此必先秦經師相傳之古誼，自鄭康成以前未之或易也。鄭衆《周禮·司裘》注：“方十尺曰侯，四尺曰鵠，二尺曰正，四寸曰質。”陳氏《禮書》、孔穎達《詩正誼》並引馬融《周禮》注亦云：“十尺曰侯，四尺曰鵠，二尺曰正，四寸曰質。”馬、鄭誼與《小爾雅》並同，惟質四寸與六寸略異耳。其有與《小爾雅》大同而小異者，則鄭康成《躲人》注云：“今儒家以四尺曰正，二尺曰鵠。”稱儒家者，考之《禮書》，則賈逵説也。《禮書》引賈逵《周禮解詁》云：“四尺曰正，二尺曰鵠。”是也。蓋鄭衆、馬融以正在鵠內，賈逵以鵠在正內，內外不同，同在一侯，有此大小。則自康成以前之經師注《周禮》者，皆以鵠、正爲異名同用。若非先秦經師相傳之古誼，則諸大儒必不皆以之注經也。此《小爾雅》鵠、正之同異大小，稽之於古而有可信者。至康成始，一斷以《周官經》，以司裘爲大豻，侯中制皮用鵠，豻人爲賓豻，侯中采畫用正，皆謂之槷，無鵠、正一豻並用之事。又以鵠大如正，皆居侯中三分之一，無四尺、二尺之分，皆後鄭依經創誼也。後王肅亦用《小爾雅》“四尺爲鵠，二尺爲正，六寸爲槷”，亦以秦漢以來鄭、馬諸儒相傳古義，惟此足以與後鄭立異耳。此其義何可遽非也？東原先生又以《小爾雅》“四尺謂仞”，核之《考工記·匠人》“澮深二仞”、《禮記·祭法》“築宮仞有三尺”爲不可通。琦謂先儒論仞、尺、寸之度，各有不同，合之經義，皆有可通有不可通。即如《匠人》“畎、隧、溝、洫”，皆廣深之數相等，而澮廣二尋深二仞，其廣深亦當相等。尋爲八尺，則仞亦當爲八尺，故許愼、趙岐、王肅、郭璞、顏師古諸人皆以仞爲八尺者，必以此也。《祭法》之“築宮仞有三尺”，以書傳舊誼推之，牆高一丈，除三尺之外，率有七尺，則仞又當爲七尺，故包咸、鄭康成、高誘、司馬彪、陸德明諸人皆以仞爲七尺者，必以此也。此古誼之可通者也。然《儀禮·鄉豻禮記》“旌各以其物”“杠長二仞”，賈公彥以“大夫、士同建物，士三仞，大夫五仞”推之，隆殺以兩，諸侯七仞，天子九仞。若以七尺爲仞計之，則諸侯之杠爲四丈九尺，天子之杠爲六丈三尺；以八尺爲仞計之，則諸侯之杠爲五丈六尺，天子之杠爲七丈二尺。即古尺異於今尺，持如此之杠，亦甚難於進退號衆矣。《孟子》：“有爲者，譬若掘井，掘井九軔而不及泉，猶爲棄井。”若例以七尺爲仞，則九軔爲深六丈有三尺；若例以八尺爲軔，則九軔爲深七丈有二尺。

掘井者,恐不能如是之深也,如是深矣而不及下泉,則終無泉矣,是猶人爲之而終不克有成功也。子輿氏非勉人以有爲,乃阻人以有爲矣。此古誼之不可通者也。惟四尺爲仞合之義,其數足以相當。則知《小爾雅》之四尺爲仞,亦必先儒依經立誼,相傳之古誼,非無據也。後王肅既以八尺爲仞,又依《小爾雅》四尺爲仞,亦以其誼之各有當,而持不能定耳。王肅《聖證論》及《家語注》並云:"八尺曰仞。"《儀禮·鄉射禮記》疏、《考工記·匠人》疏並云:"王肅依《小爾雅》'四尺曰仞'。" 東原先生又以《小爾雅·廣量》篇用《左傳》齊舊量之豆、區、釜,用陳氏新量之鍾,兩法襍施,顯相刺謬。琦以爲《左氏傳》所云 "齊舊四量,豆、區、釜、鍾。四升爲豆,各自其四,以登於釜。釜十則鍾" 者,由四升爲豆推之,則四豆爲區,區十六升也;四區爲釜,釜六斗四升也;釜十則鍾,鍾六斛四斗也。此齊之舊量也。《傳》又云 "陳氏三量皆登一焉,鍾乃大矣" 者,謂一豆登一升,則五升爲豆。由是而四豆爲區,則區登一豆而爲二斗。由是而四區爲釜,則釜登一區而爲八斗。由是而釜十爲鍾,則鍾爲八斛矣。此陳氏之新量也。《小爾雅》:"豆四謂之區,區四謂之釜。" 適合舊量釜六斗四升之數。又云:"釜二有半謂之籔。" 則籔爲十六斗也。"籔二有半謂之缶",則缶爲四斛也。"缶二謂之鍾",則鍾爲八斛也。又適合陳氏新量之鍾數。此先生之所謂兩相刺謬者也。不知《小爾雅》本作 "籔二謂之缶","有半" 二字乃緣上句相涉而衍,爲傳寫之譌。《太平御覽》引《小爾雅》作 "籔二謂之缶",則宋時本固未衍也。計二籔爲缶,則爲三十二斗。二缶之鍾,則固六斛四斗矣。較之《左氏傳》所稱,悉合先王之舊法,而不襍以陳氏之詭制,此其可徵信者也。此與上文 "菽四謂之豆",緣下句 "豆四謂之區" 而譌 "四" 字。《考工記》疏及《太平御覽》引作 "菽二謂之豆",

而始合於斛二升、豆四升之數。下文"鍾二謂之秉"，又緣上句"缶二謂鍾"而脱"有半"二字。《太平御覽》引作"鍾二有半謂之秉"，而始合於《聘禮記》"秉十六斛"之數。此古書之所以貴校本也。《廣雅·釋器》："升四曰梪，梪四曰區，區四曰釜，釜十曰鍾，鍾十曰斛，斛十曰秉。""梪"與"豆"同，"斛"與"籔"同。十六斗曰斛，六十四斗曰鍾。《廣雅》以斛大於鍾，非也。若如《廣雅》所稱，則斛爲六百四十斗，秉爲六千四百斗，恐一車之載不能任一秉之米。合之《聘禮記》所云："十斗曰斛，十六斗曰籔，十籔曰秉，二百四十斗。"爲一車之米者，其數懸遠。鄭注《聘禮記》："二百四十斗謂一車之米，秉有五籔也。"若《小爾雅》量數，則盡與《儀禮》《左傳》相符，是《廣雅》誤而《小爾雅》不誤也。至《廣雅》承"斛十曰秉"，而言"秉十曰筥，筥十曰稯，稯十曰秅"，則誤以刈禾盈把之秉，爲量十六斛之秉，並筥、稯、秅皆誤爲量名矣。而"秉十曰筥"，又與《聘禮記》"四秉曰筥"之數不合，皆《廣雅》之誤也。其誤以禾把之秉爲量名之秉，而筥、稯、秅皆誤爲量名者，自許慎《説文解字》、韋昭《國語注》已皆不免，至推其誼，皆不可通。《小爾雅》籔秉之數與秉、筥、稯、秅之數，並本出《聘禮記》，而一歸于《廣量》，一歸于《廣物》，於量數則終之曰"秉十六斛"，於物數則始之曰"把謂之秉"。此其依經立義，精鑿不刊，其識猶有遠出於許君上者，況其他乎？後鄭康成《儀禮注》因之而別之曰："此量名也。""此刈禾盈手之秉也。"於是乎量之數與物束之數，其多寡輕重始與經義不戾。後人皆服康成之精於創誼，而不知其本之《小爾雅》也。東原先生至謂《廣雅》掇拾之病與《小爾雅》同，其果爲允論耶？又《小爾雅·廣衡》篇："倍舉曰鋝，鋝謂之鍰。"則正《尚書釋文》所稱"鋝爲六兩"。鄭康成與《小爾雅》同者，鄭注《考工記·冶氏》引《説文解字》云："鋝，鍰也。"今東萊或以大半兩爲鈞，十鈞爲鍰，鍰重六兩大半兩，鍰、鋝似同。蓋二十四銖爲兩，三分兩之二爲大半兩，則鄭誼之與《小爾雅》所差祇在十六銖。伏生《大傳》云："一饌六兩。""饌"即"鋝"之假藉字。鄭康成注云："死皋出金鐵三百七十五斤，六兩之積數也。"則康成亦以鋝爲重六兩，鍰與鋝同也。鋝、鍰六兩，自是周秦以來之古法，故秦漢間諸儒誼同康成所稱。今東萊蓋據當時所見，而小有異同，有大半兩之差耳。賈逵亦云："俗儒以鋝重六兩，《周官》劍重九鋝。"其說近是。馬融《周禮注》以鋝、鍰六兩之義無所出，亦未準之於《桃氏》九鋝、七鋝、五鋝之制耳。至賈逵所稱"俗儒"者，猶云今俗之儒，如《周禮·躲人》注稱賈逵之説爲今儒家、《禮記·月令》注稱馬融之説爲今俗人，非必斥指作《小爾雅》之人不稽古訓而爲此稱。果爾，則伏生與鄭康成亦俗儒耶？賈逵特是其説，則反從不稽古訓之俗儒耶？東原先生以賈逵之所斥俗儒者，即謂作書之人於古訓無所稽，恐亦未見其然也。且古儒生之所爲俗儒者，亦往往於古學、今學之際緣隙奮筆，故何休《公羊傳》序至稱賈逵之徒治左氏之古學，以公羊之今學爲俗儒，然《公羊傳》果可過而廢之耶？此何休所以有"觀聽不決，多隨二創"之歎也！至《廣量》"籔二謂之缶"，《廣衡》"兩有半曰捷，倍捷曰舉"，於古無證，則古書之散逸也。許箸《説文》，亦有未備，郭注《爾雅》，動稱未詳。況以今人之見聞，而讀古人之書哉？漢魏諸儒，若賈、馬、何、鄭之説經，楊、許、服、張之字訓，高誘之注《吕覽》《淮南》，王逸之爲《楚辭章句》，韋昭之注《春秋外傳》，條其誼類，先後若符，而爲前此訓詁諸書之所未有者，非取之《小爾雅》而誰取耶？亦非必至王肅、杜預而始涉乎此也。至謂《小爾雅》爲後人采王肅、杜預之説爲之，則尤不然。孔穎達《詩正誼》所

稱王肅引《小爾雅》侯、鴰、正、槷之誼宜從，則王肅固本《小
爾雅》矣。《左傳正誼》所稱杜注"由，用也"之誼，爲用《廣詁》
文，則杜預亦本《小爾雅》矣。不特此也，賈逵以劍重九鋝而
稱引鋝重六兩，馬融以鋝爲量名而亦稱引鋝重六兩，則賈、馬
以前《小爾雅》誼固亦已行矣。其或從或不從，則諸儒師承
異也，彼王肅、杜預者，特其遵信者耳。要之，《小爾雅》晰其
誼例，探其指歸，自確然信其爲古小學遺書，而本古誼以通古
經者，此書爲必不可少。《漢書·藝文志》與《爾雅》並次于《孝
經》之後，厥恉微已。諸凡所陳，非敢與前輩立異。蓋通人之
蔽時有，而愚者之得不乏，願先生之終有以教之也。承教諸
誼，不敢掠美，將於書中具標尊字，倣經注書杜子春之例。書
中於諸前輩所稱述，統此例也，何如？ 何如？ 順問近安，惟因
時自愛，不宣。世琦頓首頓首。

段茂堂先生論小爾雅書

段玉裁

　　玉鐎孝廉足下：洛誦大箸，真《小爾雅》之功臣也，校之
也精矣，考之也博矣。援鄭衆、馬融、賈逵《周禮注》以證"鴰
中者謂之正，正方二尺，正中者謂之槷，槷方六寸"，皆不與鄭
康成同。又援《太平御覽》引"籔二謂之缶"，證今本衍"有
半"二字；"䵂二謂之豆"，證今本"䵂四"之誤。"鍾二有半謂
之秉"，證今本脫"有半"二字。東原先師所詆訾者，皆非本
書之過，足見細心綜核之美矣。顧讀書有本子之是非，有作
書者之是非。本子之是非可讎校而定之，作書者之是非則未

易定也。慎修先生、東原師皆曰:"從事經學,蓋有三難:淹博難,識斷難,審定難。"僕以爲定本子之是非存乎淹博,定作書者之是非則存乎識斷、審定。孟子所謂知言,韓子所謂識古書之正僞與雖正而不至者,在是也。東原師之學不務博而務精,故博覽非所事,其識斷審定蓋國朝之學者未能或之過也。其云"《小爾雅》一卷,大致由後人皮傅掇拾而成,非古小學遺書。其解釋字義,不勝枚數,以爲之駁正,漢代大儒不取以説經,王肅、杜預、枚賾奏上之《古文尚書》孔傳頗涉乎此,此固沈潛諸大儒傳注,確有所見"之言,恐非吾輩所當輕議者。其云"不勝枚數",固非虛語,惜未詳舉。即以"説仞"一條言之,大箸援《禮經》"杠三仞"賈公彥疏"士杠三仞,大夫五仞"。按此語本《禮緯》,《周禮·節服氏》正義引《禮緯含文嘉》、《公羊·襄十六年》疏引《稽命徵》《含文嘉》皆云:"天子杠九仞,諸侯七仞,卿大夫五仞,士三仞。"《廣雅》、司馬彪《輿服志》及《爾雅釋文》皆本之。要之,緯書多有不可信者。其可信者,康成氏未嘗不用之矣。大箸乃以爲仞必當四尺之證,辨則辨矣,而未知此緯之無理也。無論七尺、八尺之仞,患其難用,即依四尺計之,九仞至三丈六尺,七仞二丈八尺,不亦太高矣乎?《周官》九旗既以物色爲尊卑,杠之高庳差次以尺計足矣,不必以仞計。《左傳·昭十年》齊侯使公孫黑以靈姑銔率,吉,請斷三尺而用之,然則大夫於諸侯,祇争三尺耳。楚靈王之爲令尹也,爲王旌以田。芋尹無宇斷之曰:"一國兩君,其誰堪之?"但云斷之,不言數,所斷亦有限。《禮緯》依託貴多之文,而不計其適用與否,宜乎?漢人注經不之用也。仞或言七尺,或言八尺,以《考工記·匠人》"澮廣二尋,深二仞"斷之,固斷非深八尺以同於洫,亦斷非廣深皆十六尺而異其名,仞之必爲七尺可定矣。東原師之論,詳此可見一班。今足下借此書以發明所得，未爲不善，僕亦校訂一二，以貢於左右，不過如墜露添流、輕塵集嶽耳。乞持此以復於姚姬傳先生可也。不宣。玉裁再拜。

復段茂堂先生論小爾雅書

胡世琦

　　茂堂先生閣下：得來書，以拙箸爲博而且精，誠非敢望。至所稱《小爾雅》不見取於漢代大儒之説經，王肅、杜預、枚賾奏上之《古文尚書》孔傳始涉乎此，在先生爲謹守師説，則然矣。琦亦不能徧數也，請畧舉其凡，而先生自覽其切焉。如《小爾雅·廣詁》："蔡，法也。"《書·禹貢》："二百里蔡。"馬融注亦云："蔡，法也。"《廣詁》："滔、屑，過也。"《書·多士》："大淫泆有辭。"馬融注作"淫屑"，亦云："屑，過也。"凡此並與《古文尚書》注同，與僞孔傳異。又《廣詁》："末，無也。"《昭公十四年左傳》："三數叔魚之惡，不爲末。"服虔注："不爲末者，不爲末糵隱蔽之也。"以"末"字絕句，義亦同《小爾雅》。蓋末糵隱蔽即將有作無之謂也。《廣言》："梟，極也。"《昭公十三年左傳》："貢之無藝。"服注："藝，極也。""藝"爲"梟"之通假字，訓"藝"爲"極"，猶訓"梟"爲"極"也。凡此並與服虔古注同，與杜預注異。又《廣言》："載，行也。"《書·堯典》："有能奮庸，熙帝之載。"鄭注亦云："載，行也。"王肅注《書》"熙帝之載"則云："載，事也。"《廣言》："愁，强也。"《詩·十月之交》："不愁遺一老。"鄭箋亦云："愁者，心不欲自彊之辭也。""彊"與"强"同。王肅注《家語·終記解》"不愁

遺一老”則云：“懟，且也。”凡此並與鄭康成箋注同，與王肅
注異。其諸大儒之同此義訓者，皆爲《小爾雅》以前古訓詁
書所未有，則安知其非即取之於《小爾雅》乎？且不特此也，
如《詩·皇矣》：“是伐是肆。”鄭箋：“肆，犯，突也。”當即用《廣
言》“犯、肆，突也”之訓。《詩·東山》：“勿士行枚。”鄭箋：“勿，
無也。”《禮記·檀弓》：“末有所歸。”鄭注：“末，無也。”當並用
《廣詁》“勿、末，無也”之訓。《表記》：“不以口譽人。”鄭注：
“譽，繩也。”當即用《廣訓》“繩之，譽之也”之訓。又《廣言》：
“跋，本也。”“跋”爲“茇”之通假字。《禮記·曲禮》：“燭不見
跋。”鄭注云：“跋，本也。”亦即用《小爾雅》。又《廣言》：“稽，
考也。”“稽”爲“卟”之通假字。《周禮·質人》“掌稽市之書
契。”鄭注：“稽，考也。”亦並用《小爾雅》。其他古字古義，有
符六書假借、轉注之旨，而爲漢儒釋經注子之所通用者，不可
枚數。其不標明《小爾雅》者，古注簡質，往往是也。且古經
傳、小學遺書，尤有必得《小爾雅》以訂正者。如《周禮·羽人》
“十羽、百羽、十摶”之名，與《爾雅》“一羽、十羽、百羽”之名，
彼此互異。有《小爾雅·廣言》“束，縛也”之訓，則知《羽人》
“十摶”爲“縛”，縛乃羽束之總數，故《說文》亦以縛訓“束”，
此鄭氏《禮》注所以從《周禮》不從《爾雅》也。《儀禮·聘禮
記》之“秉、筥、稯、秅”，許慎、韋昭、張揖並誤以爲量名，不據
之《小爾雅》，則無以定其爲禾束之名也，故鄭注《儀禮》因之。
《周書·呂刑》之“鍰”，《考工記·冶氏》之“鋝”，鄭衆、馬融並
誤以爲量名，許慎又以爲重十一銖二十五分銖之十三，不據
之《小爾雅》，則無以定其爲六兩之衡也，故鄭注《尚書大傳》
因之。論者或謂《小爾雅》爲王肅所作，故《廣訓》釋《詩》，
即以佐其申毛而難鄭，而不知《小爾雅》之精義已多爲鄭氏
所采，而人往往習其義而未之知也。況果王肅僞託，則不應

反采鄭氏之經訓以羼入此書，此不待辨而明者也，是何得以王肅、杜預等爲始涉乎此也？至尊書中所論“四尺爲仞”，既無以定四尺之仞之必不可行，以古尺短于今尺也，亦無以定杠之高庳必計以尺，以《春秋》之斷三尺非定制也。至鄉前輩如東原先生，固平生所服膺其義者。然《詩》箋翼傳，時異大毛，《禮》注傳家，多殊先鄭。讀書服義例，不苟同如此。故雖以琦之譾陋，亦不敢以東原先生駁正此書之説爲論定者。誠不欲以一心之所信，易前人之所疑耳。昔劉子駿云：“與其過而廢之也，寧過而立之。”況以此書爲《爾雅》後小學之遺書，其義訓爲後儒所訾議者，證之於古確然見其合，未見其違，而以前輩之偶有論述，隨聲是非，致使後人疑古廢書，則更有所不敢也。世琦頓首啟。

小爾雅義證自序

胡承珙

《小爾雅》者，《爾雅》之羽翼，六蓺之緒餘也。《漢書·蓺文志》與《爾雅》並入《孝經》家。揚子雲、張稚讓、劉彦和之倫，皆以《爾雅》爲孔門所記，以釋六蓺之文者，然則《小爾雅》猶是矣。漢儒訓詁多本《爾雅》，毛公傳《詩》，鄭仲師、馬季長注《禮》，亦往往有與《小爾雅》合者，特以不箸書名，後人疑其未經援及。然如《説文》所引《爾雅》之“窲”，則固明明在《小爾雅》矣。其中如“金烏”之解，“公孫”之偁，“請命”之禮，“屬婦”之名，合符《詩》《書》，深裨經誼。沿及魏晉，援據益彰，李軌作解，今雖不存，而所注《法言》“曼，無”“邵，美”,即用《雅》訓,是固足以名其學矣。唐以後人取爲《孔叢子》第十一篇,世遂以《孔叢》之僞而並僞之。而酈氏之注《水經》,李氏之注《文選》,陸氏之《音義》,孔、賈之《義疏》,小司馬之注《史》,釋玄應之譯經,其所徵引,核之今本,粲然具存。此可見《孔叢》本多剌取古籍,而所取之《小爾雅》猶係完書,未必多所竄亂也。曩見東原戴氏橫施駁難,僅有四科。予既援引古義,一一辨釋,因復原本雅故,區別條流。又采輯經疏、《選》注等所引,通爲義證,略存舊帙之仿佛,間執後儒之訾議,將有涉乎此者,庶其取焉。時道光丁亥五月朔日。

胡玉縉小爾雅誼證跋

胡樸安

　　休甯戴東原云:“《小爾雅》大致後人皮傅掇拾而成,非古小學遺書。”舉四科以非難,疑爲後人采王肅、杜預之説爲之。自此《小爾雅》一書,學者多視爲僞書,而非肄業所及。東原之四科:(一)鵠中者謂之正,正鵠之分未考。(二)四尺謂之仞,而有不及肩之牆。(三)豆四謂之區,區四謂之釜。用齊舊量之豆、釜、區,用陳氏新量之鍾,兩法雜施,顯相剌謬。(四)兩有半曰捷,倍捷曰舉。古本無倍舉曰鋝,賈景伯所稱“俗儒以鋝重六兩”是也。不稽訓故,目之曰俗儒。見《戴東原集》卷三《書小爾雅後》。東原既舉四科非難,而總以漢世大儒不取以説經,獨王肅、杜預及東晉枚賾奏上之古文頗涉乎此,以確定《小爾》之僞。玉縉對於東原所舉之四科,既詳證於本書中,又於《復洪穉存論小爾雅書》詳言之;

對於漢世大儒不取以説經，既詳證於本書中，又於《復段茂堂論小爾雅書》詳言之。余謂東原之四科，亦有所本，玉鑴之非難雖善，猶未足以關東原之口。《小爾雅》之訓詁與漢儒説經者之訓詁極多相同，漢儒取《小爾雅》之訓詁以説經與？抑後人掇拾漢儒説經之訓詁而爲《小爾雅》與？第勿深考。吾人今日立於訓詁一方面而言《小爾雅》之訓詁，既與漢儒説經之訓詁同，則《小爾雅》與《爾雅》自有並存之價值，不必博求諸經注，第徵之《詩》毛傳、鄭箋，《小爾雅》之價值於此可見。如："懿，深也。"《七月》篇："女執懿筐。"傳云："懿筐，深筐也。""封，大也。"《烈文》篇："無封靡於爾邦。"《殷武》篇："封建厥福。"傳並云："封，大也。""祁，大也。"《吉日》篇："其祁孔有。"傳云："祁，大也。""賦，布也。"《烝民》篇："明命使賦。"傳云："賦，布也。""敷，布也。"《長發》篇："敷政優優。"傳、箋雖未訓"敷"，而成公二年、昭公二十五年《左傳》兩引作"布政優優"。敷，布也，是漢前古義。"蒙，覆也。"《君子偕老》篇："蒙彼縐絺。"傳云："蒙，覆也。""冒，覆也。"《日月》篇："下土是冒。"傳云："冒，覆也。""灌，叢也。"《葛藟》篇："集於灌木。"傳云："灌木，叢木也。""旬，治也。"《桑柔》篇："其下侯旬。"箋："旬當作營。"①"旬、營"聲相近。"營，治也。"《黍苗》篇："召伯營之。"箋云："營，治也。""蠲，潔也。"《天保》篇："吉蠲爲饎。"傳云："蠲，潔也。""屑，潔也。"《谷風》篇："不我屑以。"傳云："屑，潔也。""勿，無也。"《東山》篇："勿士行枚。"《賓之初筵》篇："式勿從謂。"箋並云："勿，無也。""微，無也。"《式微》篇："式微式微。"《伐木》篇："微我弗顧。"傳並云："微，無也。""岸，高也。"《皇矣》篇："誕先登於岸。"傳云："岸，高位也。""峻，高也。"《崧高》篇："駿極於天。"傳雖訓"駿"

---

①《桑柔》箋無，當作《江漢》箋。

爲“大”,而《説文》云“陵,高也”,省作“峻”。“駿”與“峻”
通,《禮記·孔子閒居》注引作“峻極於天”是也。“鄰,近
也。”《正月》篇:“洽比其鄰。”傳云:“鄰,近也。”“袞,多也。”
《般》篇:“袞時之對。”箋云:“袞,衆也。”“衆、多”義同。《爾
雅》“衆,多也”“多,衆也”是也。“優,多也。”《信南》篇:“既
優既渥。”傳無訓,箋訓“優”爲“饒”,《説文》引作“既渥
既渥”,云:“渥,澤多也。”“優、渥”聲同義通。“袞,取也。”
《常棣》篇:“原隰袞矣。”傳云:“袞,聚也。”“聚、取”聲同義
通。《説文》:“捊,引取也。”引《詩》作“原隰捊矣”。“接,達
也。”《大明》篇:“使不挾四方。”傳云:“挾,達。”“挾、接”聲
近義通。“愈,益也。”《小明》篇:“政治愈蹙。”箋云:“愈猶
益也。”“昕,明也。”《東方》篇:“東方未晞。”傳云:“晞,明
之始升也。”“晞、昕”聲義同,《説文》昕讀若晞是也。“畛,
界也。”《載芟》篇:“徂隰徂畛。”箋云:“畛,謂舊田有徑路
者。”《説文》:“畛,井田間陌也。”徑路阡陌,即《孟子》之
所謂“經界”也。“格,止也。”《斯干》篇:“約之閣閣。”傳
云:“閣閣,猶歷歷也。”《爾雅》:“所以止扉謂之閣。”《説文》:
“閣,所以止扉也。”“閣、格”聲近義通,《周禮·考工記·匠人》
作“約之格格”是也。“曀,冥也。”《終風》篇:“終風且曀。”
傳云:“陰而風曰曀。”“陰、冥”聲近義通。“疆,竟也。”《七
月》篇:“萬壽無疆。”傳云:“疆,竟也。”“而,汝也。”《桑柔》
篇:“予豈不知而作。”箋云:“而,猶女也。”“女”即“汝”字,
《蕩》篇二章以下“咨汝殷商”皆作“咨女殷商”是也。“控,
引也。”《載馳》篇:“控於大邦。”傳云:“控,引也。”“涼,佐
也。”《大明》篇:“涼彼武王。”傳云:“涼,佐也。”“由,用也。”
《君子陽陽》篇:“右招我由房。”《小弁》篇:“無易由言。”箋
並云:“由,用也。”“以,用也。”《谷風》篇:“不我屑以。”《載

芟》篇："侯疆侯以。"傳並云："以，用也。""集，成也。"《黍苗》篇："我行既集。"箋云："集，猶成也。""肆，疾也。"《大明》篇："肆伐大商。"《皇矣》篇："是伐是肆。"傳並云："肆，疾也。""掇，拾也。"《芣苢》篇："薄言掇之。"傳云："掇，拾也。""督，拾也。"《七月》篇："九月叔苴。"傳云："叔，拾也。""督"即"叔"之借字。"肄，餘也。"《汝墳》篇："伐其條肄。"傳云："肄，餘也。斬而復生曰餘。""爐，餘也。"《桑柔》篇："具禍以爐。"箋云："災餘曰爐。"《説文》："爂，餘木也①。""爐"即"爂"字。"啟，開也。"《大東》篇："東有啟明。"傳、箋雖未訓"啟"字，而《大戴禮》作"東有開明"，"啟、開"義通，本古訓也。"皓，白也。"《揚之水》篇："白石皓皓。"傳云："皓皓，潔白也。""載，事也。"《文王》篇："上天之載。"傳云："載，事也。""功，事也。"《七月》篇："載纘武功。"《崧高》篇："世執其功。"傳並云："功，事。""麗，數也。"《文王》篇："其麗不億。"傳云："麗，數也。""害，何也。"《葛覃》篇："害澣害否。"傳云："害，何也。""戢，斂也。"《鴛鴦》篇："戢其左翼。"箋云："戢，斂也。""司，主也。"《羔羊》篇："邦之司直。"傳云："司，主也。""麗，思也。"《四月》篇："亂離瘼矣。"傳云："離，瘼矣。"②"麗、離"同聲假借字。"憂、思"義通，《爾雅》"憂，思也"是也。"徹，道也。"《十月之交》篇："天命不徹。"傳云："徹，道也。""修，長也。"《六月》篇："四牡修廣。"《韓奕》篇："孔脩且張。"傳並云："脩，長也。""舒，長也。"《采薇》篇："行道遲遲。"傳云："遲遲，長遠也。""遲、舒"聲近義通。"救，正也。"《六月》篇："戎車既飭。"傳云："飭，正也。""飭"與"救"義同字通。"仳，別也。"《中谷有蓷》篇：

---

①餘木也，《説文》作"火餘也"。
②《四月》傳作"離，憂；瘼，病"。

“有女仳離。”傳云：“仳，別也。”“涼，薄也。”《桑柔》篇：“職涼善背。”傳云：“涼，薄也。”“翼，送也。”《行葦》篇：“以引以翼。”箋云：“以禮引之，以禮翼之。”《史記·平準書》集解引應劭云：“送，引也。”“引”之訓送，猶“翼”之訓送也。“卬，我也。”《匏有苦葉》篇：“人涉卬否。”傳云：“卬，我也。”“孥，子也。”《常棣》篇：“樂爾妻孥。”傳云：“孥，子也。”“晤，覺也。”《東門之池》篇：“可與晤言。”傳云：“晤，遇也。”箋云：“晤，猶對也。”而《列女傳》引作“可與寤言”。《説文》：“晤，明也。”“寤”與“晤”字通，“覺”與“明”義近。“讀，抽也。”《牆有茨》篇：“中冓之言，不可讀。”傳云：“讀，抽也。”箋申之云：“抽，猶出也。”“苞，本也。”《下泉》篇：“浸彼苞稂。”《斯干》篇：“如竹苞矣。”傳並云：“苞，本也。”“跋，本也。”《駟鐵》篇：“舍拔則獲。”傳云：“拔，矢末也。”“本”與“末”對文則異，散文則通。矢拔之爲末，猶《禮記·曲禮》矢跋之爲本，“跋”與“拔”字同。“肆，突也。”《皇矣》篇：“是伐是肆。”箋云：“肆，突也。”“投，棄也。”《巷伯》篇：“投畀豺虎。”傳云：“投，棄也。”“晞，乾也。”《蒹葭》篇：“白露未晞。”傳云：“晞，乾也。”“跡，蹈也。”《沔水》篇：“念彼不蹟。”傳云：“不蹟，不道也。”“蹟、跡；道、蹈”聲同義通。“何，儋也。”《侯人》篇[1]：“何戈何祋。”《無羊》篇：“何簑何笠。”傳云：“何，揭也。”本書：“揭，儋也。”“工，官也。”《臣工》篇：“嗟嗟臣工。”傳云：“工，官也。”“隮，陞也。”《侯人》篇：“南山朝隮。”傳云：“隮，升堂也。”“隮”與“躋”、“升”與“陞”並同。“讁，責也。”《北門》篇：“室人交徧讁我。”傳云：“讁，責也。”“泮，散也。”《匏有苦葉》篇：“迨冰未泮。”傳云：“泮，散也。”“泮、

---

[1] 侯，當據《詩經》改作“候”。下同，不另注。

判'同。"奏,爲也。"《六月》篇:"以奏膚功。"傳云:"奏,爲
也。""姑,且也。"《卷耳》篇:"我姑酌彼金罍。"傳云:"姑,
且也。""哿,可也。"《正月》篇:"哿以富人。"哿,可也。"荐,
重也。"《雲漢》篇:"饑饉薦臻。"《節南山》篇:"天方薦瘥。"
傳並云:"薦,重也。""薦、荐"同。"赫,顯也。"《生民》篇:
"以赫厥靈。"傳云:"赫,顯也。""曁,息也。"《谷風》篇:"伊
余來塈。"《假樂》篇:"民之攸曁。"傳並云:"曁,息也。""丰,
豐也。"《丰》篇:"子之丰兮。"傳云:"丰,滿也。""豐、滿"義
同。"競,逐也。"《桑柔》篇:"職競用力。"《長發》篇:"不競
不絿。"箋並云:"競,逐也。""紀,基也。"《終南》篇:"有紀
有堂。"傳云:"紀,基也。""愁,強也。"《十月之交》篇:"不
愁遺一老。"箋云:"愁者,心不欲自彊之詞也。""彊、強"通。
"藉,借也。"《抑》篇:"借曰未知。"《漢書·霍光傳》作"藉曰
未知"。"藉"即"借"字。"際,接也。"《菀柳》篇:"無自瘵
焉。"箋云:"瘵,接也。""瘵、際"同音假借字。"廬,寄也。"
《公劉》篇:"于時廬旅。"傳云:"廬,寄也。""萃,集也。"《墓
門》篇:"有鴞萃止。"傳云:"萃,集也。""素,空也。"《伐檀》
篇:"不素餐兮。"傳云:"素,空也。""素、索"通。"徨,往也。"
《信南山》篇:"先祖是皇。"箋云:"皇之言往也。"《泮水》篇:
"烝烝皇皇。"箋云:"皇皇當作昖昖。""昖昖"猶"往往"也。
"皇、徨"古今字。"何,任也。"《烈祖》篇:"百禄是何。"傳
云:"何,任也。""御,侍也。"《六月》篇:"飲御諸友。"《行葦》
篇:"授几有緝御。"箋並云:"御,侍也。""殿,鎮也。"《采菽》
篇:"殿天子之邦。"傳云:"殿,鎮也。""宣,示也。"《鴻雁》篇:
"謂我宣驕。"傳云:"宣,示也。""斿,焉也。"《采苓》篇:"舍
斿舍斿。"箋云:"斿之言焉也。""無念,念也。"《文王》篇:
"無念爾祖。"傳云:"無念,念也。""不寧,寧也。"《生民》篇:

“上帝不寧。”傳云:“不寧,寧也。”“不顯,顯也。”《文王》篇:
“有周不顯。”傳云:“不顯,顯也。”“錯,雜也。”《漢廣》篇:
“翹翹錯薪。”傳云:“錯,雜也。”“葛之精者曰絺,麤者曰綌。”
《葛覃》篇:“爲絺爲綌。”傳云:“精曰絺,麤曰綌。”“蔽膝謂
之袡。”《采綠》篇:“不盈一襜。”傳云:“衣蔽膝謂之襜。”《爾
雅》釋文作“袡”,郭注:“今蔽膝也。”“帶之垂者謂之厲。”
《都人士》篇:“垂帶而厲。”傳云:“厲,帶之垂者。”“棘,籤
也①。”《斯干》篇:“如矢斯棘。”箋云:“棘,籤也。”“鍼,斧
也。”《公劉》篇:“干戈戚楊。”傳云:“戚,斧也。”“戚、鍼”古
今字。“刀之削謂之室,室謂之鞞。鞛,琫鞞之飾也。”《瞻
彼洛矣》篇:“鞞琫有珌。”傳云:“鞞,容刀鞞也。”《公劉》篇:
“鞞琫容刀。”傳云:“下曰鞞,上曰琫。”“琫”與“鞛”同。“軛
上者謂之烏啄。”《韓奕》篇:“鞗革金厄。”傳云:“厄,烏蠋
也。”“厄、軶②”古今字,“烏蠋”即“烏啄”也。“高平謂之太
原。”《皇矣》篇:“于彼原隰。”傳云:“高平曰原。”“禾穗謂
之穎。”《生民》篇:“實穎實栗。”傳云:“穎,垂穎也。”“垂穎”
即禾穗。“截穗謂之銍。”《臣工》篇:“奄觀銍艾。”傳云:“銍,
穫也。”“銍、挃”同,“穫”即截穎。“把謂之秉。”《大田》篇:
“彼有遺秉。”傳云:“秉,把也。”“棘實謂之棗。”《園有棘》篇:
“園有棘。”傳云:“棘,棗也。”“桑實謂之葚。”《泮水》篇:“食
我桑黮。”傳云:“黮,桑實也。”“黮”與“葚”同。《氓》篇:“無
食桑葚。”“豕之大者謂之豜豵,小者謂之豵。”《還》篇:“並
驅從兩豜兮。”傳云:“三歲曰豜。”《騶虞》:“壹發五豵。”傳
云:“一歲曰豵。”“倍仞謂之尋。”《閟宮》篇:“是尋是度。”
傳云:“八尺曰尋。”仞,四尺也。凡此皆毛傳、鄭箋之訓詁見

---

①籤,據《小爾雅·廣器》當作“戢”。後同,不另注。
②軶,當作“軛”,與前“軛上者”同。

於《小爾雅》者，玉鑑則一一證之，則東原所謂“漢世大儒不取以説經”之説，不必加以駁難，即不足以自立矣。惟尚有爲玉鑑所不及引者，如：“淵，深也。”《燕燕》篇：“其心塞淵。”《定之方中》篇：“秉心塞淵。”傳箋並云：“淵，深也。”“艾，大也。”《南山有臺》篇：“保艾尔後。”《禮·曲禮》：“五十曰艾。”鄭注：“艾，老也。”“老、大”義同。按“保艾”猶《左氏》之“保大”。“鋪，布也。”《常武》篇：“鋪敦淮濆。”鄭箋“鋪”訓“陳”，“陳、布”義通。“敷，布也。”《小旻》篇：“敷於下土。”傳云：“敷，布也。”“攻，治也。”《靈臺》篇：“庶民攻之。”傳云：“攻，作也。”“作、治”義通。趙岐《孟子注》訓“攻”爲“治”。“蔑，無也。”《板》篇：“喪亂蔑資。”傳云：“蔑，無也。”“没，無也。”《漸漸之石》篇：“曷其没矣。”傳云：“没，盡也。”“盡、無”義通。“戚，近也。”《行葦》篇：“戚戚兄弟。”傳云：“戚戚，內相親也。”“親、近”義通。“逼，近也。”《采菽》篇：“邪幅在下。”傳云：“幅，逼也，所以自逼來也[1]。”“逼來”有“近”義。“旨，美也。”《谷風》篇：“我有旨蓄。”傳云：“旨，美也。”“繁，多也。”《正月》篇：“正月繁霜。”傳云：“繁，多也。”“貿，易也。”《氓》篇：“抱布貿絲。”傳云：“布，幣也。”箋云：“幣者，所以貿買物也。”《説文》：“貿，易財也。”鄭雖不訓“貿”字，即《説文》義。“赫，明也。”《節南山》篇：“赫赫師尹。”傳云：“赫，顯貌。”“顯、明”義同。《孝經·三才章》引《詩》注云：“赫赫，明盛貌也。”“就，因也。”《谷風》篇：“就其深矣。”《我行其野》篇：“言就爾居。”傳箋雖無訓，而“就”皆“因”之義也。“疆，界也。”《信南山》篇：“我疆我理。”傳云：“疆，畫經界也。”“爾，汝也。”《桑柔》篇：“告爾憂恤，誨爾序爵。”《墨

---

[1] 來，據《詩》傳當作“束”。此處所引當有誤。

子·尚賢》篇引《詩》"爾"皆作"女","女、汝"同。《雄雉》篇："百爾君子。"箋云："爾,女也。""助,佐也。"《正月》篇："將伯助予。"《蒸民》篇："愛莫助之。"傳箋雖不訓"助",而《説文》云:"助,左也。""左、佐"古今字。"要,成也。"《籜兮》篇:"倡予要女。"傳云:"要,成也。""之,適也。"《碩鼠》篇:"誰之永號。"箋云:"之,往也。""往、適"義通。"造,適也。"《篤公劉》篇:"乃造其曹。"箋云:"適其牧羣。"是以"適"訓"造"。"闢,開也。"《召旻》篇曰:"辟國百里。"傳云:"辟,開。""辟、闢"古今字。"實,滿也。"《節南山》篇:"有實其猗。"傳云:"實,滿也。""牣,滿也。"《靈臺》篇:"於牣魚躍。"傳云:"牣,滿也。""充,塞也。"《旄丘》篇:"褎如充耳。"箋云:"充耳,塞耳也。""勤,力也。"《蒸民》篇:"威儀是力。"箋云:"力,猶勤也。""交,更也。"《禮記》引《詩·角弓》篇:"交相爲瘉。"鄭注云:"交,猶更也。""玄,黑也。"《七月》篇:"載玄載黃。"傳云:"玄,黑而有赤也。""素,白也。"《羔羊》篇:"素絲五紽。"傳云:"素,白也。""彤,朱也。"《彤弓》篇:"彤弓弨兮。"傳云:"彤弓,朱弓也。""物,事也。"《烝民》篇:"有物有則。"傳云:"物,事也。""陽,明也。"《七月》篇:"我朱孔陽。"傳云:"陽,明也。""算,數也。"《漢書》注引《詩》:"威儀棣棣,不可算也。"《説文》"筭"字注又作"算",算,數也。"里,居也。"《十月之交》篇:"悠悠我里。"傳云:"里,居也。""度,居也。"《緜》篇:"度之薨薨。"又:"爰究爰度。"傳並云:"度,居也。""贅,屬也。"《桑柔》篇:"具贅卒荒。"傳云:"贅,屬也。""寤,覺也。"《關雎》:"寤寐求之。"傳云:"寤,覺也。""題,視也。"《小宛》篇:"題彼脊令。"傳云:"題,視也。"箋云:"題之爲視睞也。""戕,殘也。"《十月》篇:"曰予不戕。"箋云:"戕,殘也。""釋,解也。"《載芟》篇:"其耕澤澤。"箋云:

“澤澤然解散。”“澤”即“釋”字，《釋文》“澤澤音釋釋”是也。
“話，善也。”《板》篇：“出話不然。”《抑》篇：“慎爾出話。”傳
皆訓“善言”。“矜，惜也。”《鴻雁》篇：“爰及矜人。”矜，憐也。
“憐、惜”義通。“諸，乎也。”《日月》篇：“日居月諸。”傳云：
“日乎月乎。”是訓“諸”爲“乎”也。“顛，額也。”《車鄰》篇：
“有馬白顛。”傳云：“顛①，的額也。”“干，盾也。”《篤公劉》
篇：“干戈戚揚。”傳云：“干，盾也。”以上玉鑴所引者一百十
一事，所未引者四十四事，共一百五十五事，無論毛傳、鄭箋
取《小爾雅》之訓詁以説經，抑後人采取毛傳、鄭箋之訓詁
以爲《小爾雅》，當故書散失之後，則《小爾雅》一書在訓詁
學上有價值，可以斷言。東原卒於清乾隆四十二年丁酉，玉
鑴此書不知成於何時。據段茂堂《與玉鑴書》，稱東原爲先
師，稱玉鑴爲孝廉，則是書成於東原既卒之後、玉鑴未成進
士之前。玉鑴嘉慶十九年甲戌成進士，入翰林，則此書必成
乾隆四十二年以後、嘉慶十九年以前也。同時爲《小爾雅訓
纂》者，有長洲宋于庭；爲《小爾雅義證》者，有同里胡墨莊。
于庭與墨莊之書皆已刊行，玉鑴之書獨否。同邑朱蘭坡參
互參錯綜三家之書，爲玉鑴《小爾雅義證》序，刊于《小萬齋
文集》中。貴池劉聚鄉刊墨莊《小爾雅義證》於《聚學軒聚
書》中，附蘭坡之序文於墨莊《小爾雅義證》之後，取而讀之，
可以知于庭、墨莊、玉鑴三書異同之所在。余以爲墨莊與玉
鑴著《小爾雅義證》之動機，皆感於東原之四科而發。其實
東原謂“漢世大儒不取以説經”一語以斷《小爾雅》非古小
學遺書，尤甚於四科。故余于玉鑴之《義證》，刺取其引毛詩、
鄭箋而並及于玉鑴之所未引箸于篇，以證《小爾雅》之價值。

---

① 據《詩》傳“顛”前當補“白”字。

據余所知,上虞王煦有《小爾雅疏》、嘉定葛其仁有《小爾雅疏》、吳縣朱駿聲有《小爾雅約注》,其引證毛詩、鄭箋皆不如玉鑑刺取之多,則玉鑑之書,在宋于庭、胡墨莊、王煦、葛其仁、朱駿聲諸家之外自有存在之價值也。中華民國三十二年月□日,涇胡樸安跋。

以上清稿本

小爾雅疏證

小爾雅疏證自序

葛其仁

　　自倉頡制造文字，黄帝因之以成命百物，聲音訓詁之原，肇始萌芽。厥後《爾雅》作於姬公，九流津涉，六藝鈐鍵，依類敷言，雜而不越，娍娍乎文章爲大備已。亞斯之代，揚雄著《方言》，劉熙籑《釋名》，張揖成《廣雅》，皆以羽翼雅訓，補所未及。若《小爾雅》，亦其一也。《小爾雅》者，今《孔叢子》弟十一篇。《孔叢》之書不見于漢、唐《藝文志》，意其爲後人僞托。而《小爾雅》一篇，《漢志》列《孝經》家，則其書本出先秦，固非鄉壁虛造者比。循習既久，真僞易淆。"缶二謂鍾"，則齊量之新舊不分；"四尺謂仞"，則《攷工》之澮洫同制。其他援引，或滋傳訛，疑皆魏晉以後俗師坿益以自申其説。如《爾雅》"瑟兮僩兮"之美衛武，"猗嗟名兮"之刺魯莊，非定出元聖之手。要未可以小疵而議其全體也。聖朝崇尚儒風，經術振起，閎達俊哲之彦，靡不參稽古訓，綜究雅言。是編篇次雖約，而義據宏深，傳授近古，而名物條貫，則亦小學不可少之書，而通經之士必于焉取證者。不揆樗昧，爲之博采傳注，旁及羣籍，審其義趣，明其指歸。或有未寤，姑從闕如，懼穿鑿也。今世所傳之本，雜臚歧出，擇善而從，不拘一例。更有訛舛特甚，而見于他書所引據者，急爲訂正。按義類以舉隅，資聞見之一得,庶幾其有合與? 友壻王君寶仁,犂罩雅故,相與商析疑誼,反覆鈎稽,良多啟悟。王君又復薈萃各本,攷異同,拾墜遺,因並爲之證,坿于篇尾。至《舊志》所載李軌解,今不傳,宋注漏略已甚,亦不復存云。時甲戌長至後二日,嘉定葛其仁元牖甫記。

　　是書成二十餘年,舟車南北,恒用自隨,偶有所得,應時改定,然終未敢自信。頃因檢理篋衍,出示同學,咸慫臾付梓。勉出所業,就正有道,亨帚之誚,知不免矣。道光己亥九月朔,其仁並記。

小爾雅疏證序

阮　元

　　《直齋書錄解題》:“《小爾雅》三卷,《漢志》有此書,亦不著名氏。《唐志》有李軌解一卷,今《館閣書目》云孔鮒譔,蓋即《孔叢子》弟十一篇也。曰《廣詁》《廣言》《廣訓》《廣義》《廣名》《廣服》《廣器》《廣物》《廣鳥》《廣獸》凡十章,又《廣度》《量》《衡》,爲十三章,當時好事者鈔出別行。”又李濂《孔叢敘》:“嘉祐中,宋咸嘗爲之注矣。”李軌之書,自宋南渡後即不傳,宋咸所注甚簡略,吳師道《國策補注》所引有出今本外者,則其爲後人删節久矣。攷《漢志》,其書入於《孝經》家,而不從小學之列,可知其來已古。曩元編輯《經籍篹詁》,亦曾采及其書,頗以無箋疏本爲歉。今致仕歸,竊見葛君鋠生所箸《疏證》四卷,並其友壻王君研雲所掇叔之佚文一卷,坿疏篇末,共五卷。廣徵博引,粲然畢具。近年吳門宋氏有《訓籑》五卷，離析《廣服》《廣器》爲卷四，《廣物》已下爲卷五，與此小異。後坿佚文廑數條，未經箋釋，且間與正文重出，不逮此書之詳備精審。葛君爲吾郡邵子顯學師，受業姊聟。學師以是書索叙，因書此以應。道光二十年春，揚州節性齋老人阮元序，時年七十有七。

以上清道光十九年（1839）葛其仁自刻本

通俗文

小學搜逸·通俗文敘

龍　璋

《隋書·經籍志》:"《通俗文》一卷,服虔撰。"胡元儀曰:《顏氏家訓》云:"《通俗文》,世間題云河南服虔字子慎造。虔既是漢人,其敘乃引蘇林、張揖,蘇、張皆魏人。且鄭玄以前,全不解反語,《通俗文》反語,甚會近俗。阮孝緒云李虔所造。河北此書,家藏一本,遂無作李虔者。《晉中興經簿》及《七志》并無其目,竟不知誰制。然文義允愜,實是高才。殷仲堪《常用字訓》,亦引服虔《通俗説》,今復無此書,未知即是《通俗文》,爲當有異? 近代或更有服虔乎? 不能明也。"顏氏此説,反覆推尋,無一不誤。服子慎與鄭康成同時,康成卒於建安五年。《魏略》云:"蘇林,建安中爲五官將文學。"則蘇林爲服子慎同時人矣。蘇既同時,張揖亦然,故服子慎序引張揖,而張揖《廣雅》亦引《通俗文》,如《廣雅·釋草》云"馬薤,荔也。《通俗文》又名馬藺"是也。不過蘇、張二人皆仕於魏耳,不得以魏人致疑也。至於反語之興,實起於漢末,顏氏以爲始於孫叔然,故疑子慎不應用反語。攷之《三國志·王肅傳》稱叔然受業於鄭玄之門人,則必後於服、蘇二人,然二人之注《漢書》即用反語,則《通俗文》之反語甚會,又何疑焉? 阮孝緒《七錄》雖亡,而《隋書·經籍志》皆本《七錄》,今《隋志》、

《通俗文》注云"服虔撰"，則孝緒未嘗以爲李虔所造也。新舊《唐書·志》均無《通俗文》，而均列李虔《續通俗文》二卷，則孝緒所云李虔造者，乃《續通俗文》也。殷仲堪所用服虔《俗說》即《通俗文》與否，固不得而知。然《文選·琴賦》注引《通俗文》，變文曰《通俗篇》，以此推之，殆即《通俗文》之說，故稱《俗說》耳。梁元帝《同姓名録》載有兩服虔，一即子慎，一云見《漢獻帝春秋》，兩服虔皆同時人，彼一服虔罕見載記，想必非高才，作《通俗文》者，即子慎無疑也。元儀輯有《通俗文》一卷，於任子田、臧在東、馬國翰三家輯本外，頗有增益，今從補入。又以玄應《一切經音義》引《通俗文》往往互見，別卷不標書名，因別録其所引，未標書名而文絕類《通俗文》者爲《疑通俗文》一卷。璋重爲考核，見於小學他書者去之，其餘皆附録於後。攸縣龍璋。

清光緒十年（1884）龍氏刻本

廣　雅

新刻上廣雅表

張　揖

　　博士臣揖言：臣聞昔在周公，纘述唐虞，宗翼文武，剋定四海。勤相成王，踐祚理政①，日昃不食，坐而待旦。德化宣流，越裳俠貢，嘉禾貫桑。六年制禮，以導天下。著《爾雅》一篇，以釋其義，傳于後孚，歷載五百，墳典散零，唯《爾雅》恒存。《禮·三朝記》：“哀公曰：‘寡人欲學《小辨》以觀於政，其可乎？’孔子曰：‘《爾雅》以觀於古，足以辯言矣。’《春秋元命包》言：“子夏問：‘夫子作《春秋》，不以初、哉、首、基爲始，何？’”是以知周公所造也。率斯以降，超絶六國，越秦踰楚，爰暨帝劉。魯人叔孫通撰置《禮記》，文不違古。今俗所傳三篇《爾雅》，或言仲尼所增，或言子夏所益，或言叔孫通所補，或言邲郡梁文所考，皆解家所説，先師口傳。既無正譣，聖人所言，是故疑不能明也。夫《爾雅》之爲書也，文約而義固；其敒道也，精研而無誤。真七經之檢度，學問之階路，儒林之楷素也。若其包羅天地，綱紀人事，權揆制度，發百家之訓詁，未能悉備也。臣揖體質蒙蔽，學淺詞頑，言無足取。竊以所識，擇揰群藝，文同義異，音轉失讀，八方殊語，庶物易名，不

---

① 祚，當據《爾雅》邢疏所引改作“阼”。

在《爾雅》者，詳録品覈，以著于篇。凡萬八千一百五十文，分爲上中下，以墍方徠俊哲洪秀偉彦之倫，扣其兩端，摘其過謬，令得用誮，亦所企想也。臣撰誠惶誠恐，頓首頓首，死罪死罪。

上廣雅表

錢大昭注

博士臣撰言：臣聞昔在周公，纘述唐虞，宗翼文武，克定四海。勤相成王，踐阼理政，日昃不食，坐而待旦。德化宣流，越裳徠貢，周成王時，周公輔政，越裳氏重譯，獻白雉。顏師古《漢書注》云："越裳，南方遠國也。譯，謂傳言也。道路絶遠，風俗殊隔，故累九譯而後迺通。"嘉禾貫桑。《書》序："唐叔得禾，異畝同穎，獻諸天子，周公作《嘉禾》。"《韓詩外傳》云："成王之時，有三苗，貫桑而生，同爲一秀。"六年制禮，以導天下。《樂記》疏引鄭康成《發墨守》云："六年制禮樂，封殷之後，稱公于宋。"著《爾雅》一篇，以釋其義，劉熙《釋名》云："《爾雅》，爾，昵也；昵，近也。雅，義也。義，正也。五方之言不同，皆以近正爲主也。"案周公作《爾雅》一篇者，篇猶卷也，謂周公止有一卷，後儒增益，乃爲三卷。自《釋詁》至《釋畜》，皆有周公原本，鄭康成《駁五經異義》云："玄之聞也，《爾雅》者，孔子門人所作，以釋六藝之言。是七十子之徒，身通六藝，發明章句，增成其義，經訓以彰也。"傳于後孕，歷載五百，墳典散零，唯《爾雅》獨存。《禮·三朝紀》："哀公曰：'寡人欲學《小辯》，以觀于政，其可乎？'孔子曰：'《爾雅》以觀于古，足以辯言矣。'"《大戴禮記·小辯篇》云："公曰：'不辯，則何以爲政？'子曰：'《爾雅》以觀于古，足以辯言矣。'"此所云《三朝記》，即《小辯篇》也。《春秋元命包》《元命包》，《春秋》緯書名。言：
“子夏問：‘夫子作《春秋》，不以初、哉、首、基爲始，何？’”是
以知周公所造也。率斯以降，超絶六國，越秦踰楚，爰暨帝劉。
魯人叔孫通撰置《禮記》，文不違古。《漢書》：“叔孫通，薛人也。
孝惠即位，徙通爲奉常，定宗廟儀法。及稍定漢諸儀法，皆通所論著也。”
案通，薛人，而此以爲魯人者，薛縣屬魯國故也。今俗所傳三篇《爾
雅》，或言仲尼所增，孔子作《十翼》以贊《周易》，如《彖傳》“師，衆
也”“比，輔也”、《序卦傳》“晉者，進也”“遘者，遇也”之類，皆與雅訓相
符，是孔子有所增也。或言子夏所益，子夏所作《儀禮·喪服傳》，其親
屬稱謂皆與《爾雅·釋親》相合，是子夏有所益也。或言叔孫通所補，
或言沛郡梁文所攷，《爾雅》之文，間有漢儒增加，如《釋地·八陵》“雁
門”是也。《釋山》：“泰山爲東岳，華山爲西岳，霍山爲南岳，恒山爲北
岳，嵩山爲中岳。”《釋獸》“鼳鼠”下云：“秦人謂之小驢。”此即叔孫通、
梁文輩之附益者也。皆解家所説，先師口傳。既無正驗，聖人所
言，是故疑不能明也。夫《爾雅》之爲書也，文約而義固；其陳
道也，精研而無誤。真七經之檢度，學問之階路，儒林之楷素
也。郭璞《爾雅》序云：“夫《爾雅》者，所以通詁訓之指歸，敘詩人之興
詠，總絶代之離詞，辨同寔而殊號者也。誠九流之津涉，六藝之鈐鍵，學
覽者之潭奥，摛翰者之華苑也。”若其包羅天地，綱紀人事，權揆制
度，發百家之訓詁，未能悉備也。臣揖體質蒙蔽，學淺詞頑，
言無足取。竊以所識，擇撢羣藝，文同義異，音轉失讀，八方
殊語，齊音楚語，風氣攸殊，橫口開脣，短長各別，故必總而集之，得其
會通。劉歆《與楊雄書》云“採集先代絶言、異國殊語”、郭璞《方言》序
云“考九服之逸言，標六代之絶語，類離詞之指韻，明乖途而同致”是也。
庶物易名，不在《爾雅》者，詳録品覈，以著于篇。凡萬八千
一百五十文，古謂之文，今謂之字。《説文》序云：“蒼頡之初作書，蓋
依類象形，故謂之文，其後形聲相益，即謂之字。”分爲上中下，以墾

方來俊哲洪秀偉彦之倫，扣其兩端，摘其過謬，令得用諿，亦所企想也。臣揖誠惶誠恐，頓首頓首，死罪死罪。

上廣雅表

王念孫注

　　博士臣揖言：魏江式表云："魏初博士清河張揖箸《廣雅》。"唐顔師古《漢書·敍例》云："張揖，字稚讓，清河人。一云河間人。魏太和中爲博士。"臣聞昔在周公，纘述唐虞，宗翼文武，剋定四海。勤相成王，踐阼理政，"阼"，各本譌作"祚"，惟影宋本不譌。日昃不食，坐而待旦。德化宣流，越裳倈貢，嘉禾貫桑。六年制禮，以導天下。箸《爾雅》一篇，以釋其意義，各本脱"意"字，邢昺《爾雅疏》引此已然，《藝文類聚》則引作"釋其意義"。案《神仙傳》云："噴墨皆成文字，滿紙各有意義。"又云："小小作文，皆有意義。"是"意義"連文之證，今據補。傳于後孥，歷載五百，墳典散零，唯《爾雅》恒存。《禮·三朝記》：《蜀志·秦宓傳》注引劉向《七略》云："孔子三見哀公，作《三朝記》七篇。今在《大戴禮》。"案《大戴禮》，《千乘》《四代》《虞戴德》《誥志》《小辨》《用兵》《少間》七篇是也。下文出《小辨》篇。"哀公曰：'寡人欲學《小辨》以觀於政，其可乎？'孔子曰：'《爾雅》以觀於古，足以辯言矣。'"《大戴禮》盧辯注云："爾，近也。謂依於《雅》《頌》。孔子曰：《詩》，可以言，可以怨。邇之事父，遠之事君，多識鳥獸草木之名也。'"是盧氏不以"爾雅"爲書名。案彼文云："循弦以觀於樂，爾雅以觀於古。"謂"循乎弦、爾乎雅"也。盧説爲長。《春秋元命包》言："子夏問：'夫子作《春秋》，不以初、哉、首、基爲始，何？'"《春秋元命包》，《春秋》讖也，後漢張衡以爲漢世虛僞之徒所作,《張衡傳》載之詳矣。云“作《春秋》不以初、哉、首、基爲始”者,當是釋《春秋》“元年”之義。《公羊傳》云:“元年者何? 君之始年也。”《爾雅》云:“初、哉、首、基、元,始也。”《春秋》不以初、哉、首、基等字爲始,而獨以“元”爲始,故釋之與? 是以知周公所造也。率斯以降,超絕六國,越踰秦楚,各本作“越秦踰楚”,《爾雅》疏引作“越踰秦楚”。案“超絶、越踰”相對爲文,疏所引者是也。今據以訂正。爰暨帝劉。魯人叔孫通撰置《禮記》,文不違古。《後漢書·曹褒傳》有班固所上叔孫通《漢儀》十二篇。今俗所傳三篇《爾雅》,或言仲尼所增,或言子夏所益,或言叔孫通所補,或言邨郡梁文所考,陸德明《經典釋文·敍録》云:“《釋詁》一篇,蓋周公所作。《釋言》以下,或言仲尼所增,子夏所足,叔孫通所益,梁文所補,張揖論之詳矣。”邵氏二雲曰:“《漢書·藝文志》:‘《爾雅》三卷,二十篇。’張揖謂周公箸《爾雅》一篇,今所傳三篇,爲後人增補。是張揖所謂篇,即《漢書》所謂卷,猶云周公所作衹一卷,後人增補,乃有三卷耳。陸氏乃以周公所作爲二十篇之一,殆考之不審,以致斯誤。”“邨”,各本譌作“制”,今據《説文》訂正。“考”,《爾雅疏》引作“箸”,疑本作“箸”,譌作“者”,又譌作“考”也。《直齋書録解題》引此作“考”,則南宋本已譌。皆解家所説,先師口傳。既無正譣,聖人所言,是故疑不能明也。夫《爾雅》之爲書也,文約而義固;其攷道也,精研而無誤。真七經之檢度,學問之階路,儒林之楷素也。鄭注《士喪禮》云:“形法定爲素。”若其包羅天地,綱紀人事,權揆制度,發百家之訓詁,未能悉備也。臣揖體質蒙蔽,學淺詞頑,言無足取。竊以所識,擇摷羣藝,《説文》云:“摷,探也。”文同義異,音轉失讀,八方殊語,庶物易名,不在《爾雅》者,詳録品覈,以箸于篇。《説文》云:“覈,實也。”凡萬八千一百五十文,今本《廣雅》凡萬六千九百一十三文,删衍文九十六,補脱文五百九,共文萬七千三百二十六,較表内原數少八百二十四。分爲上中下,以墾方徠俊哲洪秀偉彥

之倫，扣其兩端，摘其過謬，令得用誚，《説文》云："誚，知也。"亦
所企想也。臣揖誠惶誠恐，頓首頓首，死罪死罪。

敍廣雅

吴本泰

《廣雅》者，博士張揖所纂輯以廣《爾雅》者也。《爾雅》
蓋傳自卜商氏，説者以爲周公所造，學士無從攷信。莊生云
"重言十七"，安知《爾雅》之托周公，不猶方書之托軒轅、兵法
之托尚父乎？然其敍次典質，文辭古奥，如鼎彝法物，非周漢
以上人不能作也。自終軍之辨豹鼠，蔡司徒之誤彭蜞，而此
書遂大顯於世。乃張氏以爲文約而義固，其於揆百物、通訓
故，未能悉備也。由是撢捄群秋，劉覽方域，凡《爾雅》所不經
載者，詳録品覈，箸於篇，以廣厥義。予聞之，神明無象，要言
不煩，《爾雅》之列於《十三經》已弁髦之，是編不贅疣甚乎！
雖然，儒者冠圜冠，知天時；履地屨，知地形。一物不知，昔人
所恥，彼眯目而枵腹者，雖擁臬説經，提鞠白戰，其亦昧谷之民
已矣。大《易》之廣，卦象乃至。萑葦果蓏、蠃蚌龜鱉，此即大
極真形也。浮屠氏有《方廣》諸經，乃至朽塵爲墨，不能罄書，
此即威音以前消息也。《廣雅》一書，其藻翰之資糧，抑亦玄
悟之關鑰歟？且於《爾雅》拓境開疆，厥功非尠。而吾郡郎公
在兄弟，有康成、茂先之好，振奇人也。其先公明懷先生浮湛
仕路一蒪，故其編纂最富。公在兄弟發父書讀之，手校卒業，
懸諸國門，揖《表》所云："方徠俊喆洪秀偉彥之倫，叩其兩端，
摘至過謬。"乃今得之郎氏，斯亦揖之功臣已。夫海人汎舟，

蒼茫無際,望見魚背,以爲崖岸,其廣也,不知又有廣焉者也。盧敖蒙谷之游,睹箕身而入雲清者,則惡然色沮矣。讀《廣雅》者,其更廣之,無爲若士所咲。丙寅冬日,吳本泰書於艇軒。

　　　　　　以上明嘉靖(1522～1566)中新安畢氏刊本

廣雅疏義

廣雅疏義序

桂 馥

今海内治《廣雅》者三家：一爲盧先生文弨，一爲王先生念孫，一爲錢先生大昭。馥幸得同遊，素聞風旨者也。錢先生之《疏義》先成，請而讀之，歎其精審，當與邵先生《爾雅正義》並傳。然治《廣雅》難于《爾雅》，《爾雅》主釋經，多正訓，《廣雅》博及羣書，多異義，一；《爾雅》有孫、郭諸舊説，《廣雅》惟曹音，二；《爾雅》爲訓詁家徵引，兼有陸氏《釋文》，《廣雅》散見者少，無善本可據，三也。此非專且久，不易可了。昔郭氏注《爾雅》十八年而成，邵先生且二十年，今先生遲之三十年，始有稿本，其爲專且久，不已至乎？馥從事《説文》，蓋亦有年，魯鈍未底于成。於乎！古人小學，童而習之。余乃白首紛如，讀先生之書，益加勘矣。乾隆五十八年癸丑七月，曲阜桂馥書于濟南潭西精舍。

1940年静嘉堂影印清抄本

廣雅疏證

廣雅疏證自序

王念孫

　　昔者周公制禮作樂,爰箸《爾雅》。其後七十子之徒、漢初綴學之士,遞有補益。作者之聖,述者之明,卓乎六藝羣書之鈐鍵矣。至於舊書雅記,詁訓未能悉備。網羅放失,將有待於來者。魏太和中,博士張君稚讓繼兩漢諸儒後,參攷往籍,徧記所聞,分别部居,依乎《爾雅》,凡所不載,悉箸於篇。其自《易》《書》《詩》《三禮》《三傳》經師之訓,《論語》《孟子》《鴻烈》《法言》之注,《楚辭》、漢賦之解,讖緯之記,《倉頡》《訓纂》《滂喜》《方言》《説文》之説,靡不兼載。蓋周秦兩漢古義之存者,可據以證其得失;其散逸不傳者,可藉以闚其端緒。則其書之爲功於詁訓也大矣!念孫不揆檮昧,爲之疏證,殫精極慮,十年於茲。竊以詁訓之旨,本於聲音。故有聲同字異,聲近義同。雖或類聚羣分,實亦同條共貫。譬如振裘必提其領,舉網必挈其綱。故曰“本立而道生”,“知天下之至賾而不可亂也”。此之不寤,則有字别爲音,音别爲義。或望文虚造而違古義,或墨守成訓而尠會通。易簡之理既失,而大道多岐矣。今則就古音以求古義,引伸觸類,不限形體。苟可以發明前訓,斯淩雜之譏,亦所不辭。其或張君誤采,博攷以證其失;先儒誤説,參酌而寤其非。以燕石之瑜,補荆璞之瑕，適不知量者之用心云爾。張君進表，《廣雅》分爲上、中、下，是以《隋書·經籍志》作三卷，而又云“梁有四卷”，不知所析何篇。隋曹憲《音釋》，《隋志》作四卷，《唐志》作十卷。今所傳十卷之本，《音》與正文相次。然《館閣書目》云“今逸，但存《音》三卷”，是《音》與《廣雅》別行之證，較然甚明，特後人合之耳。又憲避煬帝諱，始稱《博雅》，今則仍名《廣雅》，而退《音釋》於後，從其朔也。憲所傳本，即有舛誤，故《音》內多據誤字作音。《集韻》《類篇》《太平御覽》諸書所引，其誤亦或與今本同，蓋是書之譌脱久矣。今據耳目所及，旁攷諸書，以校此本。凡字之譌者五百八十，脱者四百九十，衍者三十九，先後錯亂者百二十三，正文誤入《音》內者十九，《音》內字誤入正文者五十七。輒復隨條補正，詳舉所由。《廣雅》諸刻本，以明畢效欽本爲最善。凡諸本皆誤而畢本未誤者，不在補正之列。最後一卷，子引之嘗習其義，亦即存其説。竊放范氏《穀梁傳集解》子弟列名之例，博訪通人，載稽前典。義或易曉，略而不論，於所不知，蓋闕如也。後有好學深思之士，匡所不及，企而望之。嘉慶元年正月，高郵王念孫敘。

廣雅疏證序

段玉裁

　　小學有形、有音、有義，三者互相求，舉一可得其二；有古形、有今形，有古音、有今音，有古義、有今義，六者互相求，舉一可得其五。古今者，不定之名也。三代爲古，則漢爲今；漢魏晉爲古，則唐宋以下爲今。聖人之制字，有義而後有音，有音而後有形。學者之考字，因形以得其音，因音以得其義。治經莫重於得義，得義莫切於得音。《周官》六書：指事、象形、形聲、會意四者，形也；轉注、假借二者，馭形者也，音與義也。三代小學之書不傳，今之存者：形書，《説文》爲之首，《玉篇》以下次之；音書，《廣韵》爲之首，《集韵》以下次之；義書，《爾雅》爲之首，《方言》《釋名》《廣雅》以下次之。《爾雅》《方言》《釋名》《廣雅》者，轉注、假借之條目也。義屬於形，是爲轉注；義屬於聲，是爲假借。稚讓爲魏博士，作《廣雅》。蓋魏以前經傳謡俗之形音義彙綷於是。不执於古形、古音、古義，則其説之存者，無由甄綜；其説之已亡者，無由比例推測。形失，則謂《説文》之外字皆可廢；音失，則惑於字母七音猶治絲棼之；義失，則梏於《説文》所説之本義而廢其假借，又或言假借而昧其古音，是皆無與於小學者也。懷祖氏能以三者互求，以六者互求，尤能以古音得經義，蓋天下一人而已矣。假《廣雅》以證其所得，其注之精粹，再有子雲必能知之。敢以是質於懷祖氏，竝質諸天下後世言小學者。乾隆辛亥八月，金壇段玉裁序。

以上清嘉慶元年（1796）序高郵王氏刻本

廣雅疏證補正

廣雅疏證補正序

羅振玉

　　訓詁之學至乾嘉而極盛，而高郵王氏、金壇段氏、棲霞郝氏尤爲夐絶。段氏所箸《説文解字》體大思精，而小誤未免，後人之作勘誤、補正者不一家。郝氏《爾雅義疏》亦小有疏漏之處，兒時點勘是書，於《釋詁》《釋言》《釋訓》三篇頗以鄙見爲之補正，雖管蠡之窺，無裨宏巨，然可見訓詁之學雖極精邃，而絶無罅漏之難也。獨王石臞先生《廣雅疏證》精審密緻，殆勝二家。據先生自序言“殫精極慮，十年於兹”，蓋删定董理，匪伊朝夕矣。庚子秋，太姻丈黄先生惠伯出《廣雅疏證補正》見示。蓋成書後，先生自校正勘補者。益歎前輩之虛衷求歉至此。黄先生既爲條寫，擬授之梓，以公海内。敬綴數語，以識先生嘉惠後學之盛心，竝記古人箸書慎重之不苟云爾。光緒庚子九月，上虞羅振玉。

廣雅疏證補正跋

黃海長

此《廣雅疏證》殆刻成後覆加勘定之本，朱墨燦列，凡所刪補，無慮四百餘條，皆精詳確當。卷五《釋言》"酌，漱也"下，朱筆補疏有"念孫案"三字，知爲石臞先生親自攷訂者。其補自文簡者，則冠以"引之曰"。卷七《釋宮》"廟，天子五"下墨籤云："《尚書後案》第八《咸有一德》'七世之廟，可以觀德'引證甚詳，此條當改。"《釋器》"繞領、帔，帬也"下墨籤云："段氏《説文》七下，説'繞領''帔'之義甚是，當據改。"則是待改而未改者。八、九兩卷獨無一字，則是待校而未及校者。統觀諸條，的係先生親自脩定之藁。嗣是曾否補完，曾否再刻，或祇此本，或尚有傳録之本，無從徵考，不能臆測。阮文達刊入《學海堂經解》，揚州淮南書局光緒重鋟，悉據原疏本，似都未見此册，無論世間有無第二本，而此册信可寶貴已。獨不識何以流傳在外，入清河汪氏所藏，有"汪氏珍藏""桃花潭水"二印。汪葵田先生名汲，春園先生名椿，祖孫咸精經學，有箸述，雖不若高郵王氏父子之盛，亦學人也。書賈獲自汪裔，索賈頗昂。余初見，謂朱墨爲汪氏所加，繼而諦審，始辨是王家故物。直端午得錢極艱，迺嗇縮米薪，力購得之。暇當遍質通人，設法流布。儻是孤本，斷不敢自我韜其寶氣也。光緒庚子五月，古襄平黃海長謹識。

廣雅疏證補正跋

黃信臣

　　李崇賢注《文選》凡六易稿，朱子《四書章句集注》晚年
婁有改定，古人箸述，不厭精審如此。石臞先生《廣雅疏證》
刊成之後，手自删補，當由卷帙繁重，不及重鐫，洵秘笈也。
家君得此書，擬仿盧抱經《羣書拾補》例，屬揖別行，爰屬王
君叔如編次成帙。又獲朱君少如、王君覲卿相與校讐繕寫，
醵金付梓，期與海内博雅共欣賞之。其八、九兩卷，家君謂待
校而未校者，嗣迺知原書淪失，書賈以他册配合，惜無從蒐
求，稍嫌缺憾耳。黃信臣坿識。

以上清光緒二十六年（1900）黃海長借竹宦刻本

廣雅疏證拾遺

廣雅疏證拾遺敘

張曾勤

　　自漢以來,注《四書》者不下千數百家,《集注》既作,説經諸儒莫能或易,加以功令所在,人人童而習之。凡夫人所以生之理,身心性命之微,讀《集注》者因此明聖賢之宗旨。蓋聖賢立言簡而賅備,三代之典章制度、畢生性命文章、聖人與諸賢問答,寥寥數言。《孟子》立説最爲明暢,然其言理之精深,則亦未易剖析矣,乃爲一一求其原委,疏通而證明之,使讀者瞭然於心目間。四子並六經以傳,《集注》即附四子以傳,歷終古而不刊,誠所謂“日月經天,江河行地”也。國初沿明制,用四子文取士,遵尚《集注》,然而經師大儒講漢學者率左宋學,因而議及朱子,如毛西河輩吹毛求疵,譏毀不遺餘力,顧其才氣縱橫,攷據淵博,立説不無可采,大都瑕不揜瑜,其專與朱子爲難,適形其褊而已。吾友王君望溪邃於經學小學,而尤精研四子書,積聚多種,凡先儒發明義理之説及考據家之精確不磨者,一一筆之於册,大都皆可輔翼《集注》,其説始加甄録,久之積書盈尺,展以示余,予勸以公之於世。望溪忻然,甫刻首一卷而疾作,遂不起,疾亟時以囑予爲之成就此書及《廣雅疏證拾遺》,並敦囑其家人。今年予館於君家,校閲遺藁,塗乙删改,次序顛倒,頗形棘手。幸君之昆弟行問渠

兄亦在君家授君子讀，助予編次，並膳稾本，互相校對，始付
之梓。書成，名之曰《四書集注攷證》。其《集注》本無者，則
標以“補《集注》”三字，以清眉目。後附《四書集釋》一卷，
則君講究四子時有得於心之處，凡十餘篇，其中頗多見道語，
可知君於四子功候深矣。刻既竣，并爲之序，弁諸簡端，使人
知裒輯此書之旨云。光緒戊戌年仲冬之月，友人張曾勤序。

清光緒二十四年（1898）高郵王士濂鶴壽堂刻本

廣雅補疏

廣雅補疏自敘

王樹枏

魏博士張揖掇集羣經之詁，爲《廣雅》三卷，讀者至今多不能舉所自出，古訓之散失衆矣。國朝王懷祖先生及其子伯申尚書相繼爲疏證，博稽而宏取，引伸假借，以通其誼，而揖書乃益貴以傳。説經之家，守舊專己，往往失古人之旨。是書旁通觸類，間舉以正其謬鑿，無不的破欠渙，厭學者之意。嗚呼！何其懿也。余讀是書數年矣，偶有所疑，輒爲條記，並爲詳其所畧者，箸于篇。惜乎余生也晚，不得一一質辨于高郵父子之前也。光緒十五年五月七日，王樹枏。

清光緒十六年（1890）新城王樹枏資陽文莫室刻本

續廣雅

續廣雅跋

劉　燦

　　訓詁之學始於《爾雅》，嗣是《方言》《釋名》《小爾雅》皆補其不及也，至《廣雅》出，而義益備矣。燦閱竹垞朱氏《經義考》有唐人劉伯莊《續爾雅》一卷，惜其書已佚，思爲之補其闕，如趙鹿泉先生《詩細》之作，故編成而仍其目，以就正友人王君芋畾。王君謂《爾雅》列於經，文中子續經嘗見譏於先儒，爰易名爲《續廣雅》焉。夫經子疑義得五雅而大明，兹編乃蛇足耳。念其頗費日力，録而存之，賢於無所用心者而已。嘉慶歲在旃蒙大淵獻厲辜之月，嘉門劉燦識。

續廣雅跋

王　堃

　　右《續廣雅》三卷，吾友鎦君星若所輯也。君嘗著《詩緝補正》一書矣，以故詁訓多本《毛傳》，於《詩》義未確者，間著其解。體例最近《爾雅》，其《釋親》《釋宮》《釋天》等篇，尤能補所未備，視《廣雅》實勝。不名《續爾雅》者，恐蹈王氏僭經之失也。君性度謙沖,嘗言此書詁訓更屬蛇足,未可示人。余謂此乃正經首篇,欲補前人之闕,安得從畧? 昔子夏子因傳《詩》而述《爾雅》,爾之爲言近且易,以其近易,可以明《詩》也。《詩》有《風》《雅》《頌》,獨言雅者,《小雅》兼乎《風》,《大雅》兼乎《頌》也。故毛公解《詩》,即錯取其名,題曰《詁訓傳》。宋陸農師亦以説《詩》有名,多識鳥獸草木蟲魚,注《爾雅》,又著《埤雅》。今君編此,亦猶是意。梓而問世,吾知好古窮經之士,必有爭先睹之爲快者。嘉慶己卯中冬,同學弟王塈孟方甫拜跋於得諼草堂。

續廣雅跋

黄式三

劉君星若,式三之畏友也,性沈默,好博覽,今年已六十有餘,露鈔雪纂不少懈,如壯時。所箸《續廣雅》行世已久,時復删增,校輯重栞,所以嘉惠後學,意至渥也。式三於文字聲音訓詁之學童而習之,與劉君所見有不同者條析之,以請質正,要不敢謂劉君説之果非,信鄙説之果是。若其采擇之精確者,糾正譌謬,昭若發矇,讀之識之而不忘矣。在昔張氏《廣雅》雖有曹注,不甚顯,自王氏石臞疏證之,學者知其有益於經爲甚鉅。劉君書如羅珠玉於山淵,亦惟善學者漁獵而得其大者爾。道光乙巳秋,同學弟黄式三跋。

以上清道光六年(1826)刻本

纂　文

小學搜逸·纂文敍

龍　璋

　　《隋志》梁有《纂文》三卷,亡,不著撰人名。《唐志》載何承天《纂文》三卷,《通志·氏族略》有引何承天《纂要》,有引何氏《纂要》,有引《纂要》者。宋顏延之著有《纂要》,梁元帝亦有《纂要》。《通志》所引,明云何氏,尋其文例,與《廣韻》所引《纂文》諸姓略同,既非延之、元帝二家之書,而隋唐又不別著何氏《纂要》一書,《通志》引《纂要》者非一,必非誤其即爲《纂文》,與何承天另有《纂要》一書,疑莫能明也。攸縣龍璋。

清光緒十年（1884）龍氏刻本

埤　雅

埤雅序

陸　宰

　　嘉祐前,經義之未作也,先公獨以說《詩》得名,其於鳥獸草木蟲魚尤所多識。熙寧後,始以經術革詞賦,先公《詩講義》遂盛傳於時,學校爭相筆受,如恐不及。元豐間,預修《說文》,因進書獲對神考,縱言至於物性,先公敷奏稱旨,德音稱善,且恨古未有著爲書者。先公又奏:"臣嘗試爲之,未成,未敢進也。"天意欣然,便欲見之,因進《說魚》《說木》二篇。自是益加筆削,號《物生門類》。編纂將終,而永裕上賓矣。先公旋亦補外,所至以簡易臨民,故其事簡政清,因得專意論譔。既注《爾雅》,乃廣此書,號《埤雅》,言爲《爾雅》之輔也。《埤雅》比之《物性門類》,蓋愈精詳,文亦簡要。先公作此書,自初迄終,僅四十年,不獨博極群書,而農父牧夫、百工技藝,一至輿臺皂隸,莫不諏詢。苟有所聞,必加試驗,然後紀錄,則其深微淵懿,宜窮天下之理矣。後有博雅君子覽之,當自識其美焉。宣和七年六月良旦,謹序。

明初刻本

增修埤雅廣要

增修埤雅廣要自序

牛　衷

　　清濁始兆而陰陽萌，玄黄肇判而天地位，然後萬物生焉。人於萬物亦物也，以其所稟之全特異，故參而命之曰三才，斯人紀之所以立也。原夫太和块扎，物同以生，在天則有星躔爲之分野以懸曜焉，在地則有山川爲之限隔以産育焉，在人則有君師爲之標準以司牧焉。然其感也有純駁正偏之不同，其類也亦有洪纖高下之不齊。仞海彌陸，無物不有，無地不生，充充乎靡窮靡極，有不可得而盡知，況可得而盡紀乎？昔者聖人撮而著之於雅，使人讀之，不惟有以多其識，亦將有以諧其情；不惟有以遂其性，亦將有以全吾仁也。是故爾之於雅者，其謨既遠且該矣；廣之於雅者，其志益洪且大矣。宋開國公陸丞相佃，復旁蒐冥索以埤翼之，可謂二雅之後而三雅矣。吾藩賢王論思之暇，嘗登埤之帙而進覽焉，睿情孜孜，深加矜悦。但惜夫敘述之次尾天文而首羣品，伍鳳鳥而躋微類，未愜于中。乃躬條示卷帙之所宜增，物類之所宜補，命臣衷輯之。衷介胄之末，非能文者且不敢辭。於是謹因佃文之舊二十卷，增摭羣書所載，復二十二卷，合而名之曰《埤雅廣要》。其間勺水添瀛，杯壤加泰，高深固不待是，然亦不獲已也。閲數年，繕完進呈。復命翰學吳從政嚴加校勘，釋以音註而梓行之,以衺其傳。嗟夫! 動而有息者,乾道之資始也,五長五族,各具三百有六十種之長育;植而無息者,坤道之資生也,萬本萬殊,悉統乎三百有六十日之嫗煦。動焉植焉,息焉否焉,混若海沙之不可筭籍。使伐南山之竹以爲簡,燎徂徠之松以爲煤,竭中山之兔以爲毫,固不可以殫述之矣。臣牛衷不揣襪才,妄加補綴,詞雖有累於成書,事則實該于方策。他日覽焉,於父天母地之仁,品物流行之化,各正性命,保合太和,倘有禆乎? 若夫續貂之誚,附驥之責,尚希置之可也。天順元年歲次丁丑端月上元吉日,蜀府護衛百戶牛衷奉教書識。

重刻坤雅廣要序

陳懿典

　　《坤雅》二十卷,宋陸丞相佃撰於熙寧、元豐間,以上神宗。初進《説魚》《説木》二篇,後廣爲《物性門類》,積久而成《坤雅》。其《廣要》增至四十二卷,則皇明天順中蜀府護衛百戶牛衷奉賢王令推廣之者也。余年友孫孝廉允仁,承大司寇簡肅之家學,絶意紛華,耽情圖史,家殖蕭然,而聞有癖本秘册,竭蹙摶求。其於兹編校讐刊訂,積有歲年,令子茂才弘範重付剞劂,用廣先志,而問序于余。余交孫氏,三世簡肅,位躋八座,産僅中人,孝廉昆弟五人,皆負瑰林而敦素尚,諸孫二十餘人,翩翩美秀而文。而孝廉父子孜孜矻矻,注意博綜,即兹編之梓,寒暑不輟,舟車不倦,研精殫力以就之,良亦勤矣,序何可已! 序曰:《爾雅》一書列於《十三經》之中,儒者又從而註且疏之，夫亦以釋經之用，其重不減於經，而名物器數，其非心性外無所關涉之，粗可知也。《易》言"多識以蓄德"，而夫子論《詩》亦曰"多識於鳥獸草木之名"。夫精微莫若《易》，而夫子提一貫，非多學而猶然不欲空諸一切，而何世之學道者遂欲託言名理，而盡掃博聞格物之功哉？余師焦弱侯曰：《爾雅》津涉九流，標正名物，講藝者莫不先之。昔人所嘆，謂數可陳而義難知，今之所患，在義可知而數難陳。孰知不得其數，則影響空疎，而所謂義者可知已。故舜稱玄德而察邇言，明庶物，仲尼弟子，豈不聞性與天道，而《史》稱身通六藝者七十二人，後世尊爲七十二賢？而夫子論學志道，據德依仁，可謂純備矣，而必終之曰"游于藝"。游如遊水，水之波流曲折，無不涉焉，而游衍於其中，水爲吾用，不與之俱溺耳。然則玩物爲溺，格物爲游，其不可以喪志之物而并廢致知之物明矣。是《爾雅》雖訓詁之學，而通儒名賢往往演繹發明。《廣雅》《博雅》，代有作者，《説文》《訓林》，皆其羽翼。考之《經籍志》，自劉歆、郭璞而後無慮數十家。陸佃所著，尚有《爾雅新義》《爾雅貫義》各若干卷，《埤雅》所苞二義，必皆在其中。于此見古人學問真實，非後世所易及也。若《廣要》成于朱邸之好書牛弆，可謂林官之鄒枚矣。按蜀母昭異有《爾雅音畧》三卷，唐李商隱有《蜀爾雅》三卷，則益部山川，先後映發，原與是書有緣。當時蜀邸曳裾，相與揚搉微義，補綴奇字，諒尚有人，而牛弆遂附名于不朽，良亦厚幸。設無孝廉之寶重，茂才之繕梓，蜀道艱難，舊本漫漶，何能令兹書流布江南，焕然一新哉？余因是而有感焉。訓詁盛于漢唐，註疏何啻繭絲？自程朱之學行而註疏詘，自陸子静、王伯安之學興而傳註又若詘，然而註疏之傳，終不盡澌滅也。類書盛于唐宋，《六帖》《玉海》《考索》以及鄭夾際之《通志》、馬端臨之

《通考》，皆今人所不敢措手。自詩賦之科罷，而舉業之文僅取帖括，不復留意博物。而淹通好古之家，巨帙累卷，盡布通都，其視制義之朝行而夕泯者，又何如也？雖然，宋人有言，少時得《史記》《漢書》，皆手自抄録，讀之惟恐不及，今諸書盛行，而學者未必盡讀，得書之易，反不若得書之難。余觀今日典籍之富，七畧四庫、金櫃石室、名山異域之藏，無不盡出而求，如虞世南、劉貢父之徒實未之覿，則得書之易而讀書之少，今古所通患也。因茂才是舉而及之，以與藏書者共勗云。萬曆庚戌秋九月，太子諭德里人陳懿典撰。

埤雅廣要序

殷仲春

黄唐汋穆，墳典夐邈，何可讓焉？爰逮姬周，郅隆八百，不期九夷重譯，公旦承列聖之資，俾輔贊述。然王會之列，贊陳俶儻；赤縣之外，境莫夭閼。是以略玉版金鏤之奥，刪丹文緑牒之幽，一歸正始。綿蕞於龍鳥之紀，權衡於忠質之因。采《詩》彖《易》，接武典謨。於是業隆于二后，垂憲于千古。更作《爾雅》以釋經，更援經以博《雅》。由是稟經以裁式，酌《雅》以富言。自周歷漢，雖厄狂秦，然經籍之疏賴兹。援據辭賦之藻，以爲杼軸。有魏張揖，魦萬籟之闖竽，窮八紘之殊習，又作《廣雅》，更益宏才之寰域，沖《雅》文之樞轄矣。唐以科目取士，四聲標韻，二雅寝音，雖大名家，尚以蟲魚爲不切，烏求登龜取黿、攻梟去蛙之罕迹耶？無惑乎胡人之誤廥，越人之駭毳。暨宋陸佃農司氏，才挾博洽，嗜古尚奇，嘗註《爾

雅新義》，其自序云："雖使郭璞擁彗清道，雅望塵躅可也。"觀
其自負，信爲奇儁。繼作《埤雅》，始之以魚、禽、草、木，終之
以《釋天》，初名《物性門類》。又爲魚、木二《説》，辯雕萬類，
志周宇宙，可謂筆墨淵海，非止夸玉樹冬青、盧橘夏熟而已。
佃因永裕上賓，不復再獻，藝文之士，秘爲帳中。皇明肇運，
仁風洋溢，苞舉藝文，秘籍鱗萃，採逸禮於殘竹，聽遺詩於逵
路，寔探淵索璞之時，非歎鳳泣麟之世。英宗踐祚，藩邸潛藝，
類河間之好書，慕東平之爲善。蜀邸秘函，第珍裨雅，因其敘
次舛駁，採録未周，殿述天文，首登品物，抑鳳鳥而雜肖喬，徒
煩卷帙，未愜霄衷，更命其臣牛衷修緝。衷兜鍪歲暇，隃糜時
親，分析門類，增益奇聞，繹極山函，旁窮海藏，焕炳若列宿之
麗天，流派若江河之赴海。裒分三類，類各三百有六，以合歲
時。神禹鑄鼎，魍魎莫潛；温嶠然犀，幽怪畢現。吾郡簡肅孫
公仲子孝廉儀扆先生，丰神灑朗，氣藹春雲，門遺清白，架富
縹緗。手校此集，欲廣異書。而哲人云萎，未遑剞劂。而茂
敘諸賢，英材特達，孝稟自天，不遺治命。已質陳太史，敘其
書端，雄文典雅，備原世家，殫評著述，無餘蘊矣。以不佞素
交，夙同賞閱，復加校正，以踐續貂。邇刻經籍子史誌，編録
御宇典籍，總括人間稗野，獨此遺珠，可爲闕裒。矧此集長篇
琬琰，間録碎金，事週旋斡，學有俾於風簷；聯串珠璣，興峻添
於月露。英達者菀其鴻裁，中巧者獵其葩豔。今之藝苑，奇
握靈蛇，纖窮雌霓，譬猶馳祀碧鷄，始由金馬，不因騄耳，焉戾
崑池？雖同類輯，獨冠奇摽。若其詔問岩奇，首言貳負，豈仍
誤食幾傖吳諧？奚必更倩輶軒以綮異，躡衢積羽以軼其奇
哉？時萬曆庚戌歲季秋既望，檇李殷仲春撰并書。

埤雅廣要跋

孫弘範

是役也,先君未畢之志,不肖特繼以成之者也。先君爲貴介子,鮮麗絶非所嗜,故耳不熟聞呼盧博賽之聲,目不習見傴僂歌狎之輩,净几明窻,焚香趺坐,是其雅好云。或遇山人野士,老衲釣徒,與上下今古,品隲圖史,未嘗倦。興至則掀髯長嘯,灑酒賦歌,一寄吾性靈止耳。厥後公車弗售,益堅仕不以浮沉出處介繫,朝來無事關心,惟翻書展軸,相對欣賞。大約性之所近,自不覺亹亹之若此也。兹籍爲《埤雅》之廣要,淵源奥始,名公已序且詳,第其藏自曾大父峯溪,傳簡肅公以至先君,珍襲綿遠,不無湮逸。先君于暇質隱君方叔,相與整輯之,續亡考誤,多所搜括,心力亦既殫矣。奈何未及梓,竟齎志歿耶。予小子懷念良久,力薄蹉跎至今。有同志者曰:“成功弗毁,刔先蹟乎?”斯得勉力竣事,協贊之益豈鮮也?噫!得父一絶,不肖愧之,良弓良冶,曷敢棄焉?萬曆庚戌菊月,鵝湖孫弘範謹跋并書。

以上明萬曆三十八年(1610)孫弘範刻本

爾雅翼

爾雅翼自序

羅　願

　　惟宋十一世淳熙改元，羅子次《爾雅翼》，定著五萬餘言。乃論古初造化始崽，萬彙芒芴，並生其間。民生如標枝，鹿豕爲羣。自以爲一物，不自貴珍。有聖人者立，桀出其倫。使同類相收，異類區分。正名百物，毛羽介鱗。圜首方趾，自別爲民。乃佃乃漁，乃采乃焚。選百羞百穀，以爲常珍。味其辛毒，俾相君臣。靈智以爲畜，猛虣服循。異物著之鼎，別姦與神。遂超萬物，莫之與鄰。號名三才，與天地均。裁制萬品，皆由於人。物患既去，其利畢陳。智者用其實，因既其文。有所著作，假之而論。故《詩》首《關雎》，《春秋》感麟。《易》八卦始畫，仰天俯地，窮鳥獸之文。書契因之，是生典墳。《禮》觀象作服，贊死生之物，以明卑尊。歙竹聽鳳，爲樂本原。《魯論》貴多識，譏五穀不分。聖有所不語，亦有所常言。至《王會》紀遠物，則多異聞。《離騷》志潔，唯掇其芳芬。不若《爾雅》，博洽雅馴。起於漢世，學者自爲顓門。欲輔成《詩》道，廣摭旁穿，萬物異名，始著於篇。先師説之，義多不鮮。由古學廢絕，説者無所旁緣。風土不同，各據所偏。江南之產，踰北而遷。至其語音，亦不相沿。鄭人命死鼠，儗於璵璠。六書之相假，鱣則爲鱓。物亦固有難識，不可汎觀。惡莠亂苗，豫章須七年。非好古博雅，身履藪澤，孰能究宣？野人能別之，不能見於傳。至謂鴞女匠，魚罟爲荃。六駁以爲馬，不可駕牽。謂芍藥無香，說芳草者，初不識蕙與蘭。羅子疾之，乃探其源。因《爾雅》爲資，略其訓詁、山川、星辰。研究動植，不爲因循。觀實於秋，玩華於春。俯瞰淵魚，仰察鳥雲。山川皐壤，遇物而欣。有不解者，謀及芻薪。農圃以爲師，釣弋則親。用相參伍，必得其真。此書之成，爲雅羽翰。其涵如海，其負如山。其稱物小，義炳而寬。不强所不知，義無不安。宇中所有，目擊而存。指毛命獸，見末知根。可用閎寬，虞悦性情。玩化無窮，以觀我生。率是佐時，人主以裁成。通之于六籍，疑義以明。千世之下，與雅並行。後有子雲、君山之疇，乃知其精。雅道復顯，功亦宏矣。

爾雅翼序釋

洪焱祖

惟宋十一世淳熙改元，孝宗朝甲午歲。羅子次《爾雅翼》，羅子，願，字端良，徽州歙縣人。《爾雅》十九篇，郭璞釋曰："爾，近也；雅，正也。言可近而取正也。"翼，謂編次此書，所以羽翼《爾雅》，並行於世也。定著五萬餘言。《論語》曰："《詩》三百，一言以蔽之，曰：思無邪。"《左傳》趙簡子稱子大叔遺我以九言，此以一句爲一言；漢東方朔誦二十二萬言，此以一字爲一言。今云五萬餘言者，以字計也。乃論古初造化始耑，俗作"端"。《説文》："物初生之體也[①]。上象生形，下象根。"

[①] 體，當據《説文》改作"題"。

萬彙芒忽，並生其間。"芒"音荒，"忽"本作"芴"，有無也。《莊子》："亂體有無也。"《莊子》"芒乎芴乎""萬物職職"，皆從無爲出。民生如標枝，鹿豕爲羣。"標"，上聲，一音杓，又去聲。言木杪之枝，無心在上也。"枝"，一作"校"，音效。《莊子·天地篇》。自以爲一物，不自貴珍。有聖人者立，桀出其倫。使同類相收，異類區分。正名百物，毛羽介鱗。《周官》大司徒之職："辨其山林、川澤、邱陵、墳衍、原隰之名物。"毛物，貂狐貒貉之屬；羽物，翟雉之屬；介物，龜鼈之屬；鱗物，魚龍之屬。"貒"，它丸切，又它畔切。圜首方趾，自別爲民。《大戴禮·曾子天圓篇》曰："天之所生上首，地之所生下首。"注："人首圓足方，因繫之天地。"乃佃乃漁，乃栞乃焚。《易·繫》注："陸佃以羅鳥獸，水漁以罔魚鼈。""栞"，通作"刊"。《書》："隨山刊木。"《孟子》："益烈山澤而焚之。"選百羞百穀，以爲常珍。《周官·內饔》："選百羞醬物珍物，以俟饋。"羞出於牲及禽獸，以備滋味。○揚泉《物理論》曰："粱者，黍稷之總名；稻者，漑種之總名；菽者，衆豆之總名。三穀各二十種，爲六十，疏果之實助穀，各二十，凡爲百穀。"味其辛毒，俾相君臣。《淮南子》云："神農嘗百草之滋味，一日而七十毒。"○程子曰："若小毒，亦不當嘗；若大毒，一嘗而死矣，安得生？其所以得知者，自然視色嗅味，知得是甚氣，作此藥使可攻此病。"○古者因藥物之性，分爲君臣佐使以相攝，故其合和，有一君、二臣、三佐、五使，或一君、三臣、九佐、一使。沈括曰："君謂藥雖衆，主病者在一物，其他則節級相爲用。"靈智以爲畜，猛虣服循。"畜"，音嗅。《禮運》："四靈以爲畜，故飲食有由也。麟鳳龜龍，謂之四靈。""虣"，音暴。《周禮·服不氏》："掌養猛獸，而阜蕃教擾之。"注："教習使之馴服。"異物著之鼎，別姦與神。遂超萬物，莫之與鄰。號名三才，與天地均。裁制萬品，皆由於人。《左傳》："昔夏之方有德也，遠方圖物，貢金九牧，鑄鼎象物，百物而爲之備，使民知神姦。故民入山林川澤，不逢不若。"物患既去，其利畢陳。患去，如周公驅虎豹犀象而遠之。利陳，如虎豹之皮爲侯與其裘，犀兕爲甲，象以飾軛而爲笭。智者用其實，因既其文。有所著作，假之而論。故《詩》首《關雎》，《春秋》感麟。《易》八卦始畫，仰天俯地，窮鳥獸之文。書契因之，是生典墳。《禮》觀象作服，贄死生之物，以明卑尊。歙竹聽鳳，爲樂本原。《漢·志》：黃帝使泠綸制十二管聽鳳鳴，其雄鳴爲六，雌鳴亦六，比黃鍾之宮，而皆可以生之，是爲律本。《魯論》貴多識，譏五穀不分。聖有所不語，亦有所嘗言。子不語怪力亂神，雅言《詩》《書》、執禮。此結上文，意謂異物神姦，固聖所不語。《易》《書》《詩》《春秋》《禮》《樂》皆假物而論，則聖所常言也。至《王會》紀遠物，則多異聞。《周書·王會解篇》所記雜物奇獸，皆四夷遠國，各齎土地異物，以爲貢贄。篇名《王會》者，王城既成，大會諸侯及四夷也。唐太宗時，遠方諸國來朝者甚衆，服裝詭異。顏師古請圖以示後，作《王會圖》。○自《王會》以下，不敢上紊聖經，故於過脈處下一“至”字，先生作文不苟如此。《離騷》志潔，唯掇其芳芬。王逸《章句》曰：“行清潔者佩芳德。”屈平以清潔一介自處，故《楚辭》取象於草木之芳潔者，無所不備。不若《爾雅》，博洽雅馴。起於漢世，學者自爲顓門。欲輔成《詩》道，廣摭旁穿，萬物異名，始著於篇。先師說之，義多不鮮。由古學廢絕，說者無所旁緣。郭璞序曰：“若乃可以博物不惑，多識於鳥獸草木之名者，莫近於《爾雅》。《爾雅》蓋興於中古，隆於漢世。雖注者十餘，然猶未詳備。”○愚按：《爾雅》之作，經傳莫言其人及時世。郭氏以爲興於中古者，經典通謂伏羲爲上古，文王爲中古，孔子爲下古。中古蓋指周公時言。邢昺疏有曰：“《釋詁》一篇，蓋周公所作。《釋訓》以下，或言仲尼所增，子夏所足。其說皆不足信。”故羅公斷定，以爲起於漢世專門之學，爲輔成《詩》道而作也。郭氏雖曰興於中古，然亦云“蓋”以疑之。○朱文公曰：《爾雅》是取傳注以作，後人却以《爾雅》證傳注。”趙岐說《孟子》《爾雅》皆置博士，在《漢書》亦無可攷。風土不同，各據所偏。夾漈鄭氏曰：“物之難明者，爲名之難明也。名之難明者，謂五方之名既已不同，而古今之言亦自差別。"江南之産，踰北而遷。《考工記》云："橘踰淮而北則爲枳，鸜鵒不踰濟，貉踰汶則死，此地氣然也。""汶"，毛氏音岷；陸德明音問，誤。至其語音，亦不相沿。《楚語》虎爲於菟，蠻名魚爲娵隅。《東漢書》注："零陵、南康人呼蚳音餘，建平人呼蚳音贈遺之遺，又音余救反[①]，皆土俗輕重不同。"鄭人命死鼠，儗於璵璠。"璵"音餘，"璠"音煩。按《類要》載尹文子曰："鄭人謂玉未琢者爲璞，周人謂鼠未腊者爲璞。周人謂鄭賈人曰：'欲買璞乎？'鄭賈曰：'欲之。'出璞示之，乃鼠也，因謝不取。"六書之相假，鱓則爲鱣。《漢書·楊震傳》："冠雀銜三鱣魚。"注："冠音貫，即鸛雀也。鱣，音善。《韓子》云：'鱓似蛇。'臣賢案：《續漢》及謝承書'鱣'字皆作'鱓'，然則鱣鱓古字通也。鱣魚長者不過三尺，黃地黑文，故都講云：'蛇鱓，卿大夫之服象也。'郭璞云：'鱣魚長二三丈，音知然反。'安有鸛雀能勝二三丈乎？此爲鱓（音善）明矣。"物亦固有難識，不可汎觀。惡莠亂苗，豫章須七年。《述異記》曰："豫章生七年，而後與衆木異。"非好古博雅，身履藪澤，孰能究宣？野人能別之，不能見於傳。鄭氏曰："儒生家多不識田野之物，農圃人又不達《詩》《書》之旨，二者無由參合，遂使鳥獸草木之學不傳。"至謂鴟女匠，魚罟爲荃，《詩·鴟鴞》，郭云："鴟類。"陸璣疏云："似黃雀而小，其喙尖如錐，取茅秀爲窠，以麻紩之，如刺襪然，縣著樹枝。或曰巧婦，或曰女匠。"陸説蓋誤。〇《周易》王弼《明象》曰："得魚忘筌。"《廣韻》："筌者，魚笱也。从竹。"《莊子》作"荃"，注："香草，可以餌魚。"愚按："罟"字疑當作"笱"。六駁以爲馬，不可駕犂。《秦風》："隰有六駁。"六駁，木名，其皮青白駁犖，遠而望之，似六駁之獸，因以爲名。其木則梓榆也。毛直以爲獸之六駁，則與苞櫟、棣、檖不相類，故陸不從。謂芍藥無香，説芳草者初不識蕙與蘭。《鄭詩》："贈之以勺藥。"毛萇云："香草"。陸璣云："無香氣。"蓋醫方但用

其根，陸不識其華，故云無香。蕙蘭説見《翼》中。羅子疾之，乃探其原。因《爾雅》爲資，略其訓詁、山川、星辰，《爾雅》有《釋詁》《釋訓》《釋山》《釋水》《釋天》。略，謂闕而不述。研究動植，不爲因循。《周官》大司徒之職：“以土會之灋，辨五地之物生（音性）。”動物謂毛、鱗、羽、介、臝，植物謂阜、膏、覈、莢、叢。注云：天覆地載。地有五等，所生無過動植及民耳。觀實於秋，玩華於春。俯瞰淵魚，仰察鳥雲。《列子》注：“察見深淵之魚。”《淮南子》：“鳥飛於雲。”又《大戴禮》：“鳥魚皆卵，魚遊于水，鳥飛于雲。”山川皋壤，遇物而欣。《莊子·外篇》曰：“山林與？皋壤與？使我欣欣然而樂與？”注：“山林皋壤未善於我，而我樂之，此爲無故而樂也。與，音余。”有不解者，謀及芻蕘。農圃以爲師，釣弋則親。用相參伍，必得其真。“農圃、釣弋”四字，本《論語》。《易》：“參伍以變。”《荀子》曰：“窺敵制變，欲伍以參。”《趙廣漢傳》：“參伍其賈，以類相準。”蓋紀數之法，以三數之，則遇五而齊；以五數之，則遇三而會。參伍者，前後多寡，更相反覆，以不齊而要其齊。此書之成，爲雅羽翰。其涵如海，其負如山。韓文：“海涵地負。”其稱物小，義炳而寬。《易·繋》曰：“其稱名也小，其取類也大。”注：“所稱物名多細小，若見豕負塗之屬，雖是小物而喻大事，是所取義類而廣大也。”不强所不知，義無不安。宇中所有，目擊而存。《莊子》：“目擊而道存。”擊，動也。郭云：“目裁往，意已達。”指毛命獸，見末知根。古之命獸，皆以其毛色命之，如馬驪白雜毛曰鴇，黃白雜毛曰駓，陰白雜毛曰駰，凡此皆指毛以命之也。〇草木之根，未易察識，觀於柯葉，可以知之。如葉大有毛爲白术，葉細小爲赤术，松葉柏身爲樅，柏葉松身爲檜。凡此皆見末以知根也，可用閲覽，虞悦性情。玩化無窮，以觀我生。率是佐時，人主以裁成。通之于六籍，疑義以明。千世之下，與雅並行。後有子雲、君山之儔，乃知其精。揚雄作《太玄》《法言》，時人皆忽之。惟桓譚以爲絶倫。君山，譚字也。韓文後有揚子雲，必好之矣。雅道復顯，功亦宏矣。郭序《爾雅》云：“豹鼠既辨，其業亦顯。"此云"復顯"者，言其書行於千世之下，當與《爾雅》同功而復顯也。

爾雅翼跋

方　回

　　宋興二百一十五年，淳熙甲午，新安存齋羅公次《爾雅翼》成。又九十六年，咸淳庚午，浚儀王侯應麟爲守，始刊布之。回聞之先生君子，南渡後，文章有先秦西漢風，惟羅鄂州一人。甫七歲，已能爲《青草賦》，以壽其先尚書。少長，落筆萬言。既冠，乃數月不妄下一語，其精思如此。以南劍州陞辭，孝廟大賞異。易畀鄂州，明年淳熙乙巳卒。今《新安志》行於世，與馬、班等。《小集》僅文之什一，劉公清之子澄所刊。晦翁謂"文有經緯"，嘗欲附名集後，又謂"羅端良止此可惜"。蓋年四十餘，使老壽，進未艾也。《爾雅翼》者，序見《小集》，世未見其書。回訪求得公之故從孫裳手抄副本三十二卷，侯躬自校讐，雖廋聞隱説，具能知所自來，可謂後世子雲矣。回竊謂近世學者於天下書，鑽研少而剽襲多，靡勞遺力，名義曉然。古人有終身不能通者，或開卷頃刻而得之。道德性命之類，有《北溪字義》，而真西山《讀書記》爲尤精；車冕器服之類，有《三禮圖》，而陳祥道《禮書》爲尤博。攷論經傳草木鳥獸蟲魚，則許謹、陸璣、張揖、曹憲、邢昺、陸佃，不如此《翼》之爲尤悉。是書皆前代所無，挾是以求，爲儒易易哉！雖然，學陋俗壞，承弊踵訛，以無言道，以氣言性，以知覺言仁，以詐謀言知，以反經言權，以姑息言恕，以輪迴言生死，以祠廟言鬼神。詖淫邪遁,先儒闢之非不至,而士之陷溺者,猶不自知也。以誤注《本草》爲世之害,而不以誤注《易》爲世之大害,識者患焉。侯賢父子有德吾州,嘗以右螭直北門,是將攄所學陶天下。俾本末精粗,無不壹歸於是云。郡人後學方回敬識。

爾雅翼跋

洪焱祖

鄉先生羅公願端良著《爾雅翼》三十有二卷,《釋草》八卷凡一百二十名,《釋木》四卷凡六十名,《釋鳥》五卷凡五十八名,《釋獸》六卷凡七十四名,《釋蟲》四卷凡四十名,《釋魚》五卷凡五十五名,通爲名四百有奇,附見者不與。夫《爾雅》之作,多爲釋《詩》。毛公傳《詩》,皆據《爾雅》。今觀此《翼》,明《詩》之義者一百二十章,明《三禮》之義者一百四十章有奇,他如《易象》《春秋傳》,間亦因有發明。蓋先生成此書時,年三十有九,經學最精,非但爲《爾雅》之翼而已也。咸淳庚午,郡守厚齋先生浚儀王公應麟始刊布之,今五十年矣。板逸不存。郡守自齋先生北譙朱公霽屬學官訪求墨本,節費重刊。且以難字頗多,初學未能遽曉,俾焱祖詳加音釋,附于各卷之末。又舊本出於筆吏之手,頗有訛舛,謹爲正之,所不知者闕。昔莆田鄭公樵序《昆蟲草木畧》,以爲學者皆操窮理盡性之説,而以虛無爲宗,至於名物之實學,則置而不問。愚嘗竊疑其言之過,及觀所作《草類》,以公之博物洽聞,猶不免自以蘭、蕙爲一物,則知鳥獸草木之學,豈易言哉!先聖教人學

《詩》多識者此也。學者觀於此《翼》，其勿以明道玩物喪志之說藉口而自恕云。延祐七年三月甲午，紫陽後學洪焱祖謹跋。

重刊爾雅翼序

都　穆

《爾雅》，周公書也，昔之志藝文者以之附於《孝經》，志經籍者以之附於《論語》，皆所以尊經也。唐四庫書目始置之小學之首，至宋邢昺等奉勅爲疏，《爾雅》遂復與諸經並列。由周而後，人之作者：漢孔鮒有《小爾雅》，魏張揖有《廣雅》，宋陸農師有《埤雅》。此外又有《爾雅翼》者，其爲卷三十有二，總五萬餘言，宋知鄂州新安羅公願之所著也。書嘗一刻於宋，再刻於元。以屢經兵燹，人間罕存。雖公之後人與鄉之士夫間有藏者，率皆繕寫，且多譌缺。予家舊藏乃宋刻本，後以歸李工部彥夫，蓋彥夫新安人也。今年公十五世孫文殊持是書來謁，詢之，知其捐貲重刻，即予向所遺李君者也，遂作而嘆曰：博哉羅公之學乎！世之學者多務高遠而忽卑近，至於訓詁，直眇視之，以爲無用而不足究心。嗚呼！其亦弗思而已矣。孔子之教學者曰“博學於文”，孟氏亦曰“博學而詳説之”，而況太學之教先於格物。夫一物不知，君子所恥。孔子聖人也，嘗辨商羊、識萍實。論者謂其小吾夫子，殊不知人而曰：“聖以其無所不通，使有問焉，懵然無荅，其與庸人亦奚異哉？”大抵學以聖人爲師，古之人如東方曼倩、張司空，其學雖不能窺聖門牆，而其博物，人到于今稱之。世之君子或猶有未逮，然則物豈可以易格，學豈可以自足也哉？是書之出，後於陸氏,而考覈名物,援引百家,所謂"其涵如海,其負如山"者,誠非虛語。若其博,視陸氏殆又過之。學者得此,不視旁求汎閱,而坐收格物之功,則公澤之及人固亦多矣。惜乎史闕公傳,《文獻通考》亦不載其書。茲非文殊,不能使其晦而復傳。噫!羅氏之子孫衆矣,若文殊者,顧不謂之孝耶?正德十四年歲次己卯冬十月廿有六日,中順大夫太僕寺少卿致仕,姑蘇都穆序。

書爾雅翼後

顧　璘

予向嘗讀宋《羅鄂州集》,見朱子敬服其文,以爲南渡以來文人之所鮮有。近復得鄂州所著《爾雅翼》於其遠孫惟美,則又以見鄂州之學之博,而非人之所易窺也。《爾雅》,博物之書也。天下之物廣矣,一物之理未窮,則一物之知缺焉。學者之意,豈不以一物未窮若無害乎其學,而不知學之疏淺,未必不自茲而始也。孔子,生知之人也,其入太廟必每事問,復曰:"我非生而知之,好古敏以求之者也。"此聖人之所以爲聖也。是書之於格物詳矣,學者能復熟研究,由是而進大學之道,蓋無難者。則是書也,固將與《雅》並行,有不俟後世之子雲而知之矣。正德己卯冬十月,知台州府吳郡顧璘書。

重刊爾雅翼序

李化龍

　　自宋儒有玩物喪志之説，學者遂以心性爲藏拙之府。閉目而坐，抗手而談曰："吾葆吾徑寸足矣，何事誇多鬭靡爲？"則曷不以周、孔觀之？周公作《爾雅》，草木鳥獸蟲魚，一跂一喙，可臚覆也。哀公曰："寡人欲學《小辨》以觀於政，其可乎？"孔子曰："《爾雅》以觀於古，亦足以辨言矣。"夫誠博物足以溺心，又何周、孔之諄諄也？將無以遠稽博觀，皆足以發天明而周世用故邪？乃至以格物窮理之學，爲存心養性之累，則學道者必且如煉士，如定僧，不立文字，不通古今。夫誠深居而靚處，則可脱一日而隼集於庭，石言於野，怪哉生於郊①，商羊舞於市，於是乎奉君王之問，當稠人之咨，可啞無以應，曰："吾學在心與性，此非所及邪。"則又何以曰通天地人曰儒，而有一物不知之恥也。自孔門之教博約竝行，以至於今，兩家者不能相一，亦不能相廢。蓋《爾雅》之後，有揚雄之《方言》、劉熙之《釋名》、張揖之《廣雅》、陸佃之《埤雅》，學者尊而師之，在經之下、子之上。此以知夫學不廢博，而天下無不多能之聖也。《爾雅翼》者，蓋南宋鄂州守羅公願所爲。其體在《爾雅》之中，其所訓釋不出乎草木鳥獸蟲魚之外，然事原其始，物徵其族，肖其形色象貌之倫，極其性情功用之備。粗則漁佃、農圃、牛醫、馬師所可知，精則地志、山經、五緯、七籤所不能盡者也。故説者謂"其涵如海，其負如山"，真博物者之專門、考道者之雜俎矣。余往於《博古全雅》中得覩是書，珍而惜之，不啻爲帳中之祕。近得其家藏本，比余所

①哉，當據《叢書集成》本作"物"。

有更多音釋。一再讀之，乃益歎夫古今人不相及也。余觀書中所載，一枝之木、一莖之草、一飛鳴、一游泳之肖翹，靡不別於疑似，而究其歸宿。其在于今，則謂急近小而舍遠大，共以爲笑矣，乃今之所爲遠且大者安在？不過謬爲大言以文其疎陋。此無他，古以實，今以虛，古以精，今以粗。極其實與精，即身心性命脩齊治平，亦且無不實、無不精，何論其小？極其粗與虛，即手足耳目、食息起居，亦且無不粗、無不虛，何況其大？故知徹上徹下無二理也，識大識小無兩心也。善學者約之乎操脩體驗，以完吾天然自有之中，博之乎名物散殊，以悉夫人情物理之變，是謂全學，是謂通儒。則周公作《雅》之指，而羅公所以翼《雅》之心乎？不則遺心性而極夭喬之觀，置洪鉅而窮飛潛之辨，是書果爲誇多鬬靡之資而已。無論非鄂州之苦心，即學者所爲孜孜矻矻於是書者，亦曷取焉？吁！後之爲《爾雅》之學者，得吾説而存之，亦可以弗畔已夫！賜進士第光禄大夫少保兵部尚書前奉勅總理河道總督川湖貴州軍務巡撫四川遼東地方，長垣李化龍撰。

爾雅翼序

羅　炌

　　曾子得沌魚傷人之説，泫然曰："有異心乎哉？"傷其聞之晚也。則禽魚草木之義，雖日用所接，綜該亦未易矣。至於尼羉商萍，仲明俞駁，怪哉貳負之談，彭侯傒囊之辨，君子弘識，固又不遺于宇宙內外也。《爾雅》權輿周公，而成于東魯之門，孔鮒小焉，張揖廣焉，陸佃埤焉，先鄂州翼焉，大都皆其承祧適裔，補袞功臣也。乃若物必探原，理期攷實，海涵山負，既博既精，則吾愛家珍，不敢以鷄鶩易見也。《宋史》載公兄弟顯、籲、頡、頌、願、頎，皆有文，而家塾所傳，惟公有《小集》《郢州公頌》附見數篇，餘皆散佚矣。昔陸澄碩學，著《宋書》未成，李善淹貫古今，不能屬辭，時有廚簏之誚。公文筆追秦漢，爲南宋冠冕，宜其成此家言，經緯有法，爲學府鴻編也。此梓出大司馬長垣李公，當時失訂，後屢經讐勘，猶有餘譌。近因殺青，復釐正數十字，雖曰掃葉拭塵，而門王河豕，庶亦免矣。崇禎六年嘉平上辛，從裔孫羅炌敬記。

以上明嘉靖（1522～1566）中新安畢氏刊本

駢　雅

駢雅自序

朱謀㙔

　　言以足志，文以足言，自六經已然。君子不病夫足文之言，而唯枝葉無當之辭是辟也。試觀《盤》《誥》《雅》《頌》，厥亦選艱而挹賾矣。今去商周二千餘禩，其雕章畫羽，方言殊訓，與夫制事錫名，豈不淵且博哉？畸文隻句，猶得訊之。頡籀家書，乃聯二為一，駢異而同。析之則秦越，合之則肝膽。古故無其編焉，非藝事一大歉饉哉？暇日檢諸解詁，排纂散出之文，經史子流、稗官媵說，罔不搜括條貫，依《爾雅》《廣雅》之義，作《駢雅》七卷。所見異辭，所傳寫異辭，皆不删廢，要使夏五郭公之例存焉耳。若予耳目所不及接，或幽僻放軼所未攬，倘亦俟夫博識君子紹而充之，則予敢以輦路驅乎哉！其固陋也，惡乎辭？萬曆丁亥五月己丑朔，朱謀㙔鬱儀甫言，弟謀㙔德操甫書。

刻駢雅跋

朱統鋘

　　家公天性簡静，以不試故，益潛精于學。凡經緯圖史，支流羣藝，靡不探核其奥。嘗説《易》，説六書，通歷算，皆研幾索隱，鈎深致遠，神聖無所遁其情矣。暇日又攬古駢偶合并之言近於典麗者，依《爾雅》而作《駢雅》，珠纍璧峙，哀然乎稱異書焉。鋘學詩賦于家公，恒苦聞見弗博，既奉《駢雅》，遂得肆觀夫要紗幽奇之文，若登玄圃，臨崑侖，熊熊魂魂，駭心奪目，鋘敢自私以諱我家公之寶哉？遂梓以傳。公著有《周易象學》[1]《五經稽復》《古今通歷》《字統》《弘雅》《皇典肇史》《海語》《玄覽》《物識怪史》《南昌耆舊傳》[2] 四百餘卷，以貧不能遽刻，尚俟他日云。萬曆十五年丁亥歲五月五日，男輔國中尉統鋘敬書。

駢雅序

陳文燭

　　漢揚雄最識奇字，讀《吕氏春秋》，恨不走咸陽市門，增損其字以取千金；讀《淮南王鴻烈》，以爲一出一入，字直百金。今二書竝傳於世，而子雲取舍若此，豈非以不韋之書尚多未

①周易象學，《四庫全書總目》作“周易象通”。
②南昌耆舊傳，清張怡《玉光劍氣集》“傳”作“記”。

當,而《淮南》之作含英咀華,果字挾風霜之氣,如今《駢雅》
哉?《駢雅》者,鬱儀王孫作也。彼稱聯二爲一,駢異爲同,
有味哉其言之也。遠自六經,近逮百家,方潤既繁,采緝匪
易,無袁豹之書,乏王筠之好,鬱儀卓爾,勒爲成書,游心千古
之上,垂訓千古之下者乎? 夫山有木,工則度之;藥有才,師
則擇之。散爲一狐之腋,總爲千金之裘,真詞賦之資矣。余
讀鬱儀《廣騷》《祖德》《名士》《夕佳樓》諸賦頌,未嘗不篇
篇稱善也。賦家之心,包括宇宙,總覽人物,此選其最精者。
世之作者,合纂組以成文,列錦繡而爲質,一經一緯,一商
一宮,有所取材,安能舍兹編哉? 假令揚子而在,必等諸《淮
南》,何得加增損如《吕覽》也? 萬曆己丑春日,五嶽山人沔
陽陳文燭撰。

駢雅序

余長祚

　　自六經之道弗闡而世尠真儒,自《爾雅》之學弗行而人
希博物。古者群子弟於家塾黨庠也,方其搏黍舞象之年,未
可責以徵往俟來之業,姑舉六合以内鉅細遠邇、稱名品物所
當見而區分聞而縷析者,摭薈成編,詮釋曉暢,使之不瞀瞀然
如爰居之駭鐘皷。迨長而窮經,凡經中所載名稱品物,幼多
素習,大義了然,而措之于用,不至齟謬。故古之經也明,今
之經也涉;古之學也實,今之學也虛。《爾雅》所以譯經也,間
有篤古君子取而埤之、翼之、廣之矣。其書具在,綜洽者所不
廢。然其爲字也,或奇或三或四,而不必於耦;其爲説也,或

辨或駁或證，而亦不必於耦。致攷者畢簡而始明，披者累牘而難竟。此鬱儀宗候《駢雅》之所由作也。駢之爲言并馬也，聯也，所謂字與説俱耦者也。其目曰《釋詁》，曰《釋訓》，曰《釋名稱》，曰《釋宫》，曰《釋服食》，曰《釋天》，曰《釋地》，曰《釋艸》，曰《釋木》，曰《釋蟲魚》，曰《釋鳥》，曰《釋獸》，合之得七卷。諸凡高文顯册之播，汲冢酉室之藏，蒐漁寡漏，歲月屢更，用力亦既勤矣。篇仍《爾雅》之舊者，明有所紹而不敢創也；文專駢連之義者，示有所益而不欲襲也。括殊號於同條，標微言於兩字，務使罰汁之夫金根靡易，耳食之子蟛蜞罔誤。當筵疏事，定奪五花；行秘質遺，任亡三篋。且吾夫子命學詩者必終以多識，而此何疑乎？鬱儀穎敏强記，年甫逾壯，而著述已不下數十百卷，於《易象》尤究其微。是書特游藝之一，要非事末而遺本者。余故嘉而序之，貽諸海内，爲窮經者嚆矢云。萬曆戊子春日。

駢雅序

孫　　開

　　昔者周公作《雅》《南》《豳》《頌》之詩，其辭典則，其義奧渺，其用物也宏，其取材也古，世人莫之解也，其徒作《爾雅》以釋之。則《爾雅》者，固學《詩》之津筏也。夫賦者，古詩之流也。屈原《離騷》，思鬱以幽，文奇以崛，驚采絶豔，蔚爲詞賦之宗。自後司馬相如、揚雄、班固、張衡、左思之徒，皆博雅君子，其所爲賦，罔不醖釀古今，錯綜名物，以文被質，度宫中商，麗句偉辭，駱驛奔會，覽之者五色眩爛，若登太廟而

彝鼎錯陳，若入武庫而戈鋋森列，若步昆侖之墟，璆琳琅玕，
無不有也。蓋涉之莫窮其源，遡之莫測其本始，故知雅道至
淵宏哉！六朝以來，此義泯泯，雖間有緣情體物之作，而見聞
既狹，興寄益微。近代綴文之士，稍厭薄之，更復專務虛恢，
嬋緩其辭，僻怪其字，懸疣附贅，余無譏焉。信矣！好古之難
也。豫章宗侯鬱儀者，今之振奇人也，慨風雅陵遲、詞賦寢頓，
冥搜古昔，旁采方謠，原本山川，極命草木，於凡騈偶之語、宏
侈之辭，靡不該而存之，體倣《爾雅》，作《騈雅》七卷，箴縷綜
緻，攟摭呪齬，璧合珠聯，輝煌炳煥。自是之後，作賦者有所
取裁矣，雅道庶可興哉？善乎王通氏之言曰：“詩者，人之性
情也。性情安可無乎？”夫世不能廢詩，又何可無賦？則《爾
雅》《騈雅》當並傳天壤間，亦千古作者之林也。孫開撰。

讀騈雅識語

魏茂林

　　《騈雅》七卷，《四庫書目》及《經義考》載之，鬱儀自敘
竝同。《江西通志小傳》則稱二卷，《提要》又稱凡二十篇，豈
以七卷分上下卷，析其篇爲二十耶？抑於十三目中別分上下
子目爲二十耶？若余長祚序，標目十二，脫《釋器》一門，自
係張氏本漏刻。已據原書篇目補入。舊鈔本《釋鳥》作《釋禽》，
亦屬傳鈔之誤，不足據也。

　　鬱儀所著之書，據冷賞云共刊有十五種，今所傳祇有《騈
雅》《易象通》《邃古記》《水經注箋》《校正文心雕龍》《古文
奇字輯解》《古今異林》《玄覽》八種。林架上所有，又止《騈

雅》《水經注箋》二種而已。方氏《通雅》衹論及古文奇字，他未之及，意豫章所刻之書，方氏亦未盡寓目。惜其所撰小學書，自《古文奇字》外，如《字原表微》《説文質疑》《六書貫玉》《六書緒論》《六書本原》《七音通軌》《古音考》《楚辭古音》等書，今皆未見，無由取以爲證爾。

六書之學至本朝而推闡益精，其端實開於有明升菴楊氏慎之論轉注、季立陳氏第之求古音。鬱儀生升菴後，與季立同時，所撰之書，皆與新都、連江兩家之説相出入。《駢雅》七卷，薈萃叢書，左右采獲，乃雙聲疊韻之會歸，而假借轉注之條目也。識者讀此書，謂可翼《爾雅》、續《方言》、廣《廣雅》，信然。《駢雅》之得列於經部小學者，以此。而或但奉以爲詞賦之資糧，亦淺之乎測明父矣。

小學有形有聲有義，單文以形爲主，駢字以音爲主，而義實貫之。今之雙聲，即古之所爲轉注也。鬱儀自敘所稱“連二爲一，駢異而同”，此即古六書同音相代、同義互訓之恉。轉注異字同義，假借異義同字，一轉其音，一借其字，皆所以究形聲之變也。讀《駢雅》者，於切韻取雙聲，由雙聲通轉注，博綜乎“駢異而同”之説，深明乎“連二爲一”之原，於六書形聲之變，思過半矣。

張揖《廣雅》，擇撢羣藪，既標古訓，兼用古音，此書亦踵其例。如《釋詁》：“跳䮠，長也。”本訓長短之長，入十陽。而兼採“鬱熙、䬶餭”等字，“鬱熙”《方言》郭注訓爲“壯大”，“䬶餭”《廣雅·釋詁》疏證訓爲消長之長，入三十六養。雖平仄互異，而古音古義實相通，蓋陽與養同在第十部也。此據段氏《音均表》。高郵王氏分二十一部，此二音同在第五部，説同。鬱儀曾撰《古音考》《楚辭古音》，其研究六書，博通聲類，於此可見。

鬱儀生於萬曆以前，歿於天啟四年甲子，距甲申二十一年，凡乙丑以後所出之書，均未之見，《通雅》其一也。然其書實與朱氏相表裏，第方氏自爲疏證，本末燦然，使人易曉，《駢雅》無人爲加音釋，故讀者望猶河漢，以棘瀝置之爾。

方氏以《通雅》命名，蓋取《漢書·敘傳》“函雅故，通古今”之語。其實《釋詁》八卷内多釋重言謰語，其他卷所舉亦皆駢語也。《凡例》内謂“一字之詁，別編字書”，則其書亦與《駢雅》等。升菴《古音駢字》搜採無多，不過爲二書篳路之驅耳。

《通雅》好持議論，然未免有過於輕詆處。《駢雅》第舉其義，不標出處，又未免蹈明季著書匿端困人之習。兹爲訓纂，並爲補音，乃知鬱儀所采，皆人人應讀之書，初非若石室積卷，蔑由津逮，向之望洋興歎者，可不必自崖而返矣。

《駢雅》一書，於各篇編次，排比有倫，與所作《玄覽》同，而分晰極細。《釋詁》中如“廣大”下又分“大也”及“袤大、光大、高大”等條，“高也”下又分“高峻、高遠、高廣、高静、高明、高植”等條，“盛多、茂盛”下又分“盛也、盛滿、盛長”及“袞袞、軫軫，盛也”等條，“深廣”下又分“深平、深遠、深空、深微、深極、曲深、繁深、幽深”及“窔窱，深也”等條。初疑其敘次冗沓，又與各家訓義多不相合，久乃知其搜采放軼，每出於耳目所見之外。所訓各別，要皆確有所本，未可輕議其非。今僅就所見者疏之，餘竝闕以待補。

《駢雅》一書，好剟幽隱，如藻井以爲刻屝，《提要》非之。然鬱儀淹貫羣書，實事求是，其所蒐輯，必有據依，斷非鄉壁虚造者比。自序稱“所見異辭，所傳寫異辭，皆不删廢，要使郭公夏五之義存焉爾”，是則選蕫抱瞶，以求遂其抱殘守闕之心，乃其撰書本例，鬱儀固自言之矣。藻井異義見《御覽》一百八十八引《風俗通》，刻屝之説見《演繁露》卷十一，二説竝與《文選注》異。《提要》於刻屝外，又議其以都御史爲大司憲，詹事爲端尹，尚沿俗稱。考馬端臨《通考》卷六十及卷五十三所載二名，皆龍朔二年改，非俗稱也。

又議其復引《爾雅》以爲冗蕪，此書本採駢字，凡經史中重言讔語，皆所必録。自《釋詁》至《釋獸》，所收《爾雅》雙字甚夥，不僅歲陽、月名、四邱、四荒爲此書所必載也。

《駢雅》有可議者四事，以《方言》《廣雅》一字一義者爲駢語，前無所承，一也。此類甚多，不勝覶縷。又以三字上下互易作駢語，尤爲不辭，二也。如《釋詁》之"狃、䛐、㺒"、《釋名稱》之"馳、驆、䮫"、《釋地》之"瑭、瑈、珚"，皆衍三字爲四字。既仿《爾雅》《廣雅》立目分釋，又不立《釋言》一門，致將《爾雅》《廣雅》"釋言"中雙字收入《釋詁》《釋訓》《釋器》中，其重言本隸《釋訓》，兹又以《釋訓》之字分隸《釋詁》，失其部居，披尋不易，三也。《釋詁》中"蹇産"兩見，"衆多"重出，竝無異義。《釋服食》中"褧襮"即"縱裸"，"禪衣"即"單衣"，不應先後錯見。又卷一之"狃辛、䛐㺒"本取《廣雅·釋詁》語，而"狃辛"下間以"猓委、輪𨏍、㹟𤟇"，方接"䛐㺒"。卷五之"瑭瑈、瑈珚"本取《廣雅·釋地》語，而"瑈珚"下間以"嬰垣、瑿珝、㙐黄"，方接"瑭瑈"。其他各條排次，亦有故爲儳互處，四也。

《爾雅·釋言》與《廣雅》同，《駢雅》不立《釋言》一門，自以篇中上下字多以單文見義，故付闕如。第《爾雅》《廣雅·釋言》中亦非盡一字一義。《爾雅》自"殷齊"以下凡六十一條，皆二字連文，與《釋詁》《釋訓》同。若"斯諆，離也""駤遽，傳也""蕭嗢，聲也""庶幾，尚也""敖憮，傲也""遏遾，逮也""矓脒，瘠也""禦圉，禁也""黼黻，彰也""愷悌，發也""髦士，官也""箠諉，累也""坎律，銓也"，皆可取作駢字。内"斯諆、脒矓、箠諉"，《駢雅》已採入《釋詁》《釋訓》中。《廣雅·釋言》自"央極"以下凡一百二十六條，皆與《爾雅》同。若"搵攉，擩

也”“夗專，簿也”“山龍，彰也”“龍光，寵也”“眷奚，顧也”“瘑
瘻，痒也”“勃怏，懟也”“樊裔，邊也”“遝趙，戾也”，皆可取
作駢字。内“搵抐、夗專、眷奚”，《駢雅》已採入《釋訓》《釋器》中。
是《釋言》中固有二字、三字連文者矣。上二字，“殷齊”以下皆
是；上三字，“滷矜鹹”是；下二字，“怙恃、謍嫇、譙訶”是。《駢雅》既
已將《釋言》之文採入《釋詁》《釋訓》中，而二篇内上二字、
四字連文，下一字單文爲訓者甚夥，正與所採字義相同。鄙
意若歸并爲一，仍立《釋言》一門，庶以復《爾雅》《廣雅》分
目之舊。且古人釋言有以一字爲義者，即有以一句爲義者。
一字爲義，《論語》“其恕乎”是也；一句爲義，《論語》“思無
邪”是也。《左氏定四年傳》九言亦以三字、四字爲一言，初
不限以一字，況《爾雅》《廣雅》“釋言”中又明載雙字可證
乎？然則《釋言》一門，固不可廢也。姑識此以俟後之讀中
尉書者。

以上明萬曆十五年（1587）朱統鏍玄湛堂刻本

駢雅訓纂

駢雅訓纂序

祝慶蕃

　　鬱儀著書至多，所校《水經注》尤有功學者，亭林稱爲有明三百年來一部書，不虛也。《駢雅》七卷，雖非其精神所關，然援據精奧，甄羅廣洽，一齋祕籍，世多未見，夫豈冬烘酊餖之業所能望其肩背乎？曩從館閣鈔得此書，屬陽湖董生方立箋之，止成《釋詁》一篇。旋即祝予笛生同年，素業精雅，尤善奏文，於此書耆之綦篤，討論有年，稾凡三易，乃成《訓纂》十六卷。昔人稱羅泌《路史》爲“無關經術，有益文章”，以二書互勘，泌好爲臆説，多乏典據，則孰若鬱儀之博而精，爲足沾潤後學乎？然非箋者之精神與作者相應，不足以發之也，豈特竟方立未竟之緒云乎哉？方立不年，箸述多未就，惟算法巋然足傳，其興圖，則李申耆前輩刻之，《水經注》以樸學無治者，世有鬱儀其人，跂予望之矣。道光甲辰，固始祝慶蕃敍。

駢雅訓纂序

潘錫恩

　　文字之興，緣聲達意，因意造形，故聲音爲訓詁之原。然水土氣別，則音分清濁；古今代嬗，則聲遞轉變。同一字而音韻互歧，同一音而形體各判，此轉注、叚借所以輔諧聲而行也。言有短長，文有散對，事取相譬，義則同歸。昔周公作《釋詁》以教國子，俶、落、權輿，均爲始稱；皇、王、天、帝，是曰君名。抽句雖隻，摘辭非單，卜子叔孫，轉相附益。而《爾雅》之書，亞於六經。繼是而起者，《三蒼》《方言》，同異畢貫；《釋名》《廣雅》，奧曲悉宣，凡以通古今聲音訓詁之變而已。六朝以降，寂爾無聞。明季朱鬱儀病學者之樂趨簡易而罔識古訓，因隳梡字書，參稽箋注，旁羅周秦漢魏以來文史子集，作爲《駢雅》二十篇，其搜討之勤，彬彬乎與張揖抗衡已。《記》曰："聲成文謂之音。文之成，一字不足偶之，而二則意見矣。"古人每取訓於雙聲疊韻，蓋義無可叚，以音比之，反切之原，音韻之奧，率寓於是。此鬱儀名雅以駢之意也。同時方密之著《通雅》，差可肩隨鬱儀，以密之自爲注，世多傳之，而是書徵據奧博，既無箋釋，讀者望洋，以故流傳絕希。余同年友龍巖魏笛生，博通往牒，尤精雅故，取鬱儀書爲之訓纂，成十六卷。推原本始，縷析條分，間亦加以補正，美哉備矣！既授剞氏，問序於余。余惟注書難，注《雅》尤難，樊、李、孫、郭遞相補救，此非彼是，卒少會歸。後儒競起，抉摘爬梳，不遺餘力，然必謂一一脗合，則亦孰敢自信？惟近儒吳氏山夫之《別雅》、夏氏味堂之《拾雅》，依密之《通雅》例，自疏所出，則永絕羣言。

今以笛生之注，讀鬱儀之書，則合如符節，即使鬱儀自爲注，亦何以加茲？噫！《駢雅》之作，自云蓺事，若僅供摭拾之用，而體仿《爾雅》，世復苦其佶屈湮沈者且二百餘年。今得笛生之注，則知鬱儀是書，枕經葄史，肴核百家，誠詞林之淵海，古訓之輴軒。學者讀鬱儀書而深究笛生之注，用上通前賢語言文字之源流，則可以淹貫羣雅，豈值多聞而已哉？余是以樂爲之序。道光戊申年孟夏月，年愚弟潘錫恩譔。

駢雅訓纂序

路慎莊

小學今分爲三，曰訓詁，曰文字，曰聲音，而古無是説。許氏《説文》雖主辨體，而某字從某某聲、從某省聲，或象形，或會意，訓詁之義，即寓於制字之中，亦即寓於聲讀之中。顧《説文》者，説諸字之文也，字各有其文，文各有其説。自六籍假借用之，而一字之文乃有數説，自史子增創用之，而同説之字乃有數文，於是《爾雅》釋之，而不足，張氏又廣之、張氏廣之而不足，陸氏、羅氏又埤之、翼之。自文章家又牽連借用，而同文、同説之字乃更合楚越爲肝膽，聯鐘缶爲宮商，文以相儷而成，説以互摯而變，紛紜遝襲，莫可究詰，於是鬱儀朱氏《駢雅》一書，乃不得不作。蓋其冥搜博綜，誠諢語之會歸，小學之極致者也。然傳本甚稀，即偶有得其鈔帙者，而奇文奧典，閲之既爲眵目，讀之更覺棘口。本朝餘姚邵氏、休甯戴氏、鎮洋畢氏、高郵王氏爲漢學宗匠，於小學諸書均有推闡，獨此編未曾道及，豈非藝林憾事？笛生長者於懸車養望之暇，乃

奮然訓纂此書,以繼四君子後。莊以年家子之誼,獲乞一帙,
伏案讀之,乃知長者之用心苦而用力周也。夫註古人書難,
註鬱儀此書尤難,繙閱不博,莫知出典,其難一。得其出典,
或文偶不同,或義偶不類,則必別爲甄討,以歸於當,其難二。
典有兩出,必探其光,語或相乘,必究其往,其難三。訓詁之
學,必兼音切,音既多歧,宜衷一是,其難四。鬱儀所見之書,
未必無一譌誤也,摘其譌誤,則有以勘正爲註者,其難五。近
今流傳之本,未必即鬱儀所據也,迹其本源,則有以互讐爲註
者,其難六。荅遝之爲小果,離支之爲荔枝,名可入於《釋訓》。
夏屋之爲大俎,俾倪之爲車杠,名可通於《釋宮》。擇焉不精,
鮮不致混,其難七。一、守宮也,槐以之稱,蜥蜴亦以之稱;一、
日及也,槿以之名,月氏牛亦以之名。語焉不詳,反以滋惑,
其難八。而長者之心精力果,俱足以舉之。此編一出,而後
學之津逮者不乏梯航矣。至其義例之謹嚴,辨訂之詳慎,尤
非率爾操觚者所能窺其萬一。辱承長者謠諑,命莊爲序,自
顧譾陋,安敢爲弁首之文? 謹就管蠡所及,附識簡末,願以告
世之讀此編者。己酉孟冬上澣,年家子蟄厓路慎莊書後。

以上清光緒七年(1881)成都瀹雅齋刻本

通　雅

通雅自序一

方以智

　　函雅故，通古今，此鼓篋之必有事也。不安其藝，不能樂業；不通古今，何以協藝相傳？詎曰訓詁小學可弁髦乎？理其理，事其事，時其時，開而辯名當物，未有離乎聲音文字而可舉以正告者也。《爾雅》之始於《釋詁》，而統當名物也。《十三經》從之，博而約哉。自篆而楷也，聲而韻也，義而釋也，《三蒼》《五雅》、註疏字説、金石古文日以犂然。匿庸嗜奇，一襲一臆，兩皆不免。沿加辯駁，愈成紕繆。學者紛拏，何所適從？今以經史爲檠，遍覽所及，輒爲要删。古今聚訟，爲徵攷而決之，期於通達。免徇拘鄙之誤，又免爲奇僻所惑。不揣愚瑣，名曰《通雅》。雖挂一漏萬，然從今以往，各出所核，歲月甚長，備物致用，採獲省力，諒亦汲古者所樂遊之苑囿也。辛巳夏日，皖桐方以智密之題於上江小館。

通雅自序二

方以智

學惟古訓，博乃能約。當其博，即有約者通之。博學不能觀古今之通，又不能疑，焉貴書簏乎？古有博於文畫者，博於象數者、典制者、箋註者、詞章者、名物者、隱怪者。經史既別，各有專家。小學原流，忽爲細故。上下古今數千年，文字屢變，音亦屢變。學者相沿不考，所稱音義，傳訛而已。上古眇矣，漢承秦焚，儒以臆決，至鄭、許輩起，似爲犁然，後世因以爲典故。聞道者自立門庭，糟魄文字，不復及此。其能曼詞者，又以其一得管見，洸洋自恣，逃之虛空，何便於此？考究根極之士，乃錯錯然元本，不已苦乎？撝寔之病，固自不一。屬書贍給，但取漁獵。訓故專己，多半傅會。其以博自詡者，造異志怪，學子横、子年且不逮，豈許差肩曼倩、茂先間乎？反不若君道、至能《草木狀》《虞衡志》爲足佐景純、元恪，有裨多識矣。宋之編考，夾漈頗有所見。馬、章次之，伯厚次之。金石則比輯於歐、趙、呂、王，而原父、子固、彦遠、長睿辯考爲力。朱子每慕六一，而於存中、泰之襍説，亦無不留心也。洪武初，劉、宋之根極，瓊山、荆川之編彙，潛谷、本清之圖纂，皆冒大略，少有是正。子元、仁寶瑣瑣記之。陸文裕、于文定，時有一端。京山若有所窺矣，支與流裔，未委悉也。李大泌、阮霧靈可謂强記，李屬方子謙補《韻會》，其疎略猶之直翁，無大發明也。新都最博，而苟取僻異，實未會通。張東莞學新都，竊取尤多，嶺南之九成、子行也。澹園有功於新都，而晦伯、元美、元瑞駁之不遺餘力。以今論之，當駁者多不能駁，駁又不盡當。然因前人備列，以貽後人，因以起疑，因以旁徵，其功豈可没哉？今日之合而辯正也，固諸公之所望也。壬午夏，以智又記。

通雅序

姚文爕

《詩》有四始，雅居其二，周公詁《詩》，爰作《爾雅》。太史公攷黄帝以來之書，擇其言尤雅馴者，著爲《史記》。雅之於文尚已。傳記宣聖雅言，註稱恒言，然則言非聖人所恒言，即謂之不經，謂之俚語。語之近于俚者，聖人絶口不道可知也。吾嘗疑上古無俚語，上古之俚語皆雅言也。有如殷之《盤庚》諸誥，諄諄訓民遷都，此即今之曉諭耳。其文詰曲聱牙，後世博士家窮年呫嗶，尚未盡通其義，當時閭巷編氓，何以一見而即曉然於上指也？則《盤庚》之文句，後世以爲艱奥，必當時所爲淺近通俗者矣。司馬長卿作賦，奇麗沉博，讀者倉卒不知其意思所在，吾不知武帝誦之，何以飄飄有凌雲意也？大抵漢去古未遠，其發言蘊藉之深，字句之奥，風尚以然，上至人主，下逮細民，皆習之以爲邇談，是故一聞即悟，所謂“古人之俗語即雅言”是也。後世風氣淺薄，文字隨之，方言里諺，漸染既久，習而便之，而於典謨載籍之文，少所見，多所怪，反視爲古文奇字，非訓詁不通，俗學日深，雅道日蕪，可勝歎哉！吾鄉方密之先生天資絶世，讀書十行俱下，又好學覃思，自童迄白首，手不釋卷，每有所得，輒登諸油素。聞之西頑道人曰：自先生未通籍，即有《通雅》一書，書成三十餘年矣。凡天人

經制之學,無所不該,其大指尤在乎辨點畫、審音義,因而攷
方域之異同,訂古今之疑譌。有畫具而音訛,有音存而字謬,
有一字而各音不等,有一音而數義以分。引據古文,旁稽謠
俗,博而通之,總之不離乎雅者近是。先生生平著作等身,今
一旦盡棄之而講出世之學,豈欲復以故紙問世乎?然此三十
年之心力,所以嘉惠後學無窮,雖先生之土苴,實後學之津梁
也。爰蠲資付梓,用公海内。讀是書者,儻能探賾以觀其通,
矯俗以歸諸雅,即文章風氣,古道復興,則先生之功,當不在
禹下矣。時康熙丙午夏日,龍眠姚文燮題於芝山之春草堂。

以上清康熙五年(1666)姚文燮浮山此藏軒刻本

別　雅

別雅序

王家賁

　　吾友吳山夫集經籍史傳中字形錯互、音義各別、疑於傳
譌承謬者，會萃而訂之。因爲推闡義類，各疏其所以通同轉
假之故，皆有徵據，名《別字》五卷，洵六經子史之津逮也。
予以其體似《爾雅‧釋訓》《釋詁》，因爲易其名曰《別雅》。夫
六書之作，點畫聲音悉有妙理。昌黎云："凡爲文辭，宜略識
字。"予謂字有原委，原不清則魚虎同訛，烏焉不別，其弊瞀；
委不晰則專己守殘，少見多怪，其弊陋。字之原，若《三蒼》
《爾雅》《説文》《字林》諸書，可得其大端矣。欲竟其委，則
古無成書。間見於釋文、注疏及諸字書、韻書中者，率略而不
詳，或直云古今通用，而不明言其故，讀者亦復不求甚解，相
與胡盧鶻突而已，宜其轉喉多戾、移步即躓也。山夫於古今
篆籀分隸諸體，窮年考校，其所著《六書部敍考》及《正字通
正》，苗薅髮櫛，若金科玉律，一點一畫，斷然不可移易。而此
書則又大開通同轉假之門，泛濫浩博，幾疑天下無字不可通
用，而實則蛛絲馬跡、原原本本具在古書，學者特未肯究心及
此耳。昔周公作《爾雅》，爲解經之管簫，繼此有《小爾雅》
《逸雅》《廣雅》《埤雅》，讀者與《爾雅》並稱爲"五雅"，然皆
經史中正體，未有獨詳於別字者。山夫《別雅》出，可增五爲

六,極轉假通同之變矣。顧予恐索解人不易得也。夫耆奇之士蒐索怪字,綴緝成文章,鉤句棘橋,盡天下之舌,而不學無識、弄麈伏獵之輩,且藉是書爲口實,謂天下無不可通之字,則又作者所大懼也。太史公謂:"書闕有間,其軼乃時時見於他説,非好學深思,心知其意,不可爲淺見寡聞者道。"讀是書者,以之疏淪靈府,廣其見聞,俾得通知古今文字分合同異之由,六經子史不必音釋箋注,無不了然於心口之間,則是山夫所厚望於五黨者耳。予因述其意,以弁於其書之首。鏡湖王家賁拜。

別雅序

程嗣立

孟湖之漁食蚌,得珠而無光,入市以問於人,人曰:"珠近火即死,是棄物也。"漁人悔,十錢而售於趁虛者。趁虛者置之市三年,一客走馬來見之,罄橐金易而去。市咸驚,競問客,客曰:"此生水珠也,一珠可濟萬人飲。"客從大軍出塞,果以珠得功,受上賞。人皆曰:"客何幸而遇此珠?"曾不知珠之幸而遇夫客也。使不與客遇,雖能濟萬人飲,趁虛之市,無所用之,終成一棄物而已耳。山陽吳山夫撰《別雅》一書,萬金之珠,藏於趁虛之市久矣,獨吾兄子嶰谷知其爲寶,曰:"此奇書也,體近而用遠,可以補《五雅》之不備。吾爲君刊之,以濟世之學古者。"嗚呼!非識珠之士,烏知珠之生水哉?雖然,吾終爲珠慮。馬上之士不易逢,孟湖之漁接目皆是也,其奈之何?是書也,彙六經史傳通用之字,疏其通同轉假之故,俾學者了然知古人之無訛謬，誦習臨文，不致含糊影響於其間，得之者其無以其無光也而忽諸。水南程嗣立書。

以上清乾隆七年（1742）新安程氏督經堂刻本

通　詁

通詁序

李調元

　　書何以《通詁》名？詁史通所難通之語也。史以括紀傳，通以包編年。例倣《爾雅》，義取釋名，立言必簡而該，隨手便閲，疏注必雅而典，觸目不煩。好學者或偶而失之，善忘者可俯而拾也。篇分二十，卷釐上下，雖小學要必歸於適用，彙大成正不在乎冗繁。摘之正史之中，幾於散錢無串；廣之別乘之外，實已毫髮無餘，易曉者畧焉。原非罣一漏萬，艱澀者盡矣，何妨舉一反三。是爲序。綿州李調元李山饌。

清道光（1821～1850）間刻本

佛爾雅

佛爾雅自序

周　春

　　乾隆辛亥夏五月，家耕厓孝廉自皖城歸，過余齋，爲余言朱石君中丞方撰《佛孝經》。余思有《佛孝經》，不可無《佛爾雅》，遂銳意創稿，凡三月而成書。略加注釋，如郭景純，若疏通證明之，尚俟乎將來君子也。夫諸經論律，皆藉言宣，而辨物稱名，方不失佛菩薩垂教示人之旨，則是書似不可廢，因鈔存而記歲月焉。中秋後三日，松靄居士周春書。

佛爾雅序

陳鴻壽

　　海昌周松靄先生，好古博學，於書無所不闚，以名進士爲縣令，岑谿治聲藹然。乞養家居，閉門譔述，所著書甚夥，皆闡發經史，不徒作者。此一編乃其偶然游戲之作，然亦非貫通內學、盡讀旁行四句之書者不能下筆，雖未免矜奇炫博，不猶愈於五木之經，夷堅諾皋之流乎？先生與壽外大父許霍齋先生爲中表兄弟，壽少而識焉。年逾八十，重赴鹿鳴，巋然爲鉅人長德。去歲謝世，壽之大父行，與海昌之文獻盡矣。因刻此帙，重爲嘅歎云。嘉慶丙子，錢塘陳鴻壽謹字。

佛爾雅跋

單　炤

《首楞嚴》文殊訶阿難云：將聞持佛佛，何不自聞聞？乃藥語也，衲僧輩承虛接響，便謂分析名相，猶之入海算沙，臨池拾礫，無關己事，流俗阿師，守愚抱闇，大率皆無聞比丘也。松靄先生《佛爾雅》蒐輯大藏名相，區分而類別之，苟具眼學徒，時一披覽，足以資多聞之益。大論云：有慧無多聞，譬如大闇中，有目無所見。既不爲佛子，即不屑義虎之稱，寧甘受人牛之誚耶？然失其旨，謂先生似以水潦鶴，望人決了，即聚九州之鐵，亦不足鑄此大錯，請還質之先生，以爲何如也？富陽後學單炤斗南。

以上清嘉慶二十一年（1816）刻本

韻　雅

韻雅序

吳芳培

　　昔韓稺圭云："觀畫之術，惟逼真而已。得真之全者絕也，得多者上也，非真即下矣。"予謂真則不俗，不俗則雅，不獨觀畫，兼可觀人，惟詩亦然。從弟棐堂少與予讀書西山娑羅園，襟懷夷暢，不設畦防，蘊匵古今，至昧飢渴，迄今幾四十年，孜孜不輟，雖屢躓塲屋，恬不介意，宜其著作之富而採擇之精也。乙亥秋，予讀禮家居，棐堂弔唁之餘，疏析疑滯，多所開解。嘗出所著《韻雅》一編見示，披閱至再，如入五都之市，令人目不暇給，而咳唾餘芬，丏惠後學不少，洵藝林之圭臬也。嗟乎！古今詠物詩多矣，鮮有自成一集者，即有之，亦未必盡工。棐堂因讀《爾雅翼》，仿其全題，平章花鳥，組織蟲魚，挨韻成律，周而復始。詞華富麗，絕無堆垛之疵；綜理精微，盡洗罏浮之習。至於牛鬼蛇神之詭異，屏而弗尚。博聞多識，直與聖經賢傳互相發明。以視元謝宗可、明瞿佑詠物之作，覺彼邊幅狹隘，遜此根據詳明矣。夫水懷珠而川媚，石韞玉而山輝，有諸內必形諸外，況夫文章有神，寸心千古，惟其得天性之真，斯能大雅不羣也。讀是編者，當不以余言爲河漢云。嘉慶二十一年丙子冬十月，從兄雲樵芳培序。

韻雅序

翟玉瓏

　　余讀《杜少陵集》,劇受其詠史詠物諸作,嘗竊擬詠懷古蹟五首,同人繆爲許可。嗣後擬作,積成卷軸,而詠物詩顧卒卒未能逮也。今年夏,余於宛陵旅次晤吳棐堂先生,傾談如平生歡。出所著詠物詩六卷見示,取《爾雅》物名爲題,故名《韻雅》,而參互經史,錯綜百家,宏博彬雅,無一字無來處。余曩欲擬少陵詠物詩,有志未逮,今讀茲編,不覺愜心而滿志矣。夫《詩》多識鳥獸草木之名,而《爾雅》者,郭景純謂"所以通訓詁之指歸,敘詩人之興詠"者也,故言《詩》莫近於《爾雅》。然自終軍辯豹鼠以來,治《爾雅》者多訓詁家言,無復風詩體。而詩人託物寄興,又或鬥媚騁妍,華有餘而實不足。求其匠心剪裁,博而不失之叢冗,真力彌滿,華而不流于浮靡者,近人罕覯其書,惟茲《韻雅》一編,其庶幾無遺憾矣乎?先生爲人溫柔敦厚,雅深詩教,鍵户著書,不聞外事,宜其考據確而醞釀醇。讀斯編者,覽其宏博,勝閱樊、孫之註疏,玩其彬雅,可當風詩之弦歌。淵淵乎聲鏗金石,韻叶宮商,以比前人《廣雅》《埤雅》諸書,殆可謂別出新裁,得未曾有者矣。余今而後,將日置案頭,與《杜少陵集》並供吟諷焉。而詠物詩,其毋庸效顰而續貂也夫! 時嘉慶二十二年丁丑中秋前二日,姻愚弟翟玉瓏拜譔。

韻雅序

吴學洙

鳥獸草木之名，莫備於《詩》，儒者未讀《爾雅》，先讀《毛詩》，誠以助多識之功，擴拘墟之見者，無踰於此。族叔棐堂《韻雅》一編，以詩人之韻語，寫爾雅之鴻詞。"鳳凰于飛"，《詩》詠之矣，而《韻雅》之"鸑"即其亞；"爾牛來思"，《詩》言之矣，而《韻雅》之"犉"即其倫；"方秉蕑兮"，《詩》歌之矣，而《韻雅》之"蕙"即其類；"松栢丸丸"，《詩》頌之矣，而《韻雅》之"樅"即其屬。至若"鶂木比翼"，《詩》所未載，而《韻雅》有之，足以補鳥之缺也；"桃拔角端"，《詩》所未詳，而《韻雅》取之，足以補獸之缺也。而且補草之缺，江離與杜若同吟；補木之缺，盧橘與離支並詠。沉博絶麗，此其最矣。然則《韻雅》之美，其盡於此乎？未也。詠豻而勸善有懷，詠竹而躬行可考，詠艾則和而不流，詠蘼蕪則怨而不怒。興觀羣怨之道，兼而有之，而心存報德，念切輸將，忠孝之情，溢於言外。蔚、稻二作，尤其彰明較著者也。有《爾雅》而《詩》之義明，有《韻雅》而《爾雅》之旨暢，則謂《韻雅》六卷爲《爾雅》之功臣也可，爲《詩》之功臣也亦可。棐堂叔與余言曰："少作《梭羅園十詠》，姪代爲郵寄刻之，詩萃集中，近三十餘年不喜作詩。甲戌歲偶有失意之事，檢案頭《爾雅翼》，就原題譜之，閱七月而成是集。因思三十餘年間稍有弋獲，録之簡册，不下數十萬言，更思今之爲學者，果體先賢之訓，日有所知，月有所能，何書不可讀，又何事不可爲？予之不棄是集也，非敢言學，聊以勸學耳。"余聞之聳然，併記之以告同志。若夫格律之森嚴，氣味之醇厚，剪裁組織之精工，其載於諸君子弁語中者，已詳且悉矣，又何贅焉？嘉慶二十有四年歲次屠維單閼閏四月白博義，愚姪學洙拜譔。

韻雅跋

吳世登

採花釀蜜，嘗來甘徹中邊；聚繭繅絲，織處皚分縑素。振臨風之婆律，香散千尋；持照水之摩尼，光勝五色。固摹神而繪影，亦隨物以賦形。族兄棐堂先生筆摧五車，才高八斗，擷《葩經》之穠郁，譜《爾雅》之菁英。月脅天心，莫測驚人之語；雲垂海立，都成駭目之觀。閬苑離披，枝枝孔翠；瑛盤的皪，顆顆驪珠。或粉翅飛來，怳入南華之夢；或錦鱗躍出，如登丙穴之腴。或原上離離，綠茵匝地；或雨中挺挺，黛色參天。或月落兮參橫，憶林間之縞袂；或風恬兮日媚，語梁上之紅襟。斯皆可詠可歌，莫不有聲有色，舉海中之鐵網，灼灼珊瑚；陳月下之方諸，霏霏沆瀣。眼根皎潔，長明無盡之燈；鼻觀芬芳，乍現眾香之國。瓔珞施值可論千，珍珠船獲尤匪一。裘成集腋，金出披沙，費組織之深心，運鑪錘之妙手。人惟磊落，方能箋注蟲魚；我本清狂，未免流連花鳥。幸許窺夫縹緗之帙，藉多識于草木之名。綺語妍詞，迨前修而不懈；餘膏賸馥，惠後學以無窮。行將誦遍芸窗，珍逾兔冊，倘或鑴諸梨板，價倍雞林，請施握內之金鍼，莫惜枕中之鴻寶。弟世登拜撰。

以上清嘉慶二十三年（1818）居業盧刻本

拾　雅

拾雅自敘

夏味堂

　　詁訓爲古昔所特重，《記》有之："書同文。"《魯論》亦屢稱"博文"。古者謂字曰"文"，"止戈爲武""反正爲乏"之見於傳者，指事、會意，即詁訓矣。亦謂之"名"，孔子論政，莫先於正名，名不正則言不順。然則正名者，正其義訓也。禮樂刑政，非文不察；天地萬物，非文不彰；治亂衺正，非文不省。是以昔周公制禮，既使外史達書名於四方，又屬瞽史諭書名，猶懼其乖亂也。復箸《爾雅》一篇，綜攝都凡，綱挈目布，所以俾天下灼然於名義之不可淆。以一人心而苞萬彙者，體約而用綦博也。孔門增益，雅訓彌廣。迨漢文字日孳，而外史輶軒之官廢，揚子雲作《方言》，擬之未能罄也，於是魏張稚讓作《廣雅》，依《爾雅》部居，擷《方言》之腴，臚羅羣籍，補所未逮，炳炳乎詁訓之傳，於是爲盛。顧竊聞事有終始，《大戴記》曰："夫禮始於脱，成於文，終於隆。"至備之謂隆。方其始也，易簡而理得，苟要乎其終，則必探賾索幽，疏瀹剔抉，如百川之備入於海，罔或洩焉，而後無憾。間考《廣雅》所甄録，尚不無絓漏。且《爾雅》以釋六藝之言，用正經義。張君間收《倉頡》《説文》僻字，雖存古之盛心，而文籍無徵，載不勝載，例亦懵焉。味堂質性駑惷，幼侍學大父鄉賢府君，粗知問字。長涉羣書，隨得劄録，歷有年所。後見同郡阮制軍芸臺《經籍纂詁》、同里王觀察懷祖《廣雅疏證》，上下千古，靡不賅洽。猶慮後學未能貫通，爰輯所録，徧繙故笈，仍依前雅部居，妄事摭補，共得六卷，名曰《拾雅》。所補大要有三：《爾雅》各部已釋而未詳，一也；《廣雅》詁訓已釋而未詳，二也；《爾雅》《廣雅》所遺釋，三也。其所不録，亦有六焉：一則經傳所已釋，如《易·彖傳》序、《雜卦傳》及《禮記》"刑，侀；富，福；春，蠢；秋，愁"也；一則自有專書，如《周禮》官名、《本草》藥名也；一則前雅反覆互訓，如《爾雅》"初，始；之，往；天，帝；帝，后"也；一則古體字不複出，如"屆，艘；載，翻；聿，吹"也；一則《方言》《説文》《三倉》字不爲經史羣籍采用者，如《廣雅》"鼀、䔖、䴈"類也；一則見於《小爾雅》《釋名》，亦不複出也。外此則凡文同義異、文近義同，經師别解，詳箸於篇，同者得其會通，異者博其旨趣，辭取舊注，不敢删易，以云述也。更念字原於一畫，奇偶既判，虚激而爲聲，實麗而爲事，鋠千吹萬，實出一源。是以遺釋之拾，析虚則以聲貫之，徵實則以事差之。庶幾張君所云天地人物制度訓詁者，紛綸散漫，咸網羅一氣之中而靡不舉。綴輯以來，晝考夕思，爰歷八載，鈍與髦俱，複脱不免。仰企當世精博通儒，維終始之義，薙蕪彌罅，俾得附《廣雅》末，以一勺裨江海，於焉備名義而苞萬彙，固愚者私淑之心，未敢遽出也。沈君鈁好古成美，聳味堂出其稾，爲校正訛失，授諸名梓，洵良友高誼，而撫卷竊用滋恧云。嘉慶己卯夏五月，遂園夏味堂自敘。

清嘉慶二十四年（1819）高郵夏氏遂園刻本

拾雅注

拾雅注序録

夏紀堂

伯兄澹人箸《拾雅》六卷，沈君梟村既爲付梓，烏程嚴君鐵橋以書來，糾正譌字十餘處，伯兄復刪增複漏數十條，乃成完書，讀者咸以不見注釋爲憾。紀堂不揣弇陋，偕兩姪齊林、雲林請爲之注，弗許。再三請，始授讀，三月而竣事。校寫之勞，齊林任之；繙檢羣籍，雲林任之；若其取裁繁簡，間有論辨，則紀堂不敢辭。注成，共得二十卷，以復於伯兄。兄笑曰："子雲好奇，尚譏覆瓿，况故紙堆中生活耶？聊以代皾尋可也。"是書《凡例》，略見《自序》中，猶有未盡者。拾前雅詁言各條，皆循經史子集爲次，義訓錯出，不以類敘，遵前雅例也。《釋訓》以下，則事物類敘，不復計原書之先後，體固爾也。所采書有數端竝舉，而止取一二端者，其不取者，已見前雅也。拾遺本以補前雅之闕，而或有與《廣雅》複出者，以其語焉而未詳也。至作注之例，惟經傳全載，義取貫通，餘舉一隅而已，省繁冗也。聲近義同者，本文兼采，而亦有補出注中者。原書之注明云"某與某同"，或云"某某通用"，故本文不取，而作注固不容略也。又有同一字而注語不取前書取後書者，以前書無注而後書有注，所謂述也。自郭景純注《爾雅》，其所易了，闕而不論，後世多宗之。兹則每字輒注，取其備也，

且亦漢儒注釋之所不廢也。嘉慶庚辰孟春月,同懷弟紀堂
謹識。

清嘉慶二十五年（1820）高郵夏氏遂園刻本

彬　雅

彬雅付梓序

胡承珙

　　經策之學，浩如淵海，雖皓首未易窮其蘊也。僕自戊戌歲讀禮家居，服闋後旋丁內艱①，每於明窗之下，檢閲經史，偶有新得，筆之於書，積成一帙，原自課也。同人謬爲許可，慫恿付梓，顏之曰《字林經策萃華》，非敢炫博，亦以就正於大疋云尔。道光丙午孟春月，墨莊氏識於翠竹山房。

清光緒七年（1881）藝林山房刻本

---

①闗，當據文意改作"闋"。

疊　雅

疊雅自序

史夢蘭

　　自《爾雅》一書列於學宮,如漢孔鮒之《小爾雅》,魏張揖之《廣雅》,宋陸佃之《埤雅》,明朱謀㙔之《駢雅》,我朝方以智、吳玉搢之《通雅》《別雅》,接踵而起。雖其著書之意各有所主,要皆《爾雅》之支流,學海之津筏也。惟是形容之妙,每用重言,名物之稱,尤多複字,《爾雅》《廣雅》"釋訓"中雖或及之,然止寥寥數則,未克詳備。他若升菴輯複字,不免臆造之嫌;密之詁重言,止明通轉之義。索其於經史子集及諸家注疏之用疊字者,廣爲搜羅,詳加疏證,至今未見專書,豈非藝林一大歉哉? 余抱甕之暇,流覽往籍,輯成《疊雅》十三卷,竊附於諸雅之後。諸雅所已載者,旁搜以參其異同;諸雅所未及者,博採以考其源委。字異而義同,則彙歸一部;文同而解異,則別立一條。或音義相通,彼此錯見,則別其字,如《別雅》之別;通其義,如《通雅》之通。特以見聞固陋,挂漏良多,世之博雅君子,如肯增而廣之,匡其不逮,其即以此爲輂路之先驅也可。同治甲子仲秋之月,竹素園丁史夢蘭香厓氏自識於静怡軒。

清同治四年(1865)史氏止園刻本

選　雅

選雅自序

程先甲

　　《選雅》何爲而作乎？將以存古義、資譯學者也。小學之涂有三，曰形、聲、義。姬代文郁，爰箸《爾雅》，周公創制，孔子、子夏賡續坿益，是爲義書之始。炎漢以降，牡闌寖閉，《小雅》《廣雅》，異代相睎。逮我朝乾嘉之間，戴、段、二王焱起雲薈，小學煇赫，超越許、陸，古今子史，若古文章，乃克卒讀。續義書者，雖罕精粹，而王、郝兩疏，勳績特懋。同治以來，小學日荒，淩遲至今，聖經炱斷，古籍蟫朽，薦紳先生，方吺聲於游説，癉赴於新論，腐脣焦舌于畫革。旁行之書，敂以中國古義，則顧駴若侏僑，詫若鴂舌。嗚呼！先聖之微言大義不絶如綫如此。過此以往，其銷滅劗削，更何忍言？夫居今之世，摻袪而聒人曰“經學某書，小學某書”，則童騃相與笑之。雖然，時世無慮萬變，有生民斯有語言，有語言斯有文字，有文字斯有文章，有文章斯有訓故。文章者，語言之精也；訓故者，文字之脈也。後之學者，雖未遑章疏句箋爲專門經學之儒，然由語言以達文章，豈能無階于訓故之書乎？是故欲知三代之訓故，則《爾雅》尚已；欲知三代以後之訓故，其道曷由？先甲以爲即三代以後之文章求之而已。《昭明文選》者，總集之鼻祖，而文章之巨匯也。上自周秦，下訖齊梁，其間作者,類皆湛深訓故,如子夏曾增益《爾雅》,李斯有《倉頡》,相如有《凡將》,子雲有《方言》《訓纂》,劉歆有《爾雅注》,孟堅有《白虎通義》,伯喈有《勸學》《女戒》,韋昭有《辨釋名》,束晳有《發蒙記》,景純有《爾雅注》《方言注》《三倉解詁》,延年有《庭誥纂要》之屬。而崇賢又承其師曹氏訓故之學,作爲注釋。凡夫先師解説傳記古訓,衆家舊注,咸箸于篇,羣言肴亂折其衷,通用假借貫其恉,匪惟《爾雅》采至四家、小學之屬蒐至三十有六而已。至于未審古音,沿稱協韻,迺千慮之失,未爲一眚之累。陸德明即稱古音爲協韻,初非刱自吳才老、陸生善前,善説疑本陸,抑或本其師曹氏。合肥蒯禮卿師云:"稱古轉音爲協韻尚可,古正音則不可。"是故崇賢之注,一訓故之奇書也。先代鴻生鉅儒,暨本朝諸大師,徒以其注援據閎博,輒輯佚鉤沈,競相珍祕,朝夕儲偫,以待挈經之用,抑攟摭之力多,而綜貫之功尟焉。若夫小學諸家義類各書,並見采摭,罕或舍旃。如朱氏《駢雅》、夏氏《拾雅》、洪氏《比雅》、杭氏《續方言》、張氏《廣釋名》之類,皆采《選注》以爲正文者,此外段《説文》、王《廣雅》、郝《爾雅》一類書之采《選注》爲注者,阮氏《經籍籑詁》一類書之采《選注》以入聲書者,尚不在此列。然皆具數一體,未有專書。後世有志之士,欲根柢訓故,造爲文章,其道曷由?先甲不揆檮昧,爰擷其注,依《爾雅》體例,述爲是編,庶幾古言古義,萬存二三歟?其所謂"資譯學"者,何也?方今之世,西書夆若牛毛,而譯才裁如麟角。蓋操觚之倫,于小學藩籬曾未闚涉,一旦纂述簡册,非擁腫拳曲,鉤喉棘吻,則闒茸黯淺,費學人之日力,供文囿之嘲噱。夫中之《説文》《廣韻》,即西之斐尼基文及《字母》諸書也;中之《爾雅》《釋名》,即西之《辨學啟蒙》之屬也。《辨學啟蒙》別有二譯本,曰《思辨學》,曰《名學》。中文之用古義,猶西文之用拉丁希臘義也。西國學僮必籀拉希,中國之士槁項黃馘,猶嘗古義。習西文者恒溯其本，習中文者率狃其末，操中國之末，以絜西國之本，此而求合，豈不乖剌？加義類不通，胸無歸墟，一詞氣之間，一名物之稱，謂執西求中，恒苦汗漫，冥行索涂，伥伥靡之。既昧古義，勢將雜掇流俗之談，踵襲繆種之説，其辭愈繁，其恉愈晦。侯官嚴氏譯書，喜用秦漢古義，謂古義一言，可當今義千百，味其譔述，良可省寤。孔子云：“辭達而已。”又曰：“言之不文，行之不遠。不達不文，行且不可。”尚欲開民智，匡國政乎？兹編所列，周秦六朝之訓故略具於斯，文字之貿遷，語言之沿革，名物象數之差別，按部可校，循區可檢，凡《爾雅》所未載，《小雅》《廣雅》所未紀，于是乎稽，或亦新語之餱糧，狄鞮之先馬矣。第自惟牽迫習俗，于昭明之書既未克手鈔三過，又不若唐賢之熟、宋人之爛，矧崇賢之注，浩無津涯，彌難殫究。重以姿鈍，身又屢弱，自壬辰冬，屬藁中間，遘病遭喪，或作或輟。甲午季冬，編輯甫竟。越五年己亥，始加觚理，寫定清本。自知性繆孔艁，脱誤不免。夫以子雲、稚讓、成國、景純之才，澹雅沈鬱，浩博夅富，今取其書讀之，匪無鉏鋙，猶資商榷，矧夫後生小子，末學膚受者乎？用是擁彗跱塵，私覬薙厥蕪穢，正厥闕誤，博物大雅之士，庶其鑒諸。光緒庚子年十月十四日，江甯程先甲自序。

選雅序

俞　樾

李善之注《文選》也，所采用之書，自經史以下，及乎諸子百家，都凡千有餘種，求之馬氏《經籍考》，存者已不過十之二三,至于今日,崇山墜簡矣。又其所載舊注,遠則服子慎、蔡伯喈,近則郭璞、韋昭,皆兩漢緒言、經師詁訓,片言隻字,珍逾球璧。余嘗謂《文選》一書,不過總集之權輿、詞章之輻轄,而李注則包羅羣籍,羽翼六藝,言經學者取焉,言小學者取焉,非徒詞章家視爲潭奧而已。近代諸公,喜求古言古義,如慧琳、玄應《一切經音義》皆梵氏之書,而寸珍尺寶,往往有得,況李氏此注乎?程君一夔從事《選》學歷有歲年,刺取李注,用《爾雅》十九篇之例,以類比附,成《選雅》一書,其用力勤矣。讀其自序,一以存古義,一以資譯學,譯學非余所敢知,古義則余所篤好。近者陳碩甫氏本《毛傳》作《毛雅》,朱豐芑氏本許氏《説文》作《説雅》,然皆限于一家之學,未若此書之皋牢萬有也。余從前曾擬博采鄭君箋《詩》注《禮》之説,倣《爾雅》體例,輯《鄭雅》十九篇,因循未果。今老耄廢學,不能卒成,讀君此書,良自恧矣。光緒二十有八年春二月丁巳,曲園居士俞樾序。

以上清光緒二十八年(1902)千一齋刻本

稱謂録

稱謂録自序

梁章鉅

　　古人稱謂，各有等差，不相假借，其名號蓋定於周公制禮之時。今之列爲書者，《爾雅·釋親》《戴記·曲禮》，其最著矣。厥後世代愈積，稱謂愈繁，如孔鮒之《小爾雅》、揚雄之《方言》、劉熙之《釋名》、張揖之《廣雅》，各有增益，而雜見於前後史書及各家著述者尤夥，惜無分門別類，薈萃成編者，用爲稽古之資，且增摛詞之助。憶昔嘗與阮文達師談藝及之，文達笑曰："但恐細碎不成書，何不試爲之？非足下之博綜宏覽，又將誰屬乎？"余久蓄此念，而卒卒無暇以爲。憶後周盧辨曾撰《稱謂》五卷，其本早佚，今雖未見其書，而未始不可仿其意，乃於歸田餘暇，以意衮集成編。惟聞見短淺，客邸無書，略爲部分，難免漏略。惜文達早騎箕天上，不獲與之商榷，乃感不絕於余心云。道光二十八年戊申霜降之辰，福州七十四叟梁章鉅自敍於東甌郡齋。

稱謂録跋

梁恭辰

　　稱謂一事，古人於《爾雅》諸書既辨之詳矣，而《論語》"邦君之妻"章尤三致意。孔子謂"爲政先正名"，即此意也。先君子晚年與阮文達公論及此事，久之，成書三十二卷，名之曰《稱謂録》，經史而外，如諸子百家、金石文字，均搜采不遺餘力。定藁於道光戊申，甫成書而索觀者接踵至。時正就養東甌郡署，以行篋攜書無多，尚待參校，未即付梓，詎次年謝世。恭不肖，不克仰承先志，遲延至今三十餘年。又自揣愚魯，即有一字之疑，未敢妄爲增改，而先君子一片苦心，究不願使之泯没無聞，用敢以衰邁之年，親校讐之務，孜孜勉勉，而不能自已。以卷帙浩繁，先梓《釋親屬》八卷。比及今夏，已六年之久，校刊始畢，謹書顛末，以誌余過焉。光緒十年歲次甲申夏至，男恭辰時年七十一歲，謹跋。

稱謂録序

林則徐

　　《稱謂録》一書，聞欲撰之，命名甚妥，此舉洵爲盛事。若續録、廣録名目，隨後必有採取，不得不廣，誠不欲人議其挂漏也。大江南北，可與商榷此事者，似不乏人，即如阮閣老可資參證，惟其年高。似閣下之頤道脩齡，胸羅萬有，更有二乎？

大著侍得讀者，本多傑作，如《文選旁證》之通經博史，《退庵隨筆》之坐言起行，尤所欽佩。茲由遠道寄來全稿，甫卒讀，如入郇廚，別類分門，無珍不備，心目爲之炫耀。稽古徵今之作，誠非其人莫之爲者。書成先睹爲快，家置一帙，人手一編，不待言也，亟宜付剞，以公同好。書成命敘以親筆，正惎疏陋，自嫌劣畫，何敢題名作佛頭誚而遽疥此集耶？容徐圖之。如急於成書，難於郵達，或即以此書作敘。要之，所云亦止於此紙耳。茝林老前輩其教正之①。丁未小陽，侍林則徐呈。

　　　　　　以上清光緒元年至十年（1875～1884）梁恭辰刊本

---

① 茝，當作“茝”。“茝林”爲梁章鉅之字。

親屬記

親屬記敍

陳　田

　　往在京師,史館開例,必三見名行著述於他書者,乃得入。吾黔鄭先生子尹,以名孝廉處萬山中,詔不起。當世大人先生作書屢及之,稱爲"西南碩儒",以是得列《儒林》。又作傳必舉生平著述,史館前輩以余黔人也,必周知。余舉《儀禮私箋》等書十數種以告,尚未知有《親屬記》也。家居與先生令子伯更遊,出《親屬記》手稿見示,稱名舉類,大者眉列,細者髮櫛。第先生成此書不過數月,句證字疏,不無罅漏。家弟槃與伯更共補綴之,始爲完書。考《親屬記》創見《白虎通義》,朱子輯《儀禮》經傳,臚爲《家禮》之六,而以《爾雅·釋親》補之。鄭先生此書,蓋續朱子未就之緒,閱七百餘年而始爲成書,作者與述者,固有待也。然其義例微有不同:朱子意在補經,僅及《爾雅》;鄭先生意在考禮徵俗,合古今名稱,網羅而殽列之。上自古經,旁及子史稗説、詩文別集,横行斜上,無不貫串,使讀者一見而知名稱所由來,洵宏覽博物之藪也。篇中細注不勝引據者,第舉肇端一二事以見崖畧,不求備爾。鄭先生號經學專家,伯更能闡家學,當世所稱"大小鄭"也。伯更爲余言,先生尚有未成書十數種,余促伯更續成之,使海内翹企先生著述者快覩之也。貴陽後學陳田。

親屬記後序

鄭知同

　　類攷名物諸篇，至今日稱大備。自典禮、冠裳、宮室、舟輿，以訖食用之細，凡可以會萃而條理之者，近儒無不網羅殆盡，各纂成書。獨於倫紀之所繫屬，宗族姻婭之繁，悉所爲辨親疏遠邇，以定名分而關禮俗教治者，國朝諸博碩則猶莫或綜覈焉。溯孔子壁中書原有《親屬記》篇，《白虎通·三綱六紀篇》嘗稱其語，蓋七十子後學所撰《禮記》百三十一篇之一。爲文詳畧，未知何等。自二戴删落，輒早散亡，訖今所有述古而彙舉可稽，如兩《爾雅》、《釋名》、《廣雅》所載《釋親》諸篇，不過大崙約具，外此散見經籍，猶縷縷非一。至昔三代所無，後世迺見稱號，如“舅妻曰妗”之類，亦足爲典要者，復不易指屈。且本親外姻之名，漢晉已降，隨俗增加，或一人稱謂，襍出非一。苟其不詩於理，立學者所宜周悉，是皆不能無專載爲之兼攬者也。又古典傳之既久，不無譌脱，《爾雅·釋親》所言，較以《儀禮·喪服》經傳，即如九族名稱，凡同高祖之子孫、夫婦、男女，自族曾祖父母已下四世，例加“族”字；同曾祖之子孫、夫婦、男女，自從祖、祖父母已下三世，例加“從祖”字。《禮經》條例，故自朗晰。迺《釋親》於此兩行輩羣人之稱，往往傳寫岐誤，殽惑學人，以致近代瑶田程氏説喪禮，於高曾子孫稱“族”稱“從祖”者，時或移混而亂服制等差。即邵氏、郝氏疏《爾雅》，且不免遷就《釋親》，駁文而强爲之辭，是尤不可不急正者也。先君子生平箋釋《禮經》，於《喪服》“五等隆殺”，適當何親，先定其所主名，兼糾正《釋親》差互、《禮經》之謬,悉有成書。而猶慮其非聚觀羣倫,不易顯著,況諸親名稱之全,今古繁難,綍無統紀,雖在一時宿學,試問以親貫中夫人所當稱號,及間世異同,或且茫無以應。然則是編誠不可少之急務,不能久聽其闕如者也。爰就解經餘暇,綴成斯記,提古爲綱,附以漢後,博極羣書,鉤稽類列其次,由親及疏,秩序井然,令閱者瞭如指掌,更無疑誤。又各即當條之下,分注出處,恒有案説,辨同異,訂違失,酌古準今,歸之適用。脱稿於咸豐庚申,凡四閲月而功竣。於是不嫌僭擬,題以《壁中經記》舊名,以授知同。第爲時過速,偶或標舉正文,出典尚闕;亦有其名疊見數書,或一二要處遺忘未及。知同後時捧讀,謹畧增加而未備也。歷光緒丙戌,遊幕省垣,持示衡山陳子,一見詫爲絶作,慨任梓行,且樂爲補就。知同乃相與益足注文數十百所,用付厥氏,然後斯輯不可謂非詳贍矣。苟尚存罅漏,或異時陳子踵爲繕完,或世有同好,旁搜續屬,囊括無遺,則尤善之善者已。猥如末世俗稱姑曰姑母、姑夫曰姑父、舅曰舅父、從母之夫曰姨父,是類殊瀆亂不經,非古聖王別嫌明微之至意,故皆不登攬,非失載也,讀者諒之。鏤版將竟,陳子謂不可無言,敢凷述先君子恉趣,用公諸世。男知同敬書。

以上清光緒十八年(1892)廣雅書局刊本

古今字詁

小學搜逸·古今字詁敘

龍　璋

　　《隋·志》：“《古今字詁》三卷，張揖撰。”《唐·志》作“《古文字詁》二卷”。江式謂方之許篇，古今體用，或得或失也。攸縣龍璋。

清光緒十年（1884）龍氏刻本

雜　字

小學搜逸·雜字敘

龍　璋

　　《隋書志·經籍》:"梁有《難字》一卷,張揖撰,亡。"《唐·志》不著録。諸書所引張揖《雜字》,無作"難"字者,當係《隋書》誤字也。《釋文》多引張揖,司馬貞亦引張揖説,蓋即此書佚文。今補爲存疑于後焉。攸縣龍璋。

清光緒十年(1884)龍氏刻本

周成難字

小學搜逸·周成難字敍

龍　璋

　　《周成難字》，隋唐《志》皆不著録，豈周成另有《難字》一書，抑或《雜字》中之篇名歟？ 攸縣龍璋。

清光緒十年（1884）龍氏刻本

雜字解詁

小學搜逸·雜字解詁敘

龍　璋

　　《隋·志》:"《雜字解詁》四卷,魏掖庭右丞周氏撰。梁有《解文字》七卷,周成撰,亡。"《唐·志》復著《解字文》七卷,周成撰。攷諸書所引,並題《周成雜字解詁》,或題《周成雜字》,則周氏即周成也。攸縣龍璋。

清光緒十年(1884)龍氏刻本

字　指

小學搜逸·字指敍

龍　璋

　　《隋書·經志》：“《字指》二卷，晉朝議大夫李彤撰。”又謂：“梁有《單行字》四卷，李彤撰，亡。”今《文選》李善注多有引作《李彤字説》者，《史記》司馬貞索隱屢引李彤而不著書名。《太平御覽》引一事作《李彤四部》，尤莫能明。考《唐書·經籍志》已不著《字指》《單行字》諸書，蓋其書皆已亡佚。《單行字》亡於隋，《字指》亡於唐，李善、司馬貞之時，或尚得見其原書。其作《李彤字説》者，即《李彤字指》之説，與所謂“李彤説”者同，非別有《字説》一書也。至《太平御覽》所謂《四部》，疑指原書所分部目，如《説文》《急就篇》所謂分別部居也。攸縣龍璋。

清光緒十年（1884）龍氏刻本

小學篇

小學搜逸·小學篇敘

龍　璋

《隋書·經籍志》：“《小學篇》一卷，晉下邳内史王義撰。”
《唐·志》：“《小學篇》一卷，王義之撰。”或作“王義”，或作“王
義之”，不知其致誤之由也。攸縣龍璋。

清光緒十年（1884）龍氏刻本

班馬字類

班馬字類跋

婁　機

世率以班固史多假借古字，又時用偏旁，音釋各異，然得善註易曉，遂爲據依。機謂固作《西漢書》，多述司馬遷之舊，論古字當自遷史始。因取《史記正義》《索隱》《西漢音義》《集韻》諸書訂正，作《班馬字類》，互見各出，不没其舊，而音義較然。違舛尚多，更竢增易。淳熙辛丑夏至日，禾興婁機書。

班馬字類又跋

婁　機

唐張守節云："《史》《漢》文字，相承已久，若'悦'字作'説'，'閑'字作'閒'，'智'字作'知'，'汝'字作'女'，'早'字作'蚤'，'後'字作'后'，'既'字作'溉'，'勅'字作'飭'，'制'字作'剬'，如此之流，緣古少字，通共用之。《史》《漢》本有此字者，乃爲好本。程邈變篆爲隸，楷則有常。後代作文，隨時改易。衛宏官書數體，吕忱或字多奇，鍾、王等家以能爲法，致令楷文改變，非復一端，咸著祕書，傳之歷代。又字體乖日久，其‘黼黻’之字法從‘蘭’①，丁履反。今之史本，則有從‘耑’。音端。《秦本紀》云：‘天子賜孝公顥黻②。’鄒誕生音‘甫弗’，而鄒氏之前史本已從‘耑’矣。如此之類，竝即依行，不可更改。若其‘黿、鼉’從‘龜’，‘辭’從‘舌’，‘覺、學’從‘與’，‘泰、恭’從‘小’，‘匿、匠’從‘走’，‘巢、藻’從‘果’，‘耕、籍’從‘禾’，‘席’下爲‘帶’，‘美’下爲‘大’，‘哀’下爲‘衣’，‘極’下爲點，‘析’旁著‘片’，‘惡’上安‘西’，‘餐’側出頭，‘離’邊作‘禹’。此之等類例，直是訛字。‘寵’敕勇反。字爲‘錫’③，音陽。以‘支’章移反。代‘文’，問分反。將‘无’混‘無’，若茲之流，便成兩失。”又曰：“先儒音字，比方爲音。至魏祕書孫炎始作反音，又未甚切……鄭康成云：‘其始書之也，倉卒無字，或以音類比方假借爲之，趣於近之而已。受之者非一邦之人，其鄉同言異，字同音異，於茲遂生輕重訛謬矣。’”其論皆當併序于此。二史之字，第識首出，餘不復載。或已見於經子者，則疏於下，庶幾觀者知用字之意也。機又書。

班馬字類序

洪　邁

今之爲文者，必祖班、馬，馬史無④，殆至於不能讀⑤，故

---

① 蘭，當據《史記正義》改作‘黹’。
② 顥，當據《史記正義》改作‘黼’。
③ 據《史記正義》，此句當作“‘寵’字爲‘寵’，‘錫’字爲‘錫’”。
④ “無”下當據《皕宋樓藏書志》補“善注”二字。
⑤ “殆”上當據《皕宋樓藏書志》補“廑”字。

班書顯行。好事者寫放摹述之，如入喬岳巨川，隨意所適，欲富者剖珠金，作室者睨梗梓，獵師搏熊豹，漁人箈魚鼈，隨其淺深，有求必致，未聞有索手而空歸者。《史記》但有《索隱》《意林》之學，其昧昧自如西漢。自唐柳宗直作《文類》，陶叔獻繼之，於是程氏《誨蒙》、陳氏《六帖》與夫《摘奇》《博聞》諸書錯出並見，而予亦綴《法語》數萬言，家為荀、袁，皆得一體。今檇李婁君機獨采摭二史，彙之以韻，旁通段借，字字取之無遺，如鳴球在縣，洋洋有太古氣，超然新工，盡掩衆作。不必親見揚子雲然後能作奇字，不必訪李監陽冰子然後能為文詞。學班、馬氏固未有如此者。去年予在鄉里得其書，以册帙博大，不能以自隨，姑刪摭其旨，以為序。婁君清尚修絜，一時儁士也。淳熙甲辰上巳日，鄱陽洪邁書於金華松齋。

班馬字類敘

樓　鑰

　　淳熙壬寅，余丞宗正，同年李聖俞為簿。暇日，以一書相示，蓋婁君機所編《史漢字類》也。余讀之，因相與言曰：古字不多，率假借以為用。後世寖廣，隨俗更改，多失造字之意，此好古者所嘆也。以史籀之大篆，或云書瀂已壞，其書俗惡已不可言；叔重之《說文》，而云野陋淺薄，謬妄欺世，後之字書，又可知矣。西漢去古未遠，文章固非後人所及，而字亦多古，雖已變秦文，科斗書廢，要之假借簡朴，髣髴古意，其興亡之大端、忠邪之異趣，千載自不可誣。而綴文之士，又摘取奇字，以資華藻，片言隻字，施之鉛槧，自有一種風味。故《誨蒙》《漢雋》等書，作者不一。此書更取《史記》之字，合爲一編，從韻類分，粲然可睹。其志勤矣！蓋孟堅生於東都，源流叔皮，以成信史。子長親事武帝，紬金鑽石室之藏，網羅天下，放失舊聞，孟堅實祖之，多用其文，不敢改定。婁君尤爲知所本矣，然亦有難解者，班之於馬，時有遺失，文意泯没，如嬴肩之不言生，"有以起自布衣而去也夫"之類，殆不曉其意。又其甚者，垓下之圍，以項羽之用兵未嘗接戰，止以楚歌而潰去，疑無此理。至誤儒者，謂惜乎項羽、韓信不曾一戰，引孔明、仲達以爲比，史載甚詳，而孟堅略不及此，是可遺邪？嘗有意一一證之，性懶未暇。婁君此書，將傳於世，觀其趣向，進進未已，或更考究，以補孟堅之闕，以發揮子長之餘，不亦善乎？聖俞啞然笑曰："婁君屬我以序，久未落筆，當盡以子之言寄之。"四明樓鑰書。

班馬字類後跋

錢　泳

按婁機字彦發，嘉興人。乾道二年進士，以資政殿學士知福州，贈金紫，加特進，《宋史》有傳。嘗著《班馬字類》五卷，雜采《史記》《漢書》中古文假借通用字，攢集而成。所引《正義》《索隱》及《西漢音義》《集韻》諸書，亦如《漢隸字原》之例，依韻編次。雖近餖飣之學，然考訂訓詁，釋辨音聲，臚列頗該，有裨于小學者不少。蓋《字原》之字出于漢碑，《字類》之字出于《史》《漢》，實與洪适《隸釋》、劉球《隸韻》相爲表裏，學者不可不知也。余嘗謂小篆既衰，隸學大盛，繼之行楷，破體雜出,溯厥源流,皆生于篆。隸承篆法,豈可忽諸? 舊板爲揚州馬氏小瓏瓏山館從淳熙本重刻,今爲吳興倪氏經鉏堂所藏。樓攻瑰序中本稱《史漢字類》,故仍其舊云。梅花溪居士錢泳記。

以上清乾隆（1736～1795）間文津閣四庫全書本

金壼字考

金壼字考序

田朝恒

　　《金壼字考》者，釋氏適之摘錦搜奇，審音聲，辨疑似，將使操觚家寓目了然，弗錯認夫金根杕杜，意良厚也。覈其註釋之字，則未盈千，豈此中墨汁，且有所靳而不欲多用與？竊嘗依文推類，綴録簡端，積之既久，奚翅什倍。原註或未該洽，亦爲援據本來，以疏通其義，非敢競勝也。吾儒有言："讀書須用劄記。"又曰："讀書耐訛字。"藉適之舊本，勉循吾劄記功夫，而學識膚淺，正懼訛字之未耐也。所望博雅君子不鄙其愚，而有以惠教之，庶幾乎迷川之度，乃不向彼氏空譽寶筏耳。乾隆二十有四年秋七月，石門田朝恒謹序。

金壼字考跋

蔡履元

　　《周官》保氏掌養國子，教之六書；大行人屬瞽史，諭書名，聽音聲。韓昌黎有云："凡爲文辭，宜略識字。"自攎摭家訛以傳訛，不復晰其文義音釋，而小學放絕焉。吾師石齋夫子洽聞周見，於書無所不窺，遇鼎彝禺甗之文漶漫不可讀，輒終日摩抄，務博徵於載籍，即下而動植之覬髥，微而氣息之畩鰊，亦必沿波討源，爲學者具綆缶。履元自勝衣受業，親提命者二十餘稔，私自循省，所得已亡十半，年來蓬勃緇塵，則轉益檮昧矣。庚辰春，吾師以《增訂金壺字考》郵示，齋誦數過，若火阜珠林，錙銖必燿。《鶡冠子》曰：“中流失船，一壺千金。”斯亦元中流之一壺也。而名書仍適之釋氏之謂者，昔衛正叔篹《禮記集説》成，曰：“他人著書，惟恐不出於己；予此編，惟恐不出於人。”是吾師之意也夫？重光大荒落月次鶉尾上浣，受業門人蔡履元百拜謹跋。

以上清乾隆二十七年（1762）貽安堂刻本

增訂金壺字考

增訂金壺字考自序

郝在田

聞《金壺字攷》多指沿襲之譌，索諸書坊，久而未獲。偶於友人案頭得見鈔本，而形聲訛誤，釋解闕如，且雜以市井之談，吏胥之學，殊不耐觀。緣友人急商釐訂，不揣鄙陋，遂携以歸。謹摘其出於經史子集者，爰考音義而筆之書，不過備家塾中繙閱已耳。坊友見之，願爲付梓，因命兒子觀光寫訖，僅得廿四頁。坊友以卷帙太簡，力求增益，不獲已而以見聞所及付焉，顔之曰《增訂金壺字攷》。然隨輯隨刻，雖分部落，亦無紀矣。後又集《古音假借》一册，令及門王子承祺繕出，用補闕漏。竊恐管見難周，舛錯仍不能免，惟望博雅君子惠而正焉，則幸甚。同治十二年歲次癸酉易月中澣，寶坻郝在田普霖氏識。

清光緒元年（1875）京都善成堂刻本

金壺精粹

金壺精粹自序

郝在田

蓋聞專門之業,精亦可傳;儒者之言,粹然爲貴。書雖小學之一,而斟酌古今,校正譌誤,詎不資乎擇之精而語之粹哉？余於甲戌春曾有《增訂金壺字考》之刻,沿釋氏適之之舊,易其所未安,補其所未備已耳。後聞徐蔭軒宗伯藏有善本,係田石齊先生所校訂。宗伯懷抱沖虛,夙以嘉惠後學爲念,樂出其書以示觀。適張君仰山閱而善之,而又以其卷帙浩繁,讀者或未能徧觀而盡識焉,商擇其尤雅者,與余增訂之編參合,以公同好。迺仍按前卷天地人物分類輯録,注釋非參以臆見,援引務取乎雅馴。釐訂既竣,張君索當代之工書者分繕以登梨棗,且謂是編洵擇之精而語之粹也,請即以《精粹》名之,並問序於余。自維懵學,淺見跂聞,誤翰墨之浮名,結丹鉛之積習,學期適用,事不厭詳。前刻之行,尚不爲諸君子所鄙,茲復得宗伯家秘本,收珠玉於玄圃,悉源流于藝文,用効一得之愚。竊附六書之旨,其於宗伯嘉惠後學之意,庶亦稍當也夫。甲戌仲冬,寶坻郝在田普霖謹序。光緒元年孟秋,吴江楊慶麟振甫氏書。

清光緒二年（1876）京師松竹齋刻本

古今字考

古今字考自敘

吕一奏

　　夫文章，文而章也。四萬三千有奇，盡乎文已，而山累陵聚，盡乎章哉，何者？文有變也，有形變，有聲變，有義變，有韻變。如一"隹"也，加"鳥"爲"雛"，加"馬"爲"騅"，加"金"爲"錐"，此形之變也；如一"純"也，一呼"豚"，一呼"準"，一與"緇"同，一與"全"同，此聲之變也；如一"敦"也，一訓"獨"，一訓"畫"，一訓"聚"，此義之變也；如一"態"也，一呼"地"，一呼"體"，一呼"絺"，此韻之變也。惟文之變不勝窮，故章之成不勝紀。形也，聲也，義也，其變也，世之所共知也。共知者，予不用贅。兹役也，特考夫韻之變者也。韻之變，人非不知，疑之者半，怪之者半也。噫！疑耶怔耶？當自《四書》始。夫呼"親"爲"新"，呼"於"爲"嗚"，呼"戲"爲"嘑"，呼"命"爲"慢"，呼"家"爲"姑"，呼"食"爲"嗣"，呼"費"爲"秘"，呼"害"爲"曷"，呼"内"爲"納"，呼"介"爲"甲"，呼"率"爲"律"，《四書》中如此類者，不可勝數，胡此不疑而他則疑之？此不怔而他則怔之，習與不習也。天下後世有能不鄙夷此也而與之習乎？將疑者釋怔者乎？誦《詩》讀《書》之際，亦得以免夫跲礙齟齬之苦也。嗚呼！三百元音，夫子賞之，予即不敢謂得《三百篇》之遺旨，契吾夫子之深心。然述其見聞

之所及者，以質高明之教，益或不置予於門墻之外也。時皇
明崇禎己巳孟春之吉，琅邪吕一奏撰。

　　　　　　　　　　　　　　　明崇禎元年（1628）刻本

聲　類

聲類序

陳士安

　　錢竹汀先生所箸《聲類》四卷，蒐羅比櫛，於小學大有裨益，惟不載《潛研堂叢書》中。鄉先達汪芝亭先生得其稿本，曾刻之皖江①，而傳印未廣，并版亦散失，良可惜也。余家所藏有汪氏初印本，因思先生於形聲詶故之學最稱邃密②，凡所撰箸，海内莫不寶之。此書雖卷帙無多，而沾丐已衆，乃嘉惠之靈，有焄有晦，同志之士，必有願見而不可得者。爰即以原書上木，致期告成，以公諸世云。道光己酉八月，江甯陳士安垪識。

1927年蘇州文學山房聚珍版木活字本

---

① 皖，當據道光己酉本改作“皖”。
② 詶，當據道光己酉本改作“訓”。

奇字名

奇字名序

李調元

　　揚雄多識奇字，好事者咸載酒問焉。嗣是升菴又有《奇字韻》之纂，蜀人好奇，其性然與？然余謂升菴主於輯韻，則凡有韻者，皆在所收，其取經博而成書易，非奇之奇者也。予嘗嚴立程限，博稽載籍，自天文、地理、鳥獸、虫魚以及草木、花果之屬，凡其字之奇而名之不恒經見者，依類録之，以著於篇，得卷十二，分門八十有四，亦可謂光怪陸離，無奇不搜矣。昔人云：“開卷有益，掩卷茫然。”若兹之所輯，率皆經生家目所未覩，將毋開卷而亦茫然乎？ 至其音義有無，一仍原書之舊，不加臆説，以聽好奇者之自爲考辨焉。童山李調元序。

清嘉慶十四年（1809）李鼎元重校函海本

訓詁諧音

訓詁諧音序

月波寄客

　　字學家崇尚《説文》,孔聖篆説與楚莊、左氏諸説並亡。集隸字通篆文十餘家之説,許氏功甚偉。鄭、顏、顧各本經傳註訓,間加辨正。近時《十三經》篆隸集字,掃《長箋》之陋,誠祖許善本,惟依經彙字,童蒙尚苦望洋軼垣。槐蔭主人迺專即隸書,編成《訓詁諧音》壹册,分聲且分音分韻,質魯者亦易了然。課蒙梯航之以進,求許説及諸家辨正,是又善之善者矣。月波寄客謹識。

清光緒八年(1882)唵梅書室刻本

文　始

文始敘例

章炳麟

敘曰：倉頡之初作書，蓋依類象形，其後形聲相益，即謂之字。文者，物象之本；字者，言孳乳而浸多也。以訖五帝三王之世，改易殊體，封于泰山者七十有二代，靡有同焉。然則獨體者，倉頡之文；合體者，後王之字。韓非言“倉頡作書，自營爲厶，背厶爲公”，“公”非倉頡初文，特連類言之。王育謂倉頡造“禿”字，“禿”亦會意之文，非必倉頡所作。古文大篆雖殘缺，倉頡初文固悉在許氏書也。自張揖、李登、吕忱、陸德明、曹憲、玄應、顔師古諸通人傅治小學，依隱聲義，爲尋其宗。晚世王、段、錢、郝諸家，不韋憲章，廖若抽其條理，自餘或偏理《説文》，拘牽形體。文字者，詈言之符，以爻象箸竹帛，小道恐泥，亦君子所不剟也。而世人多憙回遹，刮摩銅器，以更舊常，或以指事、象形爲本，轉注、叚借爲末，其所據依，大氐譸張刻畫，不應禮圖，乃云李斯作篆，已多承誤，叔重沿而不治，至欲改易經記，以“倍戴”爲“附畐”、“窑王”爲“文王”，則古義滋荒矣。古文自漢時所見，獨孔子壁中書，更王莽赤眉喪亂，至于建武，《史篇》亦十亡三四。《説文》徒以秦篆苴合古籀，非不欲莆，埶不可也。然《倉頡》《爰歷》《博學》三篇，財三千三百字，《凡將》《訓纂》繼之，縱不增倍，已軼出秦篆外。蓋古籀及六國時書，駸駸復出，而班固尤好古文，《敍傳》自述曰：“正文字，惟學林。《漢書》‘艸’字多書作‘屮’，蓋多以古文箸之。”作十三章，网羅成周之文及諸山川鼎彝蓋衆，《説文》冣字九千，視秦篆三之矣。非有名器之刻，遺佚之文，誠不足以致此。《説文》所録，亦有六國以後俗篆，如“豋、登”從豆是也。亦有相如、子雲所作，如“蓮、䒑”等字是也。亦有漢時官府常行之字，如“鄯善”得名，爲霍光所新定是也。然此但千分之一耳。其在《倉頡》《爰歷》《博學》外者，參半古籀。大氐字數與秦篆等，以其字本無秦篆，則無由箸古籀之名，遂令後生滕口，亦可惜也。此則古籀斄遺，其梗槩具在《説文》，猶有不藉。《禮》經古文、《周官》故書、三體石經、邯鄲淳通許氏字指，所書古文，必有明驗，今亦徒存數百字爾。陳倉石鼓之倫，亦足以裨補一二。自宋以降，地臧所發，真僞交糅，數器相應，足以保任不疑。即暫見一二器者，宜在蓋闕，雖攄搣不具，則無傷于故訓也。若乃熒眩奇字，不審習言之符，譬之瘄聾，蓋何足選。誠欲遵修舊文，商周遺迹，盤紆刻儼，雖往往見矜式，猶不逮倉頡所作爲珍，反乃質之疑事，徵以泑形，得毳毛，失六骹，取敗瓦，遺球磬，甚無謂也。然其忻心邃古，猶自有足多者，徒陳雅故，或不足以塞望。夫比合音義，稽譔《倉》《雅》，耆秀之士，作者衆矣。及夫擂繹初文，傅以今字，劋切而不可易者，若楚金以“主”爲“燭”，若脣以“〈”爲“涓”，蓋不過一二事也。道原窮流，以一形衍爲數十，則莫能知其散。余以顓固，粗聞德音，閔胄修之未宏，傷膚受之多妄，獨欲浚抒流別，相其陰陽，于是刺取《説文》獨體，命以初文，其諸淆變，淆者，如“飞”之淆“飛”，“朩”之淆“木”是也。變者，如反“人”爲“匕”，到“人”爲“匕”是也。此皆指事之文。若“𠄎”從“亻”而引之，“夭、矢、尢”從“大”而詘之，亦皆變也。如上諸文，雖皆獨體，然必以佗文爲依，非獨立自在者也。及合體象形、指事，合體象形如“果”如“朵”，合體指事如“㕚”如“㕛”。與聲具而形殘，如“氏”從“乁”聲，“内”從“九”聲，“乁、九”已自成文，“𠂆、𠃉”猶無其字，此類甚少。蓋初有形聲時所作，與後來形聲皆成字者殊科。若同體複重者，“二、三”皆從“一”積畫，“艸、芔、茻”皆從“屮”積畫，此皆會意之原。其“収”字從“𠂇又”、“北”字從“𠘧匕”，亦附此科，非若“止戈、人言”之倫，以兩異字會意也。“二、三”既是初文，其餘亦可比例。謂之“準初文”，都五百十字，集爲四百三十七條。討其類物，比其聲均，音義相讎，謂之“變易”；即五帝、三王之世改易殊體者。義自音衍，謂之“孳乳”。坒而次之，得五六千名，雖未達神恉，多所缺遺，意者形體聲類，更相扶胥，異于偏觭之議。若夫“囪、窻”同語，“囧、櫎”一文，“天”即爲“顛”，語本于“囟”，“臣”即爲“牽”，義通于“玄”，“屮、出、耑、壬”，同種而禪，“丮、巨、父、互”，連理而發。斯蓋先哲之所未諭，守文者之所痀勞，亦以見倉頡初載，規摹宏遠，轉注、叚借，具于泰初。蓋《周官·保氏》教國子，明六書，卒乃登之成均，主之神瞽，風山川以修憲命，其後而日遠矣。

略例甲曰：諸獨體皆倉頡初文，籒文從之，則《説文》稱籒，如“人”字是也。小篆從之，則《説文》稱篆，如“一”字、“工”字是也。古文多或，故重出古文者，其正篆不皆秦書，獨體之文既寡，倉頡作書，孰不簡略若是。觀“二、三”之複“一”，即知準初文者，亦出軒轅之年。今敘《文始》，悉箸初文，兩義或同，即從并合。其準初文，或自初文孳乳，然以獨立爲多，若準初文無所孳乳，亦不可得所從受者，不悉箸也。

略例乙曰：象形、指事，始于倉頡，“依類象形”，本統指事爲説。其餘四事，亦已葡矣。何者？“二、三”積畫，既是重“一”，徒無異形相合，已庫會意之耑，“乂”從“丿乀”、“回”從重“囗”，雖有古文“囘”字，“回”亦古文。命以象形、指事，于會意亦兼之也。“氏”從“乁”聲，“内”從“九”聲，“𠂆、𠃉”雖不成名，

“乁、九”居然可識，斯亦形聲之例也。初文、準初文無慮五百，當數千名之義，叚借託事，自古以然。徐楚金始言引申之義，尋《説文》以“令長”爲叚借，則叚借即引申之義也。若本有其字，以聲近通用者，是乃借聲，非六書之叚借。其有彊爲區別，倉卒未造其字者，雖借聲亦坿叚借之科。若漢初帝女、王女同稱公主，欲爲區別，則書王女爲翁主。王莽時，丈夫、婦人悉封男國，欲爲區別，則予婦人以任名。于古亦有斯例。姓氏初本一語，但言生耳，其後禮名有辯，既造姓字，對轉其音而爲氏，以示別異，然氏竟無本字，此亦叚借之例。其餘借聲之字，本與叚借殊科。“中”之與“崇”，“予”之與“与”，聲義非有大殊，文字即已別見，當以轉注，宛爾合符。轉注不空取同訓，又必聲韵相依，如“考、老”本疊韵變語也。或言六書始于《保氏》，殊無徵驗。《管子·輕重戊》曰：“虙戲作九九之數，以合天道。”經典九數見名，則始《保氏》。《保氏》非作九數，知亦不作六書。意者古有其實，周定其名，非倉頡時遽無六書也。

　　略例丙曰：物有同狀而異所者，予之一名，“易”與“蠶”、“雁”與“鳱、鴽”是也；有異狀而同所者，予之一名，“鉅”與“黔”、“鉅”即今金剛石，“黔”即焱煤，物質本同，故“黔”音由“鉅”而轉，見本條。“鼠”與“鼨”是也。庶物露生，各異其本，文言孳乳，或爲同原。若“藍”名本“蔥”，“黿”名依“黽”，種族自別，形態相從，則其語由此迻彼，無間于飛潛動植也。然《爾雅·釋艸》以下六篇，名義不能備説，都邑山水，復難理其本原，故孳乳之文，數者多闕。

　　略例丁曰：聲有陰陽，命曰對轉，發自曲阜孔君，斯蓋眇合殊聲，同其臭味。觀夫言語遷變，多以對轉爲樞，是故“乚、燕”不殊，“亢、胡”無別，“但、裼、臝、裎”一義而聲轉，“幽、侌、杳、晻”同類而語殊。古語有陰聲者，多有陽聲與之對構，由是聲義互治，不間翻忽，徒取《説文》，爲之涾并，其數已參分減一，履峁泰始，益以闇明，易簡而天下之理得者，斯之謂也。今所擂敘，未能延偏九千，世有達者，當能彌縫其闕。假令盡兹潢潦，澂以一原，觭字片言，悉知所出，斯則九變復貫，卓爾知言之選者矣。

略例戊曰：文字孳乳，或有二原，是故初文互異，其所孳乳或同。斯由一義所函，輒兼兩語，交通複入，以是多涂。若夫"絳"爲大赤，"輻"爲小車，得語所由，不于赤車而于大小，斯胤言之恒律。若復兼隸赤車，即爲二文所孳乳矣。譬之道路，少或一達，多乃九馗，無病支離，亦非破瓴。夫圜周復襪，發揮旁通，斯語言所以神。今竝箸互出者，變而通之，以盡利也。

略例已曰：書契初興，或云汎籠圓則，或謂多倚實形，斯竝一曲之見。夫因日有遍，因月有遠，則由物名以成意想矣。"丨"先"中"造，"丶"先"主"造，則由玄念以定形色矣。曩者八卦命名，文字未箸，震坎則以質命，巽艮乃以意施，語言不齊，自結繩之世已然，倉頡離于艸昧，蓋已二三千歲矣。冠常宮室，既略周備，文思利用，飾僞萌生。語有華實之殊，則字有通局之異，守其一隅，恐長見笑于大方也。若欲價追生民之始，官形感觸，曶气應之，形狀之辭，宜爲冣俶，以名召物，猶其次矣。

略例庚曰：昔王子韶枌作古文，以爲字從某聲，便得某義。若《句部》有"鉤、笱"，《臤部》有"緊、堅"，《丩部》有"糾、艸"，《辰部》有"𧗳、麎"，及諸會意、形聲相兼之字，信多合者。然以一致相衡，即令形聲攝于會意。夫同音之字，非止一二，取義于彼，見形于此者，往往而有。若"農"聲之字，多訓畁大，然"農"無畁大義；"支"聲之字，多訓傾衺，然"支"無傾衺義。蓋同韵同紐者，別有所受，非可望形爲譣，況復旁轉、對轉，音

理多涂,雙聲馳驟,其流無限,而欲于形内牽之,斯子韶所以
爲荆舒之徒。張有沾沾,猶能破其疑滯。今者小學大明,豈
可隨流波蕩?《文始》所説,亦有傅取本聲者,無過十之一二。
深懼學者或有錭騃,復衍右文之緒,則六書殘而爲五,特詮同
異,以諜方來。

　　略例辛曰:古韵二十三部,蓋是詩人同律,取被管弦。詩
之作也,諒不于上皇之世。然自明良喜起,箸在有虞,斯殆泠
倫作樂,部曲已分,降及商周,元音無變。至于語言流衍,
不盡遵其局道,然非韵無以明也。近世有黄承吉懷易顧、江、戴、
段之書,以爲簿書檢校,非閎通者所務,自定古音爲曲、直、通
三類,斯亦偏有得失。夫語言流轉,不依本部,多循旁轉、對
轉之條,斯猶七音既定,轉以旋宫,則宫商易位,錯綜以變,當
其未旋,則宫不爲商,商不爲角,居然有定音矣。若無七音之
準,雖旋宫亦無所施,徒增其眛亂耳。夫經聲者方以智,轉聲
者圓而神,圓出于方,方數爲典,非有二十三部,雖欲明其轉
變,亦何由也? 黄氏所條,易則易矣,然且曲通相閡,侯東無
以對轉,誠欲就簡,獨有合爲一部,循二毛之讕語,斯則可也。
猶有辯異,曷若分其牟什,綜其夆侈,以簡馭紛,則總紕于此,
成文于彼,無患通轉有窮,流迻或窒,權衡得失,斷可知矣。

　　略例壬曰:近代言小學者,或云財識半字,便可例佗,此
于韵類則合,音紐猶不應也。凡同從一聲者,不皆同歸一紐,
若"巳、以"之聲皆在淺喉,而"台、胎"在舌,"佁、俟"在齒;
"亞、西"之聲,喉舌殊致而自"西"出,"酉"乃爲齒音;"九"
聲古今皆在深喉,而"内"從九聲,篆文作"蹂",則在舌頭矣;
"八"聲古今皆在重脣,而"穴"從八聲,則在淺喉矣。欲言謌
音變古,則音異者古亦有徵。古音本綜合方言,非有恒律,轉
注所因,斯爲縣象。假令"考、老"小殊,不製異字,則"老"字

兼有"考"音,其佗可以類例。然則分韵之道,聞一足以知十;定紐之術,猶當按文而施。但知舌上必歸舌頭,輕脣必歸重脣,半齒彈舌,讀從泥紐;齒頭破瓶,宜在正齒。今之字母,可渻者多,斯亦足矣。若以聲母作櫫,一切整齊,斯不精之論也。

略例癸曰:形聲既定,字有常聲,獨體象形,或有逾律。若"囟"讀沾導,乃今甜砭字也,又讀若誓,則舌亦作囟矣。"凶"聲近"顛",今言凶門,猶竝作息進切,然"囟"從凶聲,則復迻入之部,或字所以作"膵","農"取凶聲,則"腦"亦作"凶"矣。何者? 獨體所規,但有形魄,象物既同,異方等視,各從其語,以呼其形。譬之畫火,諸夏視之則稱以火,身毒視之則稱以阿揭尼,能呼之言不同,所呼之象不異,斯其義也。乃至"丨"字指事,進、退殊言;"皿"字會意,戢、呶異讀。亦或從其類例,皆以字非形聲,兆域不定。今述《文始》,以"囟、凶、丨、皿"諸文兼隸異部,諸所孳乳,義從聲變,猶韵書有一字兩收也。又世人多謂周秦以上,音當其字,必無譌聲,斯亦大略粗舉,失之秋豪。夫"雟"從卨聲,隊、支互讀;"彝"從互聲,泰、脂挾取,未越弇侈之律也。乃若"皋、飄、雕、皦"同在幽部,皋聲字古已入諄;"奥、燠、薁、墺"本在寒部,"奥"從釆聲,古文"墺"從釆聲。奥聲字古已入幽,至轉爲弔,"輞"變爲"輂",至、宵亂流,幽、泰交捽,此于韵理無可言者。明古語有一二譌音,顧其數甚少爾。必云聲理宜然,即部部可歸一韵。若云東、冬諸目,定自後人,不容議古,古之韵略,欲以何明? 今者沿用《切韵》,以明封畛,不謂名自古成,由名召實,更無異趣。如嚴章甫以五音分配,既用《切韵》標目,又襪以己所定名。朱允倩則借卦名標韵,皆謂陸書非古,寧自改作。然即新定諸名,亦豈周秦所有? 江慎修以第一、第二分部,段若膺亦依用之,直由曲避嫌疑,致斯曖晻。既不明署部名,將令學者猝不易了,不若仍從《切韵》,存其符號也。古音或不當形聲,欲求孳乳,自宜觟曲相遷,若賞知音,即須弇侈有異,斯非"丙、囟、丨、詛"之例所能飾也。

1913年浙江圖書館用薰本影印

釋　穀

釋穀自序

劉寶楠

　　道光二年，予在都中館汪孟慈農部家，得讀歙程氏《通藝録》，其中《九穀考》辨別禾、黍、稷三種最爲精悉。餘姚邵氏《爾雅正義》猶沿舊説，以“粢，稷。衆，秫”爲今之小米，以“秬，黑黍”爲今之高粱。程氏嘗致書先從父丹徒君云：“二雲《釋草》中言黍稷與前人相反，其誤顯然。春閒作一書奉寄，未蒙裁答，或者以妄言妄聽置之。”是書程集未載其手書，今存從弟桂榮家。今觀其疏，顯有駁難之處，是不以程説爲然。程、邵同時通儒，而所見各異，學者將何所從乎？予又嘗疑《爾雅·釋草》九穀俱載，獨於麥不載來、牟，而載雀麥、蘧麥，二種皆是荒穀，非日用所食。《九穀考》於麥、豆、麻三穀，亦多闕略。爰於授徒之暇，原本程説，廣引羣書，旁推交通，作爲《釋穀》。其《篇》《韻》以下及諸方書字多別體，義亦罕徵，其有與經史相證明者，亦采録焉。藳本粗就，未及繕謄。近命次子恭冕校寫成帙，釐爲四卷。若夫種植之法、耒耜之利，已見他書，兹不詳述。道光二十年春正月中旬，寶應劉寶楠識於夾耶精舍。

清光緒十四年（1888）廣雅書局刻本

方　言

與揚雄書

劉　歆

　　雄爲郎一歲,作《繡補》《靈節》《龍骨》之銘詩三章,及天下上計孝廉,雄問異語,紀十五卷,積二十七年。漢成帝時,劉子駿與雄書,從取《方言》,曰:歆叩頭。昨受詔宓五官郎中田儀與官婢陳徵、駱驛等私通盜刷越巾事,即其夕竟歸府。詔問三代周秦軒車使者、遒人使者以歲八月巡路,寀^{音求},又於加切。代語、僮謠、歌戲,欲得其最目。因從事郝隆寀之有日,篇中但有其目,無見文者。歆先君數爲孝成皇帝言:當使諸儒共集訓詁,《爾雅》所及,五經所詁;不合《爾雅》者,詁籒爲病^①,及諸經氏之屬,皆無證驗,博士至以窮世之博學者。偶有所見,非徒無主而生是也。會成帝未以爲意,先君又不能獨集。至於歆身,脩軌不暇,何偟更創? 屬聞子雲獨採集先代絕言、異國殊語,以爲十五卷,其所解畧多矣,而不知其目。非子雲澹雅之才、沈鬱之思,不能經年銳精以成此書,良爲勤矣! 歆雖不遘過庭,亦克識先君雅訓,三代之書蘊藏於家,直不計耳。今聞此,甚爲子雲嘉之已。今聖朝留心典誥,發精於殊語,欲以驗考四方之事,不勞戎馬高車之使,坐知偪俗,

---

①詁籒,當據錢繹校本改作"詀籒"。後同,不另注。

適子雲攘意之秋也。不以是時發倉廩以振贍，殊無爲明。語
將何獨挈—作"絜"。之寶？上以忠信明於上，下以置恩於罷
朽，所謂知蓄積、善布施也。蓋蕭何造律、張倉推曆，皆成之
於帷幕，貢之於王門，功列於漢室，名流乎無窮。誠以隆秋之
時，收藏不殆，饑春之歲，散之不疑，故至於此也。今謹使密
人奉手書，願頗與其最目，得使入錄，令聖朝留明明之典。歆
叩頭叩頭。

與揚雄書

郭慶藩集注

　　雄爲郎一歲，作《繡補》《靈節》《龍骨》之銘詩三章，及
天下上計孝廉，雄問異語，紀十五卷，積二十七年。漢成帝時，
盧校本曰："此四字誤，當作'王莽時'。"劉子駿與雄書，從取《方
言》，曰：戴震曰："此五十二字，不知何人所記，宋本已有之。其曰'漢
成帝時'四字，最爲謬妄。據《漢書·楊雄傳》贊云：'雄初年四十餘，自
蜀來至游京師。'又云：'年七十一，天鳳五年卒。'使歆與書在成帝之末
年甲寅，下距天鳳五年凡二十五年。由甲寅上溯二十七年，乃元帝竟寧
元年戊子，雄年甫二十，豈'年四十餘自蜀來至游京師'者邪？洪邁不
察'漢成帝時'四字係後人序入此二書者之妄，辨之曰：今世所傳揚子
雲《輶軒使者絕代語釋別國方言》凡十三卷，郭璞序而解之，其末又有
漢成帝時劉子駿與雄書從取《方言》及雄苔書。既云成帝時子駿與雄
書，而其中乃云孝成皇帝，反覆牴牾，是輕執後人增入者之妄以疑古，疏
謬甚矣。今仍列二書，爲逐條引證，刪去緣起五十二字，以免滋惑。"歆
叩頭。昨受詔祕五官郎中田儀戴震曰："常璩《華陽國志》：前漢有

侍郎田儀。"與官婢陳徵、駱驛等私通盜刷越巾事,即其夕竟歸府。詔問三代周秦軒車使者、遒人使者_{盧校本曰:"《玉海》引《古文苑》,'遒人'二字在'軒車使者'上,無下'使者'二字。"}以歲八月巡路,_{𥟵音求,又於加切。盧文弨曰:"案當與'求'音義同。"}代語、僮謡、歌戲,欲得其最目。因從事郝隆𥟵之有日,篇中但有其目,無見文者。歆先君數爲孝成皇帝言:當使諸儒共集訓詁,《爾雅》所及,五經所詁;不合《爾雅》者,詁籀爲病,及諸經氏之屬,皆無證驗,博士至以窮世之博學者。偶有所見,非徒無主而生是也。會成帝未以爲意,先君又不能獨集。至於歆身,脩軌不暇,何偟更創?_{盧校本曰:"'脩軌'當本是'循軌','偟'與'遑'同。"}屬聞子雲獨採集先代絶言、異國殊語,以爲十五卷,其所解略多矣,而不知其目。非子雲澹雅之才、_{丁杰曰:"'澹',古'贍'字。"}沈鬱之思,_{戴震曰:"任昉《王文憲集序》:'沈鬱澹雅之思。'李善注云:'揚雄爲《方言》,劉歆與雄書曰:非子雲澹雅之才、沈鬱之志,不能成此書。''志'乃'思'之譌。"盧校本曰:"《古文苑》'思'作'志'。"}不能經年銳精以成此書,良爲勤矣!歆雖不遘過庭,亦克識先君雅訓,三代之書蘊藏於家,直不計耳。今聞此,甚爲子雲嘉之已。今聖朝留心典誥,發精於殊語,欲以驗考四方之事,不勞戎馬高車之使,坐知偯俗,適子雲攘意之秋也。不以是時發倉廩以振贍,殊無爲明。語將何獨挈_{一作"絜"。}之寶?上以忠信明於上,下以置恩於罷朽,所謂知蓄積、善布施也。蓋蕭何造律、張倉推曆,皆成之於帷幕,貢之於王門,功列於漢室,名流乎無窮。誠以隆秋之時,收藏不殆,_{盧校本曰:"'殆'與'怠'同。"}饑春之歲,散之不疑,故至於此也。今謹使密人奉手書,願頗與其最目,得使入錄,令聖朝留明明之典。歆叩頭叩頭。

答劉歆書

揚　雄

雄叩頭。賜命謹至，又告以田儀事，事窮竟白，案顯出，甚厚甚厚。田儀與雄同鄉里，幼稚爲鄰，長艾相更，視覷動精采，似不爲非者。故舉至日，雄之任也。不意淫迹汙暴於官朝，今舉者懷報而低眉①，任者含聲而冤舌。知人之德，堯猶病諸，雄何慼焉！叩頭叩頭。又敕以殊言十五卷，君何由知之？謹歸誠底裏，不敢違信。雄少不師章句，亦於五經之訓所不解。常聞先代輶軒之使奏籍之書，皆藏於周秦之室，及其破也，遺棄無見之者。獨蜀人有嚴君平、臨邛林閭翁孺者，深好訓詁，猶見輶軒之使所奉言。翁孺與雄外家牽連之親。又君平過誤，有以私遇，少而與雄也，君平財有千言耳。翁孺梗概之法略有。翁孺往數歲死，婦蜀郡掌氏子，無子而去。而雄始能草文，先作《縣邸銘》《王佴頌》《階闥銘》及《成都城四隅銘》。蜀人有楊莊者爲郎，誦之於成帝。成帝好之，以爲似相如，雄遂以此得外見。此數者，皆都水君常見也，故不復奏。雄爲郎之歲，自奏：少不得學，而心好沈博絶麗之文，願不受三歲之奉，且休脱直事之繇，得肆心廣意，以自克就。有詔：可不奪奉，令尚書賜筆墨錢六萬，得觀書於石渠。如是後一歲，作《繡補》《靈節》《龍骨》之銘詩三章。成帝好之，遂得盡意。故天下上計孝廉及內郡衛卒會者，雄常把三寸弱翰，齎素油四尺②，以問其異語，歸即以鉛摘次之於槧，二十七歲於今

① 報，當據王念孫校本改作“赧”。
② 素油，當據王念孫校本改作“油素”。

矣。而語言或交錯相反，方覆論思，詳悉集之，燕其疑。張伯松不好雄賦頌之文，然亦有以奇之，常爲雄道，言其父及其先君憙典訓，屬雄以此篇目頻示之。伯松曰：“是懸諸日月不刊之書也。”又言恐雄爲《太玄經》，由鼠坻之與牛場也。如其用，則寶五稼，飽邦民；否則爲抵糞，棄之於道矣。而雄般之。伯松與雄獨何德慧，而君與雄獨何譖隟，而當匿乎哉！其不勞戎馬高車，令人君坐幬幕之中，知絶遐異俗之語，典流於昆嗣，言列於漢籍，誠雄心所絶極，至精之所想遘也。扶聖朝遠照之明，使君衆此。如君之意，誠雄散之之會也。死之日，則今之榮也。不敢有貳，不敢有愛。少而不以行立於鄉里，長而不以功顯於縣官，著訓於帝籍，但言詞博覽，翰墨爲事，誠欲崇而就之，不可以遺，不可以怠。即君必欲以脅之以威，陵之以武，欲令入之於此，此又未定，未可以見。今君又終之，則繼死以從命也。而可且寬假延期，必不敢有愛。雄之所爲，得使君輔貢於明朝，則雄無恨，何敢有匿？唯執事者圖之①。長監於規繡之，就死以爲小，雄敢行之。謹因還使。雄叩頭叩頭。

答劉歆書

郭慶藩集注

揚雄《荅劉歆書》：戴震曰：“劉勰《文心雕龍·書記篇》云：‘漢來筆札，辭氣紛紜。觀史遷之報任安、東方朔之難公孫、揚惲之酬會宗、

---

① 戴震及盧文弨校本無“者”字，當删。

子雲之荅劉歆，志氣槃桓，各含殊采，竝杼軸乎尺素，抑揚乎寸心。'" 雄叩頭。賜命謹至，又告以田儀事，事窮竟白，案顯出，甚厚甚厚。田儀與雄同鄉里，幼稚爲鄰，長艾相更，盧校本曰："《七十二家集》及《文章辨體》'更'並作'愛'。" 視覷動精采，似不爲非者。故舉至日，雄之任也。戴震曰："《舊唐書·薛登傳》：登本名謙光，天授中爲左補闕。時選舉頗濫，謙光上疏曰：謹案漢法，所舉之主，終身保任。揚雄之坐田儀，責其冒薦；成子之居魏相，酬於得賢。" 盧校本曰："《七十二家集》《百三名家集》'日'俱作'之'，誤也。舉者、任者各是一人，觀下文可見。" 不意淫迹盧校本曰："此下本有'汙'字，今從《七十二家集》刊去。" 暴於官朝，令舉者懷赧而低眉，任者含聲而宛舌。盧校本曰："'令'，各本誤，今戴據文義改正。'宛舌'，舊本作'冤舌'，亦誤。《雄傳》云：'欲談者宛舌而固聲。'今據此改正。" 知人之德，堯猶病諸，雄何慁焉！叩頭叩頭。又敕以殊言十五卷，君何由知之？謹歸誠底裏，不敢違信。雄少不師章句，亦於五經之訓所不解。常聞先代輶軒之使奏籍之書，皆藏於周秦之室，戴震曰："'嘗'，各本譌作'常'。《文選·宣德皇后令》：'輶軒萃止。'李善注云：'揚雄《荅劉歆書》曰：常聞先代輶軒之使。'亦同譌。謝瞻《王撫軍庾西陽集別詩》：'輶軒命歸僕。'注引此句作'嘗'，不譌。" 盧校本曰："'常'字各本皆同。李善注《文選》兩引此，一作'常'，一作'嘗'，雖義皆可通，而'常聞'猶云'習聞'，雄自別有意。戴乃以'常'爲誤，非也。" 及其破也，遺棄無見之者。獨蜀人有嚴君平、戴震曰："常璩《華陽國志》云：'高尚逸民嚴遵，字君平，成都人。'又云：'嚴君平經德秉哲。'《漢書·地理志》：'後有王褒、嚴遵、揚雄之徒，文章冠天下。'又《王貢兩龔鮑傳》：'蜀有嚴君平，博覽亡不通。揚雄少時從游學，蜀人愛敬，至今稱焉。'嚴遵即莊遵，漢顯宗孝明皇帝諱'莊'，始改爲'嚴'。揚雄《法言·問明篇》：'蜀莊沈冥，蜀莊之才之珍也。'吳秘注云：'莊遵，字君平。'洪邁《容齋隨筆》以《法言》不諱'莊'字，何獨

至此書而曰‘嚴’？不知本書不諱，而後人改之者多矣。此書下文‘蜀
人有楊莊者’，不改‘莊’字，獨習熟於嚴君平之稱，而妄爲改之，與後‘石
室’改爲‘石渠’同。**臨邛林閭翁孺者，**戴震曰：“《廣韻》：‘林閭氏出
自嬴姓。’《文章志》云：‘後漢有蜀郡林閭翁孺，博學善書。’而《華陽國
志》乃云：‘林閭，字公孺，臨邛人，揚雄師之。見《方言》。’又云：‘林翁
孺訓詁玄遠。’似以爲林姓閭名。且公孺、翁儒譌舛互異。據此書，林閭
定是複姓。其曰‘見《方言》’者，與李善注《文選》引此書稱‘揚雄《方言》
曰’同。然則此書附《方言》內，其來久矣。”**深好訓詁，猶見輶軒之
使所奏言。翁孺與雄外家牽連之親。又君平過誤，有以私遇，
少而與雄也，君平財有千言耳。翁孺梗概之法略有。翁孺往
數歲死，婦蜀郡掌氏子，無子而去。**戴震曰：“王應麟《姓氏急就篇》
云：‘掌氏，晉有掌同，前涼有掌據，宋掌禹錫。漢揚雄書林閭婦，蜀郡掌
氏子。’”**而雄始能草文，先作《縣邸銘》《王佴頌》《階闥銘》及
《成都城四隅銘》。蜀人有楊莊者爲郎，誦之於成帝。**戴震曰：
“《華陽國志》云：‘尚書郎楊壯，成都人，見揚子《方言》。’又云：‘其次楊
壯、何顯，得意之徒，恂恂焉。’‘莊’之爲‘壯’，蓋避諱所改。其曰‘見
揚子《方言》’者，亦即指此書。”**成帝好之，以爲似相如，雄遂以此
得外見。**戴震曰：“《文選·甘泉賦》李善注云：‘雄《荅劉歆書》曰：雄作
《成都城四隅銘》，蜀人有楊莊者爲郎，誦之於成帝，以爲似相如，雄遂以
此得見。’李周翰注云：‘揚雄家貧好學，每製作慕相如之文，嘗作《緜竹
頌》。成帝時直宿郎楊莊誦此，文帝曰：此似相如之文。莊曰：非也，此臣
邑人揚子雲。帝即召見，拜爲黃門侍郎。’”**此數者，皆都水君常見
也，故不復奏。**戴震曰：“《古文苑》章樵注云：‘歆父向也。歆書多稱
先君，故此荅之。向嘗爲護左都水使者。前所爲文，向既嘗見，歆宜習
知之。’”**雄爲郎之歲，**戴震曰：“《古文苑》章樵注云：‘雄年四十餘，自
蜀來游京師，歲餘，奏《羽獵賦》，除爲郎。年七十一，卒於天鳳五年。計
爲郎之歲，當在成帝元延年間。’”**自奏：少不得學，而心好沈博絕**

麗之文，願不受三歲之奉，且休脱直事之繇，得肆心廣意，以自克就。有詔：可不奪奉，盧校本曰："可者免其直事之役，仍不奪其郎俸。"令尚書賜筆墨錢六萬，得觀書於石室。戴震曰："各本'室'誤作'渠'，蓋後人所改。左思《魏都賦》：'闕玉策於金縢，案圖籙於石室。'劉逵注云：'揚雄《遺劉歆書》曰：得觀書於石室。'《文心雕龍·事類篇》曰：'夫以子雲之才，而自奏不學，及觀書石室，乃成鴻裁。表裏相資，古今一也。'今據以訂正。"如是後一歲，作《繡補》《靈節》《龍骨》之銘詩三章。戴震曰："《古文苑》章樵注云：'繡補疑是裀褥之類加繡其上。靈節，靈壽杖也。《漢書》靈壽杖注：木似竹，有枝節，長不過七八尺，圍三四寸，自然合杖制，不須削治。龍骨，水車也，禁苑池沼中，或用以引水。銘詩今亡，不可復考。王應麟《玉海》引《古文苑》及此注。'"丁杰曰："案《華陽國志·巴志》：'竹木之瓌者，有桃支、靈壽。巴東郡朐忍縣有靈壽木。'《蜀志》廣漢郡五城縣出龍骨，云：'龍升其山，值天門閉，不達，墮死於此。後没池中，故掘取得龍骨。'"成帝好之，遂得盡意。故天下上計孝廉及内郡衛卒會者，雄常把三寸弱翰，齎油素四尺，戴震曰："左思《吴都賦》：'烏策篆素。'李善注云：'篆素，篆書於素也。揚雄書曰：齎油素四尺。'"以問其異語，歸即以鉛摘次之於槧，二十七歲於今矣。戴震曰："《漢書·成帝紀》：永始二年春正月己丑，大司馬車騎將軍王音薨。三年十月庚辰，皇太后詔有司復甘泉泰畤，汾陰后土。四年春正月，行幸甘泉，郊泰畤。三月，行幸河東，祠后土。冬，行幸長楊宫，從胡客大校獵。《揚雄傳》：孝成帝時，客有薦雄文似相如者，上方郊祠甘泉泰畤，汾陰后土，以求繼嗣。召雄待詔承明之庭。正月，從上甘泉還，奏《甘泉賦》以風……其三月，將祭后土，上迺帥羣臣横大河，湊汾陰。既祭，行遊介山，回安邑，顧龍門，覽鹽池，登歷觀，陟西岳以望八荒，迹殷周之虚，眇然以思唐虞之風。雄以爲臨川羨魚，不如歸而結網。還，上《河東賦》以勸……其十二月，羽獵，雄從，聊因《校獵賦》以風。……明年，上將大誇胡人以多禽獸。秋，命右扶風發民入南山，西自褒斜，東至弘農，南敺漢中，張羅網置罘，捕熊羆、豪猪、虎豹、狄獲、狐兔、麋鹿，載以檻車，輸長楊射熊館，以罔爲周阹，縱禽獸其中，令胡人手搏之，自取其獲，上親臨觀焉。是時農民不得收斂。雄從至射熊館，還，上《長楊賦》以風。贊曰：初，雄年四十餘，自蜀來至游京師。大司馬車騎將軍王音奇其文雅，召以爲門下史，薦雄待詔。歲餘，奏《羽獵賦》，除爲郎，給事黃門，與王莽、劉歆竝。哀帝之初，又與董賢同官。當成、哀、平間，莽、賢皆爲三公，權傾人主，所薦莫不拔擢，而雄三世不徙官。年七十一，天鳳五年卒。考王音薨於成帝永始二年丙午正月，設雄至京師，即在前一年乙巳，下至王莽天鳳五年戊寅，凡三十四年，時雄年三十八，不得云‘年四十餘始自蜀來’。至復甘泉泰畤、汾陰后土，在永始三年十月，四年始有行幸甘泉、河東事，則王音薨已三年。《傳》序《甘泉賦》《河東賦》《羽獵賦》爲一年所作，斷屬元延二年庚戌，王音薨且五年，不得云‘音薦雄待詔，歲餘奏《羽獵賦》’。今此書言楊莊而絕不及音，音薦雄殆出於傳聞，失實。故《漢書》中《紀》與《傳》已相矛盾。大抵《紀》據策書，年月日必詳，而《傳》所據不一，或作者追憶失之。行幸長楊宮，從胡客大校獵，《紀》爲元延二年冬，《傳》因雄有《長楊》《羽獵》二賦，遂以《長楊》大校獵繫之《羽獵》後。別云‘明年’，若以明年爲元延三年，則《紀》於三年無此事；若以明年爲元延二年，則《紀》於元年無行幸甘泉、河東及羽獵事，此亦《傳》誤也。《郊祀志》平帝時，王莽奏稱：永始元年三月，以未有皇孫，復甘泉、河東祠。與《紀》之繫於永始三年十月庚辰不合。此莽追憶，以故年月參差也。李善注《文選》引《七略》云：《甘泉賦》，永始三年正月待詔臣雄上；《羽獵賦》，永始三年十二月上；《長楊賦》，綏和元年上。善辯之曰：《漢書》永始四年正月行幸甘泉，三年無幸甘泉之文，疑《七略》誤也。綏和在校獵後四歲，無容元延二年校獵，綏和元年賦，又疑《七略》誤也。《七略》之誤，蓋如莽奏之一時追憶，致年月參差。而《甘泉》諸賦，則斷宜作於元延二年，時雄年四十三。楊莊誦其文於成帝，即在此元年、二年間。《贊》所謂‘年四十餘，自蜀來至游京師'者，語應有據依，非空撰出。班固未見雄《方言》及歆、雄遺苔書，故列雄論著絕不及此。《傳》内遺楊莊而以爲王音，然於前云'孝成帝時，客有薦雄文似相如者，上方郊祠甘泉泰時，汾陰后土，以求繼嗣，召雄待詔承明之庭'，事在王音薨後，與雄《苔書》合，不能指名楊莊，泛目曰客，亦不言王音，原自謹嚴。《贊》内舉音薦雄待詔，不過附存異聞。使雄由王音薦，則'年四十餘'，當改之曰'年三十餘'，其去元延二年爲久滯京師矣。然則劉歆遺雄書求《方言》，應在天鳳三四年之間矣。《古文苑》章樵注云：'計雄是時年近七十。'葛洪《西京雜記》：'揚子雲好事，嘗懷鉛提槧，從諸計吏訪殊方絕域四方之語，以爲裨補輶軒所載，亦洪意也。'"盧校本曰："雄年四十餘游京師，見《雄傳贊》。上《甘泉》諸賦，當在成帝元延二年。《古文苑》注云：'計雄此時年近七十，蓋在天鳳三四年間。'"而語言或交錯相反，方覆論思，詳悉集之，燕其疑。戴震曰："《古文苑》章樵注云：'會集所未聞，使疑者得所安。'"張伯松不好雄賦頌之文，然亦有以奇之，常爲雄道，言其父及其先君憙典訓，戴震曰："《漢書·張敞傳》：敞三子，官皆至都尉。敞孫竦，王莽時至郡守，封侯，博學文雅過於敞，然政事不及也。《杜鄴傳》：鄴少孤，其母張敞女。鄴壯，從敞子吉學問，得其家書。初，鄴從張吉學，吉子竦又幼孤，從鄴學。鄴子林清静好古，亦有雅才，其正文字過於鄴、竦，故世言小學者由杜公。《陳遵傳》：遵小孤，與張竦、伯松俱爲京兆史。竦博學通達，以廉儉自守，而遵放縱不拘，操行雖異，然相親友。哀帝之末，俱著名字，爲後進冠。遵爲校尉，有功，封嘉威侯，凡三爲二千石。而張竦亦至丹陽太守，封淑德侯，後俱免官，以列侯歸長安。竦居貧，無賓客，時時好事者從之質疑問事，論道經書而已。《藝文志》：《倉頡》多古字，俗師失其讀。宣帝時，徵齊人能正讀者，張敞從受之，傳至外孫之子杜林，爲作訓。《後漢書·杜林傳》：父鄴，成、哀間爲涼州刺史。林少好學沈深，家既多書，又外氏張竦父子喜文采，林從竦受學，博洽多聞，時稱通儒。許慎《説文解字》序云：孝宣時，召通《倉頡》讀者，張敞從受之。涼州刺史杜業、沛人爰禮、講學大夫秦近亦能言之。孝平時，徵禮等百餘人，令説文字未央廷中，以禮爲小學元士，黄門侍郎楊雄采以作《訓纂篇》。杜業即杜鄴。然則此書云‘常爲雄道言其父’者，即張吉也。云‘及其先君’者，謂張敞也。”○盧校本曰：“此‘常’字不誤，則前‘常聞’之不必改‘嘗聞’益明矣。‘言’字疑衍。張伯松名竦，張敞孫，其父吉，杜鄴從受學焉。事見《漢書》。”屬雄以此篇目頗示其成者。伯松曰：“是懸諸日月不刊之書也。”戴震曰：“‘煩’或作‘頻’，或作‘頗’。‘示其成者’四字，或作‘示之’二字。據上云‘語言或交錯相反，方復論思，詳悉集之’，是歆求《方言》時，雄撰集尚未成，此云‘示其成者’，正以見有未成者耳。今書中有僅舉其字，不辨何方云，然蓋《方言》究屬雄未成之書。洪邁以《漢書》本傳無所謂《方言》，《藝文志》亦不載《方言》，遂疑非雄作。又云‘書稱汝潁之間，先漢人無此語也’，則書内舉水名以表其地多矣，何以先漢人不得稱汝潁之間邪？應劭《風俗通義序》云：周秦常以歲八月遣輶軒之使求異代方言，還奏籍之，藏於秘室。及嬴氏之亡，遺脱漏棄，無見之者。蜀人嚴君平有千餘言，林閭翁孺才有梗概之法，揚雄好之。天下孝廉、衛卒交會，周章質問，以次注續，二十七年爾乃治正，凡九千字。張竦以爲懸諸日月不刊之書。任昉《南徐州蕭公行狀》：竝勒成一家，懸諸日月。李善注云：揚雄《方言》曰：雄以此篇目，煩示其成者張伯松。伯松曰：是懸諸日月不刊之書也。此注重‘伯松’二字，有譌舛。”盧校本曰：“‘頗示其成者’，一本作‘頗示之’三字。李善注《任昉蕭公行狀》引作‘煩示其成者’，‘煩’字恐誤。”慶藩案：“煩”，盧校本從宋本作“頗”，今依盧改正。又言恐雄爲《太玄經》，由鼠坻之與牛場也。如其用，則實五稼，飽邦民；否則爲牴糞，棄之於道矣。而雄般之。盧校本曰：“《古文苑》注云：‘般，蒲官切，樂也。’戴本改作‘服’，云：‘古服字。’案：雄自以爲有樂乎此，聞伯松之言，仍自若也。作‘般’字是。”伯松與雄獨何德慧，戴震曰：“《古文苑》章樵注云：‘漢人用慧字，多與惠通。’”而君與雄獨何讙隟，而當匿乎哉！其不勞戎馬高車，令人君坐幬幕之中，知絶遐異俗之語，典流於昆嗣，言列於漢籍，誠雄心所絶極，至精之所想邁也。扶聖朝遠照之明，盧校本曰：“此足上語耳。戴本改作‘夫’者，非。下句上雖似有脱文，然此篇古質，自不當以近代文字律之。若謂引起下句，則用‘聖朝’二字足矣，加‘夫’字便成時下語氣。‘遠照之明’四字，果何所指而漫爲貢諛邪？知子雲必不爾。”使君求此。如君之意，誠雄散之之會也。盧校本曰：“《荅歆書》中語。”死之日，則今之榮也。不敢有貳，不敢有愛。少而不以行立於鄉里，長而不以功顯於縣官，著訓於帝籍，但言詞博覽，翰墨爲事，誠欲崇而就之，不可以遺，不可以怠。即君必欲脅之以威，陵之以武，欲令入之於此，此又未定，未可以見。今君又終之，則縊死以從命也。戴震曰：“雄以其書未成未定爲辭。時歆爲莽國師，故雄爲是，絶其終來强以勢求，意可見矣。洪邁乃云：‘子駿只從之求書，而荅云必欲脅之以威、陵之以武，則縊死以從命也，何至是哉？’此於知人論世漫置不辨，而妄議不輕出其箸述爲非，亦不達於理矣。‘令君’之‘令’，各本譌作‘今’，今改正。”慶藩案：戴改“令君”，非。“今君”二字屬下讀，不誤。盧本仍作“今”。而可且寬假延期，必不敢有愛。戴震曰：“‘而、如’古多通用。”雄之所爲，得使君輔貢於明朝，則雄無憾，何敢有匿？惟執事圖之。長監於規繡之，就死以爲小，雄敢行之。戴震曰：“《古文苑》章樵注云：‘言當長以所規爲監，得緝成其書，以死爲輕。”謹因還使。雄叩頭叩頭。

方言注序

郭　璞

　　蓋聞《方言》之作,出乎輶軒之使,所以巡遊萬國,采覽異言,車軌之所交,人迹之所蹈,靡不畢載,以爲奏籍。周秦之季,其業隳廢,莫有存者。暨乎揚生,沈淡其志,歷載構綴,乃就斯文。是以三五之篇著,而獨鑒之功顯,故可不出戶庭而坐照四表,不勞疇咨而物來能名。考九服之逸言,標六代之絶語,類離詞之指韻,明乖途而同致,辨章風謡而區分,曲通萬殊而不雜,真洽見之奇書、不刊之碩記也。余少玩《雅》訓,旁味《方言》,復爲之解,觸事廣之,演其未及,摘其謬漏,庶以燕石之瑜補琬琰之瑕,俾後之瞻涉者,可以廣寤多聞爾。

以上清光緒十七年(1891)思賢講舍刻本

輶軒使者絶代語釋別國方言注序

錢繹撰集

　　蓋聞《方言》之作,出乎輶軒之使,所以巡遊萬國,采覽異言,車軌之所交,人跡之所蹈,靡不畢載,以爲奏籍。周秦之季,其業隳廢,莫有存者。劉歆《與揚子書》云:"詔問三代周秦軒車使者、遒人使者,以歲八月巡路,采代語、僮謡、歌戲。"又揚子《答劉歆書》云:"常聞先代輶軒之使奏籍之言,皆藏於周秦之室,及其破也,遺棄無見之者。”又云：翁孺“猶見輶軒之使所奏言”。暨乎揚生，沈淡其志，歷載構綴，乃就斯文。是以三五之篇著，而獨覽之功顯①，劉歆《與揚子書》云：“屬聞子雲獨採集先代絶言殊語，以爲十五卷，其所解略多矣，而不知其目。非子雲淡雅之才、沈鬱之志，不能經年鋭精，以成此書，良爲勤矣！”又子雲《答書》云：“成帝好之，遂得盡意。故天下上計孝廉及内郡衛卒會者，雄常把三寸弱翰，齎油素四尺，以問其異語，歸即以鉛摘次之於槧，二十七歲於今矣。而語言或交錯相反，方復論思，詳悉集之，燕其疑。”葛洪《西京雜記》：“揚子雲好事，嘗懷鉛提槧，從諸計吏訪殊方絶域四方之語，以爲裨補輶軒所載。”按《漢書·揚雄傳》備列雄所著書，獨無《方言》。常璩《華陽國志》及《藝文志·小學類》亦但有《訓纂》一篇。《儒家》有“雄所序三十八篇”，注云：“《太玄》十九，《法言》十三，《樂》四，《箴》二，《襍賦》十二篇。”亦不及《方言》。東漢一百九十年中，未有稱揚子作《方言》者。至漢末應劭《風俗通義序》，始稱“周秦以歲八月遣輶軒之使，求異代方言，還奏籍之，藏於祕室。及嬴氏之亡，遺棄脱漏，無有見之。蜀人嚴君平有千餘言，林閭翁孺才有梗概之法，揚雄好之。天下孝廉衛卒交會，周章質問，以次注續，二十七年爾乃治正”。又劭注《漢書》引揚雄《方言》一條，是稱揚子作《方言》，實自劭始。至魏孫炎注《爾雅》、吳薛綜述《二京解》，晉杜預注《左傳》，張載、劉逵注《三都賦》，皆遞相證引。沿及東晉，郭氏遂注其書。後儒稱揚子《方言》，蓋由於是。郭氏云“三五之篇著”，與歆書十五篇之數正合。而《隋書·經籍志》云《方言》十三卷，《舊唐書》稱“《別國方言》十三卷”，是并十五爲十三，斷在郭注後、隋以前無疑矣。又《風俗通義序》取《答書》語，詳具本末，云《方言》“凡九千字”，今計本文實萬一千九百餘字，蓋子雲此書本未成也。觀其《答劉歆書》，言“交錯相反，方復論思，詳悉集之”，又云“張伯松屬雄以此篇目，頗示其成者”，又

① 覽，當據郭璞《方言注序》改作“鑒”。

云"如可寬假延期,必不敢有愛"。其曰"方復論思,詳悉集之",則正在搆綴時也;曰"頗示其成者",則尚有未成者也;曰"寬假延期,必不敢有愛",則謂他時成書之後也。書中自十二卷以下,大率皆僅舉其字,不言何方,其明證也。當歆求書時,撰集未備,歆欲借觀未得,故《七録》不載,《漢志》亦不著録。至卷帙字數之不同,或子雲既卒之後,候芭之徒搜其遺稿,私相傳述,不免輾轉附益,如徐鉉之增《説文》,故字多於前。厥後傳其學者,以《漢志》無《方言》之名,而小學家有《別字》十三篇,不著撰人名氏,恐其假借影附,故證其實出於揚子,遂并爲一十三卷,以就其數,故卷減於舊歟?至《宋志》又云十四卷,當因劉歆書及揚子答書向附籍末者,亦別爲卷而併數之,無可疑也。故可不出户庭而坐照四表,不勞疇咨而物來能名。何休《公羊傳》注云:五穀畢入,民皆居宅。男女同巷,相從夜績。從十月盡,正月止。男女有所怨恨,相從而歌。飢者歌其食,勞者歌其事。男年六十,女年五十,無子者,官衣食之,使之民間求詩。鄉移於邑,邑移於國,國以聞於天子,故王者不出牖户,盡知天下。《漢書·食貨志》云:孟春之月,行人振木鐸,徇於路,以采詩,獻之太師,比其音律,以聞於天子。故曰王者不窺牖户而知天下。《答劉歆書》又云:"其不勞戎馬高車,令人君坐幃幕之中,知絶遐異俗之語。"《孟子·離婁篇》趙岐《章指》云:"物來能名,事至不惑。"考九服之逸言,標六代之絶語,類離詞之指韻,明乖途而同致,辨章風謡而區分,曲通萬殊而不雜,真洽見之奇書、不刊之碩記也。《答劉歆書》又云:"張伯松曰:'是縣諸日月不刊之書也。'"余少玩《雅》訓,旁味《方言》,復爲之解,觸事廣之,演其未及,摘其謬漏,庶以燕石之瑜補琬琰之瑕,俾之瞻涉者,可以廣寙多聞爾。

清光緒十六年(1890)紅蝠山房刻本

合校方言自序

郭慶藩

　　昔郭景純敘《方言》曰："考九服之逸言，標六代之絶語。"六代者，唐、虞、夏、商、周、秦也。以爲《書》貫唐、秦，《詩》包商、周，旁達九服，皆有徵驗。而其爲《爾雅》作敘，僅云"總絶代離詞"，不及方域殊語。説者遂疑《爾雅》之文與《方言》不屬，非也。文字之興，造端象法，孳乳、假借，半由方音。上古民生殊域，老死不相往來，則方有定言，音有定字。商周之世，殷宗五遷，洛頑再誥，民既雜廁，音漸轉移。春秋諸國，遷滅尤多。秦漢之間，徙民實土，此方之人多流於彼方，後日之音遂殊於前日。即以《詩》《書》攷之，如《盤庚》曰："不能胥匡以生。""胥"之言"皆"，河南語也，據《方言》轉而東齊矣。《吕刑》曰："庶有格命。""格"之言"登"，洛陽語也，據《方言》轉而梁、益矣。"肆"之言"餘"，召南語也，而《方言》以爲秦、晉。"揚"言"美目"，鄭、衛語也，而《方言》以爲燕、代。若此之類，難可悉數。此前古方言轉易之明證也。書中所稱南楚語，今吾楚什不存二三。而它方古語，如美爲"豔"、琢爲"鐫"、散爲"廝"、披展爲"舒勃"、草木傷人爲"刺"、飲藥而毒爲"瘍"，參之近日楚言，轉相符合。此又漢代方言遞易之明證也。西漢之世，猶爲近古，是編又權輿輶軒之采，於羣經故訓賴以推見本原，宜乎！景純玩《雅》之餘，旁味而爲之作解，而張稚讓推廣《雅》訓，備載靡遺也與？余曩讀東原戴氏攷證本，以爲精善。後又見抱經盧氏重校本録戴之切要者，合之丁小疋各家説，兼附己見，用力甚勤。循而求之，丁説既不多見,各家亦不著其名,惟《序》稱"改正百廿有餘條",驗之本書案語,約略相足,可據定爲盧説,其餘總歸之校本而已。恭逢聖代右文,乾隆間取《永樂大典》所收《方言》,詳加釐正,然後是書精英焕發,實儒生稽古逢辰之幸。竊謂戴、盧所述,已具椎輪,援據發明,猶資討論。頗思會萃舊聞爲之疏證,困於人事,卒罕執筆之暇。爰先取二本詳校合刊之,既爲古籍廣其流傳,亦俾儒先表章之功無有失隊。後之君子,儻有涉於此者乎? 余竊自附於擁篲清道之末耳矣。光緒十七年歲次辛卯春正月,湘陰郭慶藩。

合校方言王序

王先謙

　　昔班孟堅爲揚子雲作傳,具列所爲書而不載《方言》,《藝文志》亦無其目,宋洪邁迺疑是書爲僞託。然攷常氏《華陽國志》述蜀都先賢讚,稱子雲作《方言》。常書本之陳承祚《耆舊傳》,其言可信。而班氏獨闕者,蓋因其書不見於劉向、歆父子《七略》,無所據以入《志》,遂併傳删"自序"兩言耳。觀本書載子雲與歆往復二書,知當日裒輯未終,祕不肯出,致世無傳述,原委可悉也。應氏《風俗通義》言,周秦輶軒之使求方言,還奏籍之。嬴氏之亡,遺棄脱漏,蜀嚴君平、林閭翁孺才有梗概,子雲以次注續。與常書稱子雲師嚴、林作《方言》合。至其詞義堅深,表裏經訓,非博覽深思之儒不能爲。雖西漢多文人,然自子雲外,無足當之者矣。因以推知前古采風之使,方行列國,匪獨陳其詩篇而已。其於異俗殊言,必將

備其聲音訓詁,隨以上進。天子展卷而紬詞,緣文以知指,而
天下治亂興衰之故可得而徵也。特其書藏在祕室,民間罕得
見者。周公作《爾雅》以垂教,然後《詩》《書》之文可讀,至
於音義所自,卒未明言。今觀《方言》載周召二南、齊秦鄭衛
之語,足以稽合經文者,可決爲天府舊記所傳。其采自朝鮮、
洌水、西甌、桂林諸區者,或出後來訂墜搜遺之力。迺歎《方
言》與《爾雅》同源,歷千載而相賡續。嚴、林輩之用心,與
叔孫通、梁文諸人等。而此二書者,胊例於姬旦,纂成於子雲,
誠聖作明述之極軌也已。《方言》以戴東原攷證、盧紹弓校
正二本爲最善。郭子瀞觀察取而合刊之,因索余序,爲論是
書大略而推究古義如此。至合刊原委,觀察自序詳之矣,不
具述。光緒十七年歲次辛卯夏五月,長沙王先謙謹敘。

以上清光緒十七年（1891）思賢講舍刻本

方言後序

李孟傳

　　西漢氏古書之全者,如《鹽鐵論》、揚子雲《方言》,其存蓋
無幾。《鹽鐵論》,前輩每恨其文章不稱漢氏,唯《方言》之書
最奇古。孟傳頃聞之,曾文清公嘗以三詩答呂治先,有云:“傷
心昨夜杯中物,不對王郎對影斟。”紫微呂居仁次韻云:“書來
肯附銅魚使,記我今年病不斟。”自注云:“出子雲《方言》。”
今所在鏤板,輒誤作“病不禁”。此書世所有,而無與是正,知
好之者少也。山谷詩云:“追隨富貴勞牽尾。”乃用《太玄經》
語。紹興初,胡少汲、洪玉父、李文若諸人校黃詩刊本,乃誤

作"榮牽尾"。自此他本遂承誤。"鬱蒼蒼"三字，文人多愛之，亦或鮮記其出於《太玄》。大抵子雲精於小學，且多見先秦古書，故《方言》多識奇字，《太玄》多有奇語，然其用之亦各有宜。子雲諸賦多古字，至《法言》《劇秦》所用則無幾，古人文章蓋莫不然。西漢一書，唯相如、子雲等諸賦，韓退之文唯《曹成王碑》，柳子厚自騷詞、《晉問》等，他皆不用古字。本朝歐文忠、王荆公、蘇長公、曾南豐諸宗工，文章照映今古，亦不多用古字。得非以謂古文奇字聲形之學，雖在所當講，而文律之妙則不專在是，若有意用之，或返累正氣也耶？學者要知所以用之，當其可則盡善耳。今《方言》自閩本外不多見，每惜其未廣。予來官尋陽，有以大字本見示者，因刊置郡齋，而附以所聞一二，蓋惜前輩之言久或不傳也。慶元庚申仲春甲子，會稽李孟傳書。

朱跋李刻方言

朱　質

漢儒訓詁之學惟謹，而楊子雲尤為洽聞。蓋一物不知，君子所恥，博學詳說，將以反約。凡其辨名物、析度數，研精覃思，毫釐必計。下而五方之音，殊俗之語，莫不推尋其故，而旁通其義，非徒猥瑣拘泥，而為是弗憚煩也。世之學者忽近而慕遠，捨實而徇名，高談性命，過自賢聖，視訓詁諸書，往往束之高閣。蓋亦思夫《周官》太平之典，其道甚大，百物不廢，雖醫卜方技，纖悉畢載。聖門學《詩》，不獨取其可興可觀、可群可怨，而鳥獸草木之名，亦貴多識，本末精粗，並行而不相悖。故漢儒尊經重古，純愨有守之風，類非後人所能企及。
子雲博極群書，於小學奇字無不通，且遠採諸國以爲《方言》，
誠足備《爾雅》之遺闕。平時所以用力於此深矣，世知好之
者蓋鮮。前太守尚書郎李公一日語餘，苦無善本，質偶得諸
相識，字畫落落可觀。因以告而鋟之木，輒併附管見云。慶
元庚申重午日，東陽朱質書。

以上南宋慶元六年（1200）李孟傳尋陽郡齋刻本

李珏刻本方言序

李　珏

　　子雲《方言》，宋閩、蜀、江右皆有刻本，數百年來，世不
易見。兹出知蘇之長洲，兵部都君玄敬家世藏書，間出其相
示[①]，蓋江右本也。《容齋隨筆》謂子雲《答劉子駿書》稱嚴君
平，而君平莊姓；又謂書稱汝潁之間先漢無此語，以爲漢魏之
際好事者爲之。予謂他書可僞，而《方言》不可僞，蓋非齋素
油問上計、孝廉異語，必不能爲此。且葛稚川、郭景純皆去漢
未遠，學號絕倫，稚川嘗亟稱之，而郭氏復爲之注，使其果僞，
二子曾無一言及之，顧有待於後之人邪？予三復是書，愛其
奇而惜其不傳也，遂捐俸鋟之於木，與世之好古者共。正德
己巳七月吉旦，澶淵李珏書。

明正德四年（1509）李珏刻本

---

① "其"上有框删符號。傅增湘《藏園群書經眼録》作"以"，當據改。

重校方言序

盧文弨

　　《方言》至今日而始有善本,則吾友休寧戴太史東原氏之爲也:義難通而有可通者通之,有可證明者臚而列之,正訛字二百八十一,補脱字二十七,删衍字十七。自宋以來諸刻洵無出其右者。乾隆庚子,余至京師,得交歸安丁孝廉小雅氏,始受其本讀之。小雅於此書采獲裨益之功最多,戴氏猶有不能盡載者。因出其鈔集衆家校本凡三四,細書密札戢戢行間,或取名刺餘紙反覆書之。其已聯綴者如百納衣,其散庋書内者紛紛如落葉。勤亦至矣!以余爲尚能讀此書也,悉舉以畀余。余因以考戴氏之書,覺其當增正者尚有也。劉歆求《方言》入録,子雲不與,故《藝文志》無之。乃班氏於雄本傳舉其所著書,亦闕《方言》,世不能無疑。考常璩《華陽國志》載雄書,凡《太玄》《法言》《訓纂》《州箴》《反離騷》皆與傳同,而不及四賦。乃云“典莫正於《爾雅》,作《方言》”,此最爲明證。應劭而下,稱引日益多,而是書遂大著。其卷數則歆《書》中云十五卷,郭景純《序》亦云三五之篇,隋唐以下《志》皆云十三卷,并合與遺脱不可知,然定在郭注之後。《宋志》又云十四卷,當因劉歆《書》與雄《答書》向附在簡末者,亦別爲卷而并數之也。雄識古文奇字,嘗作《訓纂篇》,今不傳。趙宋時書學生亦令習《方言》。則《方言》中字,其傳授必有自,如“冢、齗、共、育、傆、甐”之類,凡舊所傳本皆然,考之漢隸,亦有證據,正不必執《説文》之體以盡易之。又其中有錯簡兩條,亦尚有字當在上條之末而誤置下條之首,及不當連而連者，有過信他書輒改本文者，注及音義又有遺者、誤改者。余以管見合之丁君校本，復改正百廿有餘條，具著其説，可覆案也。郭氏注《爾雅》三卷，又有《音義》一卷，則知此書之音，亦必不與注相雜廁，後人取便讀者，遂併合之；以郭音古雅難曉，又附益以近人所音。如《通志》載有吳良輔《方言釋音》一卷，此書當有捃摭及之者。余欲使注自爲注，仿劉昭注補《續漢志》之例，進郭注爲大字，而音則仍爲小字，雖未必即還景純之舊觀，然要使有辨焉爾。至集各家説及文弨之説，上又加圓圍以隔之。戴書已行世，故唯録其切要者。舊本又有云“字一作某”者，疑出於鼂公武子止氏。案鼂《讀書志》云：“予傳《方言》本於蜀中，後用國子監刊行本校之，多所是正，其疑者兩著之。”據斯言，則知爲鼂氏所加無疑也。予嘉丁君之績，而惜其不登館閣，書成不得載名於簡末，世無知焉。又其所緝綜者紛綸參錯，不易整比，久久將就散失，不愈可惜乎？故以餘間爲成就之如此。丁君名杰，今已成進士待學博士闕於杭州，其學實不在戴太史下云。乾隆四十有七年五月朔，杭東里人盧文弨書於山右三立書院之須友堂。

清乾隆四十九年（1784）盧文弨刻抱經堂叢書本

李孟傳刻本方言跋

繆荃孫

《方言》十三卷，宋刊宋印本，後有慶元庚申跋兩段，書中避諱至“惇”字，即甯宗時刊本。季滄葦、顧仁效、顧元慶、朱大韶遞藏。仁效、元慶均長洲人,居陽山下。朱大韶華亭人,橫經閣即其藏書處,國初歸滄葦,《季氏書目》云"楊子《方言》六卷,四本,牧翁跋",即此書。錢跋疑在慶元跋之後,書禁嚴時,撤去一葉,影寫六字補之。書十三卷,《季目》云六卷,誤。壬子十月,繆荃孫識。

李孟傳刻本方言跋

沈曾植

意園得此書時,曾爲余舉宋刻勝景宋本數事,許之借校。從公鮮暇,願未果也。人天永隔,復見此書,老淚滂沱,乃不勝如菴春露之痛。沇叔欲重刻傳之,此固意園有志而未竟者也。壬子十月,姚埭老民植書。

李孟傳刻本方言跋

鄧邦述

壬子夏秋之交,意園藏書始出,沇叔同年得精槧名校本甚夥,而以《方言》爲甲觀。絳雲一跋,不可復讀,而紙版古香騰溢,真足爲驚人祕笈。意園宋元版不多而至精,其書之最烜赫者,《禮記》四十册,寬整如新,吾与沇叔皆議價而莫能舉。然吾廑得一《孔叢子》,雖號稱嘉祐刻本,實不及此書遠矣,信知沇叔真有書福者。甲寅立春,羣碧主人鄧邦述記。

李孟傳刻本方言跋

楊守敬

　　此即錢遵王售于季滄葦宋本書之一，其後雖經顧、朱遞藏，而不見於著録家。兵燹之餘，鬼神呵護，乃爲沅叔所有，并倩良工重刻。驚人祕笈，行見流傳千萬本于天壤間，何幸如之。壬子仲冬，宜都楊守敬記於上海，時年七十有四。

李孟傳刻本方言跋

内藤虎

　　鬱華閣藏書流傳我邦者，余亦獲數種，皆我邦舊刻。如此宋本，乃歸沅叔先生，物宜各歸其本主，我不以爲憾也。丁巳十二月九日，内藤虎。

李孟傳刻本方言跋

章　鈺

　　江安傅氏藏宋本甲觀。夏正甲寅二月上丁，長洲章鈺記。
　　余舊藏揚子《方言》，正是此本，而吜墨尤精好。紙是南宋樞府諸公交承啟劄，翰墨燦然。於今思之，更有東京夢華之感。

跋見《有學集》四十六卷。牧翁所藏想歸天上，則此本由乙而推甲矣。沅叔寶諸。蓺風拾記，茗理迻寫。

李孟傳刻本方言跋

王闓運

余所見宋本書，紙墨必精。此本蓋南宋，非北宋也。方今舊本益稀，小山所云推甲，蓋有慨也。甲寅五月，王闓運觀。

李孟傳刻本方言跋

袁克文

鬱華閣藏宋槧之精整完好者，惟黃唐本《禮記正義》與此書爲巨擘。自壬子散出，多入景賢手。此則爲燕超主人所獲，否則亦隨《禮記》諸書入我篋矣。蓋景氏得書後未幾即統舉宋本售諸文，中有黃善夫刊《蘇詩》、汀州本《群經音辨》，亦盛氏書中之上駟。然舍《禮記》外，無可與此書抗者。雖同爲宋本，當視其著作爲次第之。此書直甲之甲者，豈可作甲觀耶？丙辰八月，棘人袁克文。

李孟傳刻本方言跋

吴昌綬

意園舊藏宋本不多而至精，孝先之言甚碻。昌綬所收《甲申雜記》《聞見近録》已贈藝風，《倚松老人詩》亦歸寒雲，皆宋槧宋印孤帙。此更爲漢代蜀賢遺書，宜沅叔奉爲鎮庫重寶也。丁巳閏二月，仁和吴昌綬謹志。

李孟傳刻本方言跋

盛　鐸

此本與盧抱經所校李文授本殊不盡合，如卷九“艫艎”，盧校李本“艫首”，此本仍作“首”；卷十二“餦，音映”，盧校李本“音影”，此本仍作“映”；“瀒歇”，盧校李本“歇”下作“許竭”二字，此本作“泄气”；又注中“渴”作“竭”，此仍作“渴”。皆不可解。抱經所見，殆景寫或傳校之本，必非真本也。沅叔見示此書，因書數語，冀他日重作校記，以匡盧氏之誤耳。丁巳七月，盛鐸。

以上南宋慶元六年（1200）李孟傳尋陽郡齋刻本

方言箋疏

方言箋疏自序

錢　繹

《方言箋疏》之作也,余弟同人實首創之,未及成而即世,其本藏之篋笥者,十有餘年。及賦梅姪弱冠後,始出以示余。余閱其本,簡眉牘尾,如黑蟻攢集,相襍於白蟫趁趁之中,幾不可復辨。余憫其用力之勤,而懼其久而散佚也,乃取而件繫之,條錄之,凡未及者補之,複出者删之,未盡者詳之,未安者辨之,或因此而及彼者,則觸類而引伸之。譬之築室,其基址材木陶埴之資,則同人已具之;若陰陽向背,體立覆蓋,牆垣黝堊,户牖門橛,則予實成之。竭數年心力,始得脱稿。自後時加釐正,而塗乙纂改者又十之六。書成後,間嫌有繁冗處,思欲更爲删節,重復鈔寫。多事卒卒,殊少暇晷,兼之手戰目眩,不能捉管,蓋是時余年亦已耄矣。同邑吴子嘯庚與余爲忘年交,於儕輩中獨好訓詁之學,余出此稿示之,囑爲參訂,頗有條理,且録清本貽余,後爲壽陽祁相國索去。吴子又爲余録有此本,我子孫其弆之,毋任鼠傷蟲蝕也。昔毛西河有弟纂《易傳》,未卒業而歿,西河爲續成之,今所傳《仲氏易》,即其本也。余之學視西河,無能爲役,而事適相類,亦愈以增鴒原之戚矣。爰述其

緣起及成書之本末如此。時咸豐建元辛亥仲春，嘉定錢繹
自序。

清光緒十六年（1890）仁和王文韶紅蝠山房刻本

方言釋字

方言釋字自序

汪　汲

　　自漢揚氏雄子雲撰《方言》十三卷，晉郭璞注。於是五方之言無不達矣。漢末劉氏熙成國纂後漢劉氏珍一名寶。炓孫所撰《釋名》三十篇爲二十七篇，參校方俗，考合古今，晰名物之殊，辨典禮之異，洵爲《爾雅》後不可少之書也。泊乎魏、晉、五代、唐、宋、元、明閱至於今，凡二千有二十七年，著作日精，無微不發。後之人幾欲贊一辭、易一字焉，不得也。某籍新安，寄居枚里，素雖嗜書，未遑卒讀。烏得於揚子《方言》外紀方言、劉氏《釋名》後云釋字乎？顧昌黎韓子有云：“凡爲文辭，宜畧識字。”江都李氏亦云：“讀書須識字。”某年望八，過此歲月無多。回憶乾隆辛亥秋仲得類中之症，十二載來，閉門考據，舉所目擊，罔不隨手截録，彙訂成帙，間亦付鐫一二。奈精神漸就疲憊，擱筆旋忘。近於字書，如漢許氏慎《説文》、梁顧氏野王《玉篇》、後周郭氏忠恕《佩觿》《汗簡》、宋司馬氏光《類篇》、元戴氏侗《六書故》、明袁氏文熺《禮部韻畧》、國朝《康熙字典》、廖氏綸璣《正字通》、吳氏任臣《字彙補》、任氏大椿《字林《文獻通考》：“《字林》五卷，晉呂忱譔。”考逸》諸書，無時不置座右，寢食餘間，藉爲消遣浮生半日之資。因嘆口能道目不能識者，志數難終也。故每從展卷時，檢有可爲世俗通用之字，一一遵注引證，務極分明，俾習焉不察者，一望瞭然，正非强作解事，附會爲工，以致想當然疑似是也。第念字學亦浩如煙海，蠡管寔難以窺測，繕清一帙，屈指僅集得七百七十二字，內附連用俗字一百五十六字，及字書部首五十三字，統計九百八十一字。非不知其中漏畧不少，然而知之爲知之，不知爲不知，聖人之誨，固無敢或背焉耳。嘉慶七年壬戌八月上澣，淮陰五世同堂老人汪汲葵田氏書於似村居之北牖，時年七十有五。

方言釋字敘

談　泰

有一方之言，斯有一方之音；有一方之音，宜有一方之字。言既殊而音亦不合，音雖異而字無不同。無如音之所發無窮，字之所制有限。世固有有音無字者，亦有有字無音者，求其詳擅委備也殊難。先君篤嗜六書，至老不倦，稽古之暇，間亦攷今。嘗作《通俗字辨》三卷，詳載金陵方音，幽討冥搜，殫心畢慮，歷數年而後成。書成而先君下世，遺稿尚存篋中，愚兄弟深以不及付梓爲恨。猶記先君之言曰：“方今小學盛行，叔重之書，家呻戶嗶，文人遞加推闡，愈久愈精，幾於罄其藏而無遺蘊矣。雖然，字有古今，亦分雅俗，知古而不知今，知雅而不知俗，未可以云識字也。蓋專肆古文者以今文爲非，研究古音者以今音爲舛，所見未嘗不卓，唯必致率天下之人一話一言悉從古音、一點一畫皆遵古字，則迂闊而遠于人情，其勢有所不行也。假有俗字於此，雖不載於漢魏以前之籍，而已見于唐宋以後之書，不得謂其非字也。設有舉而發難者，一時猝不能答，恥孰甚焉？夫《説文》《玉篇》等書，未始無俗字，今之所謂雅，正古之所謂俗；今之所謂俗，又後之所謂雅，是古今雅俗皆不可以偏廢者也。"先生精心汲古，著《方言釋字》一編，于古今字書無所不覽，舉凡有協於五方之聲音言語，一一登註。蒐輯既終，囑泰序其端末。泰非知六書者，而服膺先人之訓，一切世俗之音、世俗之字，無日不在胸臆之間，每患失之眉睫之際，且無書可攷，有志莫酬。得先生是書，庶無憾焉。南樓先師有言："古人字少而能通，今人字多而近俗，善於通者不患其少，蔽於俗者轉愛其多。"之數言者，切中後來字書之失，何者？古之方言俗字，或爲今之所無，今之方言俗字，初非古之所有，似未可混而爲一，不知同居一方，同出一口，必有得其近似者。試彙五方之言語，薈而萃之，古音即出於其間；聚列代之字書，統而觀之，俗字亦所在多有，豈可爰古博今，置而不較乎？昔揚子雲多識奇字，劉子駿學之；王荆公頗識難字，韓魏公稱之。夫奇字能識，而至庸之字不識；難字可識，而至易之字不識，是尚得謂之識字乎？余曩閲吳氏《字彙補》，博採金石之文，間有有字無音者。夫有字無音，音固不可以杜撰；有音無字，字亦不可以僞爲。先生於有音無字之方音，胥得其字以實之，則又愈於有字無音者矣。是爲序。嘉慶癸亥冬十一月杪，秣陵談泰拜撰。

以上清嘉慶七年（1802）古愚山房刻本

戴氏續方言

戴東原續方言稿序

羅常培

　　民國十七年冬，江陰劉半農先生於北平廠肆得戴東原手寫《續方言》稿二卷，共十四葉，葉二十行，行二十一字。所采之書凡四種：從“昉”以下至“于諸”三十一條，皆何休《公羊傳注》所云；從“訐”以下至“冊”一百二十六條，皆許慎《説文解字》所云；從“惠”以下至“掌”三十八條，皆劉熙《釋名》所云；從“衢道”以下至“咸感也”十九條，出于《荀子》本文者十一，出于楊倞注者八。各依原書爲序，未加類次。錢大昕、段玉裁、洪榜、王昶等爲東原作《別傳》《年譜》《行狀》《墓志》均不箸録。意爲東原未竟之稿，既覩杭世駿書，遂即中輟者也。

　　案杭世駿《續方言》二卷，《四庫全書》收入經部小學類。其成書年月，不見明文，卷首所載齊召南、胡天游二序，亦無年月可考。然稚威卒於清乾隆二十三年戊寅，在次風卒前十年，在大宗卒前十五年。據胡元琢爲其父所訂《年譜》，稚威自乾隆元年至十七年均留北京，十八年後即赴蒲州，其爲《續方言》作序，當在與大宗同旅北京時。大宗以乾隆八年二月癸巳，因考選御史對策護譴，次年即與施蘗齋、全謝山聚首餘姚，同遊龍山諸勝。則杭書之成，必在乾隆八年以前

矣。今考段玉裁《戴東原年譜》,乾隆二十年乙亥,戴氏始以
《方言》寫於李燾《許氏説文五音韵譜》之上方,自題云:"乙
亥春,以揚雄《方言》分寫於每字之上,字與訓兩寫,詳略互
見。"玉裁案:"所謂寫其字者,以字爲主,而以《方言》之字
傅《説文》之字也;寫其訓者,以訓爲主,而以《方言》之訓傅
《説文》之字也;又或以聲爲主,而以《方言》同聲之字傅《説
文》。所謂詳略互見者,兩涉則此彼分見,一詳一略,因其便
也。先生知訓詁之學自《爾雅》外惟《方言》《説文》切於治
經,故傅諸分韵之《説文》,取其易檢。既入四庫館纂修,取
平時所校訂,遍稽經史諸子之義訓相合,及諸家之引用《方
言》者,詳爲疏證,令此書爲小學斷不可少之書。奉命刻聚
珍板惠海内,而此分寫本者,乃草刱之始也。"是東原專攻
《方言》實自乾隆二十年始,其補苴拾遺必更後。且以此稿
筆勢與旌德吕氏所藏乾隆十六年辛未東原手抄《春酒堂詩
集》相較,遒逸峻整之異,一望可辨。則其爲辛未以後所書,
亦可得一旁證。故其屬稿年代,約在乾隆二十年專攻《方言》
之後,三十八年入四庫館以前。然其經始雖後于大宗,而實
閉户暗合,未嘗相襲。蓋大宗彙輯羣書,依《爾雅》類次,但
不明標其目;而東原所輯,俱以原書爲序,未經排比。又大
宗引用之書,於《十三經注疏》《逸周書》《戰國策》《説文》
《釋名》《經典釋文》《玉篇》《集韵》而外,尚有《博物志》、
《水經注》、王逸《楚詞注》、高誘《淮南子注》、韋昭《國語注》、
陸璣《毛詩草木鳥獸蟲魚疏》、郭象《莊子注》、裴駰《史記集
解》、司馬貞《史記索隱》、張守節《史記正義》、顔師古《漢書
注》、李賢《後漢書注》、李善《文選注》、顔師古《急就章注》、
王應麟《急就章補注》等十餘種,較東原所引,惟缺《荀子》
楊倞注一種,餘則博瞻過之。然據《四庫全書》,杭世駿《續

方言提要》云：“所引之書既及王應麟《急就篇補註》，則宋以前書皆當詳采。今即耳目之前顯然遺漏者，如《玉篇》引《倉頡篇》云：‘楚人呼竈曰寠。’《列子·黃帝篇》注引何承天《纂文》云：‘吳人呼瞬目爲眴目。’《韵會舉要》引李登《聲類》云：‘江南曰辣，中國曰辛。’《爾雅·釋草》釋文、宋庠《國語補音》引晉吕忱《字林》云：‘楚人名蔆曰芰。’‘鸎，秦名雅烏。’‘鰋，青州人呼鮎鰋。’《初學記》及《太平御覽》引《纂文》云：‘梁州以豕爲豞，河南謂之彘，漁陽以豬爲犯，齊徐以小豬爲羠。’《太平御覽》又引《纂文》云：‘秦以鈷鏷爲銼鑼。’《爾雅·釋親》釋文引《纂文》云：‘妹，媦也。’《初學記》引服虔《通俗文》曰：‘南楚以美色爲娃。’《初學記》及《山堂考索》又引《通俗文》云：‘晉船曰舶。’《埤雅》引《廣志·小學篇》云：‘螻蛄，會稽謂之蟹蛄。’《北戶録》引顔之推《證俗音》云：南人謂凝牛羊鹿血爲峪。麶麰，内國呼爲糗餅，亦呼寒具。籹糫，今江南呼曰徽飴。蝘蜓，山東謂之螈蜆。鯖，吳人呼爲鯽魚也。凡此諸條，皆六朝以前方言，正可以續《方言》之著而俱佚之，豈舉遠者反略近歟？”案錢大昕《邵二雲墓志》云：“自四庫館開，而士大夫始重經史之學，言經學則推戴吉士震，言史學則推君。”是經部小學類書，大都應經東原審核。若使此稿已成，或有意勦襲，則引據不當更陋於大宗。且即兩家同引之《公羊傳注》《説文》《釋名》三書互校之，則杭有戴無者凡十三條：

　　徐者皆共之辭也，關東語。成十五年《公羊傳注》。

　　齊人與妻婢姦曰姘。《説文》引《漢律》。

　　楚人謂寡婦爲霜。杭原注《説文》，沈齡《方言疏證》改作《詩·桃夭》疏引《説文》。

汝南、平輿里門曰閈。

鹽官三斛爲一䚻。

北方以二十兩爲鋝。

歲貉女子無袴，以帛爲脛室，用絮補核，名曰縛衣，狀如襜褕。

稻江東呼稷。

齊謂麥䅓也。

江南橦材其實謂之柍。

南越名犬獿獀。以上皆見《説文》。

天，豫、司、兗、冀以舌腹言之，天，顯也。青、徐以舌頭言之，天，坦也，坦然而高也。

風，兗、豫、司橫口合脣言之，風，汜也，其氣博汜而動物也。青、徐言風蹴口開脣推氣言之，風，放也，氣放散也。以上皆見《釋名》。

戴有杭無者凡二十二條[①]：

伐人者爲客，讀伐長言之，齊人語也。見伐者爲主，讀伐短言之，齊人語也。莊二十八年《公羊傳注》。

沇州謂欺曰詑。

憮，愛也。韓、鄭曰憮。

迣，迾也。晉、趙曰迣，讀若實。

控，引也。匈奴言引弓曰控弦。

俗語謂死曰大殢。

北方謂鳥腊曰腒。

俗語謂始生子曰鼻子。

---

① 以下所載共二十一條。

楚人名門曰閶闔。

㯕，斫也。齊謂鎡錤。

東齊謂缶曰甾。

爨，齊謂之炊。

鞄，馬尾鞄也。或謂之般緒。

鋒，鏶也。齊謂之鏷。

希，河内名豕也。上谷名豬曰豛。

㕭㕭，呼雞重言之，讀若祝。以上皆見《説文》。

汝、潁言敏曰閔①。

漢已來謂死爲物故，言其諸物皆就朽故也。

不借，齊人云搏腊，猶把作，麤貌也。荆州曰麤，麻、韋、草皆同名也。

齊人謂扇爲翣。

齊、魯謂光景曰枉矢。以上皆見《釋名》。

互有詳略，不相雷同。至大宗於《説文》泛稱"俗語、或曰"及方域不明者，皆削而不書；東原於《釋名》舌腹舌頭、横口噘口之喻，亦不入録。斯蓋義例之殊，非關各人之疏密矣。

竊謂東原於致力《方言》之餘，初亦有意補苴揚書。惟涉筆摭録，未遑理董。及見大宗所續，引據類次，均出己右，遂止於二卷，不再裒集，而以其有關揚雄本書者，採入《方言疏證》。是以《提要》於大宗所引之書，雖譏其"耳目之前，往往遺漏"，而亦不得不稱其"蒐羅古義，有裨訓詁""大致引據典核，在近時小學家猶最有根柢者矣"。今檢稿中凡圈句或加¬識者，皆《方言疏證》所收：

---

① 潁，《釋名》作"穎"。

燕、代、東齊謂信曰訦。《方言疏證》卷一，頁十一下，據微波榭刻《戴氏遺書》本。以下但注卷頁數。

沇州謂欺曰詑。卷一頁一下。

憮，愛也。韓、鄭曰憮。卷一頁三下。

南楚謂相驚曰猲。卷二頁七下。

青、徐謂慙曰悿。卷六頁二下。

河內之北謂貪曰惏。卷一頁九下。

秦、晉謂好曰娙娥。南楚之外曰嬌，吳楚之間曰娃。卷一頁二上，卷二頁二上。

秦、晉謂細要爲嫢。卷二頁四下。

益州鄙言人盛諱其肥謂之瀼。卷二頁四下。

朝鮮謂盧童子曰盰。卷二頁三下。

眄，衺視也。海、岱之間曰睇，江、淮之間曰䁙，南楚曰睇。眄，秦語也。卷二頁十下。

朝鮮謂兒泣不止曰咺，秦、晉曰唴，楚曰㗅㘗，宋齊曰喑。卷一頁五下。

徂，往也。往，適之也。徂，齊語；適，宋、魯語。卷一頁八下。

逆，迎也。關東曰逆，關西曰迎。卷一頁十五上。

楚人謂跳躍曰蹠。卷一頁十四上。

齊謂多爲夥。卷一頁十二下。

自關已西，凡取物之上者爲撟捎。卷二頁九下。

攈，取也。南楚語。卷一頁十五上。"攈"，《方言》作"攓"。

拓，拾也。陳、宋語也。卷一頁十五下。

䭀，相謁食麥也。秦人謂相謁而食麥曰餇餽，楚人曰䭜，陳楚之間曰餥。卷一頁十六上。

東齊堛謂之㙧。卷三頁一下。

東齊謂布帛之細曰綾。卷二頁五下。

宋、衛之間謂華奕麗曰僷僷。卷二頁三上。

青、齊、沇、冀謂木細枝曰蔑。卷二頁五下。以上均見《説文》。

其未加圈識而録入《疏證》者，亦有十八條：

譎，權詐也。益、梁曰謬欺天下曰譎。卷三頁七下。

益州謂瞋目曰瞳，吴、楚謂瞋目顧視曰眮。卷六頁三下。

益、梁之州謂聾爲聵，秦、晉聽而不聞、聞而不達謂之聵。吴、楚之外凡無耳者謂之䎳，言若斷耳爲盟。卷六頁一下。

東夷謂息曰呬。卷二頁十下。

楚謂疾行爲逞。卷二頁十三下。

自關已東謂取曰揜。卷六頁四下。

楚人謂藥毒曰痛瘌，朝鮮曰癆。卷三頁七上。

關東謂之槌，關西謂之梼。栙，槌之横者也，關西謂之㯉。卷五頁九上。

江、淮之間謂釜曰錡，朝鮮曰錪，秦名土釜曰鬲。卷五頁一上。

楚謂大巾曰帗。卷四頁十下。

南楚謂禪衣曰襌。卷四頁一下。

䄺，楚謂無緣衣也。卷四頁九下。

益州部謂蟓場曰坥。卷六頁六下。以上均見《説文》。

荆州謂單衣曰布襦。卷四頁三上。

綃頭或曰陌頭，齊人謂之㡩。卷四頁十一上。

幧，齊人謂之巨巾。卷四頁三下。

齊人謂韋屨曰扉。卷四頁十二下。

不借，齊人云搏腊，搏腊猶把作，麤貌也。荆州曰麤，麻、葦、草皆同名也。卷四頁十二下。以上均見《釋名》。

繹其略例，大致與《方言》本文全同者圈而乛之；與本文字句微異者，乛而不圈；不見於本文而可資詮釋者，圈而不乛；至其未加圈識者，則並與本文不盡相傅也。

自《方言疏證》成，此稿遂廢。然戴氏著作之有録無書者，如《六書論》三卷、《轉語》二十章，及《七經小記》中之《詁訓》《學禮》兩篇，或僅存其序，或祇箸其名，原稿並皆佚而不傳。此稿從未經東原道及，亦不見於諸家箸録。今半農先生竟于無意中幸獲之，俾後之覽者知東原於《方言疏證》而外，尚有此未竟之長編，則吉光片羽蓋已彌足珍矣。承半農先生不自秘庋，允以原稿由本所景印流傳，並命常培序其顛末，因舉杭、戴兩書之異同，及其有關《方言疏證》者，述之如右。惟半農先生及海内通人匡而正之。

抑自杭、戴而後，采摭經傳故記以補子雲之遺者，尚有程際盛《續方言補正》一卷、徐乃昌《續方言又補》二卷、程先甲《廣續方言》四卷、《廣續方言拾遺》一卷、張慎儀《續方言新校補》二卷。際盛所補僅數十條，增引之書，惟《後漢書》《越絶書》及郭璞《山海經》《穆天子傳》兩注。其餘三書較爲晚出，引據互有疏密。綜其所甄録者，自史傳、諸子、雜纂、類書，以迄古佚殘篇、舊籍解詁，都凡六七十種，皆大宗、東原、東冶之所未及。旁搜雅記，廣羅逸典，囊括唐宋小學諸書，輶軒所采，摭拾略備。然並徵引有加，義例未改。其或分地爲書及考證常言熟語者，自明清以來，亦有李實《蜀語》、張慎儀《蜀方言》、胡文英《吳下方言考》、孫錦標《南通方言疏證》、毛奇齡《越語肯綮録》、茹敦和《越言釋》、劉家謀《操風瑣録》、胡韞玉《涇縣方言》、詹憲慈《廣州語本字》、羅翽雲《客方言》；

及岳元聲《方言據》、楊慎《俗言》、錢大昕《恒言録》、錢坫《異語》、翟灝《通俗編》、張慎儀《方言別録》、孫錦標《通俗常言疏證》、謝璿《方言字考》等，凡十餘種。至散見諸家筆乘及各省方志者，尤不勝覶縷。綜其義例，雖與杭、戴有別，然自羅翽雲等二三人外，大致如章太炎先生所謂"撮録字書，勿能爲疏通證明，又不麗於今語"，或"沾沾獨取史傳爲徵，亡由知聲音文字之本柢"，縱有"略及訓詁者，亦多本唐、宋以後傳記雜書，於古訓藐然無麗。俄而撮其一二，又楛不理析也"。章君以爲："考方言者在求其難通之語，筆札常文所不能悉，因以察其聲音條貫，上稽《爾雅》《方言》《説文》諸書，斂然如析符之復合，斯爲貴也。戴君作《轉語》二十章，其自述曰：'人之語言萬變，而聲氣之微有自然之節限。是故六書依聲託事，假借相禪，其用至博，操之至約。五方之言及小兒語未清者，其展轉譌溷必各如其位。昔人既作《爾雅》《方言》《釋名》，余以爲猶闕一卷書，刱爲是篇，用補其闕。疑於義者，以聲求之；疑於聲者，以義正之。'善哉！非耳順孰能與於斯乎？"因以比類，刱通六例，成《新方言》十一卷，循音變友紀，博考今言，以推迹語根。杭、程諸家，遠非其匹。顧凡語皆求本字，以上合於《爾雅》《説文》，必欲"今之殊言，不違姬、漢"，則猶未能如戴氏所謂"去其穿鑿，自然符合"者也。然則，戴氏《續方言》未成，尚無關宏恉，而《轉語》散佚，實至可惜。儻能演繹序文，闡彼遺意，旁搜方言殊語，明其摯衍所由，聲義互明，古今交證，不泥不鑿，信而有徵，則其所以酬東原之宿志、奠語學之新基，固愈於墨守《聲類表》以釋補《轉語》者遠矣！中華民國二十一年四月五日，羅常培序於歷史語言研究所。

1932年歷史語言研究所影印休寧戴震手稿本

杭氏續方言

續方言序

齊召南

　　揚子雲採集先代絶言、異國殊辭,爲《方言》十五卷,示張伯松,柏松曰:"垂日月不刊之文也。"余友菫浦先生採集注疏,旁及羣書,爲《續方言》二卷。示余,余評之如柏松,菫浦駭爲過當。余曰不然。自書契既作,所謂垂日月不刊者,孰有過于聖人之經哉?《續方言》所記,皆三代時及漢以前語,士讀經者必知其説,而後能通其義,是廣卜子《爾雅》補許慎《説文》也,殆所云附日月而不刊者耶。子雲《方言》,雖亦古輶軒之使所必及,然惟一二附于經者,解經家必用之,非是類也,繁徵博引,士可束而不觀,較諸《太玄》,其爲覆瓿一耳,柏松贊以不刊,不亦諛乎? 今夫聖人之經,則亦有所謂方言者矣。《書》有商盤、周誥,《詩》有十五《國風》,《禮》則名物器數,代各不同,《春秋》則名從主人,傳自爲説。然昆命元龜,六日不詹,終葵、掉磬之解,伊緩、矢台之稱,後世不得以方言目之者,何也? 聖人之經日月也。日月千古不變,其躔次隨時改移者,雖變猶不變也。後世分至不同《堯典》,而《堯典》之文不刊;昏旦中星不同《月令》,而《月令》之文不刊;日無頻食,閏不必在歲終,而《春秋》頻食、閏月之文不刊。故凡附于經者,皆不刊也。菫浦以澹雅之材、沈鬱之志,鋭精于經,以其餘閒，把三寸弱毫，彙分類聚，使學者不勞繙閱，而坐知漢以前謠俗語言之異，勤矣哉！天台齊召南。

續方言序

胡天游

六經之言公天下，齊楚秦晉誦焉而道同，雖越區遠，無有殊互，然徒究其義，未辨其類，勿爲能通。夫《爾雅》訓詁，釋《詩》《書》異辭，子夏、梁文斤斤其間，儒者博問善達，多通四方，辭至而解，無所疑惑，何有荀卿、伏生謇吃于齊楚也？董浦治羣經，精師法，採當時之言，類方以從，肆昭、遏渠、惡池、於菟、死鼠不爲璞，聰明勿訛，跨雄鬭奇，事小而功裕者乎？山陰胡天游。

以上清光緒（1875～1908）間刻本

續方言拾遺

與某拔貢書

張慎儀

　　杭菫浦太史《續方言》，乃刺取六朝以前諸籍，以補揚雄
《方言》之遺，並非攻擊揚書而作也。後儒之疑《方言》，蓋因
《藝文志》及雄本傳所不載。然攷漢劉歆《西京雜記》，姚際恒
謂係梁吳均偽作，盧文弨辨爲子駿真蹟，茲從盧説。固言"子雲好事，
嘗懷鉛提槧，從諸計吏訪殊方絕域四方之語"，雄覆歆求《方
言》入録書亦言"常問異語，以鉛摘次之於槧"，後漢應劭《風
俗通義序》，晉常璩《華陽國志》並稱雄作《方言》，劭注《漢書》
亦引之。自是孫炎注《爾雅》，杜預注《左傳》，薛綜述《二京
解》，張載、劉逵注《三都賦》，張湛注《列子》，裴松之注《三國
志》，裴駰注《史記》，更遞徵引。江瓊亦世傳其學，而郭璞且
爲之注。近人姚氏箸《古今偽書考》，《孝經》《爾雅》皆在可
疑之列，獨不及《方言》。即《提要》辯正《方言》，不過曰"或
侯芭之流，收其殘藁，私相傳述，不免附益"。如《爾雅》《説文》
之類，未嘗顯斥爲偽書也。惟宋洪容齋以爲非雄所作，不足
據爲典要。某友之詆《方言》爲偽，而以杭爲攻揚而作，或本
容齋以爲言歟？或未細攷揚、杭原書歟？誠不知其何據也。
縱使有據，要亦容齋類耳。且既爲應劭諸人所稱引，必漢人
所作無疑。而杭輯乃下及於陸氏《釋文》，又何足以攻之耶？

僕纂《續方言拾遺》，體例一本於杭，並未別出新意，祇已見程煥若補正本者，不復收也。讀書不博，挂漏實矮。若謂蒐采踦奪，則正中僕病；若謂於經學無補，則所未聞。凡近今方俗之語稍雅馴者，俱可以證經，而況六朝以前耶？説經諸儒，觸處引用，更僕難數，略讀阮、王所刻《經解》，即知其概矣。釋玄應《一切經音義》、釋慧苑《華嚴經音義》所引多古傳記，國朝經師極贊賞之，以爲可與《經典釋文》並垂於世，原與彼教無涉，而某友乃云“係屬釋典，不宜引用”，是並古傳記而黜之，尤圖人所不解也。僕爲是言，非以解嘲，良以學問之道，必互相駁難，而後有所進益。自非某友無以發僕之恇論，敢質之通人，乞不以爲不可教而辱教之，幸甚！張慎儀頓首頓首。

續方言拾遺序

王樹枏

《續方言拾遺》二卷，陽湖張君芋圃所輯也。往者仁和杭大宗先生曾有《續方言》之作，己卯之歲，樹枏又與霞浦吳君彝臣補其缺漏者近百三十事。今觀芋圃之書，知其掇拾捃補，爲鄉所未備者，又復往往而是，蓋著述之功如此其靡既也。儀徵阮文達公以《爾雅》者爲王都之正言，孔子懼小辨之破言、小言之破義也，於是爾雅以觀于古，凡誦《詩》、讀《書》、執禮，皆正言明之，不一雜以齊魯之方語。後世學者不達其旨,乃至殊讀異音,更亂經典,一字而形聲遞變,一書而彼此兩歧,厖然錯淆,莫可究紀。西漢儒者揚子雲氏乃採絕代語釋別國方言,勒爲一書,以明文字異同之由,其時非盡以爲典要而可據也。傳之既久,孔子删定之書,既紛紜莫得其一當。於是學者即方言之變轉,因聲以紬義,因義以尋源,假借引伸,而聖經之真,時有冥合於千載之下者。故何休、許慎、鄭康成、高誘、王逸之徒,多以當代土俗之言解説經義,晉唐以來,述焉而不絕,此皆禮失則求諸野之意。而芊圃所爲,懃懃搨拓,敝心力以從之者也。嗚呼!雅訓之亡,至今不知凡幾,經數千百年兵戎水旱,流離滅絶之餘,古方言之變遷,若其亡而不可復知者,又不知凡幾。樹柟嘗輯《畿輔方言》,證古今語之異同,如慧之爲鬼,謹之爲讓,縣之爲佻,伏之爲抱,匙、瓢、鍬、瓷之屬,蘿摩、燕薑、蚰蜒、螳蜋、鶺鴒諸物之名,古方言之存者,十僅一二焉,吾安得廣識通聞,知殊方絶域四方之語,有今代子雲其人者與?吾芊圃懷鉛提槧,一就證其存亡也。光緒庚寅正月三日,新城王樹柟識於青神之止園。

續方言拾遺敍

閔　鋻

　　三代周秦遒人軒車使者,以歲八月巡路求代語、僮謡、歌戲,靡不畢載,以爲奏籍。漢興之初,其業隳廢,無見之者。獨蜀人莊君平、臨邛林閭翁孺深好訓詁,輶軒之使所奏言,尚猶及之。至揚子雲以澹雅之才、沈鬱之思,本君平所有千言、翁孺梗概之法,常把三寸弱翰,齎油素四尺,採集古雅別語、別國不相往來之言。以鉛摘次之於槧，積二十七歲，成《方言》十五卷，不勞戎馬高車之使，坐知偏俗，張伯松稱"懸諸日月不刊之書"，常道將所謂"典莫正於《爾雅》"者也。劉子駿以書從取，而子雲不與，《七略》未得入録，故《漢書·藝文志》闕焉。晉郭景純觸類廣演，以爲之注，後儒稱引，與《爾雅》並重。聖朝右文稽古，經學昌明，杭氏董浦作《續方言》二卷、程氏焕若《補正》一卷，通儒博識，擇撢羣藝，詳録品覆，尟所漏霒。今張君芋圃廣業甄微，探賾索隱，沈研鑽極，歷載搆綴，成《拾遺》二卷，遵修舊文，而不穿鑿，演贊其志，次列微辭，類聚羣分，條牽理貫，而舊書雅記、故俗語不失其方，信而有證，厥誼可傳。將以解謬誤，達神恉，究六藝之訓，觀百家之言，通萬方之略，允爲奇觚異衆，非徒燕石補瑜也。惄末學膚受，循軌不暇，辱委校讎，無能爲役，擁篲企望，達者理董，廣寢多聞，亦有樂乎瞻涉也。閔盩譔。

續方言拾遺敘

胡薇元

余中表兄弟陽湖張君芋圃與其弟棣邨、蓮身，咸博學而精思。蓮身與余爲丙子齊年友，棣邨丙戌成進士，觀政農部。獨芋圃鍵户端居，讀書之外，罕與人事接，二十餘年未嘗一日廢書。積累既深，間有述録，墜文軼事，彌見洽聞，視棣邨、蓮身所箸，尤爲宏富。戊子春，余主講嘉州九峯書院，芋圃適館太守幕，出其所箸《續方言拾遺》二卷，細書密札，戢香行間。自六朝以前，見諸載籍，罔不句稽證釋，攷據精詳，而條貫無不備,其用力可謂勤矣。分別部居,依乎《爾雅》,周秦而上,古義之存者,可據以證其得失;散見於後世者,可藉以闚其端緒。吾鄉杭堇浦太史《續方言》之後,當以此書爲傑構矣。聞芋圃尚有《方語五種》《詩異文補釋》《廣釋親》諸書,願益得受而讀之。芋圃年甫四十餘,種業樹文,兼綜細大,其所箸述,又烏可量耶? 越郡胡薇元敍。

以上清光緒十六年(1890)張慎儀刻本

廣續方言

廣續方言識語

程先甲

《方言》者，蓋《爾雅》之苗裔，《風詩》之別録，首基于姬聖，而張皇乎輶軒。子雲氏作，操簡勤咨，裒集成帙，上之可以證經，次之亦堪通俗，將以極故訓之變、窮聲音之原者也。景純歎爲“洽見之奇書，不刊之碩記”，亶其然已。國朝杭氏因而續之，掎捃甚够①，然亦間有敚遺，《四庫提要》曾略舉之。先甲披吟之暇，時亦弋獲，繼見長洲程氏《續方言補》，芟其與之複者數條，凡杭、程兩家所未及者，悉爲甄録，其有與兩家所引之書不同，而文誼相類，亦資參證，故並著焉。但長洲程氏所補，下逮宋人，兹所徵書，則斷自唐止。若夫書雖出自唐下，而引有古籍者，亦加擇擇，兼以存佚。至杭氏闇依《爾雅》目次，則《方言類聚》已肇厥端，兹沿其例，復爲標題，以便尋檢。

揚書中有泛言五方通語者，有泛釋名義、不言某方者，後人若援斯例，則漫無限斷，兹故未敢。

杭書所引《説文》、《爾雅》郭注，揆之揚書，輒多犯複。蓋《説文》多原本《方言》，郭注《爾雅》亦然，即非《方言》本

---

① 够，當爲“夠”字之譌。

文,亦見注中。至《注疏》《釋文》、陸璣《詩疏》諸書,有本《方言》立文者,杭氏間亦誤引,均爲失檢。若夫長洲程氏所輯,亦有一條與揚書複。先甲于揚書探討稍勤,然兩家之弊,恐亦未免。

許叔重《淮南注》今已佚,杭氏所引,皆據他書而輯,第未標明何書,亦似稍疏,兹則必稱某書所引。或羣書互有異同,或文與今本頗多出入,間加按語,以備參稽。

篇中所引書名,多從簡約。如唐釋玄應《一切經音義》、釋慧琳《一切經音義》但稱《玄應音義》《慧琳音義》,《太平御覽》但稱《御覽》之類是也。

篇中所云《原本玉篇》者,黎刻日本本《玉篇零卷》也。云《廣益玉篇》者,《大廣益會玉篇》也。所引《廣韻》,迺張氏澤存堂翻本也。間以黎刻日本本校,即注其下。

篇中所采《嶺表録異》《酉陽雜俎》,頗涉小説,第《山海經》《博物志》,杭、程兩家各嘗取諸,亦以稍近雅爾。至《西京雜記》雖云僞譔,要亦唐以前人所爲。若《禽經》則出唐後,故從舍旃。

是篇輯于光緒壬辰,嗣以疊遭喪故,久不復省。丁酉春,病中發敝簏,諸藁叢殘,黯然自愍,迺舉是篇,先加排比,用詆匡糾。光緒二十三年太歲丁酉,江甯程先甲一夔自識。

丁酉歲,《廣續方言》定本出,蒯先生禮卿、鄭子太夷亟稱之,太夷且爲署卷耑,既排印數百本。十餘年來,詒餉略盡,紬繹之餘,或有移易損益,輒識行間。今歲迺復刊之,視丁酉本,删者四,增注者十有三,點定者八。曲園老人暨沙、陳二子所遺之書,皆前本所未及,亦最録焉。三弟先科良賢見余箸書,恒壯之,前本卷尾有"弟先科審校"字,今重刊是書,弟之夭逝久矣，然痛之甚，故卷尾仍其題字焉。宣統二年太歲庚戌四月，先甲記。

德清俞曲園先生來書光緒壬寅

俞　樾

一夔仁兄經席：僕以虛名，浪播海內，時局大變，吾道將窮。東坡云：“垂死初聞道，平生誤信書。”每誦斯言，以爲太息。而足下又曲相推許，盛爲揄揚，雖承賢者之雅懷，實非鄙人之私願也。伏讀大箸數種，具有本原，非同掇拾，既欽爲學之日益，亦欣吾道之不孤。《廣續方言》中，“吳楚謂之瀨”“今江東呼爲蛭蟣”此二條似宜酌。“蛭蟣”句似宜據慧琳原文，於句上增“水蛭”二字，本是原書標目，不嫌增益。“吳楚”句，或連上引王逸注爲文，未知可否。又一條云：“其河，彼俗謂之燕支河。”“其”字上無所承，亦似宜酌。此等處均無傷全書之美，既承見示，輒布陳之。《選雅》之作，自是上搲羣雅，非足下不能成此書。遵命題耑，并製小序，聊副來書，未足增重三都也。手書布復，并謝大教，即頌箸安。匆匆不一。愚弟俞樾頓首，二月二十七日。

先甲按：曲園先生此書，被飾備至，誠非所任，然亦足見老輩之德雅矣。所言“瀨”“蛭蟣”“燕支河”三條，已改正。今曲園先生墓草已宿，循省手墨，能勿潸然？宣統二年四月，先甲記。

丹徒陳善餘徵君來書光緒丁酉

陳慶年

一夔仁兄大人閣下：前來一椷，久經誦悉。近于初九日，又奉手楮題目一紙，已交與壽民若木矣。并展讀大箸《廣續方言》，搜羅既富，體例亦精，而排印又疏朗可觀，令人快慰不可言。印完以後，當紬繹首尾，勉作一書，以塞前諾。屆時必望先行寄示，暫緩裝訂，諒不急急也。郭刻《方言》得便郵致，亦欲少加檢視，方能著筆。弟近頗發火氣，終朝栗碌，無穀可狀。纂輯趕畢以後，擬仍返舊巢，庶可常得瞻。近久雨天寒，多多珍衛，即頌箸安。小弟陳慶年叩，四月十七日。

如皋沙健荓太史來書光緒丁酉

沙元炳

一夔仁兄同年大人足下：前者壽人南歸，屬致飢漱之忱。比奉賜書，藉審起居清謐，著錄瞻富，甚慰甚慰。元伏處海濱，學業荒落，過蒙獎飾，祇增恧耳。承示大箸《廣續方言》二冊，蒐采緐博，晬杭、程二家之書多十之五六，可謂勤矣。匆匆循覽，間有芻蕘之見，謹獻左右，以備采擇。《方言》六："由迪，正也。東齊青徐之間相正謂之由迪。"尊箸引《玉篇》云："青州之間相正謂之迪。"顧義蓋出《方言》，誤敚由字耳。《方言》七："北燕之外郊，凡勞而相勉，若言弩力者謂之侔莫。”尊箸引欒肇《論語駮》云：“燕齊以勉强爲文莫。”“文、侔”一聲之轉，欒義蓋本《方言》。此二條似與揚書複。“北方名强直爲懭”“楚人謂相調笑爲咍”“隴西以犬子爲猶”，《纂文》誤敚“子”字，當依《説文》。並與杭書同，特徵引異耳。然大端引據詳核，洵爲訓故有用之書。異日得綴學之士，如錢氏箋疏揚書、沈氏疏證杭書之例，更爲申釋，亦小學之管鍵也。《方言》爲釋五方通語之書，其有泛釋名義不言某方者，疑經後人竄敚，其逸義往往見於他説。《方言》：“蒔，殖立也。”“蒔”通作“傳”，《周官·太宰》疏云：“東齊人物立地上爲傳。”《方言》：“鑴、餟，餉也。”《説文》云：“吳人謂祭爲餽。”《方言》：“龕、喊、誠、啼，聲也。”《法言·問神篇》吳注云：“喊，聲也。今吳人謂呵曰喊。”《方言》：“鈋也。”《玉篇》《廣韻》竝云：“鈋，吳人呼短物也。”斯類不可備舉。據此知《方言》不云某方者，半由譌敚，非盡原書矣。質之大雅，以爲何如？今廣方言館開，朝廷勤求四方瑰特之彦，將以考驗異俗殊語，通之政事。劉歆所謂子雲攘意之秋，蓋在斯時矣。足下儻有意乎？草草裁答，順候箸安，不備不莊。小弟元炳再拜，五月二十一日。

　　先甲按：書中所言與揚書複者二條，其“青州之間相正謂之迪”一條，丁酉排印本有之，今已芟。“其燕齊以勉强爲文莫”一條，則未芟，蓋此條較《方言》多一“齊”字，且《方言》之異屬聲轉者半，《爾雅》之同實異名，亦多聲轉，揚書亦然，未可以其聲轉而棄之也。至書中所舉“懭”一條，“咍”一條，“猶”一條，謂與杭書同，特徵引異，則《識語》所謂“與兩家所引之書不同，而文義相類，亦資參證”者，已標其例，故未芟。宣統二年夏四月，先甲記。

廣續方言跋語

朱孔彰

　　右《廣續方言》四卷，余友江甯程君一夔所箸，沿子雲之例，於杭氏菫浦、程氏東冶《續》《補》二編外，又録得千數百條，用心可謂勤矣。杭氏采輯未備，程氏補亦無多，間有�複，且采及宋人書，君所輯則斷自唐止，其精贍殆有過焉。余承先業，嘗習許君《説文》，知《説文》大半據《方言》，不獨關東西等句，即單詞重言，亦多采子雲説。今《方言》敊遺，莫能憭耳。杭氏所録複者，如《辵部》"逆"下"關東曰逆，關西曰迎"、《人部》"倩"下"東齊壻謂之倩"，《方言》已見，余友陳君善餘嘗言之。余又檢得"撟捎"一條、"咺咷"數條，亦與《方言》複。又檢《女部》"姐"下"蜀謂母曰姐"，杭氏已録。君又録《廣韻》"姐，羌人呼母"，似《廣韻》亦本《説文》，惟"蜀"與"羌"略別。"媦"下"楚人謂女弟曰媦"，杭、程皆未録。君又録《玉篇》"媦，云貴切，楚人呼妹"，似《玉篇》亦本《説文》，並可補録。《説文》"女弟"句，要皆通人緒餘。隨手攈摭，皆足爲訓詁之助。推而言之，今通泰西各國語言，再續《方言》，聊裨時用，亦吾黨之責也。光緒丁酉夏四月，長洲朱孔彰。

　　　　　　以上清宣統二年（1910）程氏刻千一齋全書本

釋常談

釋常談序

胡文焕

　　常談者何？蓋吾人平日之所常談者也。在談之者見以爲常，則不究其原；在聽之者見以爲常，則不詳其味。此道聽塗説以譌傳譌，甚有至於誤爲引用者，其弊蓋種種而不知矣。然則常談果常談乎？而可忽之乎？脱有起而正之者，又將何以對耶？此《常談》之用釋也。釋之者不知其人，而重爲梓之者，則余也。是書發經史之隱奧，博今古之見聞，即吾儒行且賴之。至若面墻之士、市井之夫，寧不大有裨哉？噫！安於常談而忽於是書者，終亦面墻市井也已。雖彼釋之，而余梓之，何裨之有？時萬曆癸巳春仲，錢唐胡文焕德甫序。

釋常談序

莊汝敬

　　夫所謂常談者，果談自里巷而家曉户喻者乎？抑日用爲談而相忘習熟乎？譚果如是，即童稚解矣，何以釋爲？然譚不同里巷，而日用之固爲常，即非里巷日用能譚，而里巷日用,凡縉紳文學輩所爲,風生於促膝抵掌間者,亦謂之常。然則談果常乎? 非常乎? 是集假字借名,或根自典故,或摘自成語,雖劇便捷,而義則隱奧。倘非句櫛而字沐之,即王衍復起,恐亦不能鼓頰於前,而屬垣者且皆耳茅之矣。然則名雖常,而實則非常,非常之常,烏乎無釋? 噫! 世之嗜侈譚者夥矣,彼喋喋齷齪者,固無足論,即有一二雅脩口吻者,恐於此談亦未盡迎刃也。《釋常談》或者其所由作歟?

以上明萬曆二十一年(1593)胡文煥刻本

通俗編

通俗編序

周天度

語有見于經傳，學士大夫所不習，而輿儓竈妾口常及之。若中古以還，載籍極博，抑又繁不勝舉矣。蓋方言流注，或每變而移其初，而人情尤忽于所近也。余友晴江翟氏、山舟梁氏，咸博學而精心。山舟在南中，常出所著《直語類録》示余，余歎以爲善。比來都門，復見晴江手輯《通俗編》，則勾稽證釋，視山舟詳數倍焉。二君種業樹文，兼綜細大，故未易伯仲。然山舟鍵户端居，讀書之外，罕與人事接，其所録在約舉義例，而不求其多。晴江則往來南北十許年，五方風土，靡所不涉，車塵間未嘗一日廢書，墜文軼事，殫見洽聞，溢其餘能，以及乎此，宜其積累宏富，攷據精詳，而條貫罔不備也。世人務爲夸毗，遇所不知，輒曰："吾何爲而屑此？"以視二君之稽古多獲而猶不怠棄庸近，用知善學者誠有恥于一物，必無使輿儓竈妾之得拄其頰而後可。在學士大夫披覽及之，亦可以省其宿讀而恍然矣。晴江善于余，而近與山舟爲密，余故序其書，并爲兩家置騎者如此。乾隆十有六年歲在辛未仲秋，西陳弟周天度。

通俗編序

李調元

予前在南海，曾輯《制義科瑣記》刊行，制義科者，今之鄉、會兩闈也。我朝於科舉最重，得人最盛，塲屋佳話，士林每津津樂道之。因於獺祭之下，採其稍涉新異者，彙爲前編，以資塵談。而於制義設官取名沿革之制，尚未詳備也。因備檢案牘爲此編，舉漢唐以來損益廢興，畫如列眉，于俚俗之言，亦歷歷稽之載籍而不爽，後之博雅者知所考焉。夫制義之設也，所以代先聖立言，非以取士也。而士之所以進身，非制義科無由焉。誠使身列儒林者，循其名必覈其實，則由士希賢，由賢希聖，庶幾不負乎設科之美意也夫。綿州李調元童山甫撰。

通俗編總序

李調元

楊子雲曰："觀書者譬如觀山及水，升東嶽而知衆山之峛崺也，況介邱乎？浮滄海而知江河之惡沱也，況枯澤乎？棄常珍而嗜乎異饌者，惡覩其識味也？委大聖而好乎諸子者，惡覩其識道也？"信哉斯言也！然獨不言"多聞則守之以約，多見則守之以卓"乎？"寡聞則無約也，寡見則無卓也"。故曰君子之道有四：易簡而易用也，要而易守也，約而易見也，法而易言也。夫所謂易用、易守、易見、易言者，人生日用常行之道也。事不越目前，言常在脣間，而白首窮經，或有不能舉其名、求其本者矣。不嘗異饌，安知常珍之美也？不探諸子，安知大聖之道也？夫古人之書，皆古人之方言也。而十三經、二十二史、諸子百家之書，則又各隨一國一鄉一隅之言。唾涕無盡，一器盛焉；萬卷無盡，一理包焉。理非他，道也。道也者，不可須臾離也。欲知道所在，不外格物，物格而天下之道在矣。此翟子《通俗》所由編也。事不越目前，言常在脣間，而搜列衆書，有如獺祭，每啟一緘，必嘗其味，日事咀嚼，而後知常珍之多在散寄也；日事校讐，而後知大道之多在眉睫也。約分門類，而不列其目，以其通於方言，故曰俗。夫奇山僻水，馬遷或有未遊矣；河源星海，張騫或有未到矣。譬如指山一簣，指井一泉，而曰天下之道在是，豈理也哉？余故校入《函海》，以比“錫我百朋”，□□□□□下也[1]。

以上清乾隆十六年（1751）無不宜齋刻本

---

[1] □□□□□，函海本作“而並公諸天”五字，當據補。

邇　言

邇言自序

錢大昭

　　"乃諺"爲《無逸》之所戒。然"齊人有言",孟子以證"乘勢";南人有言,孔子以識"無恒";夏諺、周諺引於經傳,齊鄙語引於《吕覽》,鄒魯諺引於《漢書》,則淺近之言亦聖賢所不廢乎?夫今古一耳,古人所言,今人謂之古語,在古人自視,未嘗不以爲今語也,筆之於書,遂爲故實。若然,則今人所爲俗語,安知不爲幾千百年後之故實乎?舊有無名氏《釋常談》,又有宋龔頤正《續釋常談》,皆寥寥二三百事,無甚可觀。因於涉獵之暇,類次俗語、俗事之見於經史子集者,爲《邇言》六卷,於以見一話一言亦不可無所根據焉。至於爬羅剔抉,務使里巷中隻語片辭俱合於古,則請俟諸異日。壬寅中秋,晦之甫錢大昭記。

邇言序

沈　濤

　　家隱侯譔《俗説》三卷,載《隋書·經籍志》子雜家類。

當時劉霽亦有《釋俗語》八卷,書皆不傳。傳於今者,唯宋龔
頤正之《釋常談》、明楊慎之《俗言》數家,而近人翟晴江學博
《通俗編》、錢辛楣少詹《恒言録》爲尤著。可廬徵君固少詹
之難弟也,嘗著《邇言》一編,與少詹書相出入。昔人言杜詩、
韓筆"無一字無來歷",豈知街談巷語亦字字有所本。世之人
習焉不察,好學深思者觸類皆通。女夫韓君小亭將刊行是書,
徵君孫直卿文學請余弁首。余曩時曾譔《續恒言録》,其徵引
頗有出於諸家之外者,蓋亦識小之一端、揮塵之一助也。道
光庚戌中秋,年家子沈濤謹序。

以上清咸豐元年（1851）刻本

公羊方言疏箋

公羊方言疏箋後敘

淳于鴻恩

　　王伯厚《困學紀聞》曰："公羊子,齊人,其傳《春秋》多齊言,如'登來、化我、樵之、漱浣、筍將、踊爲、詐戰、往黨、往殆、于諸、累、忧、如、昉、棓、脰'之類是也。"然有魯人語焉,有宋魯之間語焉,有關東冀北語焉,雜見於僖公、成公諸《傳》,而與齊語並著於簡册之中。可知公羊子雖齊人,而其傳亦不盡齊言矣。鴻恩昔讀《公羊》,見《方言》詳於解詁者,筆記而疏通之,都爲一卷,題曰《公羊方言疏證》。客歲孟冬,就正於同里張二南先生,先生爲之校訂序之,易以今名,取鄭君箋《詩》毛義若隱畧則更表明之義也。因仿阮文達公《校勘記》録同時諸公校議之例,而兼采先生説焉。他如《桓公五年傳》"若楚王之妻媦",《説文·女部》以"媦"爲楚言;《莊公三十五年傳》"蓋以操之爲已蹙矣",《考工記》注以"戚"爲齊言;《公羊》作"蹙",鄭注引作"戚"。《僖公十六年傳》"曷爲先言霣而後言石? 霣石記聞,聞其磌然",《説文·雨部》以"霣"爲齊言之屬,非惟爲王氏所未舉,抑且爲解詁所未詳也。擬暇日再爲搜輯,別勒一編云。光緒二十八年夏四月,淳于鴻恩識。

公羊方言疏序

張庭詩

　　昔揚子雲采集先代絶言、異國殊語，爲《方言》十五卷，目齊曰“東齊”，又曰“中齊”，如“垤，中齊語也”“頓愍，猶中齊言眠眩也”。中齊者，言齊語之通乎中夏也。觀《豳風》曰“鸛鳴于垤”，《書》曰“若藥不瞑眩”，知不惟齊語爲然，則中齊語猶之中夏語，《孟子》所謂“欲其子之齊語也”，殆以此與？《春秋公羊傳》出於齊人，故多齊語。子雲未見先代輶軒之使，所奏言未盡收采，至何邵公《解詁》始發之，亦如鄭君之注《三禮》時引齊人言。蓋當時注解家自有此例，惜徐疏詳於條例，略於詁訓，未盡闡明耳。吾鄉淳于明經稤鶴氏，博學強識，精力有過人者。去歲冬，出所著《公羊方言疏箋》見示，屬爲校訂而序焉。予受而讀之，雖寥寥二十繙，而貫通經籍，折衷衆説，時下己意，以發前人之所未發。中如脰頸、漱浣、廢置之屬，見於經傳者，類皆中夏之通語，而一一疏之，證爲齊人語。此固唐人“疏不破注”之例，亦即子雲所謂中齊語矣。詳徐疏之所略，補《方言》之所遺，而“登來爲得”“及者累也”“僂者疾也”，凡先代絶語之僅存於今者，亦皆歷歷可徵。已校既畢，因推子雲中齊之説而爲之序，以還質之同志。光緒二十八年春三月，同里張庭詩拜序。

以上清光緒三十四年（1908）金泉精舍刻本

新方言

新方言序

章炳麟

維周召共和二千七百四十九年,歲在著雍涒灘,月在畢陬丁亥朔,章□□曰:自楊子雲纂《方言》,近世杭、程二家皆廣其文,撮録字書,勿能爲疏通證明,又不麗於今語。錢曉徵蓋志輶軒之官守者也,知古今方音不相遠。及其作《恒言録》,沾沾獨取史傳爲徵,亡由知聲音文字之本柢。仁和翟灝爲《通俗編》,雖晷及訓詁,亦多本唐宋以後傳記襍書,於古訓藐然亡麗,俄而撮其一二,又梏不理析也。考方言者,在求其難通之語,筆札常文所不能悉,因以察其聲音條貫,上稽《爾雅》《方言》《説文》諸書,敿然如析符之復合,斯爲貴也。乃若儒先常語,如"不中用、不了了"諸文,雖亡古籍,其文義自可直解,抑安用博引爲? 然自戴、段、王、郝以降,小學聲均炳焉復於保氏,其以説解典策,謙然理解,獨於今世方言,丘蓋如也。戴君作《轉語》二十章,其自述曰:"人之語言萬變,而聲氣之微,有自然之節限,是故六書依聲託事,假借相禪,其用至博,操之至約。五方之言及少兒學語未清者,其展轉譌溷,必各如其位。昔人既作《爾雅》《方言》《釋名》,余以爲猶闕一卷書,剙爲是篇,用補其闕。疑於義者以聲求之,疑於聲者以義正之。"以上戴説。善哉! 非耳順者孰能與於斯乎?《轉語》書軼不傳,後昆莫能繼其志。名守既慢,大共以小學之用趣於道古而止。微歟！不知其術,雖家人簟席間造次談論,且弗能自證其故。方今國聞日陵夷,士大夫厭古學弗講,獨語言猶不違其雅素,殊言絕代之語尚有存者。世人學歐羅巴語,多尋其語根,溯之希臘、羅甸,今於國語顧不欲推見本始,此尚不足齒於冠帶之倫,何有於問學乎？余少窺楊、許之學,好尚論古文,於《方言》未偟暇也。中更憂患,悲文獻之衰微,諸夏昆族之不寧壹,略搜殊語,徵之古音,稍稍得其鰓理,蓋有誦讀占畢之聲,既用《唐韵》,俗語猶不違古音者;有通語既用今音,一鄉一州猶不違《唐韵》者;有數字同從一聲,《唐韵》已來,一字轉變,餘字則猶在本部,而俗語或從之俱變者。远陌紛錯,不可究理。方舉其言,不能徵其何字,曷足怪乎？若夫"矜"之爲"光棍"也,"耿"之爲"耳卦"也,"亞腰"之爲"呼腰"也,"和門"之爲"歡門"也,其語至常,其本字亦非僻隱不可知者,不曉音均變轉之友紀,遽循其脣吻所宣以檢字書,則弗能得,斯戴君《轉語》之所以貴。因以比類,慮得六例:一曰一字二音,莫知誰正。衣開曰"襖",從聲類則音如"啟",依多聲則音如"叉";物亂曰"縮",準《唐韵》則聲如"茜",隨《轉語》則聲如"糟"是也。二曰一語二字,聲近相亂。謂"去"曰"朅",朅、去雙聲,故言朅者猶書去;謂"吃"本"既"之借,依類音訖。曰"啜",啜、吃疊韵,故言啜者猶書吃是也。三曰就聲爲訓,皮傅失根。據地不起曰"賴蔆",因以聲訓則曰"賴詐";受人雌蔽曰"謾在兜裏",因以聲訓則曰"鞔在鼓裏"是也。此例即《釋名》舊法,未爲甚謬。然求其聲義則是,指爲本語則非。如"天,顯也",不可直以"顯"爲"天";"春,蠢也",不可直以"蠢"爲"春"。四曰餘音重語,迷誤語根。楬曰"楬刺",以刺亡義則蔽楬;紇曰"紇怛",以怛亡義則蔽紇;

釜曰"釜盧",以盧亡義則蔽釜是也。此例亦昉於古,如"焦僥"有"僥"亡"焦","旁皇"有"旁"亡"皇",與疊韵連語純亡本字者,又各有異。五曰音訓互異,凌襍難曉。"杸飯"即"盛飯","杸卦"即"貞卦","杸聽"即"偵聽",言"杸"同,所爲言"杸"異;在面曰"巴"爲"輔",在孔曰"巴"爲"魄",在尾曰"巴"爲"把",言"巴"同,所爲言"巴"異是也。六曰總別不同,假借相貿。凡以手斂持通曰"叉",以手斂脅則別曰"佟";凡有所攝受通曰"用",以口受食則別曰"亯"是也。明斯六例,經以音變,諸州國殊言詰詘者,雖未盡憭,儻得模略,足以聰聽知原。後生不可待也,及吾未入丘墓之時,爲之理解,猶瘳於放失已。會儀徵劉光漢申叔、蘄黄侃季剛亦好小學,申叔先爲札記三十餘條,季剛次蘄州語及諸詞氣,因比輯余説及二君所診發者,亡慮八百事,爲《新方言》十一篇。恨見聞不周浹,其有異語,俟佗日補次之。讀吾書者,雖身在隴畝,與夫市井販夫,當知今之殊言不違姬漢,既陟升於皇之赫戲,案以臨瞻故國,其惻愴可知也。

新方言後序一

劉光漢

　　五方水土,有剛柔燥溼之異宜,地勢不同,故其語言區別,《管子》《淮南》既宣之矣。竊疑草昧初闢,文字未繁,一字僅標以一義,一物僅表以一名。然方言既雜,殊語日滋,或義同而言異,或言一而音殊。乃各本方言,增益新名。或擇他字以爲代,由是一字數義,一物數名,彼此互訓,是曰轉注。

兩字轉注，匪惟義符，抑且音近，有雙聲疊韵以通其闔焉。如
"考、老"爲疊韵、"孟、勉"爲雙聲。蓋古本一字，音既轉而形亦更，
則一義不一字；有其音轉而形不變者，則一字不一音。一義
數字，是爲字各異形；一字數音，是爲言各異聲。然皆方言不
同之所致也。故雅南之樂，析於周詩；夏楚之言，區於荀氏。
而風雅之章，被之絃管，亦同字異叶以通其變。非惟齊楚之
音見於《公羊》《離騷》而已。昔周秦軿軒，方行禹甸，采覽異
言，以爲奏籍。《爾雅·釋言》，蓋本於斯。爰訖西漢，子雲好
深湛之思，掇先代之遺言，驗殊方之絕語，沈志構綴，乃成《方
言》，語一而字殊，物同而名別。然字形雖岐，字音匪遠。子
雲以降，載逾千百，語言遷變，罔可詰窮。惟僻壤遐陬之間，
田夫野老宥於鄉音，而語不失方，轉與雅記故書相合。或其
音稍稍異古，亦與古音爲雙聲，雖韵部變遷而不逾其大劑，可
以得其會通者，往往而有。通都大邑，類此者亦衆焉。光漢
自幼治小學，竊有志於此，以爲《淮南》之言雖稍岐出，然皆
有所承受。如事逾其期謂之愒，而愒愒之訓載於《左傳》；身
傾於前謂之磬，而磬折之義箸於《禮經》。觸類引伸，庶幾古
義益顯。壯游四方，獲從賢豪長者游，通言別語日聞於耳，聽
習既久，知古語可以證今言，而今言亦可通古語。如"鞫、窮"
雙聲，漢法以辭決罪爲"鞫"，今法以辭定讞爲"供"，"鞫"轉
爲"供"，猶之"鞫"轉爲"窮"。"殺、劉"互訓，古稱以兵斬人
爲"劉"，今秦晉間亦以斬人爲"溜"，"殺"名爲"溜"，猶之"殺"
名爲"劉"。此今言因古語而明者也。吳人以"格"音爲語端，
"格、句"一聲之轉，故吳曰"句吳"。越人用"阿"音爲發聲，
"阿、於"古音相近，自漢以前，中原皆無麻部，"於"讀爲"烏"，以之
代"阿"。故"越"曰"於越"。淮泗之間，列"溜"音於語末，"婁、
溜"疊韵，故"邾"曰"邾婁"。今北方語，無論名辭、動辭，其下皆

繫以"兒"音,"兒、婁"本異紐,而今相近,則"邾婁"之語徧行矣。此古語因今言而通者也。綜斯二例,亦擬略有撰述,梗槩粗具,未遑編録。及旅東京,餘杭章太炎適有《新方言》之作,方俗異語,摭拾略備。復以今音證古音,參伍考驗,經之對轉迆轉,緯之正紐旁紐,以窮聲轉之原。讀斯書者,非徒可以詮故訓,達神旨,草次應對,名實相應,亦無憂間介矣。夫言以足志,音以審言,音明則言通,言通則志達。異日統一民言,以縣羣衆,其將有取於斯。抑自東晉以還,胡、羯、氐、羌入宅中夏,河淮南北,間雜夷音,重以蒙古建州之亂,風俗積替,虜語橫行,而委巷之談,婦孺之語,轉能保故言而不失,此則夏聲之僅存者。昔歐洲希、意諸國受制非種,故老遺民保持舊語,而思古之念沛然以生,光復之勳薀蓄於此。今諸華夷禍與希、意同,欲革夷言而從夏聲,又必以此書爲嚆矢,此則太炎之志也。儀徵劉光漢序。

新方言後序二

黄　侃

夫別國之語其絲,而化聲之情多變。變不可以致一,故陶鈞以定之;絲不足以合契,故形名以察之。然則正名之職,掌在外史;聽音之事,屬諸神瞽,蓋先民之所劭乎?自子雲既没,方言失紀,在昔遺語,莫能或通。兼文學日窳,代趣淺露,雖載籍所傳,常文所侍,百物之本名,羣言之達詁,尚猶迷失根株,取捨乖正。冀其搯繹異言,傅之古訓,滋益難矣。其間頗有蒐集故書,依儗楊氏,或襍采耆諺,取足通俗,咸凌亂失

次,嘖而不亞,未足以撢聲音之奧,窺訓詁之原。惟餘杭章先
生,生千載之季,直諸夏之微,息肩東夷,弘此絶業,博諏代
語,曲明聲類,令古文隱誼,悉得符諗於兹。閭巷猥佌文士不
道之言,本之皆合於《説文》《爾雅》,已陳之語,絶而復蘇,難
諭之詞,視而可識。將以同古今之臭味,濟文辭之衰變,正書
名之謬誤,成天下之亹亹。雖日不暇給,慮有遺膡,刱始之業,
規摹已閎,所謂"知化窮冥,無得而稱"者也。方今中國雖衰,
學術未泯,宜有好古審音之士,紹隆斯績。黨令殊語皆明,聲
氣無閡,鄉曲相鄙之見,由之以息,文言一致之真,庶幾可覿。
芳澤所被,於是遠矣。侃也愚昧,嘗用謏聞獻諸有道。蓋以
大海蕩蕩,不擇細流,不賢識小,所以參左筆削。篇裒既定,
承命敘録,略陳所懷,仰贊微恉云爾。弟子蘄州黃侃序。

以上清光緒三十四年（1908）鉛印本

廣新方言

廣新方言自敘

陳啟彤

　　水土有剛柔燥溼之不同,聲音有輕濁歛侈之別異。中國員輿廣博,地勢區分,風尚各異,方言龐雜,甚至同省之人,覿面相語,句格不通,感情因以不洽,界限亦用此而分,各各自營,於國事之進行,窒礙實多焉,是皆言語不能統一之故也。在昔姬周之世,設大行人屬象諭言語協辭命,屬瞽史諭書名聽聲音,皆所以謀文言之統一也。迺古制銷沈,雅言散佚,各執其方俗之土音,鄉黨之口號,歧離百出,不可究窮。子雲而下,知者實尠,續者杭氏而已。然中國書同文字,雖音讀參差,而原流一貫,學者苟悟徹雙聲之理,則異方殊語,不難貫通,土俗之音,亦多與疋記相合,特讀書者忽而未察耳。餘杭章氏有《新方言》之作,讀之感焉,思爲其續。課餘之暇,讀古人書,有所觸見,爰筆記之。通俗之言,明其出處鄉僻之語,述意加詳。是篇篇者,亦聊裨將來統一文言之助云爾。辛亥仲春,自誌于鳩茲之南皖學舍。

廣新方言序

凌文淵

　　古者語言文字合而爲一，宣之於口者皆可筆之於書，讀者見其文即可知其意，布誓誥於四方，采風謠於列國，上下之情胥通，政教之行自遠。《詩》《書》所載，皆當時之方言也。夫五方之音，有清濁斂侈之不同，無以齊之，則語音雜出，文字安能合一？故同文之世，方音尤不可不齊，欲齊方音，古法已不可考，大要在於樂律。《虞書》曰：“律和聲。”《周官·大行人》：“屬瞽史，諭書名，聽聲音。”皆所以齊各方之音也。故天子巡狩，以同律爲要政，而六藝之教，亦以樂爲先務。蓋樂律既和，音之不齊者，可順律以齊之。五方之人，語音各異，而歌曲則無不同，以有律以齊之也。古樂失傳，後儒考定，莫能確定。清初毛西河先生以爲古之樂律即今之工尺，言頗近理。古人既以樂教童子，其律品必不難知，豈如後儒所論，通人且猶不解，況童子乎？然則欲齊方音，則樂律不可不講，聲音既通，語言文字自不難於一貫矣。古今言語雖有不同，以雙聲求之，十得八九。《爾雅·釋詁》、揚子《方言》，可考而知也。《衛風》稱“我”曰“卬”，今不聞有是稱，不知北人有自稱爲“俺”者，“俺”即“卬”之雙聲也。古人以“朕”爲通稱，秦始專用之帝王，然今北人多自稱爲“咱”，“咱”即“朕”之雙聲也。又如楚人謂“無”曰“毛”，北人謂“無”曰“末”，“末”即“無”之雙聲也。閩人謂“空”曰“康”，宣歙謂“空”曰“阮”，“康、阮”即“空”之雙聲也。夫雙聲之直轉，固與宮商角徵羽之旁轉同其科條也。欲求言語文字之一貫，音律不可不亟講，而方言尤不可不詳考也。往者餘杭章太炎先生有《新方言》之作，既而南通縣伯龍先生又有《通州方言》之作，令人知今人所傳之方言，其來甚古。以五方雜處之故，聲音以仿效而益雜，語言以句格而難解，一爲之疏通證明，其義自見，實不朽之盛業也。今吾鄉陳君管侯又有《廣新方言》之作。陳君博聞强識，而尤專精小學，因讀《說文》，見其所居所遊各處方言，《說文》中時時有之，遂爲之疏通證明，求其本義而正其訛文。其法亦用雙聲，益信雙聲爲轉變之樞，而樂律可爲齊變之道，蓋語言文字原一致而匪歧也。今天下水陸交通，各方之人因事會集，語音雜出，不能通彼我之懷，意見遂難融洽，時局益糾紛矣。學者每思謀統一國音，以期矢之於口者，可筆之於書，莫如由京師設一方言總館，分任各省方聞之士，各采其鄉之方言，爲之疏通證明，限年送館，以備采擇，匯爲一書。至於欲求聲音之合，莫如仿古者庠序之法，以樂爲教，俾童子皆知五音六律之道，以爲和聲之用。由部製作樂歌，訂明律呂，推行天下而不容或異，庶同律之效可收，而方音亦不致雜出矣。誠如是，合天下之人以謀治安之道，上下之情，何慮不通？政教之行，何憂不遠哉？是在當國者有以倡導之已。民國十二年歲次癸亥七月，凌文淵序於京厲。

以上1928年鉛印本

燕　説

燕説自序

史夢蘭

余嘗讀揚子《方言》，知委巷之談，動關訓典，習焉不察，遂忘其祖。吾鄉爲幽燕舊壤，輔弼王畿，土風所操，豈煩象譯？然辨物稱名之際，傳聲寫貌之間，往往有蒬童竈妾習其語，而學士大夫不能舉其字者，余心歉焉。居平涉獵羣書，凡遇載籍中有與鄉音里諺、璅語厄辭相發明者，輒截小棅蹟記之。積久成編，釐爲四卷，或據前言，或參臆見，古今不無異字，秦越亦有同音，以雅詁俗，以彼證此，斯真韓非子所謂郢書而燕説者矣。因名之《燕説》云。同治六年歲次丁卯小陽月，止園主人香厓氏自識於左右脩竹之軒。

清同治六年（1867）樂亭史氏刻本

吳音奇字

吳音奇字敘

陸　鎰

今夫天下文章,載於經傳,著於子史百家,凡業三餘窮二酉者,僉悉曙之。惟延陵方言,蠻嫢難曉,雖奇才異穎,吐辭語之,皆學肘而弗應,庸人俗子輒爲謭陋。噫矣!雄村謞豈以是爲優劣哉?余甚憫焉。百川孫先生,吳之雋材也,先得我心,編輯《吳音奇字》,素傳于世,幸偶得之,如得波斯舶,屨齒幾折,觀其形聲,自上來者則收之;天文形色,自下呈者則收之;地理異類,有知与無知者則收之。鳥獸花木,分門立部,靡有孑遺,可補經傳子史百家之闕,可稱表裡精粗無不到,未必非幼學發蒙之一助也。余於燈窗倦餘,正其音韻,校其亥豕,註釋明白,俾習觀者如列眉,繙閱者皆洞曉。一片苦心,寓于兹集,小子其默而識之。崇禎癸未上冬晦前五日,後學陸鎰序。

清抄本

銓次補遺吳音奇字

銓次補遺吳音奇字小引

陸　鎰

　　吾虞百川孫先生編輯《吳音奇字》，可謂細無不録、大而不遺者矣。余苦風簷失利、景入崦嵫，且有子而皆殀，有孫而幼殤，視人股掌，瞠乎其後耳。以是愁鬱之暇，漫爲披閲，非不可以解頤，但惜其踳駁無倫，俾屬目者易生厭倦。余固魯駿，不無續貂之想，故復加銓次，一字者列於前，二、三字者尾於後，則令人一展卷也井井，一寓目也楚楚。間有音釋舛謬，併釐正之，不敢以糊塗賺後生也。更有字義爲日用常行不脱唇吻間者，雖不爲奇，亦不得數數以接捷，倘所云不奇而奇者乎？不得已而爲之補遺，以謝掛一漏萬之愆。故曰與《吳音奇字》頡頏而崢嶸哉！竊爲百川先生之功臣也已。時崇禎甲申菊月下澣日，陸鎰再拜謹識。

清抄本

吳下方言考

吳下方言考自序

胡文英

余輯《吳下方言考》，幾三十年矣。庚辰歲攜質之同鄉錢鑄菴先生，鑄菴擊節歎賞，遂爲余序其首。鑄菴名人麟，少司寇稼軒先生之父也。自幼好學，迨易簀未嘗釋手。今鑄菴下世已十稔矣，余恐一旦朝露，有辜鑄菴期望之意，故識其端而梓之。時乾隆四十八年八月上浣，武進胡文英繩崖氏識。

吳下方言考序

錢人麟

韻書始於周顒、沈約，論者謂吳音不可以概天下。然上自卿雲、元首之歌，下逮漢魏晉宋間諸篇什，案之韻書而未嘗不合。蓋古人各以方音爲韻，後人即以前人之篇什爲案，而以近代之方音爲譜，協之以韻，通之以叶，韻亦方音，叶亦方音也。且北音無入，秦晉間發聲無上，元明以降，閉音盡亡，是中原之韻，反不若吳音之具四聲，又況字母起於華嚴，等韻定於神珙，方外之音，儒者且受其範圍，而可斥吳音爲不足用

乎？吳在商周間爲荆蠻之地，自春秋時有季札之德讓、子游
之文學，遂爲文物之邦。沿至典午南渡，衣冠萃止，迄於今而
文章科第甲天下，必欲驅天下從吳音，固不足以服中原人士
之心。若夫以吳音証之經史諸書，以參其離合，此亦吾輩稽
古審音者之責也。自揚子有《方言》，宋有常談之釋，近日吾
鄉趙豹三、湯述亭諸公繼之，是皆就常談而釋之。獨胡子繩
崖盡取古來四部之藏，証諸吳音。初讀駭其奇闢，細案之而
更服其諦當。覺吾吳不可無此解，古人尤樂得有是解，則是
書遂爲天下古今所不可少之書。吾嘗謂人生五官之用皆出
於人，獨聲音之發則本於天，經聲而緯韻，聲分七音，韻分四
等，此皆衝口而出，自然而合，是謂天籟。等凡四順，而引之
必歸於喻；音凡七逆，而激之必變爲影。凡四字之複，一三奇
同，而母無一定；二四偶同，而母必歸來。吳音二字之複，其
助字必歸心。此皆自孩童墮地，以迨垂老没寧，自通都大邑，
以及殊方遐俗，靡不皆同，是亦天籟也。以六書分音等，必
注釋而其義始見，必音切而其音始定，此則以人工而協天籟
也。或文同而義異，或文異而義同，或義同而音同，或義異而
音異，皆無足怪。惟文同義同而音異，斯則方音爲之也。今
繩崖爲之注釋其義，音切其音，習見以爲無文者有文，無義者
有義，且使古來四部之藏，皆爲吾吳咳唾之所及，而吾吳街談
里諺，盡爲風華典雅之音，是非所謂人工而協天籟者歟？余
爲之撫掌稱快，因急勸付之剞劂，非徒藉是以彰吳音之黯與
古合也，將使好學深思之士，師繩崖之意，凡所讀書及所聞街
談里諺，一字一句，皆援古証今，必求其意義之所在，則繩崖
之爲功於後學者大矣。顧或者疑其穿鑿，則繩崖固所不屑辭。
又或驚其閎博，則猶淺之乎視繩崖也。抑又有爲繩崖進一解
者。繩崖汲古好學，惟於宋元以後之書爲少所採。夫音以方

異,亦隨時而變,今拒宋元以後尤近,則夫宋元以後之書,倘更有可採者乎? 敢以質之繩崖。乾隆二十五年歲次庚辰仲春,同學弟錢人麟拜序。

以上清乾隆四十八年(1783)刻本

越言釋

越言釋序

杜　煦

荀卿子有云："越人安越，君子安雅。" 漆園氏則曰："衆人安其所不安，不安其所安。" 言者身之文也，不安於雅而越之安，可乎？ 雖然，聞諸《公羊傳》矣："於越者，未能以其名通也；越者，能以其名通也。" 何邵公注："越人自名於越，君子名之曰越。" 則夫匪俗歸雅，是賴君子哉？ 吾鄉茹遯來先生，身歿言立，僉曰君子人也，撰箸《閱富集》久梓行，内有《越言釋》一種，先生欲迪安越者而導之安雅也。周君一齋讀而悦之，縮爲巾箱本，重梓單行，俾越人易於家置一編。夫寓馬之目爲經牆也，社祭之爲神頭也，道旁之築尺五小廟也，吉禮所不安也。拜花燭祝壽星，而忘先配後祖之失也；製五聖花冠，假紅羅大袖而蹈襖，誣苟簡之愆也，嘉禮所不安也。高茶之美觀而不可飲也，賓禮所不安；卒哭之改爲七奠，小歛之置食於地，凶禮所不安也。其細者，蒸食爲一呵一欠，追胥爲揢去揢來，則不安於音聲；筍譌窨爲潭，卵譌彈爲蛋，則不安於文字。其大者，趕會之聚奸，丐户之私錮，則尤不安於風俗。先生一一筆而正之，所望於越人之變越至雅也，如箴盲，如起廢，如蟄蟲未作，驚以雷霆。至於鬼厶鴨哩之諺，頌腦乖脊之嘲，藏抗提駃擽舀蹳赽之瑣語，靡不推求曲折，証據明通，如觀室者,周於寢廟,又適其匽焉。雖東坡云鼉踢,西河云鬠虹,尚將屛爲不根之談、無稽之論也。來者苟能讀書好古,即越言以求雅訓,安其所安,毋安其所不安,庶無負先生箸書之初心,與周君重梓之美意哉! 亡友沈蓮坡元燔習《華嚴字母》之傳,嘗謂孟書之“舍”、荀書之“案”、莊書之“閣胡”、司馬書之“夥頤”,越言皆有之,通轉可按也,是編“夥頤”之釋,約略相符。又紀雪生丈勤麗移居城東,指麗譙顧余曰:“此梅子真隱姓名處爾。”時以梅山梅市在西,茫然莫答也。兹覽吳市門一則,始憬然悟。苔榻久疴,倚枕循讀,振懷舊雨,牽綴記之。宿草兩叢,倘附名山,而餘芬未沬乎? 時道光己酉仲秋朔旦,鄉後學杜煦謹序。

越言釋付梓略言

葛元煦

　　唐君子範攜來《越言釋》兩卷,爲山陰茹三樵先生所撰,曾經刊本而原板已燬者也。余受而讀之,覺博引遐搜,化俗爲雅,駕吳諺集而上之,足爲入越境游與越人語者之一助。夫於越自沼吳而後,遂進列于中國,因永隸夫版圖。歷朝以來,人才輩出,迄今自京師以逮邊域,有井水處便有其人,故不必入其境,而莫不聞其言。則是書也,正可家置一編,人懷一册,以爲晤對交接時之玫証。余故重爲付梓,並畧贅數言于簡末云。光緒四年戊寅仲夏之月,仁和葛元煦理齋氏識。

以上清光緒四年(1878)葛元煦嘯園刻本

越　諺

越諺自序

范　寅

宋趙叔向採方言之有切日用者，編之成帙，名曰《肯綮録》。我朝康熙時，蕭山毛西河先生考隋韻有與越俗語相發明，將居平呼其音而不得其文者，筆記廿四條，名《越語肯綮録》。乾隆時，予鄉茹遜來先生論今證古，撰《越言釋》一卷。予竊維揚子之著《方言》也，爲郎漢廷，觀書石室，脱直事之繇，賜筆墨之錢，博覽周秦輶軒奏籍之書，般問四方殊語異言而槧，積廿七年，成十五卷。寅，越人也。幼奉庭訓，惟經籍制藝是務。年十七而孤，貧賤也，衣食於奔走。望洋黄河，駐麓庾嶺，遵濱甬滬，臨歎荆湘，步不能爲豎亥，目不能窮荒徼，耳不能聽陬澨，而言不能通譒釋，此荀卿子所謂"越人安越"者也。然而南蠻鴃舌之音，予今聞辨，多異《方言》舊載。稽山鏡水之間，油讙街談，亦漸異髫齔所聞矣。如三字縮脚言，祇借其音，及翻"收拾"爲"收廿、收九"之類。蓋風俗古今隨乎時，莊論戲謔更於世也。烏覩南蠻新諺，不亦誑罔於昔所云云者？夫越疆當周秦之代，西界之江，東北滄海，南徑八閩百粤耳。各方殊語，何能足至耳熟哉？而勾踐故都，固在會稽也。且夫蜀莊沈冥，林閭闃寂，子雲才遇，萬胡一覯。輶軒之採輯，惟姬嬴所蒐崇矣。遜來泥古，絶筆俚言，充類至盡，將世可爐厥字書。而婦孺皆言經典,宇宙無諺,其勢安能? 乃叔向《肯綮》不拘一方,西河《越語》約畧簡記,遂使於越之區邈矣。輶軒闕如,志乘其土音之操,口可得而言者,手不可得而筆。寅不敏,又不佞。人,今之人;言,今之言。不識"君子安雅",亦"越人安越"而已矣。爰据勾踐舊都之區,信今傳古之語所口習耳熟者,分編語言、名物、音義爲上中下三卷,名曰《越諺》。使言之於口者,悉達之於筆,淹雅者通今,謭陋者博古。《詩》首《國風》,《禮》掌官譯,企遺意焉? 然而考古經史,蒐討子集,旁及唐詩,徵諸元曲,通俗之編,傳燈之録,上窺六代之同文,下逮百家之稗説,蓋編絶於獺祭而躔周乎烏飛矣。管窺蠡測,妄擬鵬量,魚網免罝[①],挂一漏萬,涉獵君子,幸垂教焉。光緒四年歲在戊寅九月既望,會稽扁舟子范寅自敍。

清光緒八年(1882)谷應山房刻本

---

① 免,當據文意改作"兔"。

屈宋方言考

屈宋方言考自敘

李　翹

《漢書·藝文志·詩賦畧》屈宋文辭,均稱賦若干篇,而朱買臣、王褒諸傳,已有《楚辭》之目。《朱買臣傳》云:"嚴助薦買臣,召見,説《春秋》,言《楚詞》。"《王褒傳》云:"宣帝徵能爲《楚辭》者九江被公,召見誦讀。" 王逸《章句》云:"宋玉閔惜其師忠而放逐,故作《九辯》以述其志。至於漢興,劉向、王褒之徒咸悲其文,依而作詞,故號爲《楚詞》。"《後漢·逸傳》亦云:"逸著《楚辭章句》行於世。"《文心雕龍·辨騷篇》曰:"自《九懷》以下,遽躡其跡,而屈、宋逸步,莫之能追。" 然屈、宋文辭,非唯驚采絶豔,爲詞賦之宗已也。覽其辨物敷詞,多屬楚語。淮南作傳,後世不傳。《漢書·淮南王安傳》:"武帝使爲《離騷傳》,旦受詔,日食時上。" 餘杭章先生曰:"《楚辭》傳本非一,然淮南王安爲《離騷傳》,則知定本出於淮南。" 又曰:"班孟堅序引淮南《離騷傳》文,與《屈原列傳》正同,知斯傳非太史自纂也(均見《檢論》)。淮南之傳,自班序所舉外,均亡佚不可見。餘如《離騷經章句》所引班固、賈逵,《離騷經章句》亦不傳于世。王叔師生于炎漢,又爲楚人,《後漢·文苑傳》:"逸,南郡宜城人。" 按宋玉亦南城人。《水經·沔水》注曰:"宜城城南有宋玉宅。玉,邑人,隽才辯給,善屬文而識音者也。所釋楚人之語凡二十一則。予嘗繙袀舊籍,益以左證,依類區分,得六十八字,它若逸説之紕繆舛違,均爲訂正。見篇内"謇、爰、媱、摇"等字下。研覈推尋,古誼益明。宋代注家如洪氏興祖《補注》,潛心究索,亦頗足觀。清儒明于通叚,諸家札記,時或兼采。至於《朱子集註》,以其撰集斯篇,意非箋釋故訓,朱子以趙忠定爲韓侂胄所貶黜而卒注《楚辭》以寄意。《困學紀聞》卷十八、《齊東野語》三均述及。簡畧疏漏,故少所酌取。近世學士研讀《楚》《騷》,時有閎著。余以淺昧,披文求義,拘墟囿固,良以慙慨。匡失糾謬,有竢于君子。

1925年芬熏館刻本

里語徵實

里語徵實自敘

唐訓方

　　余於戊辰冬釋兵柄南旋，知交晨星落落矣。同井復將進趑趄，將言囁嚅，迺檢册觀稼書樓中，遇里語輒彙鈔，資與里人談笑爲樂。閱時既久，形迹胥忘，而所鈔亦漸次成帙矣。録所見，不更探其原有自某書彙引者，則於條末註“某書卷”凡三，於字數從其類，籤曰《里語徵實》。或曰：“子宦遊有年，政績戰功弗實紀焉，以見勳名非倖致，奚斤斤以是爲？”余曰：“士君子在朝則安民和衆行其事，在鄉則移風易俗行其意。貌與人以易親，言與人以樂聽，然後察其勤惰、奢儉、誠僞、良莠，而隨時勸懲之，亦差繫世道人心。孔子曰：‘吾觀於鄉，而知王道之易易也。’是則余之微意也。”客曰：“然。吾知子之心矣。借里語以發凡其緒餘，又足資多識，盍梓而存之？”余乃附之剞劂氏。同治癸酉仲冬，義渠唐訓方自敘。

里語徵實題詞

李次山

盥披鉅閾,枵綴纖詞,當轟轟烈烈之餘,作唏唏欷欷之態。張《廣雅》,方《通雅》,詎皆如此稀奇? 雄《方言》,慎俗言,安得若斯有趣? 文本通俗,字還問奇,話輒驚人,書兼勸世,是談塵也,宜於共席,宜於聯牀,非言鯖耶? 可以掃愁,可以益智。縱然夫子不語,語豈無稽? 雖是老生常談,談何容易,能徵之矣,其實然哉? 姻弟李次山拜題。

以上清光緒十七年(1891)常寧唐氏歸吾廬刊本

新安鄉音字義考正

新安鄉音字義考正敘

詹逢光

　　且夫一鄉異語，足徵造化之奇；四海同文，具見國家之大。然而異者雖異，必期平仄無乖；同者固同，難免錯譌雜出。嘗見謬書滿紙，俗字盈篇，語涉游移，音無確鑿，尋其源委，溯厥由來，畫則沿於帖法者居多，音則誤於孩童者爲最。夫所謂帖法者，人但工書，官非正字，恃才增減，學之者奉作準繩，隨意改更，愛之者視如模範，國諱家諱，與造書之古聖本義縣殊，繁文省文，經傳寫於後人，頹風莫挽。此事最堪太息，此心何可苟安乎？夫孩童，無知者也，或幼而就養外家，或長而從師異地，所謂置之莊嶽，復誰教以中州？間有聰明，亦思改正。不知因之者其失猶顯，矯之者其弊更多。是以宗族不同聲，互相謹笑；鄉鄰滋異議，各有師承。光朱墨妄塗，丹鉛未校，少王筠之學，幾懲蜿讀爲霓，無劉杳之才，安識椳書作梧？亡无無不辨，未詳變易之由；文夊攴莫分，罔曉混同之故。周穆王之傳内，殊多怪僻無稽；唐武后之宮中，亦有新奇獨創。縱能獺祭，奚釋狐疑？幸我朝文教昌明，宣天地中和之元氣；字書密察，集古今切韻之大成，微妙可窺。知《正韻》本非時尚，淵源必究，比《説文》更覺詳明。雖去取無憑，似嫌臆斷，而從違有據，只欲心安，所憂志在速成。竭兩載之精神，不無

掛漏,更懼心求濟用,撮一書之蘊奧,猶欠淹通。苟有博學才
人、多能雅士,示以精清從心邪之理,導以宮商角徵羽之源,
俾一藝精通,六書貫徹,是則予之大幸也已。同治六年丁卯
春二月,環川詹逢光敘。

清光緒二十五年(1899)石印本

客話本字

客話本字自敘

楊恭桓

　　向謂西人有音即有字，中國有音或無字，今而知非也。中國有音有字者多，特人所不知，以爲土談，習焉不察耳。即如嘉應所屬之土談，外境人皆稱爲客話，其語音之清正，與官話較近，比各處土音多不同。昔人謂爲中原之音韻，可以想見。特間有有音而字不便寫者，州人祇以土談括之，承訛踵謬，一若實無其字者，凡一落筆，往往欲達其音，而苦無其字，必易相近之字以代之，遂使許多口音不能脗合。予竊疑之，自幼從事佔畢，即有志於音韻，凡字母之縱橫，切語之清濁，無不潛心而鑽玩之。考查《字典》及《指掌圖》《切韻表》諸書，多歷年所，始知吾州之土談，悉有所本，非徒傳食、利市、子息、變豹、相竿摩、不中用等字。婦孺恒言，有所由來，即口舌説不出之音，亦實有其字，而非信口捏造也。以反切字母推之，往往比讀書之音爲尤正，今乃知客話之流傳，悉從韻書而來。爰逐字詳考，凡與土談音義相合字，一一鉤稽，不取疑似以附會，惟在切實以推求，都凡得一千四百餘字，名曰《客話本字》。初意留爲兒孫輩查攷，以多識一字，即多獲一字之益。同志諸友慫恿付梓，謂私之於家，不如公之於世，其沾益爲倍多，不特讀書人多識其字，即商農工匠訂部通信，皆知白話之可寫，毋致格格而不吐，豈不尤玅？爰矕其言，以付剞劂，非敢云著述也。區區之心，特欲凡講客話者，多識許多方便之字而已，將來訂簿通信，焉有話而不可說出者哉？然則州屬之話，所謂合中原之音韻者，更復何疑？由是而講求反切字母，不特可以辨別客話，即中西之音，亦可因是而引申之，固講客話者所不可不看之書也。前曾著《韻學匯要》一書，壬辰冬，徐宗師按臨州試，覆經古日，呈請鑒定。當時懸牌兩次，謂到省代爲刊刻，迄今日久未雕，而家藏稿本，亦復殘闕不尠，再行校補匡易，卒未開雕，爲一憾事。但《韻學匯要》止供士人考求音韻之門徑，而《客話本字》爲講客話者，無論何人，皆可資之以證土談，尤爲緊要，故先行刊板也。鍥工既竣，書此以誌其緣起，以告閱是書者。光緒三十一年乙巳孟夏月，嘉應楊恭桓穆吾識於鋤經山房。

清光緒三十三年（1907）刻本

客方言

客方言自序

羅翽雲

粤有客籍舊矣，客者，別乎主而稱之也。稽諸往牒，《元和郡縣志》載程鄉即今梅縣地也。户口無主客之分，惟《太平寰宇記》《元豐九域志》皆分主客，是主客之名當起于宋。然自宋迄今，縣歷千年，已成無客非主，而我輩曷爲仍以客稱？曰：客之所能同化者，户籍也；而其不能同化者，禮俗也，語言也。禮俗以昏喪爲著，其繁文瑣節，婦人女子，齗齗爭辯，自常人視之，不值一噱。而攷諸禮，乃皆皎然如日月經天，江河行地，往往足以解釋經疑。若夫語言，尤多周秦以後、隋唐以前之古音。林海巖曰："客音爲先民之逸韻。"《客說》。陳蘭甫曰："客音多合周德清《中原音韻》。"《嘉應州志·方言》引。黄公度曰："有《方言》《廣雅》所不能詳注，而客話猶存古語者；有沈約、劉淵之韻已誤，而客話猶存古音者。"書《客說》後。三君之說，皆爲知言。今且詳引音學大師之說，以爲客音存古之徵。錢大昕曰："古音字紐有端透定，無知徹澄；有幫滂並明，無非敷奉微。"章炳麟歎其言"淖微閟約，非閉門思之十年，弗能憭也"。今攷客音，"知"與"照"無別，"穿"與"徹"無別，"牀"與"澄"無別。其無舌上音，與中州音同。而謂"知"爲"低"，與古讀"支"如"鞮"合也；謂"值"爲"抵"，"值得"曰"抵得”。與古讀“直”如“特”合也；謂“中”爲“東”，“中心”曰“東心”。與古讀“中”如“得”合也；謂“至”爲“鼎”，“至遠”曰“鼎遠”，“至好”曰“鼎好”。與古讀“至”如“疐”合也，謂“涿”爲“篤”，雨溼衣曰“篤溼”。與古讀“涿”如“獨”合也。是皆舌上歸爲舌頭，與錢氏之説符，其證一也。輕脣之音讀爲重脣，錢氏之援證博矣。今攷客音，如謂“飛”爲“卑”，謂“負”爲“輩”，謂“分”爲“奔”，謂“糞”爲“笨”，謂“斧”爲“補”，則皆呼入幫紐也；謂“扶”爲“蒲”，謂“甫”爲“譜”，謂“肥”爲“皮”，謂“馮”爲“蓬”，謂“吠”爲“焙”，則皆呼入滂紐也；謂“舞”爲“毋”，謂“微”爲“眉”，謂“尾”爲“米”，謂“無”爲“茅”，謂“巫”爲“謨”，則皆呼入明紐也。他如切“紡”以“披養”，切“發”以“晡遏”，切“問”以“謨愠”，切“覆”以“圃屋”，“船方”呼爲“船幫”，“蓮房”呼爲“蓮滂”，“脚蹯”呼爲“脚盤”，“藩籬”呼爲“波籬”，若斯之類，更難枚舉，皆輕脣讀入重脣，與錢氏之説合，其證二也。章炳麟曰：“古音有舌頭泥紐，其後支別，則舌上有娘紐，半舌半齒有日紐，于古皆泥紐也。”今攷客音，如“兒氏”切“爾”，爾聲今在日紐也，而客音則讀泥上聲；“而主”切“乳”，乳聲今亦在日紐也，而客音則讀能去聲；“如甚”切“餁”，壬聲又日紐字也。《説文》：“大熟曰餁。”今謂“餁”作泥淫切，聲近“南”。徵之於古，《詩》“飲餞於禰”，《韓詩》作“于泥”；《易》“繫于金柅”，子夏《傳》作“金鑈”，則“爾”入泥母也。古“爾”音與“乃”近，爾聲之“嬭”奴蟹切，音乃，古文作“圜”，則“乳”古音亦如“乃”，今謂“牛乳”，俗書作“牛奶”，則“乳”入泥母也。《釋名》：“男，任也。”又曰：“南之言任也。”《淮南·天文訓》：“南呂者，任包大也。”“南”與“耐”聲相近。如淳《漢書·高帝紀》注：“耐猶任也。”並以聲爲訓，則“任”入泥母也。此合乎章氏“日紐歸泥”之説也。《廣韻·脂部》女夷切出"尼、柅、怩、昵"等字,《肴部》女交切出"鐃、譊、呶、恢"等字,今皆入娘紐。客音則女夷切者,讀同奴低切,與泥不異,女交切者讀爲奴豪切,如"惱"轉平。徵之於古,《夏堪碑》"仲尼"作"仲泥",知"尼、泥"同音,而凡尼聲字從之。《韻會》"譊,尼交切,音鐃",與《廣韻》異,則皆入泥紐也。此合乎章氏"娘紐歸泥"之説也。大抵客音讀娘,概與疑混用,疑母不必用娘母也。至日紐之字,如"然、而、如、若、兒、戎、冗、擾、仁、讓、柔、辱",今語皆歸影喻;如"饒、肉、蹂、日、冉、染、任、人、熱、頓、人、忍",客音皆歸疑紐。以客人不能作日紐也,足與章説互相發明,其證三也。此皆論母紐也。顧炎武曰:"真、諄、臻不與耕、青通,然古人於耕、青韻中字,往往讀入真、諄、臻。"今攷客音,耕、清韻嬰聲諸字,與真韻因聲諸字無以别也。清韻之"情、貞、成、盈、呈",與真韻之"秦、真、臣、仁、陳"無以别也。青韻之"經、屛、萍、荓",與真韻之"巾、貧、蘋、頻"無以别也。真韻之"親"音與清同,臻韻之"臻"音與精同。就如顧説,非三百篇之正音,抑亦秦漢之古音矣,其證四也。江永《古韻標準》陽、唐爲一部,而分庚韻字屬焉。蓋今庚、陽不可合,而古庚、陽不甚分也。今攷客音,如"迎"讀如"娘","庚"讀如"剛","岷"讀如"忙","阬、行"讀如"杭","横、衡"讀如"王",入陽韻矣。徵之於古,《文子·精誠篇》以"迎"韻"藏、傷",《小·東》詩以"庚"韻"襄、章、箱",《七月》詩以"庚"韻"筐、桑",《説文》"岷"下云:"从民亡聲。讀若盲。"假借爲"甿",則古音固讀"迎、庚","岷"爲"娘、剛、忙"也。"娘、剛、忙"俱用正音。《楚詞·大司命》以"阬"韻"陽、翔",《莊子·天運》以"阬"運"長、剛、常、量"①,《雄雉》詩以"行"韻"藏",《北風》

---

① 運,當作"韻",涉上而譌。

詩以“行”韻“涼、霋”,《載馳》詩以“行”韻“衋、狂”,《氓》之
詩以“行”韻“湯、裳、爽”。三百篇用“行”字者凡二十五,皆
如行列之“行”,與“陽”韻則古音固讀“阬、行”爲“杭”正音。
也。《荀子·佹詩》以“橫”叶“堂、將、强、皇、匡”,《楚詞·九辨》
以“橫”叶“霜、臧、黄、傷、當”,《采芑》詩以“衡”韻“鄉、央、
皇、瑲”,《韓奕》詩以“衡”韻“張、王、章、錫”,《閟宮》詩以“衡”
韻“嘗、剛、將、房、洋、慶”,宋玉《風賦》以“衡”韻“揚、芳、堂、
房”,則古音固讀“橫、衡”爲“王”正音。也。庚、陽不分,於
古有徵,客音存古,其證五也。段玉裁曰:“江韻音轉近陽韻,
古音同東韻也。”今攷《廣韻》楚江切出“窗、稯、摐、鏦”等字,
此今音也,而客音讀“窗”如倉紅切之“聰”。《釋名》:“窗,聰
也。於内窺外爲聰明也。”顧氏引《左傳·文十八年》“明四聰”
注:“聰本亦作窗。”又引《風俗通》:“人君者,闢門開牕。”“牕”
即“聰”字。又引《三國志》注:“四窗八達,各有主名。”以“四
窗”爲“四聰”,是“窗、聰”古本同音。“稯”訓種,《類篇》祖
叢切,音宗;“摐”訓打鐘,《唐韻》又七恭切,音樅;“鏦”訓撞
刺,《漢書·吳王濞傳》:“使人鏦殺吳王。”注:“蘇林曰:‘鏦音
從容之從。’”皆韻東。所江切出“雙、篗、艭、瀧、慫、瀧”等字,
此今音也,而客音俱讀如私宗切之“鬆”。《南山》詩以“雙”
韻“庸、從”,《急就章》十二以“雙”韻“僮、縱、工、箱、同、龍、
甕、容、兇”,《大戴·保傅》以“雙”韻“蔥”,句中韻。“慫”字或
作“悚”。《長發》詩以“悚”韻“勇、動、竦、總”,“篗、艭、瀧、
瀧”從“雙”得聲,古並韻東。都江切出“椿”字,此今音也,
而客音讀如職戎切之“終”,《唐韻》古音“春”書容切,亦韻東。
五江切出“哤”字,客音讀如許容切之“兇”。士江切出“漴、
鬃”字,客音讀如作冬切之“宗”,凶聲字本入三鍾,宗聲字本
入二冬也。許江切出“啌、谾”字,苦江切出“腔、狅、羫、䄈、

痓、崆、控、浫、椌、悾”諸字，客音皆讀如苦紅切之“空”，空聲字本入一東也。女江切出“聰、憹、膿、膿、鬞、氄、驡、饢”諸字，客音皆讀如奴冬切之“農”，農聲字本入二冬也。文字多從偏旁得聲，“瀧”讀如龍，“琮”讀如宗，“橦”讀如童，並同此例。蓋江部今音近陽韻，古音同東韻也。客音存古，其證六也。段氏又曰：“今音多侈，古音多斂。”案侵、覃、談、鹽、添、咸、銜、嚴，凡古皆閉口音也。今自西北各省以至大江南北，“京”音、“寧”音，吳皆讀音如寒、刪、先、真、文、元之類，惟閩廣及浙之温州等處猶有閉口音，而客音於此九部之字全讀閉口，是尤古音之遺而未經變遷者也，其證七也。段氏又曰：“古無四聲，僅有平、上、入三聲。”今攷客音，長樂今改“五華”。人不能作去聲，凡去聲字皆轉爲上聲，以此類求之，如“戒”之音“亟”，“至”之音“質”，所謂周、秦、漢初之文有平、上、入而無去者，或以爲怪而不必怪也，是亦攷古之郵也，其證八也。夫客之先自中原轉徙而來，凡土田肥美之鄉、水陸交通之會，皆先爲土著占據，故所居多在山僻。陵谷隔絶，山川間阻，保守之力，因之益强，語音不變，此爲大原矣。客人占籍徧于西南各省，廣東、廣西、福建、四川。而廣東實其本部。廣東客籍徧于東西北江以及下四府，高、雷、欽、廉。而嘉應、惠、潮諸屬，實其本部。各屬之中，音皆大同，而當以梅音爲客音之主，以梅音紐韻分明，不相糅越，於古尤近也。興甯之音，視梅雖稍有出入，然如讀“筆”如“不”，《爾雅》：“不律謂之筆。”郭云：“蜀人呼筆爲不律。”“不律”二字即“筆”字之切音。讀“混”如“困”，即“昆”去聲，《孟子》“文王事昆夷”，宋石經作“混夷”，《緜》詩“混夷駾矣”，《說文》引作“昆夷”，“混”本昆聲字，故古同音。讀“色”如“塞”，《中庸》“不變塞焉”，鄭康成注“塞或作色”，是“塞、色古同音。讀“間”如“干”，“干”讀正音。《聘禮記》：“皮馬相間。”鄭注：“古文間作干。”“考

槃在澗”，《韓詩》“澗”作“干”。《易》：“鴻漸於干。”荀、王注：“干，山間
澗水也。”“干”即“澗”之借。是“間”之古音如干。讀“奸”亦如干，《左
成十六年傳》：“奸時以動。”釋文：“奸本或作干。”以“奸”本干聲字也。
讀“顏”如“岸”平聲，《史記·晉世家》“屠岸賈”，《漢書·古今人表》
作“屠顏賈”，是“顏、岸”古同音。亦古音也。此外他縣客音，疾
徐高下，互有不同，而脣吻匪遠。大氐古韻所以不能强合者，
皆方音爲之；方音所以不能盡合者，皆雙聲爲之。明乎雙聲
叚借之理，而後可以讀古書；明乎雙聲流變之例，而後可以通
方言。沈休文精於四聲，而誤解“旻天”，爲錢曉徵所譏，以不
明雙聲故也。客話本中原舊語，而至今日，與中原之古音不
盡合，與中原之今音又不盡合者，皆雙聲遷轉之故。推尋故
言，理其經脈，固士夫之責也。竊意古代文字與語言合一，古
人之文，即古人之言，故《湯》《盤》《康誥》於今爲佶屈聱牙
者，於古未必不言從字順。後世文字與語言爲二，援筆而書
之文，非即衝口而出之語，於是俗言、雅言中待繙譯，教者、學
者同受困難。余謂我輩今日已處文言歧異之代，則今日教人
識字解義之外，宜兼辨音。教人爲文，求雅之功，當先譯俗。
凡不能譯俗爲雅者，不善作文者也，則不能譯雅爲俗者，即不
善解書者也。昔者康成注《禮》，時引方言，叔重《説文》，亦
徵俗語。晚近郝氏之疏《爾雅》、王氏之疏《廣雅》，咸用先例，
蓋以古語奧折，非證以今語不能通。反是以思今語變遷，非
證以古語，其能通乎？此余於《客方言》之作，所爲斤斤求是
也。明《客方言》者，始鎮平黄香鐵《石窟一徵》，事僅椎輪。
梅溫慕柳撰次《州志》，因式廓之。黄氏之書，以字名爲主；温
氏之書，以古音爲主，視黄氏靓審。楊恭桓者，亦梅人，作《客
話本字》，但比附聲合，義尠貫通。章氏刺取温、楊二家言六
十一事，爲《嶺外三州語》，附於《新方言》之後，其所發正蘊

畢宣矣。雖傳聞異詞，偶有不照，顧其表章客音，和齊民族，厥功甚偉。余爲此書，用章義例，或有通變，不越前軌。數年以來，得則輒筆。積稿叢殘，如秋風敗葉，徧地飄零。懼歲之不吾與也，追亡逐逋，日不暇給，汰而存之，得若干條，復類而分之爲若干卷，未敢自謂悉合。雖然，嚮壁虛造，望文生義，蓋不敢出也。知音之士，匡其不逮而救正之，所欣幸焉。羅翽雲序。

客方言序

章炳麟

　　廣東稱客籍者，以嘉應諸縣爲宗。當宋之南踰嶺而來時，則廣東已患人滿，平原無所寄其足，故樹蓺於山谷間，猶往往思故鄉。其死也，下窆數歲之後，必啟而檢其骨，内之一定陶器中，使可提挈，幸佗日得歸葬。至於今七八百年，子姓蕃衍，遂世世爲僑居之民。家率有譜系，太氏本之河南，其聲音亦與嶺北相似。性好讀書，雖寠人子，亦必就傅二三年，不如是，將終身無所得妃耦，客人有“不讀書，毛老婆”之兒歌。蓋中州之遺俗也。以言語異廣東諸縣，常分主客，褊心者或鄙夷之，以爲蠻俚，播之書史。自清末以來，二三十年之中，其爭益劇。余獨知言蠻俚者爲誣，常因其方志爲《嶺外三州語》，蓋本之温氏書，猶未完具。最後得興甯羅翽雲《客方言》十卷，所記逾于温氏蓋三四倍。上列客語，下以小學故訓通之，條理比順，無所假借，蓋自是客語大明，而客籍之民亦可介以自重矣。方域之中，言語節奏不能無殊別，蓋自古而然。《周官》

雖有聽聲音、諭書名之制，要以大體相合，其辨不在小苛。六書有轉注，所謂“建類一首，同意相受”者，若“考、老；但、裼”_{古音如“鬄”。}之倫，不爲疊均，則爲雙聲，以其音有小異，故判而爲二文。若舉國無異語者，焉用此重沓爲也？其後去本逾遠，末流亦益分，遭亂遷徙，又不盡守其故。當漢之時，遷閩粵之民於江淮間，其地遂空。近世福建之民，悉後來占籍者也。四川以流寇之禍，蕩然無唐宋遺民，今箸籍者，其本皆自外來，二者事例爲最箸。其佗小小遷徙，不可紀錄。幸而與土箸同化，久亦無所別，不幸保其舊貫，聲音禮俗與土箸不相入，遂相視若異類。若是者，世固多其比。以廣東辨世系最嚴，而嘉應諸縣人特知本，學者能通古今語以自貴，故其事尤暴于世。世有不幸同其比者，法于羅氏則可也。民國十一年六月，餘杭章炳麟序。

客方言跋

羅家駿

　　右《客方言》十二卷，家退圃師之所作也。師自光復寢迹衡門，與世無營，授徒自給。念古今聲音流變至頤，故書雅記鑽研維艱，方音之釋，是云要道。迺者温氏作《志》，曾啟涂轍，披荆斬棘，山徑介然。世人罕有其書，學者莫被其澤。用是提鉛握槧，式廓版圖，易彼附庸，成玆大國。士林得此以觀于古，自若庖丁解牛，奏刀騞然矣。在昔五丁拖石，蜀道斯通，老馬識塗，桓公攸賴，取以相譬，其庶幾乎？且夫整理國故，時彦所譁，疏鑿載籍，道必由此。混一語言，國之大事，會通殊語,是其先驅。師書貫穿古今,旁綜通言,其於發皇民族之精神,促進國語之統一,豈曰小補之哉? 若乃胡人見布而疑麞,越人見罽而駭氊,搖脣鼓舌,擅生是非,波起軒然,既非一日。師書本本元元,堅基是據,拔戟成隊,以固吾圉,間執讒慝之口,于是乎在,斯亦大有造於客人者也。駿往在門時,師嘗授以《爾雅》音韻訓故,講貫精微,而客籍語柢之出於其間者,復以次條舉而詳説之,成《讀爾雅》如干卷。友人蕭正夫最喜讀之,嘗跋其後。不幸正夫短命,不獲見此書之成而共讀之矣,惜哉! 宗門人家駿敬跋。

以上1932年鉛印本

潮汕方言

潮汕方言自序

翁輝東

紀元之廿二年，上海《申報》六十周紀念，印行丁文江、翁文灝、曾世英《分省地圖》，有言語區域一頁，題曰"潮汕方言區"。潮州十屬，及於廈門。譾《潮汕方言》，於國家版圖占一位置，且海內學者，肯定古音存於潮州。惟潮方言，作者尚少，致知音者，未爲有系統之探討，章炳麟《嶺外三州語》略及豐順、大埔。論者惜之。粵稽《堯典》"湯湯洪水方割"，今潮呼大水爲"洪水"，音若"紅水"。洪水傷堤，呼曰"割脚"。《禹貢》："厥土惟塗泥。"今呼土爲"塗"，土含水者呼曰"塗泥"。又曰："厥篚纖貝。"今呼棉花爲"膠貝"。即"吉貝"。又曰："百里賦納總。"《說文》："禾稿成束曰總。"今呼稻草成束爲"草總"。又曰："終南惇物，至於鳥鼠。"今呼鼠爲"鳥鼠"。見卷十四。《春秋·桓八年》："宋公、齊侯、衛侯盟於瓦屋。"今呼屋爲"瓦屋"。《莊十一年》："秋，宋大水。"《左傳》解作"淫雨"，今呼大雨爲"大水"。《孟子》："填然鼓之。"注曰："鼓音。"今呼鼓聲曰"填填"響。《史記·晉世家》："成王削桐爲珪，封虞叔於唐。"今呼桐音如"唐"，見卷十六。此皆潮語音同虞夏之彰明較著也。上古語文合一，當時援筆而書之文，即是衝口而出之語，於今留傳吾人者衆。如目便呼目不作眼，毛便呼毛不作髮，觀便呼覼不作看，睍音掩。便呼睍不作窺，襲便呼襲不作害，鞭便呼鞭不作打，爇便呼爇不作燒，碩便呼碩不作老，厚便呼厚不作多，細便呼細不作小，畏便呼畏不作怕，春便呼春不作卵，此音字義俱顯之一類也。或因都野間隔，能言之野老郙姁不能作書，知書之文人學士竟不知言，以致"飽"爲厭飽不知作"飽"，"殀"爲轉卧不知作"殀"，"衹"爲衆多不知作"衹"，"茾"爲紛亂不知作"茾"，"薮"爲鳥巢不知作"薮"，"眼"爲限際不知作"眼"，"卯"爲卯眼不知作"卯"，"摔"爲夾出不知作"摔"，此音義顯而字晦之一類也。或因字體越僻，學者未事深求，以致臨文周張，依傍替代，如"痓"每作"瘦"，"痳"每作"癢"，"疦"每作"狂"，"瘍"每作"裂"，"捭"每作"拍"，"勢"每作"賢"，"醬"每作"淡"，"淖"每作"稀"，"趡"每作"追"，"踝"每作"踏"，"甗"每作"蓋"，"纚"每作"連"，"絀"每作"欠"，"倩"每作"傕"，"抖"每作"縮"，"緪"每作"緊"，"劃"每作"扯"，"麯"每作"香"，見卷九及《校勘表》。此義顯而音字晦之一類也。或因流俗相傳，只存聲音，執管操觚，不知所謂。如"醯"誤作"鮭"，"徽"誤作"揮"，"攎"誤作"驢"，"轂"誤作"滾"，"揎"誤作"穿"，"佻"誤作"吊"，"孅"誤作"娼"，"嫧"誤作"晶"，"闃"誤作"紊"，"闞"誤作"撼"，"大夫"誤作"打埔"，"嫧婎"誤作"渣畝"，此音顯而字義晦之一類也。自古方言轉變，多由雙聲疊韻。"孟、勉"雙聲、"考、老"疊韻。○或曰：沈休文不明"天昕"，爲錢曉徵所譏；顧亭林不解"明芒"，爲時人所笑。○陳訓正謂雙聲疊韻多起於婦孺及下級社會，論者以爲知言。海澄饒方面，語尚雙聲，如"拍"呼"匹拍"，"啜"呼"戚啜"，"掃"呼"勝掃"，"疊"呼"飭疊"，"灣"呼"伊灣"，"曲"呼"缺曲"。究之"匹、戚、勝、飭、伊、缺"，亦爲"拍、啜、掃、疊、灣、曲"，流俗不察，每以上冠之音爲無字，蓋不知雙聲爲之也。潮普惠方面語尚疊韻，如"拍"呼"拍擸"，"啜"呼"啜捌"，"掃"呼"掃漏"，"疊"
呼"疊粒"，"灣"呼"灣端"，下平。"曲"呼"曲愿"，上入。究之
"擸、捌、漏、粒、端、愿"，亦爲"拍、啜、掃、疊、灣、曲"，流俗不
察，每以下殿之音爲無字，蓋不知疊韻爲之也。且也山川阻
隔，語囿於方，窮簷矮屋，言趨利便，開齊合撮，不加謹嚴，平
上去入，常務苟且。如"增流、增聲"之"增"訛爲"贈流、贈
聲"，上平作下去讀矣。"敷秣"之"敷"常作"府秣"，上平作
上上讀矣。"毅"本音"義"，俗呼"樂毅"若"樂宜"，下上作
下平讀矣。"臧"本音"臟"，如"矕"。俗呼"臧致平"如"臟致
平"，上平作下上讀矣。"決"本音"玦"，俗呼"決口"如"倦窶"，
上上作下去讀矣。"正"本音"政"，因避秦諱，呼"正月"如
"晶"，上去作上平讀矣。"熯"本音"漢"，俗呼"熯火"如"亨"，
上去作上平讀矣。由是之故，音讀雖有少差，字義本無二致，
《潮州府志·方言章》云："潮人言語侏𠌯，多與閩人同，故有其音而無其
字。"案是語不審，以此寡學，謬充軒輶使命，大放囈語，誣蔑潮人，修志
乘者，亟宜正之。雖經多方引證，逆知狃於隘陋，不通音轉者，
每自菲薄，常起疑慮，以爲古音何事存於潮州，雅言遽得播於
海隅。爰不揣固陋，搜求歷史，藉竭邦人之惑。原始潮民，來
自中原，唐高宗朝，陳政、陳元光父子先後開府潮泉，隨從部
曲幾千百人，上自佐貳，下至伙夫，寇平而後，多占籍潮漳。
名單猶存饒平《陳氏族譜》，民國廿五年廣東中山圖書館嘗經刊載，惜此
時不在手頭。間讀《閩通志》陳元光《請置漳州謝表》云：茲鎮
地極七閩，境連百粵，左衽居椎髻之半，可耕乃大田之餘。原
始要終，流移本出於二州，指河南之光山、固始。窮兇極惡，積弊
遂踰於十稔，指土寇藍蕾等，陳元光父子皆殉於賊。至今潮之陳氏、
許氏、沈氏、李氏、盧氏、劉氏、趙氏、薛氏等，皆隨從之儔，當
時陳封潁川侯，許封昭應侯，據《韓山許氏譜》，有許陶者，總章二年

隨元光平寇，至宋而有許申。沈封武德侯，先住莆田，後始遷潮。李封輔勝侯。據《李氏譜》載，有李伯瑤者，助平藍蕾；盧、有盧震者，助李計誘藍蕾，其嗣有盧侗。劉、至宋有劉昉。趙、後有趙德。薛，後有薛豐。各著勛績，一時閥閱相尚，有如過江之王謝，嗣或避亂播遷，據各姓族譜，潮人占籍，二三由於隨宦，六七由於播遷，直接從於福建，間接從於河南，其源因及時間有五：一、唐僖宗乾符五年，黃巢陷福州，王仙芝餘黨曹師雄寇二浙之時；二、乾符六年，黃巢陷廣州，浙江節度使高駢請遣兵遮邀循、潮二州之時；三、中和元年，屠者王緒作亂，陷光州之時；四、光啟元年，光州刺史王緒，悉舉光、壽二州兵五千渡九江江西，陷汀、漳之時；五、爲是年八月，王潮伏殺王緒，引兵圍泉州之時。皆見《綱鑑》。又時人陳鐸《珍兒旅行記》云："潮汕人民，是中原民族，因黃巢作亂，由河南遷來。" 相率入潮。豈惟話言悉中土之故，閭里盡吁俞之音，即如禮教，在在見濿沩之風，一一如成周之制。如新春游神，摺紳扈從，此鄉人儺朝服阼階之故事也。《論語》。元日鄉里，製猙獰紙像，祀以香鏹，驅之河濱，名曰趂殃，此方相氏毆疫之故事也。"方相" 猶 "幻想"，見《周禮·夏官》。鄉族多建宗廟，各置烝嘗宗子，冬至行三獻禮，此春祭秋嘗之故事也。《王制》。成年男子，稱父兄命，字以族字，標貼祠壁，禮樂告廟，此序昭穆之故事也。《禮記》。男子十五，母製新衣，祀九子母於床前，此古行冠禮之故事也。新婦初進，三日謁祖，此廟見之故事也。冬季徧祀諸神，名曰送神，此三代合祭神祇之故事也。三代祭神，夏曰 "嘉平"，殷曰 "清祀"，周曰 "大蜡"。豈惟禮教，民俗亦然。元旦書神荼、鬱壘，張貼門眼，此法黃帝桃符禦鬼也；見《山海經》。履端七日，家家譙七樣羹，此倣朔方氏占書紀人日也；見本卷九。元月燈首，盛饌餉客，此賣屠蘇酒飲人也；六月廿六，農夫婦子，祝祀田頭，此操豚蹄、持盂酒，攘滿車粟也；《淳于髠傳》。寒食野祭，掛紙墳頭，此綿上山紀介子推也;天中端午,龍舟競渡,羣食粽球,此汨羅江吊屈大夫也;上巳踏青,踵蘭亭修禊也;九月風箏,效台城飛空也。輝東漫游四方,歷覘各地,古語古風,無如潮之濃厚。求其故,匪謂潮風文明,反勝中原,洵以潮僻嶺外,俗尚保守,益以退之、韓愈《請置鄉校牒》云:此州學廢日久,夫十室之邑,必有忠信。此州户萬有餘,豈無庶幾者? 文饒、茂叔、子瞻、蘇軾《與吳子野書》云:潮州自文公未到,已有文行之士如趙德者,蓋風俗之美久矣。十朋、晦庵、廷秀、君實、履善、皋羽諸君子,遷謫僑寓,過化存神,民風彌敦淳厚。明會稽車份《潮州論》云:

> 昌黎以詩書禮樂爲教,潮人始知文學。明興,文運宏開,風俗丕變,冠婚喪祭,多用文公家禮,故曰海濱鄒魯。中略。然營宮室,必先祠堂,明宗法,繼絕嗣,重祀田,篤宗誼,鄉曲有詩書吟誦之聲,彬彬乎文物甲嶺表焉。

矧自漢晉以還,國家大器,屢易其主,古語雅風,數經變亂。惟我潮土,正朔易而文化不移。讀儀徵鎦光漢序章氏《新方言》,益恍然矣。中有言曰:

> 抑自東晉以還,胡羯氐羌,入宅中夏,河淮南北,間襍夷音。重以蒙古建州之亂,風俗積替,虜語橫行,而委巷之談,婦孺之語,轉能保故言而不失,此則夏聲之僅存者。昔歐洲希、意諸國,受制非種,故老遺民,保持舊語,而思古之念沛然以生,光復之勳,瀈蒲於此。今諸華夷禍與希、意同,欲革夷言而從夏聲,又必以此爲嚆矢。

輝東有感斯言,所以是書之作,上雖窮稽典謨,下則重視俚諺也。雖然,余生也晚,居今數千年後,侈譯古語,敢謂萬無一失? 縱屬徵核,猶貽人以字不通俗之譏。豈知語文若不

一致,於文詞啟事,不能表真摯之情懷;供録書契,烏能成確實之信讖? 揆之實際,詎得無害? 間讀羅翽雲自序《客方言》有云:

> 余謂我輩今日,已處文言歧異之代。則今日教人識字解義之外,兼宜辨音,教人爲文求雅之功,當先譯俗。凡不能譯雅爲俗者,不善作文者也;不能譯俗爲雅者,不善解書者也。昔康成注《禮》,時引方言;叔重《説文》,亦徵俗語。晚近郝氏之疏《爾雅》、王氏之疏《廣雅》,咸用先例。蓋以古語奧折,非證以今語不能通,反是以思今語變遷,非證以古語,其能通乎?

輝東甚韙其言。繼思客家,以梅屬爲宗,而清雍正十年以前,梅名程鄉,尚與潮同隸府治。迺客方言,代有述人,黃釗、楊恭桓、温仲和、羅翽雲等。而潮獨闕。且有關文化,猶如此其重,所爲斤斤於此者,職是之故。年來偕蟫魚並隱,與落葉同堆,置饑寒,冒溽暑,攖疾病,忘歲時,侷處海壖,漫翻叢帙,折衷章氏《新方言》例,輯《潮方言》一一一卷。追忘逐逋,不舍晝夜,懼歲之不我與也。書成,獻之同鄉諸君子,咸以爲善,促即殺青。窮年矻矻之心,不無稍慰。獨念余不知音,遽操弦琴,何能節奏? 願讀者念其愚而矜其行,庶消衹悔焉。中華民國三十二年春,潮安翁輝東子光序於上海可坐不可企半可卧之室。

潮汕方言序

丁福保

古無方言之名也。粵稽虞夏，“都、弗、吁、俞”，殆爲文從字順之典誥。洎乎秦漢，“黨、曉、知、哲”，已成佶屈聱牙之方音。昔者子雲揚氏以澹雅之才、沈鬱之思，經年鋭精，潛心戮力，掇拾異文奇字，備采軒輶，大有禆於車書，斯謂勤矣。輓近審音之士，萬口同聲，僉曰上古民聲多存粵之潮州。其言曰：上古乏輕脣音，祗有重脣音。錢大昕曰：古音有端透定，無知澈澄；有幫滂並明，無非敷奉微。今潮語多讀重脣如古，若“甫”之讀“譜”，“夫”之讀“埔”，“陂”之讀“碑”，“分”之讀“賁”，“飛”之讀“杯”，“糞”之讀“笨”，其證一也。又曰：古讀音多斂，今則多侈。段玉裁説。如侵、覃、鹽、咸諸部中各韻，其讀音應是閉口粘脣，居今而欲求其讀法，有諧於古，惟潮人士爲能，除廣州漳泉外，溫州亦有能之。其證二也。潮人讀音，以“東”爲“當”，以“江”爲“剛”，以“通”爲“湯”，以“風”爲“方”，以“光”爲“缸”，以“馮”爲“房”，與東、冬、江、陽古通同，其證三也。潮音又以“鐘”以爲“征”[1]，以“松”爲“成”，以“雄”爲“刑”，以“宫”爲“經”，以“龍”爲“陵”，以“春”爲“曾”，與東、冬、江、庚、青、蒸古通同，其證四也。又以“醫”爲“威”，以“爲”爲“圍”，以“奇”爲“沂”，以“雞”爲“街”，以“皮”爲“裴”，與支、微、佳、齊、灰古通同，其證五也。又以“如”爲“瑜”，以“趨”爲“初”，以“和”爲“華”，以“過”爲“瓜”，以“交”爲“高”，以

---

① “鐘”下“以”字依文例爲衍文，當删。

"毛"爲"摩"，以"流"爲"勞"，以"濤"爲"頭"，以"投"爲"刀"
叶，與魚、虞、歌、麻、蕭、肴、豪、尤古通同，其證六也。參觀鄭
昌時《韓江聞見録》，鄉音同異，可通韻學說。原夫潮州人民來自中
州，或因宦遊僑寓，或因避亂播遷，見翁原序。越嶺踰江，海嵎
僻處，於今所操言語，咸與古會，恍有周禮在魯之概。祇以他
方語言，因時轉變，潮獨抱殘守闕，歷久不渝，馴致或種語言，
非轉失之太古，抑亦過泥斯文。若麗於古，雖爲當日普徧之
通言，然比於今，反爲違時希罕之僻語。甚且古音古語，多出
自村夫豎子之口，所以素未研究者，若不疑出言者爲椎魯，亦
當瞠目而結舌也。余聞之儀徵鎦光漢曰：子雲以降，載逾千
百，語言變遷，罔可窮詰。雖僻壤遐陬，田夫野老宥於鄉音，
而語不失方，轉與雅記故書相合。或有稍異古於①，亦與古音
爲雙聲，雖韻部變遷，亦不逾其大劑。潮汕方言，庶幾似之矣。
余以爲潮汕方言大抵偏狃於古，致常與今通俗相齟齬，而潮
之寡識者不推始原，反自怪其語言爲無字，外人不察，從而和
之，習非成是久矣。潮安翁君輝東，有志士也，雅尚述作，慨
然爲深湛之思，窮虞夏之遺，竭廿年之力，繕千卷之書，著《潮
汕方言》一十六卷。舉凡學者臨文周章、覓字頂替之病，已擴
而推之，鄙夫傖子好造作俗字以亂雅正，亦辭而闢之。書成，
介陸君淵雷示余，且以弁言請。廼感翁君之謬以余爲知言也，
因縷述潮語之合於古者以歸之。是爲序。中華民國三十二
年清明節日，無錫丁福保仲祜氏作於海上。

　　　　　　　　　　　　　　　　　以上1943年鉛印本

---

① 古於，當爲"於古"之倒乙。

蜀　語

蜀語自序

李　實

　　方言采於輶軒,《離騷》多用楚語。學士家兢避俗擭雅,故賤今而貴古。人越而話燕,遂至混掇名品,倒易方代。以僕觀之,字無俗雅,一也。夥頤沈沈,焉殊典誥;笑言啞啞,何異里談乎? 實生長蜀田間,習聞蜀諺,眩於點畫不暇考。留滯長洲,間得以考之。雖儛屢臧甬,驟疑方音嘲哰,而皆有典據如此,君子其可忽諸? 然將知而耄及,千百曾不得一,俟博聞者補焉。《傳》曰:"樂操土音,不忘本也。"西蜀進士李實識。

清乾隆(1736～1795)中綿州李氏萬卷樓刻
明嘉靖十四年李鼎元重校本

釋　名

釋名自序

劉　熙

　　熙以爲自古造化，制器立象，有物以來，迄于近代，或典禮所制，或出自民庶，名號雅俗，各方名殊。聖人於時，就而弗改，以成其器，著於既往。哲夫巧士，以爲之名，故興於其用而不易其舊，所以崇易簡，省事功也。夫名之於實，各有義類，百姓日稱而不知其所以之意，故撰天地、陰陽、四時、邦國、都鄙、車服、喪紀，下及民庶應用之器，論敘指歸，謂之《釋名》，凡二十七篇。至於事類，未能究備，凡所不載，亦欲智者以類求之。博物君子，其於答難解惑，王父幼孫，朝夕侍問，以塞可謂之士，聊可省諸。

釋名敘

畢沅注

　　熙以爲自古造化，制器立象，有物以來，迄于近代，或典禮所制，或出自民庶，名號雅俗，各方名殊。聖人於時，就而弗改，以成其器，著於既往。哲夫巧士，以爲之名，故興於其用而不易其舊,所以崇易簡,省事功也。夫名之於實,各有義類,百姓日稱而不知其所以之意,故撰天地、陰陽、四時、邦國、都鄙、車服、喪紀,下及民庶應用之器,論敘指歸,謂之《釋名》,凡二十七篇。此非其原書篇數也,據韋昭之辭,唐宋人書所引,則《釋名》實有《釋爵位篇》。今二十七篇具在,而無爵位之目,則明明有亡篇,不止二十七矣。茲云二十七篇者,乃後人據其見存之篇數以改之,其原敘必不云尔也。至於事類,未能究備,凡所不載,亦欲智者以類求之。博物君子,其於答難解惑,王父幼孫,朝夕侍問,以塞此處有挩字。可謂此處亦有挩字。之士,聊可省諸。

釋名敘

王先謙注

熙以爲自古造化,制器立象,有物以來,迄於近代,或典禮所制,或出自民庶,名號雅俗,各方名殊。先謙曰:“吳校‘名’作‘多’,云:‘各本多誤名。’”聖人於時,就而弗改,以成其器,著於既往。哲夫巧士,以爲之名,故興於其用而不易其舊,所以崇易簡,省事功也。夫名之於實,各有義類,蘇輿曰:“《文獻通考》十八引‘義類’作‘類義’。”先謙曰:“吳校‘於’作‘與’。”百姓日稱而不知其所以之意,蘇輿曰:“《通考》引‘以’下有‘然’字,當據補。”故撰天地、陰陽、四時、邦國、都鄙、車服、喪紀,下及民庶應用之器,論敘指歸,謂之《釋名》,蘇輿曰:“《通考》引無此八字,作‘即物名以釋義’。”凡二十七篇。至於事類,未能究備,凡所不載,亦欲智者以類求之。博物君子,其於答難解惑,王父幼孫,朝夕侍問,以塞蘇輿曰:“此語不全,下有奪文。”可謂之士,蘇與曰：“此亦有奪文。”聊可省諸。

刻釋名序

儲良材

《釋名》者，小學文字之書也。古者文字之書有三焉：一體制，謂點畫有縱橫曲直之殊，若《説文》《字原》之類是也；二訓詁，謂稱謂有古今雜俗之異，若《爾雅》《釋名》之類是也；三音韻，謂呼吸有清濁高下之不同，若沈約《四聲譜》及西域反切之文是也。三者雖各自名家，要之皆小學之書也。夫自六經出而《爾雅》作，《爾雅》作而《釋名》著，是故《漢·藝文志》以《爾雅》附《孝經》，而《經籍志》又以附《論語》，蓋崇之也。漢劉熙所著《釋名》，翼《雅》者也，宜與《雅》並傳。《爾雅》故有鏤本，而《釋名》久無傳者。余按：全晉偶得是書於李僉憲川甫，川甫得諸蔡中丞石岡，石岡得諸濟南周君秀，因託吕太史仲木校正，付絳守程鴻刊布焉。然則翼《雅》之書，詎止於是乎？郭璞有《圖》，沈璇有《注》，孫炎有《音》，江瓘有《贊》，邢昺有《正義》，張揖有《廣雅》，曹憲有《博雅》，孔鮒有《小爾雅》，劉伯莊有《續爾雅》，楊雄有《方言》，劉霽有《釋俗語》，盧辨有《稱謂》，沈約有《俗説》，張顯有《古今訓》，韋昭有《辨釋名》，凡讀《爾雅》者，皆當參覽，其可以小學之書而忽之哉？嘉靖甲申冬十二月既望，谷泉儲良材邦掄父撰。

書釋名後

蔡天祐

　　嘉靖壬午春三月，予自歷下遊關中，北渚周子餞於濼源之牧，出是書曰："家藏久矣，恐遂湮没，問子，將以永厥傳也。"荏苒四歲，弗暇。及雲中事定，乃命工刊之，與《爾雅》竝行云。周子名程，字公度，濟南人。歲乙酉閏月六日，石岡蔡天祐識。

以上明嘉靖三年（1524）儲良材、程鴻刻本

釋名疏證

釋名疏證序

畢　沅

　　劉熙《釋名》,其自序云二十七篇。案《後漢書·文苑傳》:"劉珍,字秋孫,一名寶,撰《釋名》三十篇,以辯萬物之稱號。"而韋曜、顏之推等皆云"劉熙製《釋名》"。"熙"或作"熹"。案《三國·吳志·曜傳》曜在獄中上辭,有云"見劉熙所作《釋名》,信多佳者,然物類衆多,難得詳究,故時有得失,而爵位之事,又有非是"云云。玩曜之語,則熙之書吳末乃始流布,是熙之去曜年代必當不遠,一也。舊本題"安南太守劉熙撰",近時校者以二漢無安南郡,或云當作"南安"。今考劉昭注《續漢書》,稱《三秦記》曰"中平五年,分漢陽置南安郡",《元和郡縣志》亦云"漢靈帝立",是郡置已在漢末,二也。此書《釋州國》篇有"司州",案《魏志》及《晉書·地理志》,魏以漢司隸所部河南、河東、河内、弘農并冀州之平陽,合五郡,置司州。是建安以前無司州之名,三也。又云"西海郡,海在其西",據劉昭注,則西海郡亦獻帝建安末立,其時去魏受禪不遠,四也。《釋天》等篇於光武列宗之諱均不避,五也。以此而推,則熙爲漢末或魏受禪以後之人無疑。又自序云"二十七篇",而《文苑·劉珍傳》云"三十篇",篇目亦不甚縣遠。疑此書兆于劉珍,踵成于熙,至韋曜又補官職之缺也。

其書參校方俗,考合古今,晰名物之殊,辨典禮之異,洵爲《爾雅》《説文》以後不可少之書。今分觀其所釋,亦時有與《爾雅》《説文》諸書異者。《爾雅》曰:"齊曰營州。"而此云:"營州,齊衛之地。"《爾雅》云:"石戴土謂之崔巍,土戴石爲岨。"而此依毛傳立文,曰:"石載土曰岨,土載石曰崔巍。"正與相反是也。《説文》"錦"从帛金聲,凡爲聲者皆無義,而此云"錦,金也。作之用功,其價如金,故其制字从帛與金",是以諧聲之字爲會意。又《説文》"平土有叢木曰林",而此云"山中叢木爲林",亦皆異義。且其字體出《説文》外十之三,益信熙之時去叔重已遠。其聲讀輕重,名物異同,與安順前又迥別也。暇日取羣經及《史》《漢》書注、唐宋類書、道釋二藏校之,表其異同,是正缺失,又益以《補遺》及《續釋名》二卷,凡三閲歲而成。復屬吳縣江君聲審正之。江君欲以篆書付刻,余以此二十七篇内俗字較多,故依前隸寫云,所以仍昔賢之舊觀,示來學以易曉也。時乾隆五十四年歲在己酉九月朔日,是爲序。

篆文釋名疏證自敘

畢　沅

　　《隋書·經籍志》云:"《釋名》八卷,劉熙篹。"又"《大戴禮記》十三卷"下注云:"梁有《謚灋》三卷,後漢安南太守劉熙注,亡。"檢《後漢書》無劉熙傳,又《郡國志》無安南郡,唯"漢陽郡"注引《秦州記》曰:"中平五年,分置南安郡。"則"安南"或"南安"之誤與?晉李石《續博物志》云"漢博士劉熙",宋

陳振孫《書録解題》、馬端臨《文獻通考》並云“漢徵士北海劉
熙字成國”，不知何本。或《釋名》古本所題相傳如此，胡爲
與《續博物志》《隋書·經籍志》又各不同，皆無明文可證。《後
漢書·劉珍傳》言“珍篹《釋名》三十篇，以辯萬物之稱號”，今
《釋名》二十七篇，見有亡篇，安知非本三十篇也？或劉珍別
有《釋名》而已亡與？抑或蔚宗聞之不審而誤以劉熙爲劉珍
與？《三國·吳志·韋昭傳》，昭言“見劉熙所作《釋名》，信多
佳者，然物類眾多，難得詳究，時有得失”，因作《辨釋名》一
卷。案《吳志·程秉傳》言“秉避亂交州，與劉熙攷論大誼”，
又《薛綜傳》言“綜避墬交州，從劉熙學”。交州，孫吳之墬也。
計吳之立國才五十二年，而韋昭下獄時年已七十，則昭少壯
時與劉熙並世而同國，或嘗見熙，亦未可知。其謂《釋名》爲
熙所作，審矣。范史之言，可弗計也。爰自書契之作，先有聲
音，而後有訓詁。《易》曰：“乾，健也。”“坎，陷也。”“兌，説也。”
《禮記》曰：“仁者，人也。”“誼者，宜也。”皆以聲音相近爲訓。
《釋名》一書，盡取此意，故顔之推《家訓》云：“楊雄箸《方言》，
攷名物之同異，不顯聲讀之是非。逮鄭康成注六經、高誘解
《吕覽》《淮南》、許慎造《説文》、劉熙製《釋名》，始有譬況、叚
喈以證音字，則《釋名》之于小學，裨益甚多。如：“江，公也。
諸水流入其中，所公共也。”知古讀“江”如“工”矣。“能，該
也。無物不兼該也。”知古讀“能”如“台”矣。“巳，已也。
陽气畢布已也。”知古“辰巳”之“巳”與“已止”之“已”通矣。
至其論述，按之古籍，多與符合，可稱善矣。今之學者，聲音
訓故之不講，名物象數之不知，藉是足以明古字之通喈音均，
古制之規模儀濿，其可忽乎哉？顧俗本流傳，魯魚亥豕，學者
不察，轉生駁議，如“羹，汪也。汁汪郎也”，“羹”誤爲“歖”，
遂疑《釋飲食》不當缺“羹”。碑本葬時所設，“葬”謌爲“莽”，

後人强屬"王"字,反引"公室視豐碑",謂碑不始于王莽。若斯之類,不勝枚舉。余循覽載籍,凡經傳子史有與是書相表裏者,援引以爲左證,又取唐宋人書有引是書者,會萃以相參校,表其異同,正其紕繆,且益以《補遺》及《續釋名》,題曰《釋名疏證》。刊印寄歸,屬江君聲審正其字。江君謂必用篆文,字乃克正,請手録之,別刊一本。余時依違未許,既而覆視所刻,輒復删改。適江君又以書請,遂以删改定本屬之鈔寫,并述前敘未盡之意,復爲敘以詒之。時乾隆五十五年歲在上章閹茂如月甲寅朏,畢沅又敘。

篆文釋名疏證跋

江　聲

制府畢公纂《釋名疏證》,會萃群書,以校正其文;援引經傳子史,以證明其説,并補其遺,續其未有。刊本寄歸,招聲在其府中重加審正。聲幡閲其書,歎其精確淵博,洵足垂範將來,謂若用許叔重《説文解字》之字體重刊行世,俾有志者得藉此書以識字,則嘉惠後學之功,豈不益大!因修書以請于制府,願任鈔寫之勞,董剞劂之事。適制府復有删改之本,即以寄示屬鈔,于是書之,帀三月而竟。後學江聲識。

以上清乾隆五十四年(1789)畢氏靈巖山館刻
《經訓堂叢書》本

廣釋名

廣釋名自序

張金吾

漢劉君成國著《釋名》二十七篇，從音求義，多以同聲相諧。其自序云："凡所不載，亦欲智者以類求之。"金吾治經之暇，旁及小學，讀其書，陳義《爾雅》，訓辭典奧，古音古義，賴斯僅存。然如釋親屬而不及"夫"，釋樂器而不及"琴"，釋周弁夏收而"冔"則缺，釋秦晉吳越而"蜀"不載，誠有如序所云未能究備者。至若"星，散也""辰，伸也"，其說孤而無證，不若從《説文解字》"星"訓"精"、"辰"訓"震"之爲得也。"姊，積也""妹，昧也"，其説鑿而難通，不若從《白虎通義》"姊"訓"咨"、"妹"訓"末"之爲得也。"歲，越也""年，進也"，不若訓"遂"、訓"仍"之聲更相協也。"未，昧也""酉，秀也"，不若訓"昧"、訓"老"之説更精確也。"山，産也""河，下也"，不若如説題辭訓"宣"、訓"荷"之爲善也。"江，公也""濟，濟也"，不若如《尚書大傳》訓"貢"、訓"齊"之爲善也。"州，注也"，不若如"殊也、疇也"之訓爲善也。"豫，豫也"，不若如"舒也、序也"之訓爲善也。"水波揚"爲揚州，不若"厥性輕揚"之説爲善也。"在幽昧"爲幽州，不若"其氣深要"之説爲善也。"取兖水以爲名"，不若以"兖"訓"信"之爲善也。取營室以爲名，不若以"營"訓"平"之爲善也。

“心之言任、心之言桎”，較“所識纖微”之説爲善也。“弁之
言樊、弁之言槃”，較“兩手相合”之訓爲善也。“斧爲甫”，不
若如“斧之言捕”之爲善也。“鐘爲空”，不若如“鐘之言動”
之爲善也。“旌有精光”，不若如“精進士卒”之爲善也。“戰
恭爲斾”，不若如“斾表士衆”之爲善也。“棺，關也”，不若
訓“完”之爲善也。“樞，究也”，不若訓“久”之爲善也。他
若“名之言鳴、名之言命”，則義得兩通。“亭之言留、亭之言
定”，則説可並存。《易》含三義，必須合“簡易、變易、不易”，
而其説始備；《詩》有三解，必須合“志也、持也、承也”，而其
義始全。金吾不揆檮昧，輒輯諸經傳注及諸子緯候等書凡
劉君所及見者，就原分二十七篇之目，依類廣之。俾未載者
既網羅前訓而得其指歸，已載者亦博考羣書而備其訓釋，于
以成劉氏之志，亦未必非小學之一助云。嘉慶甲戌夏五月，
昭文張金吾序。

廣釋名序

黄廷鑑

　　古小學之書，《説文》《爾雅》《方言》外，唯劉氏《釋名》
僅存，其書雅俗兼通，義數並舉，與《爾雅》《方言》尤相似。
顧《爾雅》義主釋經，《方言》旨在通俗，《釋名》義例蓋在二
者之間，其所詳畧，自敘所稱論敘指歸，義自有在，非有闕漏
也。及門張子月霄嗜學好古，于小學中尤善《釋名》，謂古人
制字，象形、指事外，諧聲爲多，故字從聲肇，義以聲生，凡字
體不根于聲者，僞體也；字義不本於聲者，假義也。漢人具有

師傅,故毛、鄭諸儒訓詁多主諧聲。讀《釋名》一書,斯義尤著。因于治經之暇,博覽羣籍,自諸經傳注及諸子緯候,一句一義,有與《釋名》相類者,倣其例廣之,得書二卷,問序于余。觀其書比類相從,雜而不越,又采輯斷自漢代,體例亦極謹嚴,殆有合于劉氏所云“凡有未備,智者以類求之”之意,俾古音古義之難通者,或悉有所攷焉,其出于世之餖飣剽拾之學遠矣。是爲序。嘉慶癸酉十月朔,友生黃廷鑑書。

廣釋名序

吳慈鶴

　　訓詁之學尚矣,《爾雅》爲小學之祖,《説文》乃六書之宗,後世通儒精其學者,因而推闡之。于《雅》則有《廣雅》《埤雅》《爾雅翼》《駢雅》;《説文》則有《解字繫傳》《玉篇》《汗簡》《佩觿》諸書,雖醇駁互見,然其訓古有獲,蒐網緜薈,厥功皆偉。漢劉成國撰《釋名》二十七篇,其因字釋義宗《爾雅》,而因音求義又似《説文》,于古制古音多所稽鏡,洵小學不可無之書,而爲之羽翼訂證者蓋寡。昭文張子月霄淹通六籍,于治經之暇,醰硏小學,病兹書之猶多舛譌漏畧也,爰上採經傳,旁搜讖緯,下迄兩漢諸儒之説,緜微博引,條貫兼綜以成書,曰《廣釋名》,蓋前此所未有也。夫訓詁之學,固將用以窮經,而古之能文章家,亦未有不精於此者。漢司馬相如作《凡將》,揚子雲著《方言》,班孟堅有《白虎通》,故其所爲詞賦,典博宏贍,冠絕千古。唐之杜子美、韓昌黎,於詩於文章,亦皆百代之宗,而其無一字無來歷,則訓詁之學茂也。張子能治

訓詁以窮經，必且能文章矣。因來問序，亟勸之授梓，以爲小
學家之助。嘉慶丙子六月，翰林院編修吴縣吴慈鶴序。

以上清嘉慶二十一年（1816）張氏愛日精廬刻本

釋名疏證補

釋名疏證補自序

王先謙

　　文字之興，聲先而義後。動植之物，字多純聲，此名無可釋者也。外是則孳乳繁賾，恉趣遷貿。學者緣聲求義，輒舉聲近之字爲釋，取其明白易通，而聲義皆定。流求珥貳，例啟於周公；乾健坤順，説暢於孔子。仁者人也，誼者宜也，偏旁依聲以起訓。刑者侀也，侀者成也，展轉積聲以求通。此聲教之大凡也。侵尋乎漢世，間見於緯書。韓嬰解《詩》，班固輯《論》，率用斯體，宏闡經術。許、鄭、高、張之倫，彌廣厥恉。逮劉成國之《釋名》出，以聲爲書，遂爲經説之歸墟，實亦儒門之奧鍵已。隋唐以還，稱引最夥，流溉後學，取重通人。往往古義舊音，展卷有會，語其佳處，尋繹靡窮。雖官職致辨於韋昭，食品見非於徐鍇，諒爲小失，無害宏綱。亦有直解可明，而繁詞曲證，良由主聲之作，書體致然。自《説文》離析形聲，字有定義，無假譬況，功用大焄。於是《釋名》流派漸微，其言聲之學，迺沿爲雙聲疊均，而《説文》從聲之法，亦生直音。故吾以謂《説文》直音之肇祖，而《釋名》者反切之統宗也。舊本闕譌特甚，得鎮洋畢氏校訂，然後是書可讀。長洲吳氏所栞顧千里校本，是正亦多。其中奧義微文，未盡揮發。端居多暇，與湘潭王啟原、葉德炯、孫楷、善化皮錫瑞、平江蘇

興、從弟先慎覆加詮釋，決疑通滯。歲月既積，簡帙遂充，因
合畢氏元本，參酌吳校及寶應成蓉鏡《補證》，陽湖吳翊寅《校
議》，瑞安孫詒讓《札迻》，甄録尤雅，萃爲斯編。剞劂甫成，元
和祝秉綱垂示胡、許二君所校，爲芟去重復，别卷坿末，期以
補靈巖之漏義，闡北海之精心。大雅宏達，庶匡益之。光緒
二十一年歲次乙未冬十二月，長沙王先謙謹撰。

清光緒二十一至二十四年（1895～1898）刻本

經典釋文

經典釋文序

陸德明

　　夫書音之作，作者多矣。前儒撰著，光乎篇籍，其來既久，誠無間然。但降聖已還，不免偏尚，質文詳畧，互有不同。漢魏迄今，遺文可見，或專出己意，或祖述舊音，各師成心，製作如面。加以楚夏聲異，南北語殊，是非信其所聞，輕重因其所習，後學鑽仰，罕逢指要。夫筌蹄所寄，唯在文言，差若毫釐，謬便千里。夫子有言："必也正名乎？名不正則言不順，言不順則事不成。"故君子名之必可言也，言之必可行也。斯富哉言乎！大矣盛矣，無得而稱矣！然人禀二儀之淳和，含五行之秀氣，雖復挺生天縱，必資學以知道。故唐堯師於許由，周文學於虢叔。上聖且猶有學，而況其餘乎？至於處鮑居蘭，玩所先入；染絲斲梓，功在初變；器成采定，難復改移；一薰一蕕，十年有臭。豈可易哉！豈可易哉！余少愛墳典，留意藝文，雖志懷物外，而情存著述。粵以癸卯之歲，承乏上庠。循省舊音，苦其太簡。況微言久絕，大義愈乖，攻乎異端，競生穿鑿。不在其位，不謀其政，既職司其憂，寧可視成而已。遂因暇景，救其不逮。研精六籍，采摭九流，搜訪異同，校之《蒼》《雅》，輒撰集五典、《孝經》《論語》及《老》《莊》《爾雅》等音，合爲三袟三十卷，號曰《經典釋文》。古今竝録，括其樞

要,經注畢詳,訓義兼辯,質而不野,繁而非蕪。示傳一家之
學,用貽後嗣。令奉以周旋,不敢墜失,與我同志,亦無隱焉。
但代匠指南,固取誚於博識。既述而不作,言其所用,復何傷
乎云爾。

清康熙十九年(1680)通志堂本

經典釋文附録

重輯經典釋文附録自序

陳昌齊

　　唐陸氏德明撰《經典釋文》,《易》、《書》、《詩》、《周官》、《儀禮》、《禮記》、《春秋》三傳、《孝經》、《論語》、《老子》、《莊子》、《爾雅》,皆詳載音義,并附其時所見本有異字,共三十卷,誠爲稽古秘籍。余向者讀而愛之,因彷其意,凡注疏、《史》、《漢》、《説文》諸書所引經傳與今所傳本異而未爲陸氏所採者,録之爲《經典釋文附録》。乾隆甲辰冬,稿本燬于火,欲重輯之而未遑暇也。夫念陸氏書尚矣,即區區所輯,掛一漏萬,然□□□□□在焉。緣是棄去,良可愛惜。官事之暇,因先輯《易》《詩》《書》各一卷存之,其《三禮》《三傳》各種,俟之異日可也。噉荔居士識。

清刻本

羣經音辨

羣經音辨自序

賈昌朝

臣聞古之人三年而通一藝,三十而五經立,蓋資性敏悟,材智特出者焉。臣自蒙恩先朝,承乏庠序,逮今入侍內閣,凡二十年。年踰不惑,裁能涉獵五經之文,於五經之道固未有所立。嘗患近世字書摩滅,惟唐陸德明《經典釋文》備載諸家音訓。先儒之學,傳授異同,大抵古字不繁,率多假借,故一字之文,音詁殊別者衆,當爲辨析。每講一經,隨而錄之。因取天禧以來巾橐所志,編成七卷,凡五門,號《羣經音辨》。一曰辨字同音異。凡經典有一字數用者,咸類以篆文,釋以經據。先儒稱"當作、當爲"者,皆謂字誤,則所不取。其"讀曰、讀爲、讀如"之類,則是借音,固當具載。二曰辨字音清濁。夫經典音"深"作"深",式禁切。音"廣"作"廣",古曠切。世或誚其儒者迂疏,彊爲差別。臣今所論,則固不然。夫輕清爲陽,陽主生物,形用未著,字音常輕;重濁爲陰,陰主成物,形用既著,字音乃重。信稟自然,非所強別。以昔賢未嘗著論,故後學罔或思之。如衣施諸身曰衣,施既切。冠加諸首曰冠,古亂切。此因形而著用也。物所藏曰藏,才浪切。人所處曰處,尺據切。此因用而著形也。並參考經故,爲之訓説。三曰辨彼此異者。謂一字之中,彼此相形,殊聲見義。如求於人曰假，與人曰假；_{音價。}毀佗曰敗，_{音拜。}自毀曰敗，觸類而求其意趣。四曰辨字音疑混。如"上上、_{時亮切時掌切。}下下"_{胡賈切胡嫁切。}之類，隨聲分義，相傳已久，今用集録。五曰辨字訓得失。如"冰、凝"同字，"氾、汎"異音，學者昧之，遂相淆亂。既本字法，爰及經義，從而敷暢，著于篇末。此書斷自《易》《書》《詩》、《禮》三經、《春秋》三傳，暨《孝經》《論語》《爾雅》。凡字有出諸經箋傳中者，先儒之説，沿經著義，既《釋文》具載，今悉取焉。凡字之首音雖顯而經傳不載者，則依《説文》爲解。凡字之音義章灼者，則不復引据。《音辨》之作，欲使學者知訓故之言咸有所自，聊資稽古之論，少助同文之化。謹上。

羣經音辨後序

王觀國

　　沈隱侯高才博洽，名亞董遷，始譜四聲，用分清濁，以彰"天子聖哲"。及製《郊居賦》，示草王筠，筠讀至"雌霓_{五的翻。}連蜷"，沈撫掌欣抃曰："僕嘗恐人呼爲霓。"_{五兮翻。}次至"墜石硊星，冰垂埼而帶垠"，筠皆擊節，約曰："知音者希，真奇殆絶，所以相要，政在此數句耳。"嗚呼！《郊居賦》一篇，無甚高論，尚病世俗不能辨其音，況羣經乎？約欲正音，徒留意於詞章，含宮咀商[①]，惡覯五經之微奥？是宜梁武不甚遵用，涕唾視之，又何足怪？夫國朝之興，首以六經涵養士類，逮仁廟

---

① 商，當據文意改作"商"。

當宁，儒風載郁，典章粲然，文元賈魏公總角邃曉羣經，章解
句達，累官國子監，譽望甚休，遷崇政殿説書、天章閣侍講。
慶曆、嘉祐中，大拜居政地，海内乂寧。其在經筵，嘗進所著
書曰《羣經音辨》，凡五門七卷，爲後學著龜，有詔頒行，實康
定二年十有一月也。公以經術致將相，出入文武，有謀有庸，
被知裕陵，始終如一。勳上柱國，邑户萬五千。其遭遇之厚，
極儒者榮，下視沈約見薄於蕭梁，真局促轅下駒耳。故能推
其所學，西破趙元昊，南走儂智高，外絶契丹之謀，内弭甘陵
之變，羣經之効，昭若日星。自胡蝗翳天，神汴失守。六飛
巡幸，駐蹕三吳，戎事方興，斯文未喪，上留神經術，登用鴻
儒，親札《中庸》，班賜多士，發明奧境，表章六經，州建學官，
教覃溥率。紹興己未夏五月，臨安府學推明上意，鏤公《音
辨》，敷錫方州，下逮諸邑。寧化號稱多士，部屬臨汀，新葺
縣庠，衿佩雲集。是書初下，繕寫相先，字差毫釐，動致魚
魯。且患不能周給諸生，固請刻本，藏于黌館，以廣其傳。
嘯工東陽，閲月方就，解頤折角，馳騁羣經者，自是遂得指南
矣。蓋五經之行於世，猶五星之麗乎天，五嶽之蟠乎地，五
行之蕃乎物，五事之秀乎人，康濟羣倫，昭蘇萬彙，其功豈淺
淺哉？自有經籍以來，未嘗無音，沈熊著《周易音》三卷，王
儉著《尚書音》四卷，魯世達著《毛詩音》二卷，李軌著《禮
記音》二卷，徐文遠著《春秋左傳音》三卷，非無音也，無音辨
爾。是宜句讀不明，師承謬戾，《禮經》以“鬲”爲“冪”，《左
氏》以“蔦”爲“蓮”，或於《老氏》更“載”爲“哉”，或於《洪範》
改“頗”爲“陂”，以至讀“景”爲“影”，命“昭”爲“韶”，文異
而音同。“行”翻有四，“召”切有三，文同而音異。旁及史傳
諸子百家，音雜字叢，蓋亦不勝其訛矣。甚者武夫悍卒，昧於
一丁；老師宿儒，惑於三豕。取作屋穿鎚之誚，貽杖杜伏獵之

讖。“乙、屯”殊形，“刃、丂”異狀，忌水乃改“洛”爲“雒”，惡走乃省“隨”爲“隋”，類用俗文，俱緣臆出。以“下上”爲“下上”，以“縱橫”爲“縱橫”。諡煬帝以爲“䉤”，好奇乃尔；易穆公而爲“繆”，振古如兹。《音辨》之行，固非小補。漢唐《藝文志》箋注之書，有曰《音隱》，有曰《音略》，有曰《音義》，有曰《音訓》，有曰《音鈔》，有曰《釋音》，是其於音未必能辨。有曰《辨證》，有曰《辨疑》，有曰《辨嫌》，有曰《辨惑》，有曰《辨字》，有曰《注辨》，是其所辨，未必皆音。獨陽休之著書號《辨嫌音》，又皆蕪累不經，爲魏收所薄。惟賈魏公沉研經旨，析類辨音，傳注箋題，不爲曲釋，櫛理疑義，啟沃宸衷。至先王治心守身，經理天下之微意，指物譬事，毫析縷解。故其辨明舛誤，是正羣書，上不欺乎君，下不欺乎民，愈久愈明，千載不泯。渡江之後，峩冠博帶，傳習益多。汀與虔鄰也，民喜弄兵，盜賊蜂起，郡城坐甲，仰食如䀒，方鄰壤用師，日疲餽運，治賦餘暇，獨與諸生雍容俎豆間，談經究微，從事音辨，幾於不達時務也。鏤板于學，雖秀民隸業，瀝懇有陳，亦長此邦者之所願欲也。書舊有序，姑跋其後云。紹興壬戌秋七月中澣日，官舍西齋序。

以上清康熙五十三年（1714）吳郡澤存堂刻本

九經直音

九經直音序

莫友芝

　　宋刊本《九經直音》十五卷，宋廬陵孫奕撰，海甯查氏藏本。《九經》者，《孝經》《論語》《孟子》《毛詩》《尚書》《周易》《禮記》《周禮》《春秋左傳》爲次，不用反切，直取同音字旁注。其下無同音字，則以同四聲字紐之，如唐人《九經字樣》之例。半頁十三行，巾箱本，大小如今秦氏覆《九經》，此《音》蓋即刊附《九經》後者也。今《四庫》收奕所著有《示兒編》。《提要》謂其字季昭，號履齋。甯宗時嘗官侍從，其歷官無攷。《四庫》又收明州本宋人《排字九經直音》二卷，爲元至元丁亥書隱堂刊者，按之即是奕書。《提要》謂所音皆據《經典釋文》，而兼采宋儒。于《釋文》一字數音者，皆并存之，亦時有半從半違之失，而大致能決擇是非。陸無音者，亦頗有補苴。其于宋儒，《詩》《中庸》《語》《孟》用朱子，《易》兼用程、朱，他及胡瑗、司馬光。《禮》多守方慤注，而兼存鄭義。又條舉其音字若干事，爲糾論踰千言。又謂《九經》前後失次，證以奕書，無不悉合。紀、陸諸公未見此本，遂謂撰人無攷。乃今得之，真大快事。其卷數懸殊者，此十五卷，合才百一頁，若均爲二卷，亦止卷五十頁，未爲甚大。坊間合併，且佚其名，非宋刊僅存，亦烏從識之哉。同治己巳二月，查生燕緒持來視其師張廉卿，廉卿寓余書局，因更留數日觀，爲攷論歸之。孫氏《示兒編》中有《經説》五卷、《字説》五卷，于字音字訓，辨別異同，多資攷證，蓋南宋積學之士。故此《直音》一書，在宋人經音中最爲善本。其纂刊無序例年月，其序《示兒編》在開禧元年，則大率甯宗時也。既望戊午，邵亭眊叟莫友芝書。

九經直音序

葉　昌

《明本排字九經直音》，今不可見，即以《四庫提要》所舉者證之，殊不盡合。如明本《武成》“識”字下注云：“陸無音，漢翟酺疏引此作恭。”此本惟“陸無音”三字同，下作“依孔傳合作志”。《金縢》“辟”字下云：“鄭音避。”此本“鄭”上多“馬”字。《禮記·祭義》“爓”字下云：“徐廉反，古音燖。”此本作“燖，徐占切”。《周禮·大宰》“旅貢”下云：“旅音留，燕游也。”此本作“厭游之游”。按後鄭注：“旅讀如燕游之游。”則此爲長，惟誤“燕”作“厭”耳。“圃”字下云：“布古反，又音布。”此竟“音圃，又布”。“牧”字下云：“徐音目，劉音茂。”此僅有一“目”字。“甒頒”下云：“鄭音班，徐音墳。”此云“甒”，無音。《大府》“以待甒頒”，亦無音。《廩人》注“甒音分，亦如字”“頒”皆音“班”。《籩人》“茆”字，此本隸《醢人》，據經文則當在《醢人》。又《醢人》“落”字下云：“音治，又音殆。”此本作“治又苔又”。而凡如此類，皆顯然乖異。若得明本對勘一通，不可枚舉矣。明本刊於至元丁亥，此猶宋刻，則當是元時坊肆竊取奕書竄改欺世,邵亭竟斷爲一書,誤也。明本題"梅隱書堂刊",見《提要》。邵亭作"書隱堂",亦誤。光緒乙酉,長洲葉昌識。

以上元刻本

讀書正音

讀書正音序

毛奇齡

　　古字之必有音，諧聲是也。顧音易失讀，秦人作《蒼頡》《爰歷》《博學》三篇，而不註讀音，漢宣徵天下能正讀者，使張敞受之，傳至杜林，已纂成《蒼頡訓故》，而不傳其書。至齊梁以降，則但取李登《聲類》一編，爭爲押音。而唐宋禮部試士，槩收兩音之字，而限於一部。然且所收皆傍音，而去其正音，學童之不能識字，非一日矣。是以孔安國註《尚書》，不知伏生口授讀“殷”爲“衣”，遂使《康誥》之“戎殷”，《武成》之“戎衣”兩不能通。古今經傳，踵譌非一，各是師説，互相譏駁，石經雖立，而字畫音義疑舛尚多。先仲氏嘗云：“元祐朝臣皆不識字，見京師賣餕餡者榜大牌於衢，不識何物。唯歐陽修強解事讀：‘此必酸字之誤。’而不知‘餕’之原有‘酸’音，但是食餘，不必酢物也。”同年吳青壇先生由芸臺起家，進中執法，直聲震天下，而乃恬退二十年，大展其生平所學，一發之於筆墨。其所輯《朱子論定文抄》，既已進呈聖覽，仰荷嘉獎，其餘著述等身，又復以字音失讀，輯《讀書正音》四卷。自一音異讀分類考辨而外，凡字音字義有與音聲相離合者，更溯其源流，互相推曁。至於奇文秘字，則又因韻而分之。此與楊雄之《訓纂》、相如之《凡將》，有以異乎？而尋常字義在耳

目前者,時師亦多訛謬,復終釋之,尤便於黨塾,此書洵有功
字學不淺也。方今藝文大興,聖主以經術課儒治,而不廢小
學。猶憶己未開制科時,宣城施少參誤以支音出"旂"字,已
錄上卷,而皇上指出之,謂"旂、旗"一字而"旗"屬支,"旂"
屬微,必不通者,以微多"斤"傍,"旂"有"斤"音,與"旗"之
從"其"不同。觀《毛詩》以"言觀其旂"與"庭燎有薰"押,
此可驗也,"旂"焉得通?"旗"遂抑置次卷。而高陽相公又精
於字音,謂"查"音轉"察"而無"察"義,將使天下文移判字,
改"查"爲"察"。而始寧徐咸清以制科赴京,謂"查"音轉"在"
而不轉"察","在"即"察"也。相公遂忻然而不之改。是聖
君賢相,一時竝見,行將紀諸史乘,勒爲掌故,而《正音》一書,
又復如是。夫軒黃御世,而猶欲《蒼頡》之七章,保氏之六技
不傳人間,豈有是矣?康熙乙酉夏仲,蕭山同學年弟毛奇齡
老晴氏題,時年八十有三。

清康熙(1662~1722)間刻本

十經文字通正書

十經文字通正書自敘

錢　坫

敘曰：十經者何？一《周易》、二《尚書》、三《詩》、四《周禮》、五《儀禮》、六《禮記》、七《春秋左氏傳》、八《公羊傳》、九《穀梁傳》、十《論語》也。攷十經中文字之通假，故曰“通正書”也。粵若𥃩古，倉頡作字，依類辨物，形聲相益，由是有處事、象形、會意、龤聲、轉注、假借六書之例。蓋五者以定字，假借以救其窮。假借者，通正之義也。字少用緐，旁通牽屬，依古然矣。至于諸經經夫子刪定，弟子授受，同途異趨，一端百緒，沿襲既久，聽遠傳疑。漢世經異師，師異教，學有專家，分門不一，故多誼一字殊、聲同音別。溯其原，雖有主而歸；推其流，恐至嘖或亂。夫木歸于本，水歸于末，數典忘其祖，識者所鄙，歸異出同流，君子取象。將使雜而不越，引而能伸，則機縷之絲必綜，依托之用常昭矣。康成注經，所以有“讀如、讀若、當作、當爲、或作、或爲、聲相近、聲之誤”諸説，與夫“通”之言“同”爲異文一理，“正”之言“準”乃殊義一宗。通正之緣因聲、因字兩例摠之，何謂聲？則語言是。何謂字？則偏旁是。語言則“臣”爲“辰”，“鼻”爲“畀”，是曰聲同。“禫”爲“道”，“宗”爲“臧”，是曰聲轉。偏旁則“工”爲“功”，“功”亦爲“工”；“正”爲“征”，“征”亦爲“正”，是曰互通。“父”爲

“甫”，又爲“專”；“方”爲“旁”，又爲“謗”，是曰類通。又“掤”
見《詩·風》，《左傳》謂之“冰”；“揻”見《左傳》，《周禮》謂之
“鼇”；“窆”見《周禮》，《檀弓》謂之“封”，《左傳》謂之“堋”。
“胕”見《月令》，《曲禮》謂之“瀆”，《公羊》謂之“瘠”。倘不
同條共貫，曲推旁穿，何以理羣類、究萬原哉？故此書務推衆
說，以究斯義。又秦隸盛行，篆法漸廢，改易殊體，下筆無常。
如“隸”之爲“泣”，“敕”之作“蔵”，直是別譌，大乖形用。或
刀削謬施，斷爛致變，則“芟夷”溷于“燹夷”，“勞勑”同于“敕
法”，魚豕舛惑，又則然矣。凡經所承用，則云“經作”，以示匡
救。千里之行，始于足下；九馗之道，分于一門。讀書必先識
字，識字要在辨言，辨言先觀《爾雅》，雅言首及《詩》《書》，先
聖之教，不當景行與？夫遵篆素以壹九垓，則靡差扶寸；推經
典以求百代，則不失豪釐。因以鄙見，纂成書一十四卷，其部
分一依《說文解字》，崇所本也。如曰不然，請俟來哲。乾隆
四十一年丙申三月三日，日入三商，泊舟宿遷東關，錢坫記。

清嘉慶二年（1797）文章大吉樓刻本

各經傳記小學

各經傳記小學自序

莊有可

　　余既撰《春秋小學》成，以爲不盡域於許氏之説，庶有得於六書之本也。然計其文不及二千，則所遺甚多，且苟未詳究其全，又安見有得者之非，即其所失哉？於是不得已，復取各經傳記爲《説文》所載者，一一審訂之，并《説文》所有而爲經傳所無與他書異同互見者亦附之。然後小學殆無不備，而六書之所由作與其末流之弊，有可得而言者焉。夫八卦作於伏羲，即伏羲之文也。"☰"之斜曳爲"彡"，即古文"乾"也。"☷"之從爲"巛"，即古文"坤"也。"☶"象"山"，從之則爲"匸"，皆形也。其象雷者，一之實在下，"☳"之散遍天下也，故曰"天下雷行，物與无望"。"☵"象"雲"，從之則爲"雨"爲"水"。"巽"象"凬"，"凡"，古文"風"也。"震"爲艸竹，陽象根也。"巽"爲木，陰象根也。"☲"中虛爲"日"，"日"以陰爲中，實也，從之爲"火"，篆以兩歧象中斷也。"☶"陽崧高，"☵"陰坎口也，因而重之。"乾、坤"固無異形，"屯、蒙"猶象形也。蓋"屯"爲古文"春"，物之始生，本止作"屮"，或加"一"耳。反之則爲"冃"，古文"蒙"也，皆以中"一"爲坎陽。或橫或從，以宜其象也。蓋文王六十四卦之名，雖未必盡用伏羲卦文，然而其意未嘗有異也。由是而推，則"昚"

之爲“慎”，“畚”之爲“睦”，“綯”之爲“繭”，“叓”之爲“蕢”，許氏詳載之。“巜”之爲“髯”，“臬”之爲“澤”，許氏注引之。而“釆”之讀若“辨”，“屮”之讀若“徹”，“吅”之讀若“讙”，“芊”之讀若“甚”，許氏已不敢質言之。至於“〇”之爲“圜”，“囗”之爲“方”，與又皆爲“圍”，許氏亦知之，而竟不言之。又若“九”之爲“丩句”，“干”之爲“果咼”，“王”之爲“玉”，“介”之爲“夾”，“舟”之爲“周”，“丰”之爲“豐”，“乇”之爲“籜”，“丸”之爲“單”，“赤”之爲“釋”，“於”之爲“焉”，“芓”之爲“蔡”，“令”之爲“靈”，“皆”之爲“樂”，“亦”之爲“倉”，“西”之爲“妻”，“今”之爲“陰”，“巽”之爲“損”，“攴”之爲“扑”，“巜”之爲“澮”，“川”之爲“穿”，“五”之爲“巨”，“晉”之爲“謹”，“某”之爲“母”，“卣”之爲“龙”，“录”之爲“鹿”，“特”之爲“犢”，“兂”之爲“更”，“柶”之爲“巢”，悉數之不能終，許氏俱并不知之。然則其所通者，乃戰國以來之俗字，僅取諧聲者耳。宜乎其本之以爲説，而於六書之所由作與末流之弊，均瞢乎其不能辨也。夫書之有六，蓋亦至周而始備。然以天下之大，聲音之不齊，習書者之不同，與意爲增損之自用，則鄙悖無義者，勢固不得不雜出於其間，亦不待籀篆之變而始有之，此周之盛時所以有瞽史、行人之職也。而況春秋而後，諸侯放恣，處士橫議，家自爲學，人自爲書，又有不可究詰者。要而論之，僭亂無王，始自荆楚，故其語言文字，尤多撟誣。秦并天下，李、程作篆，雖云罷不與秦合，實則混而同之。漢既滅秦，本承楚後，是其所尚者，終無能復先王之舊也。而時人又習於隸，豈特古籀失傳，將篆義不多晦塞哉？夫漢自武帝，上溯春秋，未甚遠也。然而《古文尚書》出，諸儒竟以伏生所未傳，不能句讀，是蓋已無舉一反三者矣。延至東漢，如許氏之説，猶望其

更有發明乎？惟幸其書尚存，俾後學得所據以致其研求，
則不可謂非許氏之説之功也。余既寡昧，竊不自量，姑爲之
啟其端，究未能通其奥。蓋言有不盡，又有冀於來茲之針發
已耳。嘉慶二年歲次彊圉大荒落嘉平月爲極涂既望後二日
立春之翼日甲寅，武進莊有可書於順德府署槐蔭孫枝之館
西南偏室。

各經傳記小學跋

莊　俞

　　《各經傳記小學》，繼《春秋小學》而作者也。當時以《春
秋小學》所載不及二千，殊未完備，故復取各經傳記爲《説文》
所載者，一一審訂之，并《説文》所有而爲經傳所無與他書異
同互見者，亦附之，庶乎可謂完備矣。《春秋小學》既出版，亟
將《各經傳記小學》亦付影印，閱者合二書而爲一，俾得如原
序所云“凡六書之所由作與其末流之弊，可得而言矣”。原稿
既多篆文，不能排版，因用影印法，一以存真，一免校對之訛
誤，故凡鈎乙增改之處，悉仍其舊。但原用浮簽增補之文字，
尚有多處，無法印入，祇得附録於次，藉供閱者隨時參考，亦
以示於原稿不敢有所删節也。
　　卷一第十一頁陽面“頌通”下應補一節。
　　蓋《書》“囂訟”本止作“臣公”，“臣”象介蟲橫形，本古
“貝”字，亦古“黽”字，“黽”多聲，故後人又加“䖵”，訓聲以
爲“讙”而無當也，故又有爲人口不道忠信之言之説。“公”，
古“容”字，丹朱人也，而有黽容，則必輕躁，不似人君所謂傲

也，與“母囂”之“囂”專重不道忠信者不同，亦本作“臣”，加“朋”，皆後人妄增也。

卷三第十八頁陰面“四乂”下應補一節。

而又加“大”，極形霜威之屬也。又古“刈”字。四乂者，從衡皆是，凡物遇之無不芟除也。又訓明者，言其彰著也。大篆加“卜”，蓋又以不彫者示訓也。

卷五第二十二頁陰面“滿”上應補一節。

仁，《説文》：“親也。从人从二。忎，古文仁，从千心。尸，古文仁，或从尸。”

按二象天地。人者，伸也。惟人爲萬物之靈，爲能以天地之心爲心也。天地以好生爲心，仁而已矣，會意。古文从十，从心，人聲，非从千也。十者，實也。仁主愛於心無少不足也。尸，陳也。皆會意。

卷五第二十五頁陽面“形也”下應補一節。

分之則爲古剥落字，“卜”，剥也；“十”，落也。《説文》無“十”字，脱文也。若“絆”字从“卝”，即《詩》“總角卝兮”之“卝”又與古文“礦”字之从“卝”者異。蓋並“入”爲“从”，即古文“兩”；並“丫”爲“卝”，即古文“關”；並半“十”爲“礦”，皆象形。《詩》“關關雎鳩”，本止作“卝卝且九”，“丫丫”猶“兩兩”也。凡兩鳥並立向人，則兩足開而形如“从”，人横視之，則鳥之首尾皆竦，而形如“丫丫”，因“卝”加“絲”，又因“絆”加“門”，俗儒又不得其義，而訓“關關”爲鳥聲，則大義全乖矣。

卷七第四頁陽面第二行“尚絅”下應補一節。

正《中庸》所引，毛氏習讀亦作“褧衣”，乃爲鄭《詩》所誤。蓋“褧”本止作“斤”，讀若芹；“絅”作“冋”，从冂聲，讀若垌。“芹、肩”諧韻，與下章“倩盼”本止作“青分”，古韻各叶正同，不必如後二章之一韻也。

卷七第九頁陽面應加五行。

“佸”，《説文》：“會也。从人昏聲。《詩》曰：‘曷其有佸。’一曰：佸佸，力皃。”

按義未詳。

“渴”，《説文》：“盡也。从水曷聲。”

“歇”，《説文》：“欲飲也。从欠渴聲。”

按本止从“曷”，轉注，口乾而氣不足也。加“水”已俗，加“欠”尤贅。

卷七第九頁陽面應加二行。

“塒”，《説文》：“雞棲垣爲塒。从土時聲。”

按本止作“時”，加“土”無義，非也。

卷十二第九頁陰面“尤俗”下應補一節。

至《明堂位記·女媧氏》“垂叔”之下，則當爲虞夏以來臣名，如《書》篇之有“女鳩、女方”也。即其功業有可紹古之神聖女者，亦止似殳斨、熊羆之命名，而非真即神聖女矣。子書補天之説，尤不可信，姑妄聽之耳。

卷十三第二十一頁之後應補一節。

許氏説非也。古名“大火”爲“大辰”，大火，心也，火見於辰而伏於戌，參見於戌而伏於辰。火爲三星，參亦三星，火橫而參直，故皆从“晶”，以志陰陽出納消息之候，與房星無涉。楷書皆省从“日”，與加“臼”爲昧爽出作之“晨”混而同之，尤無別矣。"臼①"與"寅"从"臼"同意。

中華民國二十四年八月二十四日,玄孫莊俞謹誌。

以上1935年上海商務印書館石印本

---

① 臼,當據文意改作"晨"。

一切經音義

大唐衆經音義序

釋道宣

　　自法王命駕,遵之者九乘;弘傳聲教,統之者三藏。然則指月之喻,無爽於恒規;因言之義,有契於常則。所以實相宭冥,開宗於文字;權道綜御,崇尚於方言。且夫一音各解,惟聖之筌蹄;隨緣別悟,在凡之準的。西梵天語,邃古莫虧;東華人言,沿時遷貿。至如《説文》在漢,字止九千;《韻集》出唐,言增三萬。代代繁廣,符六文而挺生;時時間發,寄八體而陳迹。求其本模①,諒在前後;覈其離廣,誠歸物議。夫以佛教東翻六百餘載,舉其綱紐三千餘軸。隨部出音,聞之往説;殷鑒羣録,未曰大觀。然則"必也正名",孔君之貽誥;隨俗言晤,釋父之流慈。非相無以引心,非聲無以通解。有大慈恩寺玄應法師,博聞强記,鏡林花之宏標,窮討本支,通古今之互體。故能讎校源流,勘閲時代,删雅古之野素,削澆薄之浮雜,悟《通俗》而顯教,舉《集略》而騰美。真可謂文字之鴻圖,言音之龜鏡者也。以貞觀末歷勑召參傳,綜經正緯,資爲實録②。因譯尋閲,捃拾藏經,爲之音義。註釋訓解,援引羣籍,證據卓明,焕然可領,結成三裘。自前代所出經論諸音,依字直反;

————————

① 模,字旁小注改作"據"。
② 資,字旁小注改作"咨"。

曾無追顧,致失教義,寔迷匡俗。今所作者全異恒倫,隨字删
定,隨音徵引,并顯唐梵方言,翻度雅鄭。推十代之紕紊,定
一朝之風法。文非詞費,務在綱正,恐好異者,輒復略之。期
則得於要約,失於義本。救弊開信,終掩玄化,故重陳委想無
昧焉。序之云尔。

唐一切經音義序

莊　炘

　　唐釋玄應撰《一切經音義》二十五卷,《唐書·藝文志》改
名《衆經音義》,今存釋藏中。自唐以來,傳注類書皆未及引,
通人碩儒亦未及覽。閱千餘年而吾友任禮部大椿著《字林考
逸》,孫明經星衍集《倉頡篇》,始見此書,成其撰述,予聞而美
之。頃宰咸寧,至大興善寺,見《轉輪釋藏》,求其卷帙,善本
猶存,乃施金五百刊而行之,以貽知者。古書亡於南宋,隋唐
書目所有,十不存一,當由空談性命之過。小學書自《方言》
《説文》《廣雅》而外,僅存《玉篇》,已爲孫强所亂。後學鑽仰,
唯陸德明《經典釋文》、李善《文選注》最稱博贍,引書至數十
百種,在殷敬順《列子釋文》、楊齊宣《晉書音義》諸書之上。
而玄應所著,實與陸、李抗行,良足貴矣。其引經則有三家
《詩》,鄭康成《尚書》《論語》,賈逵、服虔《春秋傳》,李巡、孫
炎《爾雅》等注,皆能輔明經學。引字書則有《倉頡》、《三倉》、
衛宏《古文》、葛洪《字苑》、《字林》、《聲類》、服虔《通俗文》、
《説文音隱》及《漢石經》之屬,皆非世所經見,此其所長也。
其説字則以異文爲正,俗書爲古,泥後世之四聲,昧漢人之通

借，其識僅與孔穎達、顏師古同科，此其所蔽也。吾師鎮洋畢公撫陝右時，幕府多魁閎寬通之士，若嘉定錢君坫、歙縣程君敦、同里洪君亮吉、孫君星衍，俱深通六書，與予同志。予校此書，頗引經典字書，祛其所蔽，諸君與有力焉。按《開元釋教録》稱：“玄應以貞觀之末敕召參傳。捃拾藏經，爲之音義，注釋訓解，援引羣籍，證據卓明，煥然可領。恨敘綴纔了，未及覆疏，遂從物故。”其書疏畧，蓋亦有由。然小學家言，賴以傳述，亦足垂諸不朽矣。《釋教録》又稱：“齊沙門釋道惠爲《一切經音》。”有宋《高僧傳》稱：“唐西明寺慧琳撰《大藏音義》一百卷。”其書皆不傳。《唐書·儒學傳》稱：“句容許淹自浮屠還爲儒，多識廣聞，精詁訓。”《孔穎達傳》又稱①：“馬嘉運少爲沙門，還治儒學，長論議。以孔穎達《正義》繁釀，故掎摭其疵，當世諸儒服其精。”夫世俗之所謂三教者，道家則去儒不遠，老子、文子亦或通乎治法。釋氏有音無字，非借吾儒詁訓，無以闡揚其教，故有唐沙門類多通曉儒術。若玄應著書，沉博條達，其學必有淵源。而後世儒者，反騖爲空談性命之學，墜文軼事，放而不求，蔑棄聖典，詒譏緇流，豈不惡歟？二氏藏經具在，中多南宋人未見之書，好古君子或留意焉，則將以此書爲機栝矣。乾隆五十一年太歲丙午三月二十日，武進莊炘撰。

————————

① 《孔穎達傳》，當據《新唐書》改作“《馬嘉運傳》”。

一切經音義二十五卷提要

阮　元

　　唐釋玄應撰。釋智昇《開元釋教録》稱"玄應以貞觀之末捃拾藏經,爲之音義,注釋訓解,援引郡籍,證據卓明"云云。案齊沙門釋道惠爲《一切經音義》。《宋高僧傳》云:"唐釋慧琳爲《大藏音義》一百卷。"二書今皆不傳。是編《唐書·藝文志》著録,名《衆經音義》,此從釋藏本刊印。其中所引群籍,如鄭康成《尚書注》《論語注》《三家詩》,賈逵、服虔《春秋傳注》,李巡、孫炎《爾雅注》,以及《倉頡》《三倉》、葛洪《字苑》、《字林》、《聲類》、服虔《通俗文》、《説文音隱》,多不傳之祕册。玄應通曉儒術,著書該博,惟昧漢人之通轉假借,泥後代之等韻,是其所短也。

翻刻《一切經音義》《華嚴經音義》緣起

曹　籀

　　此《一切經音義》二十五卷,係武進莊氏校刊本,原板遭兵燹,不知存亡。兹弟子明證假崇福寺所藏者,募資付梓,翻刻行世。我杭如雲林、净慈、聖因等寺皆有南藏經典,理安則兼有北藏,今皆焜失,無從取校。海山仙館刊本仍據莊氏,沿誤不少。聞漢陽葉潤臣侍讀家藏有校宋本,最精善已,爲儈父攫去,秘不际人,聽其薶没於糞壤中,真此書之大不幸。安得金剛力士以寶杵隕碎其首，拔而出之，光天化日，冀廣長舌之徧覆三千大千世界，出演說種種法海妙音聲雲也。明證又求《華嚴經音義》未得，余姑以武進臧氏節錄本授之，然猶以非足本爲憾。刊既成，會趙子撝叔自都下歸，篋中攜有江甯陳氏、歙徐氏兩家校刊本，因得借校一過。惜資已垂罄，不克重付剞劂，僅舉臧本一、二誤處，爲《校勘記》於後，而序兩書緣起如此，以俟將來有願力具智慧相者踵成之，庶幾傳法燈于無盡云。同治八年歲在己巳八月，受菩薩優婆塞戒弟子仁和曹籀和南敬譔。

一切經音義題記

趙之謙

　　《一切經音義校本》，漢陽葉氏本，不知落誰氏。葉侍讀箸書引校宋本者甚多，其書爲某匿之，云無矣。吳和甫侍郎於甯波買一本，亦祕不示人。浙中重刻此本時，余深恨校本之不得見。胡甘伯同年自都馳書告余已假得長白費莫氏冶庵太守文良所藏者，得諸靈石楊氏，卷首題“丁丑十月得之琉璃廠古畫樓，桐上識”十五字，下有“桐上”小印、“桐上手校”印，校用朱、藍筆，依宋本及影宋鈔本，兼及浙本，朱筆標異同，藍筆加識語，所偁引爲盧召弓、段若膺、錢晦之、陳仲魚、臧在東、劉又徐、顧澗蘋、何夢華諸人。甘伯摹錄一過，約余入都再寫其副。陽湖洪君木緒藏有舊校殘本，卷一至四，云得之鄉人莊君某，其字跡頗似皋文先生。因先假錄，今首册墨書細字是也。辛未至都，與甘伯藏本互勘，則洪本即是此本，而去取頗詳審，因全録以歸。爲洪本删去者亦補之,用一色筆,不復分,以識語多在上方,無煩別異,且先校四卷用墨故也。"桐上"不知姓名,_{或云姓韓,名維鏞,見朱氏《茶堂詩集》。}君木爲祐父先生之孫,_{余此書乃祐父先生藏本,前書籤字亦祐父先生筆。}甘伯假得此本鬵錢子捍同年保塘。子捍爲曹丈葛民女夫,丈即校刻浙繙莊本者。余成此本,則鬵甘伯,此中因緣,有天人師,非偶然也。余所藏尚有錢廣伯_馥校本數十條,爲子捍之族祖以畀甘伯,補其可信者,則又諸家所未及也。同治十一年二月五日,會稽趙之謙撝叔記。

一切經音義序

景　　審

昔者素王設教,著《十翼》而通陰陽;玄帝談經,演二篇而明道德。豈若能仁出代,獨步迦維,會三乘於鷲峰,轉四輪於鹿苑。鬵是有半滿之字,敷貫散之花。因緇客而西至,驅白馬以東邁。是知不無不有,掩蔽邪徒;即色即空,甄明正道。於是慧雲蓄潤,垂瓔靆而蔭羣氓;法雨含滋,散空濛而霑衆卉。斯之功利,不可勝言。大矣哉覺皇之爲教也!若乃書之貝葉,編諸海藏,結集由飲光之心,文義宣慶喜之口,流傳此土七百餘年。至於文字或難,偏傍有誤,書籍之所不載,聲韻之所未聞,或俗體無憑,或梵言存本,不有音義,誠難究諸。欲使坐得明師,立聞精誼,就學無勞於負笈,請益詎假於摳衣。所以一十二音宣于《涅盤》奧典,四十二字載乎《華嚴真經》。十二音是翻梵字之聲勢也,舊云十四音,誤也。又有三十四字名爲字母，每字以十二音翻之，遂成四百八字，共相乘轉成一十八章，名曰悉談。如《新涅槃經音義》中廣明矣。故曰無離文字解脫也。暨國朝初有沙門玄應，孤標生知，獨運先覺，明唐梵異語，識古今奇字，撰《一切經音義》一部，凡二十五卷。可以貽諸後進，光彼先賢，作彼岈之津梁，涉法門之鍵鑰。次有沙門慧苑，撰《新譯華嚴音義》二卷，並編於《開元釋教録》。然以後譯經論及先所未音者，至於披讀講解，文謬誼乖，得失疑滯。寡聞孤陋，莫有微通，多見强識，罕能盡究。然而自懥之輩，恥下問而不求；匿好之流，吝深知而不答。則聖言有阻，能無悲焉？有大興善寺慧琳法師者，姓裴氏，疎勒國人也，則大廣智不空三藏之弟子矣。内精密教，入於總持之門；外究墨流，研乎文字之粹。印度聲明之紗，支那音韻之精，既瓶受於先師，亦泉瀉於後學。輶譯迴綴，參於上首，師掇其闕遺，歎其病惑，覽茲羣經，纂彼詁訓。然則古來音反多以傍紐而爲雙聲，始自服虔，元無定旨，吴音與秦音莫辯，清韻與濁韻難明。至如“武”與“綿”爲雙聲，“企”以“智”爲疊韻，若斯之類，蓋所不取。近有元庭堅《韻英》，及張戩《考聲切韻》，今之所音，取則於此。大略以七家字書釋誼，七書謂《玉篇》《説文》《字林》《字統》《古今正字》《文字典説》《開元文字音義》。七書不該，百氏咸討。又訓解之末，兼辯六書。庶因此而識彼，聞一以知十。師二十餘載，傍求典籍，備討經論，孜孜不倦，修緝爲務。以建中末年刱製，至元和二祀方就。凡一百軸，具釋衆經，始於《大般若》，終於《護命法》，總一千三百部，五千七百餘卷。舊兩家音義，合而次之，標名爲異。兩家謂玄應、慧苑等。浩然如海吞衆流以成深，皎兮若鏡照羣物以無倦。元和十二年二月三十日，絕筆於西明寺焉。審以頗好文字，擇善從之，許爲不請之師，自媿未成之器。

因啟其卷,乃告厥功,謬以微才,敘之云爾。

新收一切藏經音義序

顧齊之

　　慧琳法師,俗姓裴氏,疎勒國人也。夙蘊儒術,弱冠歸於釋氏,師不空三藏。至於經論,尤精字學。建中末,乃著《經音義》一百卷,約六十萬言,始於《大般若經》,終於小乘記傳。國初,有沙門玄應及太原郭處士,竝著音釋,例多漏略。有西明寺玄暢上人,克紹前烈,晦明不倦,志奪秋霜之净,心涵止水之鑒,乃尋其遺逸,蘊而藏諸,焚之以栴檀,飾之以綺繡,光前絶後,駭目驚心,福祉生焉,弘利博矣。齊之不敏,欲窺藏經,乃詢於暢公,蒙示音義。齊之以爲文字之有音義,猶迷方而得路,慧燈而破闇,潛雖伏矣,默而識之。於是審其聲而辯其音,有喉腭齗齒脣吻等聲,有宮商角徵羽等音。曉之以重輕,別之以清濁,而四聲遞發,五音迭用。其間雙聲疊韻,循環反覆,互爲首尾,參差勿失,而義理昭然。得其音則義通,義通則理圓,理圓則文無滯,文無滯則千經萬論如指諸掌而已矣。朝凡暮聖,豈假終日,所以不離文字而得解脱,無師之智,肇自心源。析疑滯之胸襟,燭昏蒙於倏忽。真詮俗諦,於此區分,梵語唐言,自兹明白。又音雖南北,義無差別,秦人去聲似上,吴人上聲似去,其間失於輕剽,傷於重濁,罕分魚魯之謬,多傳豕亥之誤。至如四十二字母及十二字音,從毗盧遮那佛心生,則鳥跡蟲文之所不逮。然源流有異,音義無殊,披沙揀金,從理證性。性得而言可遣,言可遣而文字亦忘,同歸一真如,則筌蹄弃矣。上座明秀寺主契元、都維那玄測皆精愨真乘,護持聖典,文華璀璨,經論弘贍。或道情深遠,獨得玄珠;或律行清高,孤標戒月。上以愜聖賢之意,下以旌勤懇之心,因命匪才,敬而爲序。時開成五年九月十日。

重校一切經音義序

黎養正

《一切經音義》一百卷,唐慧琳法師撰;《續音義》十卷,燕京希麟法師撰。二書網羅古訓音釋,梵經摭拾綦廣,色孕彌富,攷正聲義,辨覈字體,大氐遵漢魏經師遺説,而旁取唐已前各字書。華藻雲披,妙義綸貫,焕乎璨乎,洵有可觀者焉。琳書既兼攬玄應、慧苑、窺基、雲公四家音訓,復親承不空三藏指定梵文音義,上通秦渭①,近挹隋唐,乃至西土方言,人文地理,亦皆不遺不溢,囊括群有,理事無礙,信乎無美而弗備也。麟師續撰,一禀琳公家法,擷華成鬘,積壤崇山,探賾闡微,克紹前美。經云:"善能分別諸法相,於第一義而不動。"若二師者,可以當之矣。至如所采,此方舊典尤多,可補散亡。如引《説文》"屚"古"䨻"字。字、"嬉"字等,皆今本所無,足徵許書之闕。引漢已來各家經注,併《蒼頡篇》《通俗文》《埤蒼》《廣蒼》《字林》《字統》《字指》《字典》《字書》《聲類》《韻畧》《纂韻》《韻詮》《韻英》諸書,及《桂苑珠叢》《古今正字》《文字集畧》《文字典説》《開元文字音義》等,今

————————
① 秦渭,地理概念,與後接表達時間範疇的"隋唐"不匹配,疑"渭"爲"漢"字之譌。

皆原書久佚,堪資補輯。其餘可據以證今書錯脱者,尤難指屈數。雖間有一二俗書屏雜,明眼人自能別擇,要不害其所長也。琳書成後,於大中五年奏準入藏。麟書則述在偏方,時值季世,旋經兵燹,中土文喪,高麗使人於北方求得之。宋初並刊入藏,由是復傳至日本。百九十年前,彼國有忍澂律師發願重刻,依雒東緣山麗藏鈔寫,此麗藏即海印寺藏,明天順二年所印。文多疑誤。近弘教藏本原文,仍依麗藏,別用澂本參校之。本精舍重印大藏,即據弘教本爲式。《音義》一部,舊有六種,夾注縮印,每遇繁密處,手民苦其朦混,謝弗能任。宗公與予謀,琳、麟二書,別取澂師刻本,裁爲兩層,縮以石印,大小如今本,用備藏經之數。餘四種無單本可得,即姑置之。《海山仙館叢書》有《玄應音義》,《守山閣叢書》《粤雅堂叢書》並有《慧苑音義》,皆係叢刻,無別行本。予以琳書雖稱專箸,而玄應、慧苑二書實括於内。其晉《可洪音義》三十卷,音備而音疎①,宋處觀《大藏音》三卷,尤簡之簡者,不得已舍彼取此可也。惟是澂師舊本寫刻多譌,非經修治,殊難適用,雖今限于時日,亦聊以隨分盡力焉。時維壬子秋月,爰與同人重校澂本,取弘教藏中麗藏慧琳、希麟二書,及麗藏玄應書、宋元明藏玄應書、麗藏慧苑書、宋元明藏慧苑書、麗藏《可洪音義》之玄應書慧苑書、海山仙館玄應書、守山閣並粤雅堂慧苑書,與經注、《説文》等書,互相對勘。每至譌脱倒賸之處,即參以衆本,折衷古義,去短從長,疑者闕之。嘗有一紙之中,脩訂至數十字者,蓋唐世寫經,多用行體,展轉傳鈔,易滋舛繆,又數百年來四國之緇素尟有爲之點校者,故如此也。日本敬首師舊嘗有校譌之作,然別自爲書,今無其本。我國詁訓家現

---

① 音疎,疑爲“義疎”之譌。

有閩中王少樵先生箸有《玄應書引説文校異》五卷、《慧琳書引説文校異》十二卷,皆可爲此書輔佽。予於校録之暇,亦頗有條記,疏列得失,具《釋藏丹鉛記》中。今校未及半,已校者亦尚未覆勘。而藏經出版期迫,重以友人敦促,勉先付印,以副購閲者之期望。其未校者,仍以暇日賡而成之焉。昔段金壇注《説文解字》、阮芸臺校群經注疏,但得玄應、慧苑之書,尚多正譌補闕,若更得此二書重加校輯,其精密又當何如? 固不僅有裨于梵典文義而已也。雖然,世諦真諦同歸不二之門,文持義持等示一中之的,因示月以標指,豈入海而算沙? 覽是書者,果能離邊情、融性相,何文字之可言,又何文字之不可言哉。世有同志,匡予不逮,幸垂示焉。劍邑黎養正序於滬上頻伽精舍之校經堂。

以上明嘉靖四十四年（1565）重修洪武五年刻本

續一切經音義

續一切經音義自序

希　麟

蓋聞殘純樸而薄道德,仁義漸開;廢結繩而定蓍龜,文字乃作。仰觀玄象,俯視成形。蒼頡始制於古文,史籀纂成乎大篆。相沿歷世,更變隨時。篆與古文,用之小異。逮《周禮》保氏掌國子學,以道教之六書,謂象形、指事、會意、形聲、轉注、假借。六者造字之本,雖蟲篆變體,古今異文,離此六書,竝爲謬惑。春秋之末,保氏教廢。秦并海内,丞相李斯考較籀文,別爲小篆。吏趨省易,變體稍訛,程邈改文,謂之隸本。漢興書學,楊雄作《訓纂》八十九章,班固加十三章,羣書用字略備。後漢許慎集古文籀篆諸家之學,出目録五百四十篇,就隸爲訓注,作《説文解字》。時蔡伯喈亦以滅學之後,請刊定五經備體,刻石立於太學之門,謂之《石經》。仍有吕忱作《字林》五篇,以補許、蔡之漏略。洎有唐立《説文》《石經》《字林》之學,至大曆中,命孝廉生顔傳經、國子司業張參等刊定《五經文字》正體,復有《字統》《字鏡》、陸氏《釋文》、張戩《考聲》、《韻譜》《韻英》《韻集》《韻略》。述作既衆,增損互存。竝乃傍通三史,證據九經。若斯文而有旨,即彼義以無差。音義之興,其來有自,況乎釋尊之教也。四含妙典,談有相於權門;八部真宗,顯無爲於實際。真俗雙舉,唐梵兩該。借以聲名句文爲能詮，表以菩提涅槃爲所證。演從印度，譯布支那，前後翻傳，古今抄寫。論梵聲則有一文兩用，誤上去於十二音中；數字同歸，疑體業於八轉聲内。考畫點，乃衹如"棪、以冉掞舒贍"亂於"手、木"，"帳、知亮悵丑仗"雜於"心、巾"，"弦、都奚伇直尼"著"彳"著"人"，"裸、古玩裸胡瓦"從"衣"從"示"，"謟、吐刀謟丑冉"不分"舀、以小舀音陷"，"壯、側亮牡莫后"罔辨"牛、語求爿疾良"，少斫眛於戍哉，無點虧於寫富。如斯之類，謬誤寔繁，若不討詳，漸乖大義。故唐初有沙門玄應者，獨運先覺，天縱生知，明唐梵異言，識古今奇字，首興厥志，切務披詳。始於古《華嚴經》，終於《順正理論》，撰成《經音義》二十五卷。次有沙門慧苑，撰《新華嚴音義》二卷。復有沙門雲公，撰《涅槃音義》二卷。復有大慈恩寺基法師，撰《法華音訓》一卷。或即未周三藏，或即偏局一經，尋檢闕如，編録不次。至唐建中末，有沙門慧琳，内精密教，入於總持之門；外究墨流，研乎文字之粹。印度聲明之妙，支那音韻之玄，既銚受於先師，亦泉瀉於後學。棲心二十載，披讀一切經，撰成《音義》，總一百卷。依《開元釋教録》，始從《大般若》，終於《護命法》，所音衆經，都五千四十八卷，四百八十帙。自《開元録》後，相繼翻傳經論，及拾遺、律、傳等。從《大乘理趣六波羅蜜多經》，盡《讀開元釋教録》[1]，總二百六十六卷，二十五帙。前音未載，今《續》者是也。伏以抄主無礙大師，天生睿智，神授英聰，總講羣經，徧糅章抄，傳燈在念，利物爲心。見音義以未全，慮檢文而有闕。因貽華翰，見命菲才，遣對曦光，輒揚螢燭。然或有解字廣略，釋

――――――――――――

[1] 讀，當據高麗藏本改作"續"。《續一切經音義》終篇即爲《續開元釋教録》。

義淺深,唐梵對翻,古今同異,雖依憑據,更俟來英。冀再披詳,庶無惑爾。

清宣統三年至民國九年（1911～1920）上海大綸頻伽精舍

鉛印本

新譯大方廣佛華嚴經音義

新譯大方廣佛華嚴經音義自序

慧　苑

原夫第一勝義，是離言之法性；等流真教，誠有海之方舟。故以名句字聲，作別相之本質；色香味觸，爲住持之自體。嗟乎！超絶言慮之旨，洽悟見聞之境，莫不以法王弘造權道之力歟？《大方廣佛華嚴經》者，實可謂該通法界之典，盡窮佛境之説也。若乃文言舛誤，正義難彰，真見不生，尋源失路，故涉近以逕遠，從淺而暨深，去來今尊，何莫由斯道？且夫音義之爲用也，鑒清濁之明鏡，釋言話之旨歸[①]，匡謬漏之楷模，闢疑管之鈐鍵者也。至如“低佪”誤爲“遲迴”，“彷徨”乃成“稽返”，“俾倪”代乎“躃堄”，“軾環”遂作“女牆”，“撟”書“矯”形，正斜翻覆；“榦”存“榦”體，樹木参差。若斯之徒，紊亂聲義，不加踳駮，何以指南？苑不涯菲薄，少翫兹經索隱，從師十有九載，雖義旨悠邈難以隨迎，而音訓梵言聊爲注述。庶使披文了義，弗竢籌咨；紐字知音，無勞負帙。且螻蟻之量，司己穴而疏冥；豈霆雷之資，開蟄户於遐邇。英達君子，希無誚焉。

① 話，當據高麗藏本改作“詁”。

新譯大方廣佛華嚴經音義跋

臧鏞堂

　　《大方廣佛華嚴經音義》上下兩卷,唐京兆静法寺沙門慧苑撰。近編修孫屑如輯《蒼頡篇》、主事任幼植輯《字林》,始徵《一切經》《華嚴經》音義,而二書遂見重于世。《唐志》收玄應《衆經音義》,而慧苑獨未著録。余酷嗜而纂録之。凡涉梵言,悉從删削,有關儒義,盡入搜羅。其卷弟篇目,仍詳載以俟考。或謂慧苑學識不及玄應之精,其書亦遠遜。時余方寫定《韓詩》,試以所引《韓詩傳》論之,有云:"墠猶坦。"始識作"東門之壇"者爲《毛詩》,作"東門之墠"者爲《韓詩》,今《詩》作"墠",因定本而誤,定本作"墠",因《韓詩》而改。而《釋文》《正義》《開成石經》固皆作"壇"也。又云:"遭,遇也。"即"遭我乎猲之間兮",《傳》毛氏無之。又云:"焜,謂燒艸傅火焰盛也。"案《毛詩》"藴隆蟲蟲",《釋文》謂《韓詩》作"焜",正相合,皆《釋文》《正義》《後漢書注》《文選注》所未見者。"叔在藪",《釋文》云"禽獸居之曰藪"爲節引,此云"澤中可禽獸居之曰藪"爲原文。少詹錢竹汀輯《風俗通》逸文,而此云:"天子治居之城曰都,舊都曰邑。"又曰:"春秋之末,鄭有賢人著書一篇號《鄭長者》,謂年長德艾,事長於人,以之爲長者故也。"又云:"仗者,刀戟之總名也。"皆錢本所無者。至已見他書,而文或節略,轉不如此之完善者尚多。餘若劉子珪《周易義疏》、王子雍《尚書傳》、劉兆《儀禮注》、蔡伯喈《月令章句》、服子慎《左氏解誼》、賈景伯《國語解詁》、鄭氏《孝經注》、劉成國《孟子注》,皆今日已亡之經部也。若張揖《埤

蒼》、李登《聲類》、服虔《通俗文》、楊承慶《字統》、葛洪《字
苑》、李彤《字指》、阮孝緒《文字集略》，皆今日已亡之小學家
也。每稱《珠叢》《韻圃》，而隋唐志不載，未詳作者時代姓氏。
其餘漢魏古籍尚夥，亦足以見此書之可貴矣。惜所見本出鈔
胥手，未及學士勘對，故脱誤甚衆。余正其所可知者，而闕其
不可知者。未審何日得臧本，細校并付梓，以公海内也。乾
隆癸丑仲冬，武進臧鏞堂識於金閶袁氏拜經閣。

　　杰按：《隋志》雜家有《珠叢》一卷，沈約撰，必非《音義》
所引。惟《唐志·小學類》載諸葛穎《桂苑珠叢》一百卷，又《桂
苑珠叢略要》三十卷，似即此書。不曰《桂苑珠叢》而曰《珠
叢》者，猶孔安國之稱孔安、韓康伯之稱韓康、何承天之何承，
或謂不及玄應之精要，非無故而云然也。

　　　　　　　　　　　　　　　　　　　以上清抄本

新集藏經音義隨函録

新集藏經音義隨函録序言

野口恒重

　　根據中國後晉天福五年漢譯大藏經的函號所記，本書是漢中沙門可洪所撰的漢字字書，書中主要抄録匯集了中國六朝時期的異體字、俗字、略體字以及假借字等字體，兼及反切、音義等詳細信息。但中國及日本卻未曾刊刻，唯獨高麗曾有刻本，現在初刻本在中國、朝鮮皆無傳，僅存作爲本書底本的東京芝增上寺所藏的一部國寶級秘藏本。

　　關於本書在學術上的價值，其佛學研究價值自不待言，而其收録的很多文字在以《古事記》、《日本書紀》、《萬葉集》、六國史爲代表的我國上中古時代的文獻以及金石文等資料中傳習已久，是研究者不可或缺的重要資料。

　　之所以新刊此書，是因爲過去我國複製過的一二種大藏經中，轉載了該版本，但都是改動過的普通活字本，作爲研究材料則全無價值，實屬遺憾。是以本書刊載初版照片以彌補不足，這是其一。本書大概有七千幾百頁，是數倍於其他音義書的大部頭辭書，卻因爲之前欠缺索引而不便於查閱，是極其遺憾的，所以重新編纂索引附在卷末以便利用，這是其二。是書作爲唯一存世的珍稀本，難免會發生不測之災，因此刊行而使之普及，希望可以賦予本書無限的生命力，這是其三。

　　本書的原本是美濃判兩倍大的大册本,内部板刻大約七寸平方,其在用紙與刻板方面並未超過早期的印刷技術,所以字跡上有不少模糊之處,使攝影時頗費心力。本書縮印成約五寸平方是爲了保證清晰度,並使其可以印在美濃判上,以求使用方便;而未加補正是爲了保存本書的原貌。另外,本書上欄外的文字是與增上寺原本對照後,附箋貼寫的異點。各頁的數字是爲了方便應用索引,而由編者添加的。

　　本書的刊行得到了上田、松井、黑板三位博士,以及學識淵博的赤堀氏、增上寺村上僧正等人的大力協助,在此深表謝意。

　　昭和甲戌晚秋於東京市小石川寓所,野口恒重識。

1934年東京希覯籍蒐集會影印本

經史動静字音箋證

經史動静字音箋證原序

楊士奇

《經史動静字音》，蓋以便教幼學者，然今南方學者多忽略不究。余在武昌，遇之張從善所，故特録以歸，時洪武甲戌歲也。又二十五年月日，楊士奇識。

經史動静字音箋證序

商苣若

取經典文辭分釋其義者，當莫先于《爾雅》。迨唐陸氏德明一變其例，爲《經典釋文》，宋人又因其體謂之音義，如諸經音義之類。於是訓詁聲音，乃兼相爲用。蓋古文簡朴，字多假借，炎漢始析爲六義，齊梁方辨其四聲，唐宋以降，更圈其方隅爲平上之識。説見錢氏《養新録》。是雖日精，而變化益繁，乃分一字兩讀之例，一音清濁之殊，毫釐差謬，失之千里，是誠後生小子所不可不知者。曩讀元劉鑑箸《切韻指南》，末附《經史動静字音》，喜其文辭典雅，簡而得要，恒手自寫録，用備讀經之助。案此書謝藴山先生《小學考》箸録而注“未見”，周

氏《鄭堂讀書記》已正其譌,惟《小學考》録有楊氏士奇《序》,
則未審其所自比者。長夏晝永,爰取所録,以經史文辭爲之
箋證。日二三,則始知劉氏所謂經史乃充類而言,非必牖于
甲乙之庫也。至篇中"敗、博怪切。敗"蒲敗切。之分,《顏氏家
訓·音辭篇》曾譏爲穿鑿,殆劉氏以俗傳音讀,遂並録入。蓋
取便初學,未遑深求,千慮一失,不足爲病。今兹箋引,意皆
取證六經,經典所無,乃更旁求,不敢自詡其廣博也。以苴荒
陋遺佚,不免自信以爲當者,十不六七耳。博雅之士,幸裁正
之。是戔戔者雖不足尚,然方諸博弈,其猶賢乎? 甲戌孟秋,
商薖若記。

以上1934年羅振玉墨緣堂石印本

助字辨略

助字辨略自序

劉　淇

　　構文之道，不過實字、虚字兩端，實字其體骨，而虚字其性情也。蓋文以代言，取肖神理，抗墜之際，軒輊異情，虚字一乖，判於燕越，柳柳州所由發哂于杜温夫者邪？且夫一字之失，一句爲之蹉跎；一句之誤，通篇爲之梗塞，討論可闕如乎？蒙愧顓愚，義存識小，間嘗博求衆書，捃拾助字，都爲一集，題曰《助字辨略》。其類凡三十：曰重言，曰省文，曰助語，曰斷辭，曰疑辭，曰詠歎辭，曰急辭，曰緩辭，曰發語辭，曰語已辭，曰設辭，曰別異之辭，曰繼事之辭，曰或然之辭，曰原起之辭，曰終竟之辭，曰頓挫之辭，曰承上，曰轉下，曰語聲，曰通用，曰專辭，曰僅辭，曰歎辭，曰幾辭，曰極辭，曰總括之辭，曰方言，曰倒文，曰實字虚用。其訓釋之例凡六：曰正訓，曰反訓，曰通訓，曰借訓，曰互訓，曰轉訓。重言，如“庸何、滋益”是也；省文，如“雖悔可追”“不曰堅乎”是也；助語，如“無寧菑患”之“寧”、“尹公之佗”“庾公之斯”二“之”字是也；斷辭，如“信、必、也、矣”是也；疑辭、詠歎辭，如“乎、哉、邪、與”是也；急辭，如“則、即”是也；緩辭，如“斯、乃”是也；發語辭，如“夫、蓋、繄、維”是也；語已辭，如“而、思”是也；設辭，如“雖、縱、假、藉”是也；別異之辭，如“其、于、若、乃”是也；繼事之辭,如"爰、乃、于是"是也;或然之辭,如"容或、儻使"是也;原起之辭,如"先、前、初、始"是也;終竟之辭,如"畢、已、終、卒"是也;頓挫之辭,如"孝弟也者""其爲仁矣"是也;承上,如"是故、然則"是也;轉下,如"然、而、抑、又"是也;語聲,如"夥頤、馨、那"是也;通用,如"無、亡、猶、由"是也。專辭,如"獨、唯"是也;僅辭,如"稍、略"是也;歎辭,如"嗚呼、噫嘻"是也;幾辭,如"將、殆"是也;極辭,如"殊、絶、盡、悉"是也;總括之辭,如"都凡、無慮"是也;方言,如"不成、格是"是也;倒文,如"與其及也""及可數乎"是也;實字虚用,如"吾今召君"之"今"、"時見理出"之"時"皆即辭是也;正訓,如"仁者人也""義者宜也"是也;反訓,如"故"訓"今"、"方"訓"向"是也;通訓,如"本猶根也""命猶令也"是也;借訓,如"學之爲言效也""齋之爲言齊也"是也;互訓,如"安"訓"何","何"亦訓"安"是也;轉詉[1],如"容"有"許"義,故訓"可","猶"有"尚"義,故訓"庶幾"是也。凡是剌舊詁者十七,參臆解者十三。班諸四聲,因以爲卷。既取虚用,故"之"訓"往","而、若"訓"汝"之屬,雖虚猶實,悉無載焉。至于元曲助字,純用方言,無宜闌入。他日別爲一編,以附卷尾。大都古辭韵語,往體今言,義各有歸,淯用斯舛,能自得之,庶幾善變耳。他如辨體製,研風尚,溯流窮源,枝分節解,則有摯虞《文章流別》、劉勰《文心雕龍》之屬,述之備矣,所不贅焉。碻山劉淇撰。

---

[1] 詉,當據文意改作"訓"。

助字辨略序

盧承琰

　　粵自方册既陳，訓詁斯尚。聖作《爾雅》，爰列諸經，述者代興，其流益廣。如《廣雅》《釋名》《小爾雅》之屬，竝乃步驟矩墨，梳櫛名物，牖蒙迪昧，厥用宏焉。顧文以足言，乃後行遠，要其窮類盡變，仍歸肖言。一文一質，若有殊科，挹彼注此，初無二致。夫其四坐酬對，人人異情，而疾徐短長輕軒輕重之間，工拙攸判。拙者辭疊而義塞，工者神寄而情宣，良以辭所逮者或窮，而神所示者莫滯也。是故出話則視諸口吻，點筆則資於助言，談何容易，焉可誣邪？維是代易古今，方暌秦越。在昔能者，因地從時，藻以丹青，傳其音貌，細碎俚野，彌益增妍。宋元以降，浖不能爾。一步屢顧，猶恐失之，非夫黼繡，莫敢濡翰。遂使言語文章，此疆彼界，助辭虛字，大抵混茫。施諸縑墨，亦云斐然；叩以討論，率牴於口。夫《爾雅》諸訓，匪不昭融；至於助言，蓋乃不備。是以今古之情，鬱而未暢，苟然依放，則舛謬沓來。自有書契以還，未有發其緘縢而導夫先路者。此吾友碻山劉氏武仲《助字辨》之作所爲汲汲也。武仲學有根柢，識造崛岷。凡所撰述，卓犖冠古。而此一編者，不惟辨析秋毫，亦且晦義誤讀，舉正不少。實《爾雅》之功臣、藻林之金鑑也。爰付開雕，公之區內。其它如《周易通說》《禹貢說》之屬若干卷，竝宜急梓，衣被來學，而力有未逮，竢諸它日云。康熙五十年九月，海城盧承琰撰。

助字辨略識

盛百二

劉淇字龍田，一字武仲，其先河南碻山人。淇始居濟寧，與弟汶魯田齊名。康熙丁卯，以復州衛籍中式，山東舉人。著有《衛園集》及《堂邑志》。此書與《志》于康熙辛卯同時付梓，板爲堂邑令盧君携去，其書罕見。余所抄者，借我錢塘明府適齋孫公所藏本也。乾隆戊戌冬，秀水盛百二識。

錢訓導泰吉跋舊刻本

錢泰吉

得此書二十餘年矣，馮柳東嘗欲見奪，未之付也。今年硤州蔣生沐見余《曝書雜記》中述此書①，假鈔其副，爲重裝見還。因記。己亥春仲。鄉先哲王先生元啟《與胡書巢論脩濟甯州圖記書》云"前見《堂邑志》中所論代編一款，知爲有學有識之士。近代百年間，少有能如此存心，如此考究者。因欲得此一書閱之，猥蒙即以見贈"云云，見《祇平居士集》卷十七。當即謂劉南泉淇所撰之《志》，《濟甯圖記》，祇平居士所脩者，不知刻否？當訪求《圖記》及《堂邑志》，則劉君之生平大略可見。祇平居士《濟甯州圖記》稿本，爲金岱峯所藏，

---

① 州，當作"川"。此指硤川蔣光煦。

假余兩年矣。戊申正月，朱述之明府緒曾、羅鏡泉廣文以智借鈔此書，乃從《圖記》檢尋劉君事文，僅附見於其弟汶傳中，云“淇字衛園，工爲詩古文，與汶同受知於世宗，當時有二難之目。”《藝文志》中亦僅録《衛園集》及《堂邑志》。《衛園集》不著卷數。《堂邑志》二十卷，録其述例一條。然則此書祇平居士亦未見，其晦塞蓋已久矣。

助字辨略敘

國　泰

　　《助字辨略》者，碻山劉老人所著也。老人世爲濟寧人，博聞强記，生平喜著書，性恬澹，不妄與人交，然亦以此見重於世，當時士大夫無不知有劉老人者。其在京師，與先伯祖尚書公友善。老人既没，其幼子無所依怙。雍正年間，蒙恩旨賞入旗籍爲漢軍。尚書公以其爲故人子，嘗拊而育之。雖别隸漢軍，而居處、飲食、衣服一切俾得與諸子齒。今其在者，老人之孫也。予幼時親見其往來予家，如家人禮，竊疑其非同姓而親近若是。既而知其由先世及老人之故，予因奇其事而誌之，至於今不忘。今年夏，歷城書院山長盛君百二偶携《辨略》一編謁予，予未及展視，盛君具言作者姓氏里居及其後人歸旗之故，且言當時有大人者拊以爲子，而惜其旗分氏族未詳也。予聞之，愕然曰：“此予之伯祖尚書公也。子之書，其劉老人之書耶？”盛君亦爲之愕然。于是請以書付梓，予笑而頷之。又固請予爲敘，予何以敘是書哉？先賢云：“仕而優則學。”吾仕未優，敢言學乎？然細觀此書所辨者助字，有

益於行文。無論爲仕爲學，皆當講明而切究，非如常人詩文
浮靡之作，可以置之不録也。又況其爲老人之書，予縱未暇
訪求，即有之，亦安忍失墜？然則雖刊而行之，亦情理之不容
諉者。予既應盛君之請，爰舉老人生平大略及所以得是書之
由，敘之簡首，聊以誌予與老人，文字因緣，其來有自，而今之
重爲是刻者，匪漫爲好事焉云爾。乾隆己亥小春月，長白國
泰撰。

助字辨略跋

楊紹和

　　先君往於錢學博《曝書雜記》中，識濟甯劉南泉先生纂
《助字辨略》五卷，每遇濟上交遊，諮求之，愍有知其人者。歲
壬子冬，有鄉人謁先君於豐北工次，詒一册，爲先生及其弟魯
田先生所書。先君跋尾云："書法入古，於晉唐宋諸賢，具體
而微。"又云："劉君經學若彼，書法若此，所著《堂邑志》《賦
役論》，又有心濟世者也。生既淪落，歿則已焉。《助字辨略》
雖已梓，而未能流布，世之懷才不偶如劉君者，可勝道耶。"先
君既撰是跋，越二歲乙卯，從錢學博所録得是本，檢多譌字，
復寄學博分屬李君、曹君、張君、唐君參校，學博綜覈寄復。
九月付版，明年正月訖工，時先君薨已逾月。噫！先君惓惓
南泉先生之懷才不偶，爲刊是本，期於工訖後敘明重刊之意，
而竟未之及也。紹和竊嘗聞先君論訓詁之學，大備且精，莫
過於乾嘉間。當先生時，此詣尚未甚盛，而先生倡專訓助字
之例，獨標心得。後有作者，縱愈密審，顧非先生導之於前乎？

紹和痛先君不逮敘,而敬檢手澤,述所聞,竝記錄刊之歲月,追慕曷已! 咸豐六年十二月,楊紹和謹書。

助字辨略跋

劉毓崧

　　碻山劉南泉先生,撰《助字辨略》五卷。自序謂:"閒嘗博求衆書,捃拾助字,都爲一集。其類凡三十,其訓釋之例凡六。班諸四聲,因以爲卷。"嘉興錢氏泰吉《曝書雜記》云:"引據該洽,實爲小學之刱例。近時王伯申尚書著《經傳釋詞》十卷,其撰著之意,略同此書,詁訓益精密。然刱始之功,不能不推劉君也。"今按:此書曾於康熙五十年爲海城盧氏承琰所刊,盧氏序云:"爰付開雕,公之區内。"其序係康熙五十年九月所撰。而傳播未遠,故高郵王文簡公亦未獲見。然《經傳釋詞》所言,往往與此書暗合。凡常語習見者,姑不具論,《釋詞》卷一云:"與,及也。"卷二云:"爰,于也。"卷三云:"惟,獨也。"卷四云:"曷,何也。"卷五云:"孔,甚也。"卷六云:"寧,願詞也。"卷七云:"而,承上之詞。"卷八云:"雖,詞兩設也。"卷九云:"誰,何也。"卷十云:"蔑,無也。"凡此之類,皆先舉常語習見者,以著通行之義,然後推及其異詞也。此書之例亦然。今以其最精確者,約舉言之。如"與,如也";《釋詞》卷一云:"《廣雅》云:'與,如也。''與其'皆謂'如其'也,或但謂之'與'。《孟子·萬章篇》曰:'與我處畎畝之中,由是以樂堯舜之道,吾豈若使是君爲堯舜之君哉? 吾豈若使是民爲堯舜之民哉?'"此書卷三約同。"以,猶及也";《釋詞》卷一云:"以,猶及也。《易·復》上六曰:'用行師,終有大敗,以其國君,凶。'言及其國君也。"此書卷三約同。"猶，猶均也"；《釋詞》卷一云："猶，猶均也。物相若則均，故猶又有均義。襄十年《左傳》曰：'從之將退，不從亦退。猶將退也，不如從楚，亦以退之。'"猶將退'，均將退也。《論語·堯曰篇》曰：'猶之與人也，出內之吝，謂之有司。'"猶之與人'，均之與人也。《燕策》：'柳下惠曰：茍與人異，惡往而不黜乎？猶且黜乎？寧於故國爾。'"猶且黜'，均將黜也。"此書卷二約同。"安，爲語助"；《釋詞》卷二云："安，猶則也。字或作'案'。《荀子·勸學篇》曰：'上不能好其人，下不能隆禮，安特將學雜識，志順《詩》《書》而已耳。'安猶則也。言既不能好其人，又不能隆禮，則但學雜識，順《詩》《書》而已也。楊倞注云：'安，語助，或作安，或作案。《荀子》多用此字。'《禮記·三年問》作'焉'。《戰國策》：'謂趙王曰：秦與韓爲上交，秦禍案移於梁矣；秦與梁爲上交，秦禍案攘於趙矣。'《呂氏春秋》：'吳起謂商文曰：今日置質爲臣，其主安重；釋璽辭官，其主安輕。'蓋當時人通以'安'爲語助。"此書卷一約同。"安，焉也，然也"；《釋詞》卷二云："安，焉也，然也。《荀子·榮辱篇》曰：'俄則屈安窮矣。'言屈焉窮也。屈焉，窮貌也。楊注曰：'安，語助，猶言屈然窮矣。'"此書卷一約同。"焉，猶於也"；《釋詞》卷二云："焉猶於也。《孟子·盡心篇》曰：'人莫大焉無親戚、君臣、上下。'言莫大於無親戚、君臣、上下也。"此書卷二約同。"焉，猶是也"；《釋詞》卷二云："焉猶是也。隱六年《左傳》曰：'我周之東遷，晉鄭焉依？'《周語》作'晉鄭是依'。"此書卷二約同。"云，語中助辭也"；《釋詞》卷三云："云，語中助詞也。僖十五年《左傳》曰：'歲云秋矣。'成十二年曰：'日云莫矣。'亦以云爲語助。"此書卷一約同。"有，猶又也"；《釋詞》卷三云："有，猶又也。《詩·終風》曰：'終風且曀，不日有曀。'《儀禮·士相見禮》曰：'某子命某見吾子有辱。'箋、注並曰：'有，又也。'"有、又'古同聲，故'又'字或通作'有'。"此書卷三約同。"一，猶皆也"；《釋詞》卷三云："一，猶皆也。《詩·北門》曰：'政事一埤益我。'言政事皆埤益我也。箋曰：'國有賦稅之事，則減彼一而以益我。'失之。今從朱傳。"此書卷五約同。"庸，猶何也，安也,詎也";《釋詞》卷三云:"庸,猶何也,安也,詎也。莊十四年《左傳》曰:'庸非貳乎?'昭十年曰:'庸愈乎?'皆是也。'庸'與'何'同意,故亦稱'庸何'。襄二十五年《左傳》曰:'將庸何歸?''庸'猶'何'也,承上文"君死安歸"言之也。杜注曰:'將用死亡之義,何所歸趣。'失之。'庸'與'安'同意,故亦稱'庸安'。《荀子·宥坐篇》曰:'女庸安知吾不得之桑落之下?''庸',猶'安'也。'庸'與'詎'同意,故亦稱'庸詎'。《莊子·齊物論》曰:'庸詎知吾所謂知之非不知邪?庸詎知吾所謂不知之非知邪?''庸',猶'詎'也。"此書卷一約同。"闔不,何不也";《釋詞》卷四云:"《管子·小稱篇》曰:'闔不起爲寡人壽乎?''闔不',何不也。"此書卷五約同。"言,云也";《釋詞》卷五云:"言,云也,語詞也。話言之'言'謂之'云',語詞之'云'亦謂之'言'。若《詩·葛覃》之'言告師氏,言告言歸'、《泉水》之'駕言出遊'、《伯兮》之'言樹之背'、《小戎》之'言念君子'、《易·繫詞》之'德言盛,禮言恭',皆與語詞之'云'同義。而毛、鄭釋《詩》,悉用《爾雅》'言,我也'之訓,或解爲言語之'言',揆之文義,多所未安,則施之不得其當也。"此書卷一約同。"誕,發語詞也";《釋詞》卷六云:"誕,發語詞也。《詩·生民》曰:'誕彌厥月。''誕寘之隘巷。'諸'誕'字皆發語詞,説者用《爾雅》'誕,大也'之訓,則詁鞫爲病矣。"此書卷三約同。"而者,句絶之辭";《釋詞》卷七云:"《漢書·韋賢傳》注曰:'而者,句絶之辭。'《詩·著》曰:'俟我於著乎而。'《論語·子罕篇》引《詩》曰:'唐棣之華,偏其反而。'《微子篇》曰:'已而已而。'"此書卷一約同。"而,猶若也";《釋詞》卷七云:"而,猶若也。'若'與'如'古同聲,故'而'訓爲'如',又訓爲'若'。《周官》:'旅師而用之。'鄭注:'而讀爲若。'"此書卷一約同。"如,猶然也";《釋詞》卷七云:"如,猶然也。若《論語·鄉黨篇》'恂恂如''踧踖如''勃如''躩如'之屬是也。"此書卷一約同。"如,猶將也";《釋詞》卷七云:"如,猶將也。又《孟子·公孫丑篇》:'寡人如就見者也。''如'字亦與'將'同義。"此書卷一約同。"如,猶與也,及也";《釋詞》卷七云：“《儀禮·鄉飲酒禮》：‘公如大夫入。’謂公與大夫入也。鄭讀‘如’爲‘若’，‘若’亦‘與’也。《論語·先進篇》曰：‘方六七十，如五六十。’又曰：‘宗廟之事如會同。’‘如’字並與‘與’同義。”此書卷一約同。“若，如此也”；《釋詞》卷七云：“《史記·禮書》正義曰：‘若，如此也。’《書·大誥》曰：‘爾知寧王若勤哉。’言如此勤也。《孟子·梁惠王篇》曰：‘以若所爲，求若所欲。’言如此所爲，如此所欲也。”此書卷五約同。“然，應詞”；《釋詞》卷七云：“《廣雅》曰：‘然，譍也。’‘譍’通作‘應’。《孟子·公孫丑篇》曰：‘然夫時子惡知其不可也。’但爲應詞而不訓爲是。”此書卷二約同。“然，猶焉也”；《釋詞》卷七云：“然，猶焉也。《禮記·檀弓》曰：‘穆公召縣子而問然。’鄭注：‘然之言焉也。’”此書卷二約同。“斯，語助也”；《釋詞》卷八云：“斯，語助也。《詩·瓠葉》曰：‘有兔斯首。’鄭注以‘斯首’爲‘白首’，非。”此書卷一約同。“將，猶抑也”；《釋詞》卷八云：“將，猶抑也。《楚辭·卜居》曰：‘吾寧悃悃欵欵，朴以忠乎？將送往勞來，斯無窮乎？’”此書卷二約同。“且，猶夫也”；《釋詞》卷八云：“且，猶夫也。《孟子·公孫丑篇》曰：‘若是則弟子之惑滋甚，且以文王之德，百年而後崩，猶未洽於天下。’”此書卷三約同。“即，猶若也”；《釋詞》卷八云：“《漢書·西南夷傳》注曰：‘即，猶若也。’《史記·秦本紀》曰：‘晉公子圉聞晉君病，曰：即君百歲後，秦必留我。’言若君百歲後也。”此書卷五約同。“之，語助也”；《釋詞》卷九云：“之，語助也。《禮記·射義》：‘公罔之裘。’鄭注曰：‘之，發聲也。’僖二十四年《左傳》‘介之推’，杜注曰：‘之，語助。’凡《春秋》人名中有之字者皆放此。”此書卷一約同。“只，語已詞也”；《釋詞》卷九云：“《説文》：‘只，語已詞也。’《詩·鄘·柏舟》曰：‘母也天只，不諒人只。’毛傳：‘母也天也，尚不信我。’字亦作‘䏻’。《莊子·大宗師篇》曰：‘而奚來爲䏻。’崔譔注：‘䏻，辭也。’《楚辭·大招》句末皆用‘只’字。”此書卷三約同。“翅，與啻同”；《釋詞》卷九云：“《書·秦誓》曰：‘不啻如自其口出。’《孟子·告子篇》曰：‘取食之重者與禮之輕者而比之，奚翅食重？’《莊子·大宗師篇》曰：‘陰陽於人,不翅於父母。'‘翅'迬與‘啻'同。"此書卷四約同。"夫,猶凡也",《釋詞》卷十云:"《孝經疏》引劉瓛曰:‘夫,猶凡也。'襄八年《左傳》曰:‘夫人愁痛。'杜注曰:‘夫人,猶人人也。'二十七年曰:‘且吾因宋以守病,則夫能致死。'"此書卷一約同。此皆作《釋詞》者溫故知新,深造自得之語。而此書意指,與之不謀而同,可謂疊矩重規,若合符節者矣。況乎此書所推闡引證,有較《釋詞》更詳,可補其未備者。如"遐不"與"瑕不"皆係何不之意;"不遐"與"不瑕",皆係得無之意。《釋詞》卷四云:"遐,何也。《詩·南山有臺》曰:‘樂只君子,遐不眉壽。'《隰桑》曰:‘心乎愛矣,遐不謂矣。'《棫樸》曰:‘周王壽考,遐不作人。'‘遐不'皆謂‘何不'也。《禮記·表記》引《詩》作‘瑕不謂矣'。鄭注曰:‘瑕之言胡也。'傳、箋皆訓‘遐'爲‘遠',失之。"此書卷二云:"遐得爲胡者,遐、何音相近,何、胡音相近也。又《詩·邶風·泉水》:‘遄臻于衛,不瑕有害。'朱傳云:‘瑕,何也。言如是則其至衛疾矣。然豈不害於義理乎?'又《二子乘舟》:‘願言思子,不瑕有害。'朱傳云:‘不瑕,疑辭也。'愚案:毛傳訓‘遐'爲‘遠',與《詩》義全無干涉。朱傳義長也。‘不瑕有害',猶云‘得無有害',蓋《泉水》以衛女義不得歸,故疑歸而有害。《乘舟》則國人既傷二子見害,乃故爲唯恐見害之言以哀之也。‘不瑕'得爲疑詞者,‘不'有無義,‘瑕'有何義,‘何、寧'義通,‘得無、無寧'皆疑辭也。"“薄汙我私,薄澣我衣”“薄言采之”,諸"薄"字係發語詞;“薄言震之”“薄言追之”,兩"薄"字亦係發語詞。《釋詞》卷十三云:"薄,發聲也。《詩·葛覃》曰:‘薄汙我私,薄澣我衣。'又《芣苢》曰:‘薄言采之。'傳曰:‘薄,辭也。'《時邁》曰:‘薄言震之。'《韓詩》薛君傳與毛傳同。"此書卷五云:"《詩·國風》:‘薄言采之。'毛傳云:‘薄,辭也。'正義云:‘《時邁》云:薄言震之。箋云:薄,猶甫也。甫,始也。《有客》曰:薄言追之。箋云:王始言餞送之。以薄爲始者,以《時邁》下句云莫不震疊,明上句薄言震之爲始動以威也。《有客》前云以繫其馬,欲留微子;下云薄言追之,是時將行,王始言餞送之。《詩》之薄言多矣，唯此二者以薄爲始，餘皆爲辭也。’愚案：薄，辭也；言，亦辭也。‘薄言’，重言之也。《詩》凡云‘薄言’，皆是發語之辭，非《時邁》《有客》二詩又別爲‘甫、始’，不如正義所云也。”是其例也。有與《釋詞》微異，可存以俟考者。如“汔”訓爲“其”，亦可訓爲“期”；《釋詞》卷四云：“《詩·民勞》曰：‘民亦勞止，汔可小康。’箋亦曰：‘汔，幾也。’昭二十年《左傳》孔子引前《詩》云云，杜注曰：‘汔，其也。’於義亦通。此蓋出《三家詩》，或是《左傳》舊注如此。《後漢書·班超傳》超妹昭上書引前《詩》云云，李賢注亦曰：‘汔，其也。’”此書卷五云：“《爾雅》云：‘䜣，汔也。’郭注云：‘謂相摩近。’邢疏云：‘《說文》云：刉，摩也。郭讀䜣爲刉，云：謂相摩近。孫炎云：汔，近也。《大雅·民勞》云：汔可小康。鄭箋云：汔，幾也。反復相訓，故汔得爲幾也。昭二十年《左傳》亦引此《詩》，杜預云：汔，期也。然則期字雖別，皆是近義，言其近當如此。《史記》稱漢高祖欲廢太子，周昌曰：臣口不能言，然臣期知其不可，陛下雖欲廢太子，臣期不奉詔。言期者，意亦與此同也。’愚按：《詩·大雅》：‘汔可小康。’毛傳云：‘汔，危也。’‘危’是幾將之辭，故《詩》箋訓‘汔’爲‘幾’也。《左傳·昭公二十年》杜注云：‘汔，其也。’未嘗訓‘期’。豈舊本有此文邪？其，語辭也。周昌云‘期’乃口吃聲，皆不爲義，與‘幾將’之義無涉。正義云然者，謂‘汔’既是‘幾’辭，又與‘期’通爲語聲也。”“憖”可訓爲“且”，亦可訓爲“寧”。《釋詞》卷五云：“憖，且也。哀十六年《左傳》：‘旻天不弔，不憖遺一老，俾屏予一人以在位。’杜注曰：‘憖，且也。’王肅注《家語·終記篇》同。應劭注《漢書·五行志》曰：‘憖，且辭也。言旻天不善於魯，不且遺一老，使屏蔽我一人也。’昭二十八年《傳》：‘祁盈之臣曰：鈞將皆死，憖使吾君聞勝與臧之死也以爲快。’‘憖’，亦且也。言鈞之將死，且使吾君聞勝、臧之死而快意也。杜以‘憖’爲發語之音，於文義未協。”此書卷四云：“《詩·小雅》：‘皇父孔聖，作都于向。擇三有事，亶侯多藏。不憖遺一老，俾守我王。’注疏訓‘憖’爲‘心不欲自彊之辭’，言皇父不自强留一人輔天子也。《左傳·哀

公十六年》：‘旻天不弔，不憗遺一老。’杜注云：‘憗，且也。’愚案：訓‘憗’
爲‘彊’者，《爾雅》之文也。然《詩》言非勉強之義，不如杜氏訓‘且’
爲安，言聊且留一老都不肯也。又《左傳·昭公二十八年》：‘祁盈之臣曰：
鈞將皆死，憗使吾君聞勝與臧之死也以爲快。’杜注云：‘憗，發語之音。’
愚案：發語之音，猶云‘寧’也。今云‘寧可’，有作去聲者，其音乃近于
‘憗’也。然此‘憗’字訓作‘且’亦通。”是其例也。有其義爲《釋詞》
所未述，而犁然當於人心者。如“其”有“豈”義，此書卷一云：
“其，指物辭也。又《廣韻》云：‘豈也。’《莊子·齊物論》：‘人之生也，固
若是芒乎？其我獨芒，而人亦有不芒者乎？’《戰國策》：‘今也寡人一城
圍，食不甘味，臥不便席。今應侯亡地而言不憂，此其情也。’《史記·叔
孫通傳》：‘吕后與陛下攻苦食淡，其不背哉？’此其字竝是‘豈’辭。‘其、
豈’音相近，故通也。《論語》：‘才難，不其然乎？’‘不其然’猶云‘豈不
然乎’。”今案：《釋詞》卷五“其”字下各條，未有訓爲“豈”者，“豈”字
下雖有“其”字之訓，亦未言“其”字又轉訓爲“豈”也。“固”有“誠”
義，此書卷四云：“《禮記·投壺》：‘主人曰：枉矢哨壺，不足辭也，敢固以
請。’鄭注云：‘固之言如故也。言如固辭者，重辭也。’《禮記·少儀》：‘聞
始見君子者，曰：某固願聞名於將命者。’鄭注云：‘固，如故也，重則云
固。’正義云：‘再辭也。不云初辭而云固者，欲明主人不即見己，己乃再
辭，故云固也。若初辭則不云固。’愚案：此‘固’字是心誠如此，非有虛
假之謂。若訓作‘再’，則《少儀》云‘始見君子’豈可便云再願聞名邪？”
今按：《釋詞》卷五“固”字下各條，未有訓爲“誠”者。是其例也。有
其字爲《釋詞》所未載，而鑿然合於古訓者，如“方”有將義，
“方今”有向時之義；此書卷二云：“方，當也。又《詩·國風》：‘方何爲
期。’朱傳云：‘方，將也。將以何時爲歸期也。’庾子山《哀江南賦》：‘小
人則將及水火，君子則方成猿鶴。’‘方’亦‘將’也，‘將’亦‘方’也。
古人文別而義同，如此類甚多，非有兩義。又《國風》：‘方將萬舞。’鄭
箋云：‘將，且也。’愚案：‘方將’，重言也。又張平子《南都賦》：‘方今天

地之睢剌，帝亂其政，豺虎肆虐，真人革命之秋也。'李善云：'《漢書音
義》云：方，向也。謂高祖之時。《倉頡篇》云：今，時辭也。謂光武。'愚
案：'方今'猶云'向時'，不必以'向'屬高，以'今'屬光。'方今'得爲
'向時'者，反訓也。《爾雅》訓'肆'爲'故、今'，訓'徂'爲'在、存'，郭
注云：'肆既爲故，又爲今；今亦爲故，故亦爲今。此義相反而兼通。'又
云：'以徂爲存，猶以亂爲治，以曩爲曏，以故爲今。此皆詁訓，義有反復
旁通，美惡不嫌同名也。'"今按：《釋詞》未載"方"字，卷五"今"字下
亦未載"方今"之義。"振"有作義，"振古"有自古之義。此書卷
四云："'振'，《爾雅》云：'古也。'郭注云：'《詩》曰：振古如兹。猶云久
若此。'邢疏云：'案《周頌·載芟》云：匪今斯今，振古如兹。毛傳云：振，
自也。鄭箋云：振亦古也。言修德行禮，莫不獲報，乃自古而如此，所由
來者久，非適今時是也。'愚案：'振古'得爲自古者，'振'，作也。凡刱
始者爲'作'，此欲溯其所由來，故謂之'振古'，猶云自有天地以來也。
蓋當時語如此。"今按：《釋詞》未載"振"字。是其例也。然則此書
洵足與《釋詞》相爲表裏，豈非治小學之士所當寶貴者歟？
若夫同一援據舊文也，《釋詞》必舉其最初，而此書不必盡從
其朔。《釋詞》卷五"顧"字下引《燕策》曰："吾每念常痛於骨髓，顧計
不知所出耳。"又引《燕策》曰："子之南面行王事，而噲老不聽政，顧爲
臣。"此書卷四"顧"字下引《史記·刺客傳》，與《燕策》第一條略同。又
引《史記·燕世家》與《燕策》第二條全同。今按：《燕策》即《史記》所本。
同一發明通假也，《釋詞》能窮其究竟，而此書未能盡獲其源，
《釋詞》卷四云："'噫、意、懿、抑'，竝字異而義同。"卷五云："'其、記、
忌、已、辺'，義竝同也。"又云："'詎、距、鉅、巨、渠、遽'，其義一而已矣。"
此書卷一"噫"字下但言"懿"字而未言"意、抑"，"其"字下但言"記、
忌、已"而未言"辺"。此則草刱之闊疏，不及大成之美備。然後
來雖云居上，而先覺終不可忘。盧氏序云："夫《爾雅》諸訓，匪不
昭融，至於助言，蓋乃不備。自有書契以還，未有發其緘縢而導夫先路

者。此吾友確山劉氏武仲《助字辨略》之作所爲汲汲也。"譬諸吳氏械、陳氏第講求古韻，遠不若亭林之宏通；吳氏澄、梅氏鷟辨證古文，迴不如潛邱之綜覈而好古績學者，未嘗不稱許其書。不得因大輅具而遂鄙椎輪，藻火興而遽遺韋韍矣。至於《釋詞》所述者，上自九經三傳，下迄周、秦、西漢之書，而東漢以還，則槩從其略。此書所述者，自經傳諸子、《史》《漢》以外，旁涉近代史書、雜説、文字、詩詞。卷五"莫"字下云："《朱子語類》云：'莫，疑辭，猶今人云"莫是如此否"。'莫是者，方言，猶今云恐是也。又《宋史·岳飛傳》：'莫須有三字，何以服天下。''莫須'猶'莫是'也。又王右軍《止殷浩北伐書》：'保淮之志，非復所及，莫過還保長江。''莫過'猶云'不如'也。又郭頒《古墓斑狐記》：'遮莫千試萬慮，其能爲害乎？'杜子美詩：'遮莫鄰雞下五更。''遮莫'猶云儘教，一任其如何也。又盧祖皋詞：'溪魚堪鱠，切莫論錢。''切莫'猶云'慎毋'，方言也。"蓋《釋詞》以經傳爲主，故採録不多。此書以助字標名，故臚陳較廣。緣體裁小異，斯去取有殊耳。然此書雖搜羅甚富，而斷限最嚴。元曲之詞絶不闌入，自序云："至於元曲助字，純用方言，無宜闌入。他日別爲一編，以附卷尾。"今按：此編今無傳本，其爲輯而弗成，抑係成而弗刊，與刊而弗傳，不可考矣。方音之字亦不輕收。卷一"頤"字下云："《史記·陳涉世家》：'客曰：夥頤，涉之爲王沈沈者。'愚案：《漢書·陳涉傳》省'頤'字。蓋'夥頤'者，驚歎之聲。'夥'之餘聲便是'頤'，故《漢書》省去也。陳蔡光黃間人，言'如此'則云'正樣'，其呼'正'字如'沈'去聲。蓋客驚歎涉之富貴至于如此也。"卷二"登"字下云："《公羊傳·隱公五年》：'公曷爲遠而觀魚？登來之也。'何休云：'登讀言得。得來之者，齊人語也。齊人名求得爲得來。作登來者，其言大而急，由口授也。'愚案：今山東人呼'得'字爲德歸切，與'登'字音近，故以'得來'爲'登來'也。"故詳贍而不入於蕪，博洽而不流於雜。後之人誠能循其條目，觸類旁通，則東漢以後、宋元以前之書，其詞氣異同，均能洞悉，其爲功也大矣。咸豐乙卯秋，故南河總督贈右都御史聊城楊公得傳鈔之本，深重其書。復念南泉先生遷居濟寧，有同鄉之誼，爰分清俸，特爲重刊，延秀水高君伯平精校授梓。毓崧獲見是本，因綜括書中大指，揭其要而申言之，以告世之願讀此書者焉。儀徵劉毓崧伯山謹跋。

重刊助字辨略序

葉德輝

上古結繩紀事，飾僞萌生。黃帝史臣倉頡初造書契，依類象形謂之字，形聲相益謂之文，箸于竹帛謂之書。六書之中有假借，假借之義行，而後文字成爲文言。文言有奇有耦，奇者爲古文，重在義法；耦者爲駢文，重在聲律。皆非有相助之字，不能成爲篇章。蓋助字本假借實字用之。曩余撰《六書古微》，于假借一類已舉其義，其未引申及於語助字者，一則余書本例爲《說文解字》遠流，一則劉氏此書造述在先，不欲爲狗尾之續也。嘉慶中，高郵王文簡引之曾撰《經傳釋詞》一書，正與此書同例，而專在疏通經義，不若此之貫穿羣籍，足窮文字之變化也。竊嘗論之，吾國文辭之遞嬗，自皇帝迄今，閱五千餘年，唐虞以前之文引見於周秦諸子百家之書，其真僞不可辨。故孔子删《書》，斷自唐虞，删《詩》始於二《南》。誠以其文記事採風，語無虛作，克盡史氏之職，有足爲後世法者。昔揚子《法言》云：“虞夏之書渾渾爾，《商書》灝灝爾，《周書》噩噩爾。下周者，其書譙乎？”李軌注：“下周者，秦言酷

烈也。"由今觀之,虞、夏、商、周、嬴秦之書,其不同如此,無非
助語之所表見耳。顧余讀《史記·李斯傳·上書論逐客》《上
書對二世》《上書言趙高》《獄中上書》、《韓非子·存韓》斯《上
韓王書》議存韓,其剴切指陳,與揚子所云譙書不類。惟《秦
本紀》載始皇、二世諸制令及游巡刻石,世傳權量詔銘之類,
文氣畫一,有橫掃六合之概。則以廟堂典册號令天下之文,
非若臣下屬辭,必藉語助爲修飾者,亦事勢然也。迨其後兩
漢、三國、晉宋、六朝,風會雖有變遷,其文章語助之辭,究不
能别創異文。如梵夾之譯《華嚴》,佉盧之作《旁行》,不適吾
人文書之用。亦以助字之在典籍,若布帛菽粟,日用之具,日
得一日而廢者也。雖然,助字既不可廢,則讀古書者安可不
推求其義例以爲譔述之門徑? 今惟劉氏此書,能得其要領,
其分類爲三十,而訓釋之例六,條分縷析,既博且精,可謂字
學之尾閭,文辭之淵海。論其書之創作,高郵一席,且退居後
覺之人。劉氏事蹟,略載錢泰吉《曝書雜記》本書跋文,康
熙中葉人,箸書已與乾嘉學者沆瀣一氣,知有清一代文治之
盛,其所由來者遠矣。是書康熙五十九年海城盧承琰校刻,
傳本極少,故《四庫全書》未及採録。咸豐五年聊城楊河督
以增重刻,今亦久未印行。門人楊薇詒之季弟季常篤嗜縹
緗,既刻俞樾《古書疑義舉例》成,因類及是書,重加校勘,
丐薇詒索余一言,以爲引起。余謂此書本爲考據家之作,而
實足爲詞章筆削之資。讀者日日紬繹其書,非獨二者得以
肆其取求,即義理之精深,亦將由此檢讀羣書,玩索而獲其
益,是固不僅於助字之用得所辨析也已。乙丑四月小滿前
二日,郋園葉德輝。

助字辨略跋

楊樹達

　　碻山劉武仲先生《助字辨略》五卷，初刻於清康熙五十年辛卯海城盧氏承琰。越六十八年，爲乾隆四十四年己亥，長白國泰得其書於盛氏柚堂，取而重刻之。又越七十六年，爲咸豐五年乙卯，聊城楊氏以增得傳鈔本，延高君均儒重刊，是爲海源閣本。此三本，皆鏤板也。最近有文學社據海源閣所排印之巾箱本，不知其排印年月，蓋當清末時。盧氏初刻，余未得見。國氏所據，當爲盧刻，故簡首有盧氏序文。海源閣所據之傳鈔本，亦係據盧刻。而高君伯平校勘時，似未見國刻本，故頗有國刻字不訛誤而楊刻誤者。楊刻卷首亦無國序，皆其證也。余去夏南歸省親，舍弟季常欲刻舊籍以益學子，問余以應首何書。余舉此書及王氏《經傳釋詞》、俞氏《古書疑義舉例》對，弟因首刻此編及俞書。此編底本亦用海源閣本，余頗取國刻對勘，凡楊刻避清諱之字，皆爲迴改，遇文義不可通者，頗檢閱原書勘正之。其楊本所無之國泰序文，及劉氏毓崧伯山《通藝堂集》之跋文，則附載焉。此書與王氏《釋詞》相較，自有遜色，然亦有精審過於王氏之處。伯山跋文取二書細加比勘，詳哉其言之矣。惟伯山所言，亦尚有未盡者。如《左傳·宣十二年》"訓之于民生之不易"，此書訓"于"爲"以"，最爲精核。余於續補俞氏書已申證之，而王書則未及也。《公羊傳·隱二年》："前此則曷爲始乎此？託始焉爾。"何休云："焉爾，猶於是也。"王氏《釋詞》從其說。劉氏則云："此'焉爾'亦語已辭，若以爲'於是'，則'紀子伯者何？

無聞焉爾'寧可作於是邪？"《莊子·德充符篇》:"子產蹵然改容更貌曰:'子無乃稱。'"王氏《釋詞》云"子無乃稱,猶曰子無稱是言也。"而劉氏則云"乃"字合訓"如此",言無爲如此稱説也。此二事衡校兩家,劉氏之説皆勝於王氏。《史記·東越傳》:"且秦舉咸陽而棄之,何乃越也。"劉氏云"何乃"猶云"何但"。《史記·高帝紀》:"漢王以故得劫五諸侯兵。"劉氏云"以故"猶言"因是",章太炎《新方言》云:"故,猶此也。"此二説又王氏《釋詞》所未及者也。然劉氏書亦有偶不審核,至於誤解者。如卷一引張曲江文"以誠告示,其或之歸"、韓文"學者不之能察",此二"之"字皆代字,乃"其或歸之""不能察之"之倒文,而劉氏謂二"之"字並語助辭。《戰國策》:"與不期衆少,其於當厄;怨不期深淺,其於傷心。"注云:"其,指物辭,猶在也。"今按此二"其"字,即上文"不期衆少""不期深淺"之"期",此正俞氏《古書疑義舉例》所謂"上下文異字同義"者也。而劉氏但云此"其"字與《易·繫辭》"其旨遠,其辭文"之"其"字義別,未能糾正舊説。《漢書·刑法志》:"箠長五尺,其本大一寸。其竹也,末薄半寸。""其竹也"之"其"與"若"字義同。《漢書·成帝紀》:"欲爲吏,補三百石。其吏也,遷二等。"《匈奴傳》:"匈奴俗,見漢使非中貴人,其儒生,以爲欲説,折其辭辨。""其"字用法皆同。而劉氏誤以"其竹也"屬上讀,與"有君如是其賢也"之"其"字並列,遂謂"其"字爲發語辭。又《燕王傳》:"其者,寡人之不及與？"按"者、諸"二字,古人通用。"其者"即"其諸"也,而劉氏乃云"其者"猶云"意者"。後漢《督郵班君碑》:"柔遠而邇。"古"而、能"二字通用。《班碑》假"而"爲"能",而劉氏乃云"而"字當作"如"。《晉書·謝道韞傳》:"嘗譏謝玄學植不進,曰:'爲塵務經心,爲天分有限耶。'"二"爲"字義與"因"同。而劉氏乃云二“爲”字并是抑辭。《漢書·楊雄傳》：“譬若江湖之雀、勃解之鳥，乘雁集不爲之多，雙鳬飛不爲之少。”此二“爲”字義亦與“因”同，而劉氏乃云“不爲之”猶云“不以爲”。《賈誼傳》：“賤人安宜得如此而頓辱之哉？”“安宜”，猶云“何當”，而劉氏乃訓爲“豈可”。《史記·春申君傳》：“人皆以楚爲强，而君用之弱，其於英不然。”此“於”字義與“在”同，謂在英則意不如此也，而劉氏乃謂“其於”猶云“至於”。《書·金縢》：“于後公乃爲詩以貽王。”庚子山賦：“於時朝野歡娱。”“于”字“於”字，義皆與“在”同，而劉氏乃云“于後”猶云“其後”，“於時”猶云“其時”，不悟“於”字不能直訓“其”也。《荀子·勸學篇》：“雖欲無滅亡，得乎哉？”楊注云：“亡通作惡。”按“亡”字當如字，屬上讀，楊注誤。而劉氏引爲“無”字之例，未能糾正舊説。《史記·日者傳》：“此夫《老子》所謂‘上德不德，是以有德’。”“夫”字義與“彼”同，而劉氏乃謂此“夫”字爲語助辭。卷二引《後漢書·袁安傳》：“無緣復更立阿佟以增國費。”“無緣”猶云“無由、無因”，而劉氏乃謂“無緣”猶云“不應”。《孟子》：“何以利吾國。”“何以”乃“以何”之倒文，謂用何道也，劉氏乃謂“何以”猶云“如何”。《魏志·華佗傳》：“又有一郡守病，佗以爲其人盛怒則差，乃多受其貨而不加治。無何，棄去，留書罵之。”“無何”義與“無幾、居無何、居無幾何”義同，所以表時之暫也，而劉氏乃云“無何”是無故之辭。《史記·張耳陳餘傳》：“始吾與公言何如？”“何如”猶今俗言“像怎樣”，而劉氏乃云“何如”猶言“何物”。《漢書·翟義傳》：“欲令都尉自送，則如勿收邪。”此乃反詰之詞，而劉氏乃云“邪”字爲“耳”辭。《孟子》：“金縢，壞地褊小，將爲君子焉，將爲野人焉。”朱注云：“言滕地雖小，亦必有爲君子而仕者，亦必有爲野人而耕者。”按古人“爲、有”二字通用，此

二 “爲” 字義與 “有” 同。朱注泥 “爲” 字爲訓，而劉氏未能糾正其説。《詩》“將子無怒”“將仲子兮”“將伯助予”，毛、鄭釋 “將” 爲 “請”，是也。而劉氏乃誤謂 “將” 當讀如本字，乃是發語辭，如 “伊、維” 之類。《論語》：“吾未嘗無誨焉。”《史記·陸賈傳》：“高帝未嘗不稱善。”“未嘗” 與 “未曾” 同，而劉氏乃云 “未嘗” 猶 “未始”，“未嘗不” 猶云 “未有不”，不悟 “嘗” 字不能訓 “始” 與 “有” 也。《左傳·昭公二十二年》：“寡君聞君有不令之臣爲君憂，無寧以爲宗羞。”“無寧” 猶云 “無乃”，而劉氏云：“寧，語助，不爲義。”《吳志·太史慈傳》注：“卿則州人，昔又從事，寧能往視其兒子，并宣孤意于其部曲。”此 “寧” 字乃商榷之辭，“寧能” 猶云 “豈能”，下省 “乎” 字，而劉氏乃訓 “寧” 爲 “定”。《魏志·王修傳》注：“讀《詩》至‘哀哀父母，生我勞瘁’，未曾不反覆流涕，泣下沾襟。”“曾” 與 “嘗” 同義，“未曾不” 猶云 “未嘗不” 也，而劉氏乃云猶云 “未有不”。《論語》：“法語之言，能無從乎？”“能無” 與 “得無、可無” 同，此反言之辭也，而劉氏乃云 “能無” 猶言 “寧無”。《漢書·司馬相如傳》：“疇逆失而能存。”“疇” 當訓 “誰”，謂何人逆失而能存也，而劉氏乃云 “言何有逆失而能存”。韓退之《伯夷頌》：“一凡人譽之，則自以爲有餘。”“凡人” 言凡庸之人，而劉氏誤以 “一凡” 連讀，謂 “一凡” 爲 “大率” 之義。卷三引《左傳·僖十五年》“三施而不報，是以來也”、《孟子》“是以若彼濯濯也”，“是以” 乃 “以是” 之倒文，而劉氏乃云 “是以” 猶云 “所以”，不悟 “是” 不當訓 “所”。《漢書·馮唐傳》：“唐對曰：‘齊尚不如廉頗、李牧之爲將也。’上曰：‘何已？’”此 “已” 字與《詩》“必有以也”之 “以” 同，“何以” 猶云 “何故” 也。而劉氏乃云：“問之餘聲。揚以長，則爲‘何邪、何與’；抑而短，則爲‘何已、何耳’。”誤以 “已” 爲語終助詞。《東方朔傳》：“先生自視何與比哉？”

此“何與”猶云“誰與”，乃“與誰”之倒文。“何與比”者，武帝問朔與上文所述公孫丞相、倪大夫等十五人中之誰某比也，而劉氏乃云“何與”猶言“何如”。李太白詩：“奈何成離居，相去復幾許。”杜子美詩：“我生本飄蓬，今復在何許。”“幾許”之“許”，乃不定之詞，猶《後漢書·何敞傳》“二百許人”之“許”。“何許”者，“何所”也。《説文》“所”字下引《詩》“伐木所所”，今《詩》作“伐木許許”，“許、所”古人通用，而劉氏乃云：“‘幾何、何所’之義，不因‘許’字而見，特借‘許’字爲助句耳。”劉氏又云：“如問‘何許人’，則‘何許’又爲‘何等’，不爲‘何所’矣。”其説亦非。“何許人”，即謂“何所人”，猶今言“何處人”耳《漢書·佞幸傳》：“上有酒所。”“酒所”猶云“酒意”，而劉氏乃云：“‘所’字，語助，不爲義。”《漢書·曹參傳》：“參代何爲相國，舉事無所變更。”師古注：“舉，皆也。言凡事皆無變改。”按“舉事”猶云“行事”，顔讀“舉”爲“舉國若狂”之“舉”，非是。劉氏未能駁正其説。《史記·曆書》：“乃者有司言星度之未定也。”《曹相國世家》：“乃者我使諫君也。”此“乃者”猶云“日者、嚮者”，而劉氏乃以爲發語之辭。《漢書·陳湯傳》：“騎引卻，頗遣吏士射城門騎步兵。”“頗遣”猶云“稍遣”，而劉氏乃云此“頗”字猶云“遂”也。又《田寶傳》：“所言灌夫頗不讐，劾繫都司空。”此“頗”字亦“頗略”之“頗”，而劉氏乃云“頗”猶云“皆”。“有虞氏”之“有”，乃語首助字，無義可言。而劉氏乃云言撫有天下，故云“有”。卷四引《唐書·吳兢傳》云：“兢實書之，其草故在。”按“故、固”古通用，“故在”與“固在”同，而劉氏乃云“故在”猶云“尚在”。《史記·趙世家》：“彊大不能得之於小弱，小弱故能得之於彊大乎？”此“故”字通作“顧”，反也。《趙策》作“顧”，其明證也。而劉氏乃云“故”字爲語助，猶云“乃”也。《史記·李斯傳》：

“李斯曰：‘固也，吾欲言之久矣。’”《鼂錯傳》：“錯曰：‘固也不如此，天子不尊，宗廟不安。’”師古注：“固也，言固當如此。”是也。而劉氏乃云“固也”猶云“然也”，乃答語之聲，不爲義。《史記·王翦傳》：“今空秦國甲士而專委於我，我不多請田宅爲子孫業以自堅，顧令秦王坐而疑我耶。”此“顧”字亦反也。《後漢書·馬援傳》：“卿非刺客，顧説客耳。”此“顧”字乃但辭。而劉氏乃云此二“顧”字與“故”通，猶云“乃”也。《漢書·景帝紀》後元三年詔：“間歲或不登。”“間”猶云“間者”。元年詔云：“間者歲比不登。”句例正同。而劉氏乃以“間歲”連讀，謂“間歲云者，言時復如此”。《後漢書·段熲傳》[1]：“餘寇殘盡，將向殄滅。”“將向”者，“將近”也。梁簡文帝《謝竹火籠啟》：“池水始浮，庭雪向飛。”《吴志·華覈傳》：“軍興已來，已向百載。”二“向”字皆將也，近也。而劉氏乃釋“向”爲“已”。既釋“向”爲“已”，遂謂《吴志》之“已向”爲重言。陶淵明詩：“禦冬足大布，麤絺以應陽；正爾不能得，哀哉亦可傷。”“正”，猶“縱”也。“正爾不能得”，猶云縱此亦不能得也。而劉氏乃云“正爾”即“正唯”。《漢書·武帝紀》：“縣鄉即賜，無贅聚。”師古云：“即，就也。各遣就所居而賜之，勿會聚。”是也。而劉氏乃云“即賜”者乃即時頒賜之義。卷五引《漢書·枚皋傳》：“凡可讀者不二十篇。”此“不”字本爲“百”字，乃《漢書》刊本之誤，而劉氏誤引爲“不”字之例。《左傳·隱五年》：“宋衛實難，鄭何能爲？”“實、寔、是”三字通用，“宋衛實難”，猶云“宋衛是患”也。而劉氏乃以爲訓誠信之“實”。《史記·平準書》：“率十餘鍾致一石。”又云：“於是商賈中家以上大率破。”《老莊傳》：“故其著書十餘萬言，大抵率寓言也。”“率”與“大

---

[1] 熲，當據《後漢書》改作“穎”。

率”皆辜較之辭。而劉氏乃云爲“都凡”之辭。《顏氏家訓》：“河
北平澤率生之。”此“率”字，猶云“大率”，而劉氏乃云“率”
猶“頗”也。《漢書·趙充國傳》：“兵決可期月而望。”“兵決”者，
謂兵事決定，猶今言“解決”，而劉氏乃以“決”爲必辭。《書·大
誥》：“爾知寧王若勤哉。”按“若”有“此”義，“若勤”如“此勤”
也。此猶《爾雅》訓“已”爲“此”，而《莊子》《淮南》用“已”
爲“如此”之義。劉氏云“若勤者，若此勤”，是也。而又謂“但
云若者，省也”，不悟“若”之爲“若此”，乃由於若之訓此，不
由於“若”字也。包何詩：“莫是上迷樓。”“莫是”猶云“得無”，
而劉氏乃云猶今云“恐是”。《詩·小雅》：“如松柏之茂，無不
爾或承。”“無不爾或承”，猶言“無不爾是承”，而劉氏乃謂是
“無或不爾承”之倒文。此皆劉氏偶未審核，故致誤釋。然吾
人生當訓詁學大明之後，而劉氏生於清學初啟之時，篳路藍
縷，其功甚鉅。正小有疵纇，不足掩其精詣也。余惟先儒著
述之流傳於後世者，顯晦類有時。而先生之書，自盧氏刻後
約七十年而有國刻，國刻後七十餘年而有海源閣本，今距海
源閣本恰七十年。蓋自初刻後，約每七十年而一鏤板，若有
定律然者，亦一奇也。前歲余南歸後復北上，由京漢道車過
碻山，有句云：“秋午晴陰過碻山，峯巒斌媚似鄉關。遺書已
自成瓌寶，記否劉家有二難。”余生平不事吟咏，以景仰先生
之懷，經過故里忽發清興，遂成短章。附識於此，以見余與先
生若有針芥之契云爾。民國十四年三月十二日，長沙後學楊
樹達遇夫謹跋於北京六鋪炕寓廬之積微居。

以上清乾隆四十四年（1779）福源堂刻本

經傳釋詞

經傳釋詞自序

王引之

　　語詞之釋，肇於《爾雅》。"粤、于"爲曰，"兹、斯"爲"此"，"每有"爲"雖"，"誰昔"爲"昔"，若斯之類，皆約舉一隅，以待三隅之反。蓋古今異語，別國方言，類多助語之文。凡其散見於經傳者，皆可比例而知，觸類長之，斯善式古訓者也。自漢以來，説經者宗尚雅訓，凡實義所在，既明箸之矣，而語詞之例，則略而不究；或即以實義釋之，遂使其文扞格而意亦不明。如"由"，用也，"猷"，道也，而又爲詞之"於"。若皆以"用"與"道"釋之，則《尚書》之"別求聞由古先哲王"、《大誥》"猷爾多邦"，皆文義不安矣。此舉一以例其餘，後皆放此。"攸"，所也，"迪"，蹈也，而又爲詞之"用"。若皆以"所"與"蹈"釋之，則《尚書》之"各迪有功""豐水攸同"，《毛詩》之"風雨攸除，鳥鼠攸去"，皆文義不安矣。"不"，弗也；"否"，不也；"丕"，大也；而又爲發聲與承上之詞。若皆以"弗"與"大"釋之，則《尚書》之"三危既宅，三苗丕敘""我生不有命在天""否則侮厥父母"、《毛詩》之"否難知也""有周不顯，帝命不時"、《禮記》之"不在此位也"，皆文義不安矣。"作"，爲也，而又爲詞之"始"與"及"。若皆以"爲"釋之，則《尚書》之"萬邦作乂""作其即位"，皆文義不安矣。"爲"，作也，而又爲詞之"如"，與"有"，與“與”，與“於”。若皆以“作”釋之，則《左傳》之“何臣之爲”、《晉語》之“稱爲前世”《穀梁傳》之“近爲禰宮”、《管子》之“爲臣死乎”《孟子》之“得之爲有財”，皆文義不安矣。又如“如”，若也，而又爲詞之“而”，與“乃”，與“當”，與“與”。“若”，如也，而又爲詞之“其”，與“而”，與“此”，與“惟”。“曰”，言也，而又爲詞之“欥”。“謂”，言也，而又爲詞之“爲”，與“與”，與“如”，與“奈”。“云”，言也，而又爲詞之“有”，與“或”，與“然”。“寧”，安也，而又爲詞之“乃”。“能”，善也，而又爲詞之“而”與“乃”。“無”，不有也，而又爲詞之發聲與轉語。“有”，不無也，而又爲詞之“爲”。“即”，就也，而又爲詞之“則”，與“若”，與“或”。“則”，法也；“及”，至也，而又爲詞之“若”。“茲”，此也，而又爲歎詞。“嗟”，歎詞也，而又爲語助。“彼”，他也，而又爲詞之“匪”。“匪”，非也，而又爲詞之“彼”。“咫”，八寸也，而又爲詞之“只”。“允”，信也，而又爲詞之“用”。“終”，盡也，而又爲詞之“既”。“多”，衆也，而又爲詞之“袛”。“適、徂、逝”，皆往也，而“適”又爲詞之“啻”，“徂”又爲詞之“及”，“逝”又爲詞之發聲。“思”，念也；“居”，處也；“夷”，平也；“一”，數之始也，而又皆爲語助。“曷”，詞之“何”也，而又爲“何不”。“盍”，何不也，而又爲“何”。“於”，詞之“于”也，而又爲“爲”，爲“與”。“爰”，詞之“曰”也，而又爲“與”。“安”，詞之“焉”也，而又爲“乃”，爲“則”，爲“於是”。“焉”，詞之“安”也，而又爲“於”，爲“是”，爲“於是”，爲“乃”，爲“則”。“惟”，詞之“獨”也，而又爲“與”，爲“及”，爲“雖”。“雖”，不定之詞也，而又爲“惟”。“矧”，詞之“況”也，而又爲“亦”。“亦”，承上之詞也，而又爲語助。“且”，詞之更端也，而又爲“此”。“之”，詞之“是”也，而又爲“於”，爲“其”，爲“與”。凡此者，其爲古之語詞，較然甚箸。揆之本文而協，驗之他卷而通。雖舊説所無，可以心知其意者也。引之自庚戌歲入都侍大人，質問經義，始取《尚書》廿八篇紬繹之，而見其詞之發句、助句者，昔人以實義釋之，往往詰籲爲病，竊嘗私爲之説，而未敢定也。及聞大人論《毛詩》"終風且暴"、《禮記》"此若義也"諸條，發明意恉，涣若冰釋，益復得所遵循，奉爲稽式，乃遂引而伸之，以盡其義類。自九經、三傳及周、秦、西漢之書，凡助語之文，徧爲搜討，分字編次，以爲《經傳釋詞》十卷，凡百六十字。前人所未及者補之，誤解者正之，其易曉者則略而不論。非敢舍舊説而尚新奇，亦欲窺測古人之意，以備學者之採擇云爾。嘉慶三年二月一日，高郵王引之敘。

經傳釋詞序

阮　元

經傳中實字易訓，虛詞難釋。《顔氏家訓》雖有《音辭篇》，于古訓罕有發明，賴《爾雅》《説文》二書，解説古聖賢經傳之詞氣，最爲近古。然《説文》惟解特造之字，如"亐、白"。而不及假借之字；如"而、雖"。《爾雅》所釋未全，讀者多誤。是以但知"攸"訓"所"，而不知同"迪"；"攸"與"由"同，"由、迪"古音相轉，"迪"音當如"滌"，"滌"之从攸，"笛"之从由，皆是轉音，故"迪、攸"音近也。《釋名》曰："笛，滌也。"但見"言"訓"我"，而忘其訓"間"。《爾雅》："言，間也。"即詞之間也。雖以毛、鄭之精，猶多誤解，何況其餘？高郵王氏喬梓，貫通經訓，兼及詞氣。昔聆其"終風"諸説，每爲解頤，乃勸伯申勒成一書。今二十年，伯申侍郎始刻成《釋詞》十卷。元讀之，恨不能起毛、孔、鄭諸儒而共證此快論也。元昔教浙士解經，曾謂《爾雅》“坎、律，銓也”爲“欤、聿，詮也”字之訛，辛楣先生疑之。又謂《詩》“鮮民之生”、《書》“惠鮮鰥寡”，“鮮”皆“斯”之假借字；《詩》“綢直如髮”，“如”當解爲“而”；“髮”乃實指其髮，與“笠”同。非比語，傳箋竝誤。《老子》“夫佳兵者，不祥之器”，“佳”爲“隹”同“惟”。之訛，《老子》“夫、惟”二字相連爲辭者甚多，若以爲“佳”，則當云“不祥之事”，不當云“器”。若此之疇，學者執是書以求之，當不悖謬於經傳矣。《論語》曰：“出辭氣，斯遠鄙倍。”可見古人甚重詞氣，何況絶代語釋乎？嘉慶二十四年小寒日，阮元書於贛州舟次。

經傳釋詞敍

王時潤

高郵王氏父子爲清代經學界第一通儒，《經傳釋詞》一書爲清代經學界第一名箸（章太炎儕王氏父子之經學爲曹魏以來所未有）。顧其所以能成一代之通儒，且能成希有之名箸者，亦自有故。蓋士生今日，去古已遠，不通《説文》《爾雅》，實不足以通經。然其時治《説文》者有段玉裁，治《爾雅》者有邵晉涵，王氏不欲與段、邵争名，乃以兩書讓之，而專肆力於魏博士張揖所箸之《廣雅》。但《廣雅》之難治，更在《説文》《爾雅》之上。於是懷祖先生先肆力於《周書》《國策》及《史》《漢》《管》《晏》《荀》《莊》《淮南》諸書，伯申先生先肆力於《易》《書》《詩》及《儀禮》《周官》《論》《孟》《左》《國》《公》《穀》暨大小戴《記》諸書，由是諸書明而《廣雅》遂明，

《廣雅》明而諸書因之益明。其所成就，竟遠出當時諸儒之上，而《廣雅疏證》《讀書襍志》《經義述聞》等書，亦於是乎次第告成矣。《經傳釋詞》者，又《廣雅疏證》《讀書襍志》《經義述聞》之精華也。然則王氏父子嘉惠後學之功，豈淺尠哉？雖然王氏之學精矣，而初學於此，或尚未免不得其門而入。茲姑舉一“鮮”字，以爲初治訓詁學者先路之導。蓋“鮮”與“斯”雙聲，於古例得通假。《說文·雨部》：“霹，小雨財零也。从雨鮮聲。讀若斯。”《爾雅·釋詁》：“鮮，善也。”釋文：“本或作誓。沈云：‘古斯字。’”《詩·瓠葉》：“有兔斯首。”鄭箋：“斯，白也。”今俗語“斯白”之字作“鮮”，齊魯之間聲近“斯”，此“鮮、斯”二字古通之證也。又《爾雅·釋詁》：“斯，此也。”《釋言》：“斯，離也。”《說文·斤部》：“斯，析也。”“鮮”字亦可兼數義，《書·無逸》“惠鮮鰥寡”，即“惠斯鰥寡”也；《詩·蓼莪》“鮮民之生”，即“斯民之生”也，是爲“鮮”可訓“此”之明證。《爾雅·釋山》：“大山別小山，句。鮮。”“鮮”亦“斯”也，當與“斧以斯之”之“斯”同義。《小戴·月令》：“天子乃鮮羔開冰。”“鮮”亦“斯”也，故以“鮮羔”與“開冰”對舉，是爲“鮮”可訓“析離”之明證。由前之說，則“鮮”者，助詞也；由後之說，則“鮮”者，動詞也。使或誤釋之，則文義必扞格而不通矣。而《書經》傳疏則訓《無逸》之“鮮”爲“乏”，傳以爲“鮮乏”，疏以“少乏”釋之。《詩經》傳箋則訓《蓼莪》之“鮮”爲“寡”，李巡則以《釋山》之“鮮”爲“大山少”，鄭玄則謂《月令》之“鮮”當爲“獻”，似均未得“鮮”字之義。王氏之書則於字義之虛實辨之最審。上舉各例，即遵用王氏之法，凡初學治訓詁者，要當就此等處求之。北京餉華書社主人婁召甫君，見近代名流如章太炎、劉申叔、梁卓如、胡適之諸君，咸以《經傳釋詞》詔初學，乃謀付諸石印，以廣流傳。遂於去歲季冬，請余爲之點勘。爰於寒假之暇，竭一週間之力，爲之點勘一過。并取余所箸《郵學攷目》一卷，一名《研究説文書目》，所收之書約三百餘種。附之書末。兹特舉高郵治學之苦心及初學必遵之涂徑，以自策厲，非敢自謂能通訓詁之學也。民國十三年二月，長沙王時潤啟湘甫敍於北京清華學校。

以上清嘉慶二十四年（1819）家刻本

經詞衍釋

經詞衍釋序

何廷謙

近之譚經者,多尚漢學,而或拘泥之過,往往穿鑿附會,不近人情。惟高郵王文簡公《經義述聞》一編,解釋經語,務求心之所安;而《經傳釋詞》十卷,純從虛字體會,所以通古今之郵,洞深於漢學而不囿於漢學者歟!曩余視學江右,即知南豐吳生昌瑩,篤於經術。今春科試肇慶,適生來粵,客其鄉人劉伯士明府幕中,出所著《經傳釋詞廣義》以質於余。披讀至再,知其於文簡之書致力特深,觸類引伸,愈推愈廣,允堪輔原書以行世。好古者倘續刻入《學海堂經解》中,裨益於讀經者當不淺也。爰綴數語於簡端而歸之。時同治十有二年歲在癸酉立夏前三日,通家生何廷謙書於羅陽試院。

經詞衍釋序

張丙炎

吾鄉王文簡公著《經義述聞》《廣雅疏證》《讀史雜記》,久爲海內宗仰。即其《經傳釋詞》一種,就虛字以求實義,援

據晐洽，探賾究微，亦非尠見淺識者所能測。南豐吳華石明
經，幼承家敎，貫通典籍，別爲《衍釋》，以相證契。文簡可作，
恐前賢亦畏後生也。丙炎疇昔備官侍从，居輦下者二十年，
所識海内宏通淹博之士，接席聯鑣，日不暇給。庚午八月，奉
命出守廉州，江湖飄泊，隸辛未季夏，始莅郡治。廉距京師將
萬里，僻在海隅，以爲無復有讀書好古之士。下車數日，邂逅
乃識明經，方欲質疑問難，以相切劘，簿書鞅掌，不獲請益。
今明經欲歸省親，將離，黯然，爲識數語歸之。抑丙炎更有請
者，初抵省垣，見城西石楄大書深刻，揭於通衢，曰“淘沙氹”，
訝其未識。歸而遍檢字書，亦無此字。詢之土人，乃知字讀
如“籠”，水中洞也。南海李子黼明經，爲言會稽王進士衍梅，
曾著《粤上音辨》，凡六百餘字，求之坊肆，迄不可得。近閱
官文書，此類益夥。竊謂自篆變爲隸，隸易爲真，文字緐滋，
譌僞迭出，多與《説文》乖舛。今粤字徰譌襲繆，逞其厶肒，
尤多不經。湛痼既深，轉以正字爲不可用，亦字敎之大阨也。
明經博敎多聞，游粤已久，盍備采粤字，譯其方言，稽之經典，
正以《説文》，俾粤人昭若發蒙，焯然可辨，是則有裨於粤人者
甚巨，明經當不笑而訾之。儀徵張丙炎譔。

以上民國上海古書流通處影印清同治十二年刻本

華夷譯語

華夷譯語序

劉三吾

　　臣惟華夷之分，其來尚矣，列聖相傳，終莫能一，何者？聖人之心，非不欲一之也，奈何人言異，風俗殊，勢有所不可。人言既異，則教化不能通；教化不能通，則其風俗何從而變？是以其俗禮義不知，彝倫不敘，稽諸方冊，自古為然，觀者目羞，聽者耳辱，況親歷其地者乎？中國聖王外之者以此。昔宋運告終，天命元君，入主中國，其俗專騎射，尚殺伐，素無文字，以發號施令，非文不傳。故借高昌之書，為本俗之典。厥後復令番僧造蒙古字，聲教內外，意皆不足。然其恩威法令，終夫九十三年，惟華言是從。而書獨異者，其猜防之心有在也。欽惟皇上，受天明命，君主華夷，邇來四海一家，胡人悉附。思夫天生兆民，立之君師，有教無類。教之者必始於通言語，通其言語，非變更其書不可。以其書一字數母，及復紐切，然後成文，繁複為甚。顧以中國無窮之字，全備之音，豈不足以譯之？第未得兼通者耳。翰林侍講臣火源潔乃朔漠之族，生於華夏，本俗之文，與肩者罕。志通中國《四書》，咸明其意，遂命以華文譯胡語，三五堆垛而其字始全，該對訓釋而其義始明。聲音和諧，隨用各足，俾輯錄刊布焉。臣惟五方之人，言語不通，嗜欲亦異，故成周有象胥之官，以達彼此之情。方今天下同文同軌，皇上推一視同仁之心，經營是書，以通言語，以達志意，將見禮樂教化，四達而不悖。則用夏變夷之道，端在是矣，豈曰小補之哉？洪武二十二年冬十月十五日。翰林學士奉議大夫兼左春坊左贊善，臣劉三吾謹序。

清曬藍本

欽定同文韻統

御製同文韻統序

乾　隆

粵自切韻字母之學興於西域,流傳中土,遂轉梵爲華。而中華之字,不特與西域音韻攸殊,即用切韻之法比類呼之,音亦不備。於是有反切,有轉注,甚至有音無字,則爲之空圈影附,其言浩若河漢,而其緒紛如亂絲。我國朝以十二字頭括宇宙之大文,用合聲切字而字無遁音,華言之所未備者,合聲無不悉具,亦無不脗合,信乎同文之極則矣。間嘗流覽梵夾華文,筆授充牣支那,而咒語不繙,取存印度本音,以傳真諦。顧緇流持誦,迥非西僧梵韻,是豈説咒不譯之本意耶?和碩莊親王,當皇祖時,面承《音韻闡微》之要旨,精貫字母,博涉明辨,爰命率同儒臣咨之灌頂,普善廣慈國師章嘉胡土克圖,考西番本音,溯其淵源,別其同異,爲之列以圖譜,系以圖説,辨陰陽清濁於希微杳渺之間,各得其元音之所在,至變而莫能淆,至賾而不可亂。既正貝葉流傳之訛謬,即研窮字母形聲之學者,亦可探婆羅門書之奥,而破拘墟之曲見。書成,名之曰《同文韻統》,而著其緣起如此云。乾隆歲在庚午冬十二月既望。

清宣統二年（1910）理藩部朱墨重刊武英殿本

西域爾雅

西域爾雅自序

王初桐

　　嘉慶元年五月自序云：《經義考》引《宋志》有《羌爾雅》，《遂初堂書目》有《蕃爾雅》《蜀爾雅》，其書皆軼不傳，惟《翻譯名義》一編刊本猶存，且散見於佛經，採録于四部藁，此西方梵語之可攷者也。今之新疆，若準，若回，若蒙古，若布鲁特，若帕尔西，若哈薩克，若温都斯坦，若克什米尔，若哈拉贊良，若郭罕，若西番，若藏，其方言瘦詞，大抵皆前人記載所不及。兹從《西域同文記》《西域圖識》《西域聞見録》等書撮合成編，仍依《爾雅》十九篇之例，名曰《西域爾雅》，竊比于《羌爾雅》《番爾雅》《佛爾雅》之類云爾。

　　　　　　1929年鎮江柳氏影印江蘇第一圖書館藏舊鈔本

西夏番漢合時掌中珠補

番漢合時掌中珠補序

王静如

　　距今二十年前,俄國 Mission Kozlov 於我國張掖黑河故地得《西夏番漢合時掌中珠》。逾二年,羅振玉從伊鳳閣博士假得照片九面,影印行世。又十二年,復影寫本,號爲全書。至是,中土人士有志研究西夏文者,始得有所依據。唯其本頗有殘缺(第三、四、五、六、八頁及二十六前半頁俱缺),學者每引爲憾事。今春俄人 Nicolas Nevsky 又據 E.Zach 博士所貽殘頁照片,揭于史林,恰補羅寫本之不足。於是十餘年來殘缺之西夏詞書始成完璧。日人石濱純太郎爲之考訂,定爲同本特系補刻。蓋五頁、八頁左半俱重,第七頁末明言“新添”,“三十七面”與殘頁合,其補刻之跡于此顯然。若板心形式之紛岐,邊欄雙線之參差,莫不表現其爲綴增者。是則骨勒原書,當減于是,而吾輩終未之獲也。此書既係後刊,彫時當難臆定,然觀其筆畫精細,殊有夏風,此較之以《金光明》《華嚴》諸經,當即瞭然,而吾固尚有他説以爲之佐證者。余曩考夏文藏經,定《金光明》爲夏重刊,《華嚴》等爲元重刊,已詳論於《河西字藏經彫版考》中矣。今自《金光明》邊欄形式審之,則卷一、三、四、八雙線,五、九、十單線;而卷六前六面雙線,次五面單線;卷七前六面雙線,次均單線,其參差之情形一若此本，與元刊諸本之前後整齊者，不逮殊甚。然則此補刻本，殆夏刊歟？蓋夏國遠在西陲，文化未盛，刊工物力，當難與中土比擬也。今余既論其版刻，復幸見全書，因爲之排比先付油印，世之同好，其參稽焉。

1930年歷史語言研究所石印本

西夏國書略説

西夏國書略説自序

羅福萇

　　西夏立國，僻在西陲，未漸聲教。方其盛時，雖刱造國書，移譯竺典，然第行於其邦域之中，流傳中土者蓋寡，僅存二三石刻，世固無辨釋之者。致同治間，英人韋理博士尚誤以居庸關刻經中西夏書爲女真小字。至光緒丙申，法儒戴物利亞及沙畹兩博士始定爲西夏書。戴氏又考《感通塔記》，著《西夏文字》，英人巴賽爾博士亦治斯學，於音義漸有所發明。逮庚子之亂，法人毛理斯氏得西夏譯本《法華經》三冊於我都下，時駐高麗法使署譯官貝爾多氏亦得是經三冊。歲在甲辰，毛氏迺以研究所得，刊行於世。斯時考證之資料尚少，而苦心鈎索，涂逕漸啟。蓋西夏國書塵薶者幾七百年，至毛氏時始見曙光矣。宣統庚戌，俄國柯智洛夫大佐於我國張掖、黑河故地，得西夏譯經盈數篋，載歸俄都，中有字書其名曰《掌中珠》者，竝列中、夏兩文，各注音于旁。於是考究西夏國書之資材乃大備。閱二年壬子，俄國伊鳳閣博士携其中一葉以示家大人，家大人謂此習西夏國書之津梁也，從伊君乞影本。逾歲，伊君乃影照全書五之一，以至雖一鱗片甲，莫窺全豹，然漸可循，是以考求西夏諸石刻。予與伯兄每以習業之餘，分鐙共讀，同釋《感通塔記》，十得五六。會日本京都大學羽田助教亨又以安南河內東洋學院所藏西夏文《法華經》影片三紙見貽，以參校《塔記》及居庸刻經，所得乃益增。翌年，又得法人所藏《法華經》二十餘紙，讀之，盡識其文，緣是稍悟其造字行文之恉，然猶恨西人所考不得寓目，孤學無所證也。尋於羽田學士許得毛氏書讀之，顧惜其未及造字行文之恉，爰條記數月以來研究所得，以補毛氏之畧，爲《西夏國書畧説》。約分四類：曰書體，曰説字，曰文體，曰遺文。將以就正於君子，第恐管窺蠡測，無助壞流。聞伊鳳閣博士著書行且問世，謹引領以觀厥成。異日俟伊書出，更加温尋，所業或畧進，則此戔戔者，且以覆醬瓿可也。宣統甲寅九月晦日，上虞羅福萇序。

1914年大連墨緣堂石印本

悉曇字記

悉曇字記成書流傳記

羅振玉

《悉曇字記》一卷，唐山陰沙門智廣撰。智廣不見於釋氏傳記，此書自敘言嘗誦《陀羅尼》，訪求音旨，多所差舛。會南天竺沙門般若菩提齎《陀羅尼》梵筴自南海而謁五臺，寓於山房，因受業焉。考《貞元新定釋教目録》卷十七《大方廣華嚴經》，貞元十年三月，般若發趨清源，巡禮五臺，十一年四月還上都，則般若謁五臺在貞元中，智廣從受學，則亦是唐中葉時人。此書殆成於德宗朝。《宋高僧傳》卷廿七。有雅州開元寺僧智廣，爲昭宗時人，後先相距且百歲，乃別爲一人，非著此書之智廣也。此書中土無傳本，不知何時流入海東，日本入唐八家目録中，均不載。坊肆傳刻，有寬文、康熙時。文政嘉慶時。二本，其舊槧在四百餘年前者，有粘葉本，見森氏《經籍訪古志》。此爲寬治七年古鈔，當宋之元祐中。日本吉澤助教所藏，與通行本頗有異同。法隆寺有康治元年當宋紹興十二年。寫本，則與此同，是此本之在海東，亦爲最古之善本矣。予往在京師，亡友楊惺吾舍人守敬曾爲予在鄂中刻此書。辛亥國難，楊君避地上海，尚逮書言板固無恙，而未嘗見寄。及舍人物化，遂無從索取。然印本尚存行笈，蓋即據通行本重刊者。今邁此至古之善本，則彼刻之存亡，不足計矣。丙辰九月下澣，永豐鄉人羅振玉書于東山寓舍。

悉曇字記坿記

羅福萇

　　梵語諸書佚於我土而存於海東者，有梁真諦之《翻梵語》、唐全真之《唐梵文字》、義净之《梵唐千字文》、龜茲沙門利言之《梵語襍名》。諸書所載，皆梵漢對譯襍語，而不論梵字母及其書體。此書首述悉曇源流，次述摩多體文及體文坿摩多法，十八章法頗有倫叙，寔爲習梵文者之寶筏。智廣之學受自般若菩提。般若菩提《宋高僧傳》中有兩傳：一在卷二，稱唐洛京智慧；一在卷三，稱唐醴泉寺般若。蓋即一人而誤析爲二者，般若爲梵名，此土稱智慧。其事實又散見於《貞元釋教録》及《宋高僧傳·寂默蓮華傳》中。卷二。般若爲北天竺罽賓國人，此書序稱南天竺者，般若三藏曾詣南天烏茶王寺，習瑜珈教，登灌頂壇，五部真言悉皆諮受。遠聞曼殊大聖五髻童真住清凉之五峰，乃航海梯山，以建中末年至唐。《貞元録》卷十七。蓋般若學于南天，又遵南海入唐。致序稱爲南天竺，然非其實矣。家大人既考其源流，爲之跋。萇復記此書之可貴重，竝正《宋高僧傳》析般若與智慧爲二人之誤于末，俾來者參鏡焉。福萇坿記。

　　　　　　　以上1916年上虞羅氏據日本寬治抄本影印

景祐天竺字源

景祐天竺字源序

趙　禎

原夫文籍既生,音韻斯辨。五聲所配,叶律吕之和;六書並分,有形意之異。由是詁訓之説,著於部録。及乎常星夜隕,載誕金僊;白馬東來,遐傳貝諜。則又梵文竺字寖入於中區矣。鼎國而下,翻譯繼多,敷演空宗,發揮義諦。唐氏中葉,時非暇豫,西明之館,亦既停豪,迦陵之音,久無嗣響。天猒亂德,神興睿圖。大祖皇帝揖讓開階,威靈燭遠,摩伽法侣始綴於妙經;太宗皇帝恢布文明,闡揚世範,興國净宇,再啟於譯場。真宗皇帝祚契重熙,化孚有截。繼宣聖教之作,增新法寶之編,嚴事葺修,勝緣茂集。朕欽承景葉,緬鑒先猷,敦清净以保民,務慈仁而庇物。每謂覺雄奥旨,溥利群生,助我無爲,誠資國教,滯於有相,且匪予心。然而假筌蹄則意象方明,捨文字則性理難究,允繫精學,克纘微言。《景祐天竺字源》者,西天譯經三藏試光禄卿傳梵大師法護、譯經三藏試光禄卿光梵大師惟净所同綴集也。西天章典,以八字爲句,四句成頌。成劫之初,梵王先説,具百萬頌,傳授天人,以其梵王所説,故曰"梵書"。住劫之初,帝釋天主,又略爲十萬頌,其後波膩尼仙又略爲八千頌,此並音字之本。其支派論有一千頌,字體有三百頌。字緣有二:一者三千頌,二者二千五百頌。又字緣、字體有《八界論》，總八百頌，其諸經典文字不出十二轉聲，三十四字母，相生相引，合二合三，句戴聯環，分體分用。中有邊際、超越、和會、長短、清濁、不清不濁等聲，蓋此方音切純清、次清、純濁、不清不濁之比焉。是書也，華梵對翻，都爲七卷，聲明之學，寔肇於茲。推而衍之，觸類皆達。昧其趣者，重輕訛略，或有差殊；窮其致者，錯綜會歸，咸臻融暢。庶使學徒祖習，便於討求，誠法海之津梁，而真宗之輗軏。終篇奏御，因得詳研，賜以名題，仍裁序引。冀永流於花藏，俾常續於潮音云耳。

重印景祐天竺字源序

羅振玉

《景祐天竺字源》七卷，存卷一至卷六，佚第七卷，以日本嘉禄二年僧喜海所書之《字源私鈔》補之，日本京都高山寺舊藏，今在東京博物館。嘉禄二年當南宋寶慶二年。此書前六卷與《私鈔》雖非一人所書，然以書迹觀之，時代當不相後先，蓋均七百年物也。是書爲傳梵大師法護、光梵大師惟净等集進，仁宗御製序，景祐二年九月奉旨開版。《宋史·藝文志》不箸録，《直齋書録解題》卷十二。《文獻通考》卷二百二十七。《至元法寶勘同總録》卷十。諸書並載之，惟《通考》誤書“惟净”之名作“相净”耳。陳氏《解題》言“吳郡虎邱寺有賜本”，今則中土不復見，蓋悉曇文字，世罕習者，故尤易亡佚也。惟净爲南唐李從謙子，後主之猶子，《湘山野録》載其事實。法護則梵僧，以進佛舍利及梵筴，留譯經院，其事實見《佛祖統

紀》,卷四十四。二人者,並緇流中之有功於譯學者也。我國迻
譯梵本,慈恩以後,即以宋之譯經院爲最盛,故有宋士夫,尚
有通梵字者。《宋史·藝文志》載鄭樵《論梵書》三卷,見卷一
小學類。《通考》卷一百五十五作"一卷",疑誤。蹇序辰《諸經譯梵》
三卷,卷五道釋神仙類。今其書皆不傳。此書雖幸存於海東,
而末卷已闕佚,則刊刻流傳,固不可以或後矣。爰迻書請於
股野館長,影印以詒當世。惟《私鈔》過簡畧,不及原書之什
一,是爲憾事。然東邦所傳,或不止一本,亡友楊星吾舍人亦
藏一本,載之《日本訪書志》,不云有佚卷,而云卷二以下但漢
文,無梵書,恐亦是畧出本,不可據以補此本之闕。異日仍當
博訪之三島藏書家,或可謀延津之合,爰書以竢之。丙辰九
月晦,永豐鄉人羅振玉書于東山寓舍之大雲書庫。

景祐天竺字源坿記

羅福萇

　　家大人既影寫日本東京博物館所藏《景祐天竺字源》,自
爲之跋,復命萇蒐檢前籍所記關于此書者,條寫于後爲坿記。
上虞羅福萇。
　　撰此書之惟净與法護事實之見前籍者,列之如左:
　　宋太宗太平興國八年,天息灾等言歷朝翻譯,竝籍梵僧,
若遏阻不來,則譯經廢絶。欲令兩街選童子五十人,習學梵
學。案《佛祖通載》卷二十七亦載此事,作"景祐丙子,詔選童子五十
人習梵學",與此不同,未知孰是。詔令高品王文壽選惟净等十人
引見便殿,詔送譯經院受學。惟净者,江南李煜之姪,口受梵

章，即曉其義。案《湘山野録》卷上：“譯經鴻臚少卿、光梵大師惟净，江南李二從謙子也，通敏有先識，解五竺國梵語。”歲餘度爲僧，升梵學筆受，賜紫衣光梵大師。《佛祖統紀》卷四十三。

大中祥符二年，勅試光禄卿，同預譯經。《佛祖統紀》卷四十四。

三年中天竺沙門覺稱法。戒來朝，進舍利、梵夾、金剛座、尊容、菩提樹葉。召見便殿，慰勞甚厚，館於譯經院，稱進《讚聖頌》，詔净譯之。同上。

六年八月，兵部侍郎譯經潤文官趙安仁奉詔編修《大藏經》録成，凡二十一卷，賜名《大中祥符法寶録》，仍賜御製序，云：“自太平興國以來，凡譯成《經律論》四百十三卷，祕書監楊億、光梵大師惟净等編次。”同上。

天聖三年，翰林學士夏竦同净等進《新譯經音義》七十卷。《佛祖統紀》卷四十五。

五年，净進《大藏經目録》二袠，賜名《天聖釋教録》，凡六十一百九十七卷。同上。

慶歷中，朝廷百度例務減省，净知言者必廢譯經，不若預奏乞罷之：“臣聞在國之初，大建譯園，逐年聖節，西域進經，合今新舊，何啻萬軸，盈函溢屋，佛語多矣。又況鴻臚之設，虛費禄廩，恩錫用給，率養尸素，欲乞罷廢。”仁宗曰：“三聖崇奉，朕烏敢罷？且又賝貢所籍名件，皆異域文字，非鴻臚安辨？”因不允。未幾，孔中丞道輔果乞廢罷，上因出净疏示之，方已。景祐中，景靈宫鋸庸解木，木既分，中有虫縷文數十字，如梵書旁行户郎反。之狀，因進呈。仁宗遣都知羅崇勳、譯經潤文使夏英公竦詣傳法院，特詔開堂導譯。每聖節譯經，則謂之“開堂”。冀得祥異之語以懽國。獨净焚天香導譯踰刻，方曰：“五竺無此字，不通辨譯。”左璫恚曰：“請大師且領聖意，若稍

成文,譯館恩例不淺。"而英公亦以此意諷之。净曰:"某等幸
若蠹文稍可箋辨,誠教門之殊光,恐異日彰謬妄之迹,雖萬死
何補。"二官竟不能屈,遂寫奏稱非字。惟净案:此二字據《皇宋
事寶類苑》卷四十四引補。皇祐三年入滅。《湘山野録》卷上。

　　富鄭公每遇客曰:"此人誠可謂佛弟子也。倘使立朝,必
能盡節,不苟同於人。"《冷齋夜話》。

　　法護,中印度摩伽陁國人。見護所譯《仏説出生一切如來法
眼徧照大力明王經》,前署:"西天中印度摩伽陁國那爛陀寺三藏賜紫沙
門臣法護奉詔譯。"

　　景德元年,來進佛舍利、貝葉、梵經,賜紫衣束帛,館於譯
經院。《佛祖統紀》卷四十四。

　　天禧三年,請以御注《四十二章經》、御注《遺教經》入藏
頒行,詔可。同上。

　　天聖元年,南海駐輦國遣使進金葉梵經,詔護譯之。《佛
祖統紀》卷四十五。

　　慶歷七年,賜御製《譯經頌》。同上。

　　至和元年,勑三藏法護戒德高勝可特賜六字,師號曰普
明慈覺傳梵大師。同上。

　　嘉祐三年,譯經三藏銀青光禄大夫試光禄卿普明慈覺傳
梵大師法護亡,壽七十六。同上。

　　惟净與法護所譯經見諸藏中者列左:

　　《仏説身毛喜豎經》三卷。宋、元、明、高麗四藏。惟净等譯。

　　《仏説如來不思議祕密大乘經》二十卷。明藏、高麗藏。其
中卷六至十、卷十六至二十惟净譯。

　　《仏説大乘菩薩藏正法經》四十卷。明藏、高麗藏。卷四至六、
卷十至十二、卷十六至十八惟净譯。

　　《仏説海意菩薩所問净印法門經》十八卷。宋、元、明、高麗

四藏。卷一至三、卷七至九、卷十三至十五惟净譯。

《仏説大乘入諸仏境界智光明花嚴經》五卷。明藏、高麗藏。卷四至五惟净譯。

《仏説除蓋障菩薩所問經》二十卷。宋、元、明、高麗四藏。卷四至六、卷十至十二，惟净譯。

《仏説開覺自性般若波羅蜜多經》四卷。高麗藏。卷一、卷二惟净譯。

《金色童子因緣經》十二卷。高麗藏。卷一至三、卷七至九惟净譯。

《大乘中觀釋論》九卷。宋、元、明、高麗四藏。卷一至三、卷七至九惟净譯。

《大乘寶要義論》十卷。同上。卷七至十惟净譯。

《施設論》七卷。明藏、高麗藏。卷四至七惟净譯。

以上經論十種内除惟净所譯外，均法護譯。

《仏説大乘大方廣仏冠經》二卷。法護譯，宋、元、明、高麗四藏。首署“西天譯經三藏朝散大夫試鴻臚傳梵大師賜紫沙門臣法護”。

《仏説八種長養功德經》一卷。宋、元、明、高麗四藏。

《聖仏母般若波羅蜜多九頌精義論》二卷。同上。

《仏説大悲空智金剛大教王儀軌經》五卷。明藏。

《仏説出生一切如來法眼徧照大力明王經》二卷。宋、元、明、高麗四藏。

《大乘集菩薩學論》二十五卷。明藏、高麗藏。是經卷一至卷八法護譯，他卷皆日稱譯。

喜海，日本大和高山寺僧，見《日本高僧傳》。

　　　　　　　　　　以上1916年上虞羅氏據鈔本影印

悉曇奧論

悉曇奧論自序

周　春

乾隆丁丑季夏，余始究心華嚴字母之學，自後漸覺有悟入處，於是世間難辨之音、不易識之字，一覘翻切，輒了然心口間。隨時劄記，得論共四十有八，彙爲三卷，名曰《悉曇奧論》。存之聊以誌數年來精力所專，不容没也。向聞佛家目此學爲小乘，得證阿斯陀果。果爾，則余亦足以自豪矣。壬午重九前三日，松靄周春書。

清吴氏拜經樓抄本

序跋作者人名索引